SUSANNE

TÄGDER

DAS SCHWEIGEN DES WASSERS

KRIMINALROMAN

TROPEN

Die Arbeit an dem vorliegenden Roman wurde durch einen Werkbeitrag der Fachstelle Kultur des Kantons Zürich gefördert.

Kanton Zürich
Fachstelle Kultur

MIX
Papier | Fördert gute Waldnutzung
FSC® C083411
FSC
www.fsc.org

Tropen
www.tropen.de

Cover: Favoritbuero, München
unter Verwendung zweier Abbildungen von
© Hurst Photo/Shutterstock.com und © Loes Kieboom/Shutterstock.com
Gesetzt von C.H.Beck.Media.Solutions, Nördlingen
Gedruckt und gebunden von CPI – Clausen & Bosse, Leck
ISBN 978-3-608-50194-0
E-Book ISBN 978-3-608-12254-1

Dritte Auflage, 2024

Für meine Eltern.

Und für alle, die ein rauer Wind
aus ihrer Heimat fortgeweht hat.

Warum? Warum?
Sieht man manches erst so spät?
Haben wir nicht Augen und Verstand,
dass man diese Welt versteht?

PUHDYS, »MANCHMAL IM SCHLAF« (1975)

Versuche, jemandem die Hungerkunst zu erklären!
Wer es nicht fühlt, dem kann man es nicht
begreiflich machen.

FRANZ KAFKA, EIN HUNGERKÜNSTLER

TANNENKRUGER FORST
IM MAI 1980

Wie so oft ist es Frau Schulte, die ihm mit der Brötchentüte die Neuigkeit des Tages zuschiebt. »Ham' Se schon gehört, Herr Hennemann? Im Tannenkruger Forst ist mächtig was los. Ein Großeinsatz, sag ich Ihnen. Den ganzen Morgen schon Polizeisirenen, dass die Wände wackeln.« Hennemann greift nach der Tüte. Er ist Fotograf bei der *Demminer Freien Presse*. Bei dem Wort »Großeinsatz« kriegt er Gänsehaut. Erst letzte Woche stand eine Vermisstenmeldung in der Zeitung. Eine Schülerin aus der Gegend, keine zwanzig Jahre alt. Hennemann fackelt nicht lange, holt seine Pentacon und schwingt sich aufs Rad. Er will mit der Kamera vor Ort sein, bevor Chefredakteur Lossewitz ihn zurückpfeifen kann.

Auf der Fernverkehrsstraße oberhalb des Waldes wimmelt es bereits von Polizei. Hennemann steigt ab und schiebt sein Rad an einem geparkten Kleintransporter mit geöffneter Hecktür vorbei. Er kann nicht fassen, wie viele Streifenwagen hier stehen, dazu mehrere Barkas-Transporter, alle mit Rostocker Bezirkskennzeichen. Er lehnt sein Fahrrad an eine Birke und macht Fotos. Aus dem Wald dringt Hundegebell, dazwischen Kommandorufe, das Knacken von toten Ästen im Unterholz.

Der Einsatzort liegt zweihundert Meter waldeinwärts. Als Hennemann eintrifft, mischt er sich unter die Ermittler, sie beachten ihn nicht. Zuerst sieht er nichts außer dichtem Gestrüpp, darin ein Bündel, das nicht dorthin zu gehören scheint. Doch bald weht ein Fäulnisgeruch zu ihm heran. Hennemann reckt sich. Er nimmt außer Stoff auch Beine wahr, die nackten Beine einer jungen Frau, die sehr bleich wirken. Er erkennt Füße, einer mit Schuh, einer ohne. Schnürschuh, denkt er und bewegt sich schrittweise weiter auf das Unterholz zu, stellt sich mit der Kamera wie selbstverständlich neben die Kriminaltechniker in ihren Kitteln. Immer wieder drängeln sich Rücken ins Bild, Arme, untätig in die Hüften gestemmt mit abgespreizten Ellenbogen. Die Kamera baumelt von seiner Schulter, sein Herz schlägt überraschend schnell.

Als der richtige Moment kommt, ist Hennemann bereit. Die Rücken bewegen sich, jemand verschafft sich Zugang zum Fundort, jemand, der wichtig aussieht, in einem karierten Jackett, für den sich alle zum Halbkreis formieren. Plötzlich findet sich Hennemann allein wieder, genau an der Stelle, die ihm den Blick ins freigelegte Unterholz erlaubt. Er nimmt die Kamera hoch und hält sie auf die Leiche. Der Auslöser klackt so laut, dass sich einige Köpfe zu ihm umwenden, auch der des Mannes im karierten Jackett, der ihn mit eisigem Blick anstarrt. Hennemann nickt in die Gesichter, und während sie ihn noch einzuordnen versuchen, dreht er sich um und marschiert, so gelassen er kann, über den weichen Laubboden zurück zur Chaussee. Die Blicke brennen sich in seinen Rücken, selbst dann noch, als er schon auf dem Fahrrad sitzt und Richtung Stadt radelt, was das Zeug hält. Das Hemd klebt ihm am Körper, als er in der Redaktion eintrifft.

In der Dunkelkammer entwickelt Hennemann den Film, lässt ihn trocknen und macht noch am Nachmittag Abzüge. Er taucht das Fotopapier mit der Zange unter, schiebt es in der Wanne hin und her, bis sich erste Konturen zeigen, sich die Grauschattierungen verdichten und in Umrissen das Gehölz erscheint. Er ist so gebannt, dass er das Papier ein wenig zu lange im Entwicklerbad lässt, denn jetzt sticht das Gesicht der Toten aus dem dunklen Unterholz heraus, der Kopf ist zur Seite geneigt, die Lippen geöffnet, und auf dem Kinn kleben Spuren von Blattwerk und Matsch. Eine junge Frau, sehr jung. Dunkle Locken umrahmen ihr Gesicht. Im letzten Moment befördert er das Papier mit der Zange ins Fixierbad.

Als Hennemann am nächsten Morgen in die Redaktion kommt, ist die Dunkelkammer wie leergefegt, die Klammern weisen kopfüber nach unten. Er hatte die Bilder über Nacht zum Trocknen auf der Leine gelassen, die Fotos hingen in Reih und Glied genau hier über ihm, als er gestern das Licht löschte. Nur eines hat er nicht aufgehängt, sein bestes Bild, die Nahaufnahme der Leiche. Er hat sie auf ein Trockengitter gelegt, auf sein Schränkchen unter dem Waschbecken. Hennemann bückt sich danach, doch in diesem Moment wird hinter ihm die Tür aufgerissen, und Chefredakteur Lossewitz' Stimme füllt den winzigen Raum. »In mein Büro, jetzt sofort.«

Die Bilder vom Tatort liegen vor Lossewitz auf dem Tisch, er hat sie zu einem lieblosen Stapel geschichtet, und Hennemann kann erkennen, dass das schon gestern gewesen sein muss, denn die Bilder wurden nass von der Leine gepflückt und kleben aneinander fest, als der Chef sie ihm hinhält.

»Was sollte das hier eigentlich werden, Kollege Hennemann?« Lossewitz lässt die Fotos auf den Tisch klatschen. »Sie fahren zu einem Polizeieinsatz, spionieren herum, spielen sich auf, als wären Sie selbst von der Kriminalpolizei – ach wo, von wegen bei der K«, unterbricht sich Lossewitz selbst. »Niemand bei der K würde durch die Gegend laufen und den Tatort zertrampeln. Können Sie sich vorstellen, was ich mir Ihretwegen anhören musste?«

Hennemann beginnt zu ahnen, woher der Wind weht. Er starrt auf das graue Telefon auf dem Schreibtisch und malt sich aus, wie es geklingelt hat und wie Lossewitz' Hals rot anlief, als man ihm von Hennemanns »Einsatz« berichtete.

»Ich habe denen nichts zertrampelt«, sagt Hennemann. »Sondern fotografiert.«

Lossewitz schnaubt. »Nichts zertrampelt? Unsere ausgezeichnete Beziehung zur Bezirksdirektion, die haben Sie zertrampelt. Da kann ich von vorne anfangen!« Die letzten Worte brüllt Lossewitz.

Hennemann nimmt wahr, wie in diesem Moment das Geklapper der Schreibmaschinen abstirbt. Die Redaktion verstummt.

»Wieder der Pennemann«, werden die Kollegen flüstern. »Wer auch sonst. Was er wohl diesmal verbockt hat.«

Es erscheint kein Bericht über die Tote, kein Foto. Anfang August, als Hennemann schon fast nicht mehr an das Mädchen im Wald denkt, wird er von Lossewitz entlassen. Seine Negative muss er abgeben, den Schlüssel fürs Büro, sein Dienstfahrrad. Angeblich kann Hennemann in der Demminer Redaktion nun doch nicht bleiben, es sei keine Stelle frei, man bedauere das und empfehle den jungen Kollegen als fähigen Vermittler der sozialistischen Werte hier im Bezirk und darüber hinaus weiter.

Hennemann nimmt nichts mit außer seiner Pentacon und dem Foto des toten Mädchens, das ihn die Stelle gekostet hat und das noch immer auf dem Trockengitter unter dem Handwaschbecken liegt. Er versteht selbst nicht warum, aber er hat es niemandem gezeigt.

HERBST 1991

1

Groths neues Büro liegt nach hinten raus, Erdgeschoss, mit Blick auf den Fuhrpark der Polizeiwache Wechtershagen. Er hatte um ein ruhiges Büro gebeten, ein wenig ab vom Schuss, gerne in einer der oberen Etagen, und das genaue Gegenteil erhalten. Direkt vor seinem Fenster parken Einsatzfahrzeuge, Dienstwagen aus DDR-Bestand mit kreisrunden Lautsprechern auf dem Dach, die wie Ohren aussehen. Bei jedem Ausrücken zittert der Stifteköcher auf Groths Schreibtisch.

Das Zimmer ist spärlich möbliert; Schreibtisch, grünes Telefon, Klemmleuchte. Ein Holzstuhl für Besucher, auf dem Groth morgens seine Aktentasche abstellt. Ein Waschbecken mit Spiegel in der Ecke und daneben ein Schrank. Der einzige Wandschmuck ist ein Abreißkalender, der noch immer den Spruch vom 30. September zeigt. *Wer zu spät kommt, den bestraft das Leben. M. Gorbatschow.*

Groth steht am Fenster und kämpft mit der Gardine, die sich im Kippspalt verhakt hat, als er auf der anderen Hofseite den Mann im gelben Hemd sieht. Groth hat ihn schon vor einigen Tagen bemerkt, er erinnert sich genau, da stand der Mann im Schatten der gegenüberliegenden Hauswand rauchend da und schien zu warten. Groth fand das nicht weiter ungewöhnlich, es hätte ja sein können, dass der Unbekannte jemanden begleitet hatte, das kam im Hof einer Polizeiwache häufig vor, aber als Groth an jenem Abend zum Auto ging und im aufflammenden Licht der Hoflampen einen interessierten Blick in seine Richtung warf, da nahm der Mann seinen Rucksack vom Boden auf, duckte sich unter der Schranke durch und verschwand. Er erinnert sich, dass er den Mann in Gedanken als lichtscheu betitelt hatte.

Groth geht zurück zum Schreibtisch und nimmt das Diktiergerät zur Hand. Er hört Gelächter aus dem Nebenraum, Gerda Küttels Schreibmaschinengeklapper im Vorzimmer, dann die Stimme von Bekendorf, seinem Chef, der nach Lübeck pendelt und sich ins Wochenende verabschiedet. Kurz darauf wird im Hof ein Auto angelassen.

Groth seufzt. Er sitzt an seiner Unterrichtsvorbereitung. Bekendorf hat ihm die Fortbildung der Volkspolizisten, Modul Vernehmungslehre, übertragen. Groth ist Aufbauhelfer Ost, als solcher steht er jede Woche vor einer Klasse an der Polizeischule in Pasewalk. Viele der Rekruten sind bereits voll ausgebildete Volkspolizisten, denen das altbekannte Rechtssystem weggebrochen ist, manche so erfahren wie Groth selbst. Dass sie ein Polizeihauptkommissar aus Hamburg unterrichtet, beeindruckt sie wenig. Wenn Groth in die Gesichter schaut, liest er Sorge in den Blicken. Manchmal auch Wut. Wut ist ihm lieber, damit kann er umgehen. Bisher hat niemand mit ihm gesprochen. Sobald die Unterrichtsstunde beendet ist, leert sich der Raum.

»Die kriminalpolizeiliche Vernehmung«, diktiert Groth, »ist eine Mischung aus gezielter Fragetechnik und genauem Zuhören. Besonders Letzteres wird oft vernachlässigt. Das Ungesagte«, diktiert er weiter, dann unterbricht er sich. Er darf nicht philosophisch werden. Die Rekruten haben aufgrund seiner Exkurse bereits einen Spitznamen für ihn, Laberoth, was Groth beinahe originell findet. Ebenso originell findet er, dass man ausgerechnet ihm die Anpassungsfortbildung übertragen hat, denn eigentlich ist es Groth selbst, der einen Neuanfang braucht. Nach der Diagnose, die ihm der Polizeiarzt Dr. Ewald schon vor einem Jahr in Hamburg gestellt hat, schrammte er knapp an der Dienstuntauglichkeit vorbei.

Er spult zurück und beobachtet eine Weile die Blähbewegung der dünnen Gardine im Wind. Sein Hamburger Büro war kaum größer als dieses, noch dazu teilte er es sich mit Geert Lüppert, der schon morgens Fischbrötchen mit Zwiebeln aß, aber es lag im vierten Stock mit Blick über den Hafen. Dieser Blick, so merkt Groth jetzt, hat seinem Leben eine gewisse Weite verliehen. Eine Weite, die er vermisst. Als Groth nach einigen Minuten wieder zur anderen Hofseite hinüberschaut, denkt er im ersten Moment, dass der junge Mann mit dem gelben Hemd verschwunden ist. Aber dann entdeckt er ihn. Der Mann lehnt jetzt keine zehn Meter entfernt an Groths VW Passat.

Groth öffnet den Fensterflügel.

»Kann man was helfen?«, ruft er.

»Möglich«, sagt der Mann.

Er löst sich von der Kühlerhaube, nimmt seinen Rucksack vom Boden und bewegt sich auf Groth zu. Aus der Nähe wirkt der junge Mann mager. Er trägt eine weite Cordhose, die ihm selbst mit Gürtel fast über die Hüften rutscht. Wie alt mag er sein? Um die dreißig vielleicht? Schwer zu schätzen im schwindenden Licht. Das Gesicht des Mannes wirkt grau. Wenn Groth richtig sieht, ist er barfuß, ein Detail, das Groth nicht einzuordnen weiß.

Seine neue Nachbarin aus dem Parterre hat ihm erst kürzlich erzählt, dass es plötzlich Obdachlose gebe in der Stadt. Auch wenn man sich frage, so die Nachbarin, wohin der ganze Wohnraum plötzlich verschwunden sein soll. Groth wusste es auch nicht.

»Das ist eben die Freiheit«, sagte die Nachbarin. »Det hamwa jetzt davon.«

Die Gestalt, die sich seinem Fenster nähert, scheint gegen das feuchtkalte Wetter immun, die Schritte sind lautlos und tastend wie die einer Katze.

Sie stehen sich also mit reichlich Abstand gegenüber. Groth spürt die Herbstkälte, er nimmt wahr, dass ein strenger Körpergeruch ins Zimmer weht. Er versucht, sich nichts anmerken zu lassen, konzentriert sich auf das Gesicht seines Gegenübers.

»Darf man hier rauchen?«, fragt der Barfüßige. Er zieht einen Tabakbeutel aus der Hosentasche.

»Frau Küttel«, ruft Groth ins Nebenzimmer. »Hätten Sie vielleicht einen Aschenbecher für Herrn –«

Groth schaut den Barfüßigen fragend an.

»Eck«, sagt der Mann.

»Für Herrn Eck«, vervollständigt Groth.

Er hört, wie Gerda Küttel nebenan aufsteht und kurz darauf eine Schranktür zufallen lässt. Sie erscheint mit einem Keramikbecher im Büro, geht einige Schritte Richtung Schreibtisch, bevor sie Groth am Fenster entdeckt und im Hof davor den Unbekannten.

»Hier.« Sie reicht Groth eine Tasse, die wie das Töpferstück eines Grundschülers aussieht. Seine Tochter brachte früher solche Stücke aus der Schule mit nach Hause, Tiegel, Becher, Vasen, alle identisch geformt. Groth fragt sich, ob er sie weggeworfen hat. Das sähe ihm ähnlich.

An der Tür dreht sich Gerda Küttel noch einmal um.

»Ich würde dann jetzt ins Wochenende gehen«, sagt sie. Ihr Blick streift den Mann vor dem Fenster. »Oder brauchen Sie mich noch?«

»Nein, das geht in Ordnung«, sagt Groth. »Bis Montag.«

Er kann spüren, dass Gerda Küttel etwas auf der Zunge liegt, etwas über diesen ungewaschenen Gast, den er, Groth, auch noch mit einem Aschenbecher bedient. Sie ist ohnehin der Meinung, dass Kommissar Groth sich zu schnell um den Finger wickeln lässt.

Während Eck sich am Fensterbrett einrichtet und seine Zigarette dreht, überlegt Groth, wie er ihn abwimmeln kann.

Dieser Eck wirkt schreckhaft. Das dünne Blättchen, das er mit Tabak befüllt, zittert zwischen seinen Fingern. Außerdem kann

Groth in dem Geruch, den Eck verströmt, eine Schnapsfahne ausmachen.

»Das da ist Ihr Auto, oder?«, fragt Eck. Er zeigt mit dem Kinn auf Groths Passat.

»Stimmt«, sagt Groth.

»Sie sind aus dem Westen«, sagt Eck.

Groth ist sich nicht sicher, ob das eine Frage ist.

»Aus Hamburg.«

»Freiwillig?«, fragt Eck.

Groth hört die Frage, er hört den Unterton und muss sich anstrengen, die Leichtigkeit in der Stimme zu behalten.

»Freiwillig«, antwortet er.

Es ist gelogen. Jo Allers, sein Vorgesetzter in Hamburg, hat ihn überredet, es doch mal im Osten zu versuchen.

»Die suchen erfahrene Kollegen wie dich«, sagte Allers. »Kein Mensch kennt sich da drüben mit dem neuen Rechtssystem aus.«

Als Groth schwieg, fügte Allers hinzu: »Kann ein echtes Sprungbrett sein, Arno.«

»Warum gehst du dann nicht selbst hin?«, hatte Groth gefragt. Aber der Stachel saß bereits in seinem Fleisch. Groth stammt aus Wechtershagen. Er hat hier Wurzeln. Und nach allem, was vorgefallen ist, läuft er in Hamburg als Altlast. Da macht er sich nichts vor.

Eck scheint mit Groths Antwort zufrieden zu sein. Er entzündet die Zigarette hinter der gewölbten Hand. Dabei kneift er die Augen zusammen, als müsse er sich konzentrieren.

»Jemand ist hinter mir her«, sagt Eck jetzt.

Groth horcht auf.

Eck steht so nah am Fenster, dass das Licht aus Groths Büro auf seinen Oberkörper fällt. Groths Blick folgt Ecks Hand, mit der er die Zigarette zum Aschenbecher führt, er betrachtet die blonden Härchen auf Ecks Unterarm und fragt sich, wie viel von dem Teint Sonnenbräune ist und wie viel Schmutz.

»Wer ist hinter Ihnen her?«, fragt Groth.

»Jemand, den ich von früher kenne.«

»Und was will derjenige von Ihnen?«

Eck zuckt mit den Schultern.

»Mein Leben.«

»Ihr Leben?« Die Rückfrage gerät Groth ein wenig zu laut.

»Sie glauben mir nicht.«

Groth bemüht sich, ein ernstes Gesicht zu machen. Er hat es im Lauf seiner Dienstjahre mehrfach mit Verfolgungswahn zu tun gehabt und weiß, dass er seine Worte vorsichtig setzen muss.

»Ich glaube, dass es viele Gründe gibt, warum man sich verfolgt fühlt. Die meisten sind harmlos. Haben Sie denn Anhaltspunkte für eine konkrete Gefahr?«

Eck scheint zu überlegen.

»Man hat mir ein Boot geklaut.«

Groth sieht ihn ratlos an.

»Ein Boot?«

»Tretboot.«

»Sie besitzen ein Tretboot?« Was für eine seltsame Geschichte, die ihm da aufgetischt wird, denkt Groth.

Eck hält seine Zigarette wie einen Nagel beim Einschlagen zwischen Daumen und Zeigefinger und nimmt einen tiefen Zug. Eine Antwort auf seine Frage erhält Groth nicht.

»Jemand könnte das Boot genommen und einfach woanders abgestellt haben«, schlägt Groth vor.

»Vertäut, heißt das.«

Groth lächelt und lässt das so stehen. Er sieht zu, wie Eck seine Zigarette ausdrückt.

»Ohne etwas Konkretes kann ich nichts für Sie tun«, sagt Groth und hofft, dass Eck sich damit zufriedengibt.

Tatsächlich bückt sich der junge Mann jetzt. Er fischt nach dem Riemen seines Rucksacks und macht sich bereit, ihn über die Schulter zu streifen.

»Vielleicht komme ich Anfang nächster Woche mal vorbei«, sagt Eck. »Mit Beweisen.«

»Sicher«, sagt Groth. »Das geht.«

»Gut. Abgemacht.«

Dann wendet sich Eck zur Hofeinfahrt. Groth beobachtet ihn, seine Schritte, wie vorsichtig er sie setzt, kontrolliert, als messe er im Gehen den Weg ab. Gut, denkt Groth. Den bin ich erst mal los. Aber etwas sagt ihm, dass der Mann genau weiß, was er tut. Das war heute nur ein Test. Ob Groth bestanden hat, wird sich nächste Woche zeigen.

»Was wollte der denn?«

Groth erschrickt über die Stimme direkt hinter ihm. Es ist Gerstacker, ein Kollege in Groths Alter, der so eine Art hat, sich anzuschleichen. Hat die Jacke an und seine Aktentasche in der Hand.

»Ich bin mir nicht sicher«, sagt Groth. »Faselte was von einem Boot. Und dass er verfolgt wird.«

»Einem Boot«, wiederholt Gerstacker.

»Tretboot«, erwidert Groth.

»Nicht die Jahreszeit für Bootsfahrten«, sagt Gerstacker. »Vielleicht hat der 'ne Schraube locker.« Eine Antwort wartet Gerstacker nicht ab. »Na dann, Feierabend.« Er tippt sich mit zwei Fingern an die Stirn und geht.

Das Geräusch seiner Absätze ist noch eine Weile zu hören, zuerst auf dem Gang, dann im Hof, wo neben der Treppe sein Fahrrad parkt.

Gerstacker trägt Schuhe mit Hacken, um sich einige Zentimeter größer zu machen, was Groth, wenn er ehrlich ist, affig findet. Am ersten Arbeitstag, Groth war keine Viertelstunde im neuen Büro, da kam Gerstacker mit seinen komischen Stiefeletten rein, ebenfalls, ohne zu klopfen, und spazierte alles ab, Schreibtisch, Schrank, Fenster. Er ließ sogar den Finger über das Fensterbrett gleiten zum Staubtest. Schließlich stellte er sich ans Fenster, Hände hinter dem Rücken verschränkt, als überwache er den Hof.

»Hamburg also«, sagte Gerstacker.

Groth wusste nicht recht, was er darauf erwidern sollte.

»Frisch eingetroffen«, bestätigte er.

»Aus Hamburg«, sagte Gerstacker noch mal.

»Korrekt.«

»Wenn es ums Handwerkliche geht, dann ist das hier bei uns noch so richtig alte Schule. Kein Netz, kein doppelter Boden. Solides Handwerk. Wer davon nichts hält, sollte vielleicht lieber wieder dahin zurückgehen, wo er hergekommen ist.«

»Gut zu wissen«, sagte Groth.

»Keine Ursache«, entgegnete Gerstacker.

Letzte Woche hat Gerda Küttel Groth anvertraut, dass Gerstacker wohl auf der Abschussliste stehe. Das habe sie aus verlässlicher Quelle gehört. Als Groth das Wort wiederholte, »Abschussliste«, da flüsterte sie: »Sie wissen schon, Herr Groth, die Stasi-Liste. Wenn Herr Gerstacker weiterbeschäftigt werden will, wird er sich ordentlich anstrengen müssen, wenn Sie mich fragen.«

Auch Bekendorf hatte Groth gegenüber gleich zu Beginn einige Andeutungen gemacht, die er nicht recht einzuordnen wusste. Dass Gerstacker wohl zu den Kollegen gehöre, die sich schwertun mit dem Umbruch. Dass man ihm ein wenig auf die Sprünge helfen müsse. Irgendwann verstand Groth, dass mit dem Wort »helfen« er selbst gemeint war. Bekendorf wollte, dass er mit Gerstacker zusammenarbeitete.

»Der ist nicht einfach zu nehmen«, hatte Bekendorf gesagt. »Aber Sie kriegen das hin, da habe ich keine Zweifel.«

Groth hingegen ist sich nach den ersten zwei Wochen nicht so sicher. Seine Gespräche mit Gerstacker kann er an einer Hand abzählen. Die Sätze, die dabei fielen, auch.

Als Groth das Auto anlässt, um nach Hause zu fahren, flammt ihm Opernmusik entgegen. *O mio babbino caro.* Er drückt panisch auf den erstbesten Knopf, dann auf den zweiten, bis die Musik verstummt. Das Lenkrad ist trotz Lederbespannung eiskalt. Groth spürt den Schlägen seines Herzens nach, bevor er losfährt. Ein freies Wochenende liegt vor ihm. Er biegt von der Pontanus- auf die Stargarder Straße und weiter auf den Ring. Kaum hat er die Stadtmauer passiert, merkt Groth, dass er nicht weiß, was er mit sich anfangen soll. Eine Ampel springt knapp vor ihm auf Rot. Groth bremst und kommt gerade noch zum Stehen. Eine Gruppe Jugendlicher mit Bierflaschen in der Hand überquert die Straße Richtung Innenstadt. Sie müssen einen Bogen um Groths Passat machen, dabei streifen ihre offenen Jacken sein Auto. Er ist an Hamburg gewöhnt, an Gegröle und Starkmacherei, und staunt noch über die Stille, als wie aus dem Nichts eine Faust auftaucht und mit Wucht auf seiner Kühlerhaube niedergeht. Im nächsten Moment hupt es hinter ihm. Die Ampel ist grün geworden. Groth schaltet und tritt ein wenig zu heftig aufs Gas.

Die Fahrt nach Hause nimmt er kaum wahr, bis er im Innenhof seiner neuen Wohnung angekommen ist. Die Nachbarin aus dem Parterre links erscheint augenblicklich in ihrem Fenster.

Groth hat den Gesprächsfaden, den sie regelmäßig auswirft, noch nie aufgenommen. Er nickt ihr zu, murmelt allenfalls einen Gruß. Sie gibt nicht auf, was er beinahe bewundert. Noch dazu scheint ihr Repertoire an rhetorischen Fragen unerschöpflich. Erst heute früh hat sie ihn abgefangen.

»Auch schon wieder Freitag.« Entsprechend hat sie seinen Einzug vor zwei Wochen kommentiert: »Hat sich ja mächtig was angesammelt, wa?« Da stand sie vor einem Stapel seiner Umzugskisten im Hof und hielt ein Objekt in der Hand, das sie zu inspizieren schien und das Groth bei genauerem Hinsehen als seine Knoblauchpresse identifizierte.

Groth würde sich nicht wundern, wenn die Frau vor der Wende das Hausbuch geführt hat.

Er beobachtet sie durch den Rückspiegel, sieht, wie sich die Auspuffgase im Bremslicht rot verfärben und dann zerfasern. Der

Weg ins Haus führt unweigerlich an ihr vorbei. Er könnte in eine Kneipe gehen. Es gibt eine gleich hier um die Ecke, die Apotheke heißt und verräuchert genug zu sein scheint, um ihm ein wenig Anonymität zu verschaffen. Aber was soll er da? Allein in der Kneipe, das ist nicht Groths Talent. In Hamburg war er schon nicht gut darin, warum also sollte das hier anders sein. Nein. Groth parkt ein und steigt aus dem Auto. Er wird ein Stück laufen, sich unter die Leute mischen. Er hat Zeit. In der Wohnung wartet niemand auf ihn.

Außerdem hat er die Stimme seiner Tochter im Ohr: »Du musst mal raus, Papa. Leute kennenlernen. Sonst wird das nichts.«

Saskia war nie in Wechtershagen, nicht ein einziges Mal, aber sie hätte sofort verstanden, warum er hierher zurückmusste.

Groth taucht in die Tordurchfahrt ein wie vor Kurzem noch dieser seltsame Eck. Er überquert die Straße und spaziert Richtung Stargarder Tor.

Plötzlich klingt ihm der Satz nach, den Eck so unvermittelt aussprach. *Jemand ist hinter mir her.* Gilt das nicht für uns alle?, denkt Groth. Wer wird denn nicht von etwas verfolgt, und wenn es nur die eigenen Fehler sind. Gleichzeitig fragt er sich, ob er diesen ungepflegten Mann ernst genug genommen hat. Vielleicht sollte er sich die Geschichte in der kommenden Woche noch einmal gründlich anhören. Die »Beweise« abwarten, die Eck angekündigt hat. Wenn es überhaupt welche gibt. Denn wahrscheinlich hatte Gerstacker recht, bei dem Mann sitzt eine Schraube locker. Alkoholinduzierte Psychose, die Diagnose kennt Groth zur Genüge aus den Akten. Andererseits wirkte der Mann bis auf die fehlenden Schuhe vernünftig, um nicht zu sagen: gebildet. Beim Gehen ahmt Groth Ecks Schritte nach, setzt die Füße auf, als wäre er barfuß. Durch die Schuhsohlen fühlt er die Wölbung des Kopfsteinpflasters.

Wie nah und zugleich fremd ihm hier alles ist. Die Luft schmeckt nach Heizung, die Tore sind gotisch, das Kino heißt Lichtburg.

Wenige Wochen vor dem Umzug hatte sich tatsächlich ein Gefühl freudiger Erregung in ihm breitgemacht. Es hielt so lange an, dass Groth sein Hab und Gut in Kartons verpacken konnte. Dazu Saskias Sachen aus dem Studentenwohnheim, die nach ihrer Beerdigung übrig geblieben waren.

Doch einige Tage vor seinem Wegzug verwandelte sich die freudige Erregung in Überforderung. Plötzlich war er sich sicher, einen großen Fehler zu begehen. Bewegte er sich denn vorwärts? Oder etwa zurück? Was wollte er überhaupt in seiner alten Heimat? Doch da war es schon zu spät. Sein Hamburger Leben steckte in Kartons. Am nächsten Tag verabschiedete er sich von den Kollegen. Ging noch einmal auf den Friedhof, um nach dem Rechten zu sehen. Betankte sein Auto. Sprach seiner Ex-Frau eine Nachricht auf den Anrufbeantworter. Sie war mit ihrem neuen Mann auf Sylt in einer Zweitwohnung, von der Groth weder Adresse noch Telefonnummer besaß. Kurz vor dem Auszug fielen ihm Saskias Kübelpflanzen ein. Er hatte sie verschenken wollen, aber da sie ihn zwangen, ab und zu in Saskias stilles Zimmer zu gehen, konnte er sich nicht trennen. Also entschied er, sie vorerst bei den Nachbarn in Pflege zu geben. Seine Waschmaschine im Keller vermachte er in letzter Minute der Studentin aus dem vierten Stock, weil er vergessen hatte, dass er auch noch dieses zwanzig Jahre alte Ungetüm besaß. Das Durcheinander war bestimmt von dem Gefühl, wieder und wieder auf Start vorzurücken, ohne je voranzukommen. Groth hatte Angst bekommen. Angst vor der eigenen Courage. Wenn er nicht wüsste, dass Saskia es so gewollt hätte, wäre er jetzt nicht hier.

Inzwischen befindet er sich in einer schwachbeleuchteten Straße in der Nähe des Neuen Tores. Zu seiner Rechten glänzt herbstnass die Wechtershagener Stadtmauer, darin, eingelassen wie Noppen, einige Wiekhäuser, deren Verputz sich hell von den Fachwerkbalken abhebt. Es ist kalt. Am liebsten würde er jetzt gleich zurück in die Wohnung gehen, besonders nach dieser Woche, aber ihm fehlt die Entschlusskraft, einfach auf dem Absatz kehrtzumachen. Also geht er weiter, kommt an einem neueröffneten Reisebüro vorbei, einem Schlüsseldienst, hält sich, ohne nachzudenken, links und gelangt plötzlich an einen so altvertrauten Ort, dass ihm für einen Atemzug jedes Zeitgefühl abhandenkommt. Er steht vor dem Wechtershagener Schauspielhaus.

Das Gebäude gleicht einer Scheune. Fachwerk im Schachbrettmuster, dazwischen rostfarbener Putz. Ein Baugerüst bedeckt die Breitseite. Groth betritt mit einigen Menschen, die ihm zielgerichtet erscheinen, das erleuchtete Foyer. Er bleibt in der Mitte des offenen Raums stehen und sieht sich um. In einer Vitrine ist eine Uwe-Johnson-Gedenkmedaille ausgestellt. Eine Erstausgabe von Christa Wolfs *Kindheitsmuster*. An Stellwänden hängen Plakate vergangener Vorstellungen. *Eugen Onegin. Frau Holle. Die Blechtrommel. Peter und der Wolf* als Puppenspiel. Schwarz-Weiß-Fotos von geschminkten Schauspielern mit ausdrucksstarker Mimik. Natürlich sucht er die Bilder nach Gesichtern ab, die er von früher kennt, denn in seiner Jugend ist Groth leidenschaftlich gern in dieses Theater gegangen. An einem Plakat bleibt sein Blick hängen. *Ein Hungerkünstler – Schauspiel nach der Erzählung von Franz Kafka*. Der Darsteller auf dem Plakat erinnert Groth so sehr an den jungen Mann von heute, dass er unter den Angaben zum Stück nach dem Namen Eck sucht, aber der Schauspieler heißt Körner, er hat sich geirrt.

Es wird immer voller im Foyer. Groth lässt sich von dem Menschenstrom voranschieben, er saugt einen tiefhängenden Heimatgeruch ein, den er vermisst hat, ohne es zu wissen. Dass er ihn ausgerechnet hier wiederfindet, rührt ihn fast zu Tränen.

»Wie viele?«

Groth stößt an einen Holztisch und erschrickt, wie auf frischer Tat ertappt. Eine Frau blickt ihm entgegen und sagt etwas, das Groth nicht versteht.

»Wie viele Karten?«, wiederholt die Frau.

Die Theaterbesucher drängen sich an ihm vorbei. Er ist der Korken, der den Durchfluss verstopft.

Groth beginnt zu schwitzen.

»Keine. Ich kann heute Abend nicht.«

»Sind Sie Abonnent?«

»Nein«, sagt Groth. »Im Gegenteil, ich bin neu hier.«

»Ach. Neu in Wechtershagen?«

Er ist jetzt wirklich bereit zu gehen.

»Welches Stück möchten Sie denn sehen?«

Gar keins, will Groth sagen.

Aber er hat wieder Saskias Stimme im Ohr. »Komm schon, Papa. Sei nett.« Ihr entging schon früher nichts, das war immer so gewesen. Er denkt an das kleine Mädchen, das selbst im hintersten Zimmer der Hamburger Parterrewohnung ausmachen konnte, wenn er vorne in der Küche Eier für Kuchenteig aufschlug.

Also sagt er, was ihm zuerst in den Sinn kommt: »*Ein Hungerkünstler*.«

»Aha. Da hätten wir noch Karten für die Premiere im Dezember.«

»Warum nicht.«

»Zwei Karten?«

»Eine.«

Die Frau mustert ihn kurz.

»Hier«, sagt sie und blättert durch ein Kartenpaket, das mit Gummi mehrfach zusammengeschnürt ist. »Nehmen Sie mal lieber zwei, für alle Fälle. Kostet ja nicht die Welt.« Sie schiebt Groth einen Zettel zu, darauf steht »Wir bauen um!« und das Wort »Spende«. Dann senkt sie die Stimme. »Das sind sehr gute Plätze. Dritte Reihe, Mitte. Dritte, Mitte. Reimt sich.«

Den Rest der Karten glättet sie zu einem ordentlichen Stapel und legt sie zurück in ihre Geldkassette.

»Im Dezember«, sagt Groth.

»Ja«, sagt die Frau, »genau. Da haben Sie sogar noch genug Zeit, die Erzählung vorab zu lesen.«

Groth fühlt sich so entwaffnet, dass er zugibt, ein Exemplar von Kafkas *Gesammelten Erzählungen* zu besitzen.

»Na, umso besser«, sagt die Frau. »Dann können Sie ja noch heute loslegen.«

Groth atmet auf, als er wieder im Freien steht. Er stopft die Karten in die Jackentasche. Der Geruch von Grillwurst steigt ihm in die Nase, also überquert er die Stargarder Straße zum Würstchenstand und holt sich eine. Er isst sie im Gehen, spaziert weiter zum Karl-Marx-Denkmal auf dem Marktplatz. Marx steht im offenen Mantel auf einem Podest und doziert in die Dunkelheit. Groth sieht sich selbst im fensterlosen Seminarraum der Polizeischule, über sich eine Deckenverkleidung, die an das Innere eines Eierkartons erinnert. Während er die Grundlagen der kriminalpolizeilichen Vernehmung darlegt, sitzt Gerstacker mit finsterer Miene in der ersten Reihe, hat ein Bein übergeschlagen und wippt immerfort mit seiner Stiefelette.

Im Hausflur angekommen, lässt Groth die Tür hinter sich ins Schloss fallen. Das Geräusch hallt von den Wänden wider, dann wird es still bis auf das Surren des Lichtschalters auf dem Hof. Bald verstummt auch der, und Groth steht im Dunkeln. Er hat Glück, die Frau im Parterre links hat ihn nicht gehört. Aus einer der Wohnungen vernimmt Groth den Schlussgong der *Tagesschau*.

Er war jetzt also im Schauspielhaus, hat sich unter die Leute gemischt und gegen seinen Willen Theaterkarten gekauft.

»Na siehste, Papa«, hört er Saskia sagen. »Geht doch.«

2

Ihr fällt auf, dass die Schwäne nicht wie üblich am Bootsanleger entlangdümpeln. Regine steht vor der Ausflugsgaststätte Erholung und raucht. Eberhard, ihr Chef, schaut ihr im Moment besonders auf die Finger. Ja, sie war unaufmerksam heute Morgen. Hat zwei Bestellungen vergessen. Einmal Bauernfrühstück, einmal Rührei. Und sich entschuldigt.

»Montagmorgen«, hat sie gesagt und gelächelt.

»Montags geht meistens was schief«, hat der Gast gesagt.

Nur bei mir nicht, denkt Regine. Ihr sieht das gar nicht ähnlich.

Sie legt den Kopf in den Nacken und blinzelt in den Regen. Ein Nieselregen ohne Ambitionen. Sie hat sich trotzdem auf ihr Fahrrad geschwungen heute Morgen, denn sie hatte beim Aufwachen ein ungutes Gefühl und wollte früh los. Außerdem können die Fahrradtage zu dieser Jahreszeit schnell enden. Für sie bedeutet das Bus, und die Busse fahren nur zur vollen Stunde hier raus. Regine braucht ihren Schlaf. Meistens kommt sie am Morgen auf den letzten Drücker. Wenn sie ihr Fahrrad unter das Wellblechdach schiebt, hört sie es aus der Küche schon klappern. Um halb sieben fängt sie in der Erholung an.

Eberhard, der neue Pächter, stammt aus Demmin und will aus der Erholung ein Tagungshotel machen. Langfristig. Er hat sich noch nicht mal gewundert, als Regine vor sechs Monaten plötzlich aus Berlin auftauchte und sich um die Stelle bewarb, die seit Wochen vergeblich im *Vier-Tore-Kurier* ausgeschrieben war: Servierkraft in der Gastronomie. Wo denn sonst, hatte Regine gedacht, als sie die Anzeige las. Sie überlegte nicht lange. Schickte drei Zeilen Bewerbungsschreiben, einen halbseitigen Lebenslauf und eine Referenz vom Personalchef des Kempinski. Zwei Wochen später hatte sie die Stelle. Es gefiel ihr, dass Eberhard keine Fragen stellte.

Jetzt, im Herbst, haben sie fast nur noch Tagungsgäste. Heute eine Gruppe vom Treptower Fleischereimaschinenwerk. *Ihr Fachbetrieb für industrielle Würfelschneider, Scheibenschneider, Streifenschneider.* Der Tagungsleiter, ein Mittdreißiger, sieht aus, als wäre Anzugtragen eine Strafe.

Regine sucht das Ufer mit den Augen ab. Fehlanzeige. Der See liegt da wie ein Postkartenmotiv; Badestelle, Steg, Schilf, Bootsanleger, alles wie immer, nur die Schwäne sind wie wegradiert. Es erinnert sie an ein Rätsel aus der Fernsehzeitung: zwei Bilder, die identisch aussehen. Doch in das untere hat sich ein Fehler eingeschlichen. Finde den Unterschied! Sie tritt ihre Kippe in einem dunkelgefärbten Stück Erde zwischen zwei Grasbüscheln aus und lässt sie dort liegen.

Drinnen sitzen die letzten Tagungsteilnehmer beim Frühstück, also füllt Regine das Buffet auf, wobei Eberhard sie genau beäugt, damit sie ja nicht zu viele Butterstücke in die Eisschale gibt oder Zuckerpäckchen ins Glas. Regine versucht, ihre Hände ruhig zu halten. Eberhard ist auf seine Weise ganz schlau. Hat begriffen, dass Regine gerne nachfüllt, zum Beispiel die Butterwolken auf Eis, weil die oben schwimmen und nie ihre Form verlieren. Eberhard weiß auch, dass Regine zu oft das Drehkarussell mit den Ansichtskarten auffüllt. Manchmal steht sie gedankenverloren da, dreht hin und her und sucht zwischen den Motiven das eine, das sie noch nicht an Janina geschickt hat. Die mit Tieren drauf hat sie längst alle verbraucht. Kraniche über dem herbstlichen See. Entenküken im Schilf. Heute findet sie ganz hinten im Kükenstapel eine Karte mit allen Haltepunkten des Ausflugsdampfers und steckt sie ein.

Sie kann nichts direkt an Janina schicken. Die Post läuft über

Frau Hehl vom Jugendamt. So ist das vorgeschrieben bei offener Adoption. Sie weiß nicht genau, wo Janina wohnt, aber dass sie Tiere mag, daran besteht für Regine kein Zweifel. Ist ja schließlich ihre Tochter.

Regine will gerade frische Bohnen in den Trichter des Kaffeeautomaten kippen, als sie eine Veränderung bemerkt, eine Aufhellung, als hätte jemand im Raum das Deckenlicht eingeschaltet. Aber die Lampen brennen schon. Durch die große Scheibe sieht sie zwei Autos lautlos an der Erholung vorbeirollen und weiter Richtung Uferweg. Die Wagen haben Blaulichter, die tonlos rotieren und Helligkeit in den diesigen Morgen streuen. Sie sind also da, denkt Regine, und im selben Moment verrutscht ihr die Kaffeetüte. Ihr Herz beginnt schneller zu schlagen.

Sie weiß ja, warum die Streifenwagen hier sind. Sie versteht bloß nicht, warum sie trotzdem derartig darüber erschrickt.

Regine braucht einen Moment, um sich zu sammeln. Sie geht im Kopf alles der Reihe nach durch. Das Pfund Kaffeebohnen ist in der Schütte. Jemand hat ihn entdeckt. Schütte schließen. Und die Polizei verständigt. Kontrollieren, dass der Deckel fest sitzt. Natürlich kommen mehrere Einsatzwagen, das ist immer so, wenn es einen Toten gibt. Ihr eigener Vater war bei der Polizei. Sie weiß, wie so was abläuft. Mahlwerk einschalten. Alles Routine.

Als stünde die Zeit nur für sie still, gehen alle anderen im Raum ihren Beschäftigungen nach. Eberhard schichtet Bierkisten, Svetlanas Arme greifen in der Durchreiche nach Tellern, gelb von Spiegeleiresten, die Tagungsgäste holen sich Kaffee und Gebäck, um in den Konferenzraum zu verschwinden.

»Ich geh mal eben nach hinten«, ruft Regine, nachdem das Mahlwerk verstummt ist. »Hinten« bedeutet Toilette.

Die Tür zum Konferenzraum ist zu. Ihr bleibt auf jeden Fall eine Stunde bis zur ersten Vortragspause. Eberhard steht jetzt am Tresen und unterhält sich mit einem Typ, der Schlakse heißt und neuerdings Stammgast ist.

»Jo«, ruft Eberhard zurück.

Schlakse dreht sich auf dem Barhocker um und starrt Regine genüsslich an, wie man Freiwild anstarrt. Sie kann seinen Blick noch im Rücken fühlen, als sie die Klappe im Tresen anhebt und über eine klebrige Gummimatte nach hinten zur Damentoilette geht. Als sich die Tür hinter ihr schließt, dreht sie den Wasserhahn auf und schaut in den Spiegel. Sie sieht gehetzt aus. Als sei die russische Mafia hinter ihr her. Bei dem Gedanken muss sie fast auflachen. Sie lässt kaltes Wasser in ihre Hände laufen und taucht ihr Gesicht hinein. Besser.

Eberhard fragte sie damals im Einstellungsgespräch, wo sie vorher gearbeitet habe, und Regine antwortete: »Im Kempinski.«

»Dem Hotel?«, fragte Eberhard.

Regine sagte nichts, sondern warf einen vielsagenden Blick auf ihr Bewerbungsschreiben, das vor Eberhard auf dem Tisch lag, während sie gleichzeitig das Kinn leicht anhob. Da stand alles drin. Eberhard war garantiert beeindruckt gewesen. Er wollte es nur nicht zugeben. Zum Glück gehörte er nicht zu der Sorte Chef, die zwischen den Zeilen lasen. Man konnte merken, dass Regines Leben nicht immer Überholspur geradeaus gelaufen war. Aber wer mit siebzehn schwanger wird und das Abi verpasst, kriegt nun mal nicht den roten Teppich ausgerollt, schon gar nicht in Berlin.

Angefangen hat sie in der Bierstube Zur Linde bei Herrn Ludewig, den seine Stammgäste Ludi nannten. In Prenzlauer Berg war Ludi eine Institution, weil er schon alles gesehen hatte, Krieg, alte Nazis, neue Nazis, Sozis, Kommunisten, Penner und Privilegierte. Nordhäuser Doppelkorn hat er ihnen allen serviert, allen bis knapp über den Eichstrich, wie er betonte, aber den Nazis und den Bonzen niemals kommentarlos.

»Die ham ihr Fett weggekriegt bei mir. Wer hier rinne kommt, muss die Uniform zu Hause lassen. Das ist Pflicht.«

Ludi hatte solchen Bluthochdruck, dass er manchmal auf einen Stuhl sank und sich den Kopf hielt.

»Mir platzt mal wieder der Schädel«, sagte er dann.

Regine, damals kaum neunzehn, reichte ihm in solchen Momenten einen kalten Lappen, den legte er sich erst auf den Nacken, dann auf die Stirn.

»Bist 'ne Perle«, sagte Ludi zu ihr. »So, und nu geht's wieder.«

Ludi konnte ihr nicht viel zahlen, aber er schrieb ihr ein glühendes Zeugnis, das Regine zu einer Stelle in der neurenovierten Bar des Kempinski Hotels verhalf. Sie musste sich ganz in Schwarz kleiden, enge Hose, enge schwarze Bluse, und bekam ein gefrästes Ansteckschild mit ihrem Namen drauf. Damals war sie noch verheiratet und nannte dem Personalchef des Kempinski ihren neuen Nachnamen. Regine tat es mit Inbrunst, so froh war sie, den Mädchennamen abgelegt zu haben. Allein deswegen hatte sich ihre elfmonatige Ehe schon gelohnt.

Hundertvierzig Ostmark hatte es gekostet, ihre Ehe zu beenden, siebzig für sie und siebzig für Maik, aber Maik war blank, und so zahlte Regine für ihn mit. Eine Investition in die Zukunft.

Und nun kam eine vom Kempinski zu Eberhard in die Erholung und bewarb sich um eine Stelle, die viel schlechter bezahlt war und noch dazu morgens um halb sieben begann. Eberhard schien beschlossen zu haben, sich nicht zu wundern. Er übersah geflissentlich Regines Perlenqualität, kommandierte sie und Svetlana herum, wie er es sich wahrscheinlich zu Hause von seinem Vater abgeguckt hatte. Regine war es egal.

Hier erkannte sie niemand. Niemand interessierte sich sonderlich für sie. Was hätte sie auch vorhaben sollen in dieser Einöde.

Wenn sie gefragt wird, was sie bloß hierher verschlagen hat, von Svetlana zum Beispiel, die eine neugierige Ader hat, dann sagt sie, dass sie die Wohnung ihrer Oma auflöse. Deshalb sei sie hier. Es ist noch nicht mal gelogen.

Es ist Svetlana, die ihnen die Nachricht überbringt, dass draußen alles voller Polizei sei.

»Polizei?«, wiederholt Eberhard.

Eberhard und Schlakse schauen sich an.

Eberhard klappt den Tresen auf und macht sich, gefolgt von Schlakse, auf den Weg nach draußen. Svetlana geht mit und gestikuliert ihnen die Einzelheiten dessen, was sie herausgefunden hat. Wohin die Polizeiautos gefahren sind, wo genau die Polizisten jetzt suchen. Regine kann durchs Fenster sehen, wie Svetlana zum Bootssteg zeigt, einmal, noch mal. Schlakse stemmt die Hände in die Seiten. Eberhard kratzt sich am Kopf.

In diesem Moment rollt auf dem schmalen Fußweg ein weiteres Auto an ihnen vorbei, eines ohne Blaulicht, darin ein Mann, der stur geradeaus schaut und die Ansammlung vor der Erholung nicht beachtet.

Regine steht jetzt allein im Speiseraum. Sie fühlt sich wie gelähmt. Eberhard, Schlakse und Svetlana sind bis runter zum See gegangen, aber weiter trauen sie sich nicht und treten das Gras platt.

Als hinter ihr eine Stimme fragt: »Wo sind denn alle?«, schrickt Regine so zusammen, dass sie einen kurzen Laut ausstößt.

Hinter ihr steht der Tagungsleiter. Er sieht genauso erschrocken aus wie sie. Die Anzughose ist ihm im Lauf der letzten Stunde so weit von der Taille gerutscht, dass sich der Hosenstoff unter dem Schuhabsatz ballt.

»Draußen ist ein Polizeieinsatz«, sagt Regine. »Die anderen sind mal gucken gegangen.«

»Ach«, sagt der Tagungsleiter. Er schaut aus dem Fenster, beugt sich ein wenig nach rechts, um besser zu sehen.

»Hättet ihr vielleicht noch ein Verlängerungskabel für uns?«, fragt er, ohne den Blick vom Fenster zu lösen.

Regine überlegt, wo sie eines gesehen hat.

»Ich geh mal nachschauen«, sagt sie.

Als sie zurückkommt, steht der Tagungsleiter draußen bei den anderen. Seine Seminargruppe ist aus dem Konferenzraum gekommen, und Regine hat plötzlich alle Hände voll zu tun. Sie schenkt Kaffee nach, Tee, und holt mehr Gebäck. Es sind trockene Dosenkekse, aber das scheint keinen zu stören. So verstreicht eine Viertelstunde, bis Eberhard endlich wieder auftaucht, im Schlepptau den Tagungsleiter. Sie berichten brühwarm, was sie in Erfahrung gebracht haben, dass es nämlich einen Toten gegeben habe, unten am Ufer.

»Gruselig«, sagt jemand.

»Wahrscheinlich Unfall«, sagt Eberhard. Das komme hier am See schon mal vor.

Ach wirklich, denkt Regine. Sie löst den Metalldeckel von der nächsten Keksdose und stellt sie neben die Reste des Frühstücksbuffets.

Irgendwann geht auch Regine nach draußen. Svetlana steht noch immer unten am Uferweg und gafft. Regine schlendert zu ihr hin. Sie sollte das nicht tun. Sie weiß, dass sie einfach im Gasthaus bleiben sollte, ihre Arbeit machen, fertig. Aber da steht sie schon auf dem Uferweg, lässt ihren Blick den Reifenspuren folgen, die die Streifenwagen ins Gras geplättet haben. Vom See her erwischt sie ein so kräftiger Windstoß, dass sie ihre Strickjacke fest zuzieht. Sie hält ihr Gesicht in den Wind, bis ihre Augen tränen und alles um sie herum konturlos wird. Aus den Stimmen, die jetzt an ihr Ohr dringen, filtert sie fremd klingende Worte heraus. Tatort. Markierung. Suizid. Das Wort, das sie fürchtet, ist nicht dabei.

Da liegt eine Rolle Absperrband auf dem Weg, das lose Ende flattert im Wind, ein Mann, der aus der Ferne wie Peter Maffay aussieht, hat eine Kamera vor dem Auge und beugt sich von oben über etwas, das im Gras liegt.

Der Mann mit der Kamera knipst. Seine Schuhe knirschen über Rollsplitt. Es klingt, als würden kleine Knochen unter seinen Sohlen zerknacken. Irgendwann dreht er sich zu Regine um, zückt die Kamera, lässt sie sinken, als wolle er sich vergewissern, dass sie mitspielt, dann stellt er scharf und fotografiert sie.

3

Als Groth am Montagmorgen auf dem Revier eintrifft, steht Gerda Küttels Schreibmaschine abgedeckt da. In der Kaffeedose findet Groth den Messlöffel auf blankem Boden. Er hat in kurzen Etappen geschlafen und das Umspringen der Leuchtziffern zu fast jeder Stunde auf dem Wecker verfolgt. Drei Uhr, vier Uhr, fünf Uhr. Um sechs hat er aufgegeben. Auf diese Weise konnte er die Wohnung eine halbe Stunde früher verlassen als üblich. Er war sich sicher, dass er zu dieser Stunde der Frau im Parterre links nicht in die Arme laufen würde. Aber sie befand sich bereits auf ihrem Posten und lüftete die Bettdecke zum Hof hin aus.

»Guten Morgen, Herr Groth. Auch schon wieder Montag.«

Würde ihn jemand fragen, warum er nicht schlafen kann, dann wäre die Antwort, dass ihn die neue Umgebung nicht zur Ruhe kommen lässt. Außerdem schmerzt sein Rücken, seit er beim Umzug die Bücherkisten mit den Erstausgaben hinauf in den dritten Stock geschleppt hat, weil er sie dem Umzugsunternehmen nicht anvertrauen wollte. Das ist genau zwei Wochen her. In seinem Alter kann er sich Eigenheiten wie diese nicht mehr leisten.

Als Gerda Küttel erscheint, bringt sie einen Schwung Herbstkälte mit herein.

»Ich bin noch mal schnell zum neuen Tchibo«, sagt sie. »Bohnenkaffee war aus.«

Groth verfolgt das Ritual ihrer Ankunft, sieht ihr zu, wie sie die

Handgriffe abspult, die Tasche unter dem Schreibtisch platziert, das Halstuch entknotet, den Mantel auszieht, auf den Bügel an der Garderobe hängt, dann das Tuch in den Ärmel stopft, das aufgrund seines glatten Polyestergemischs jedoch einfach durchrutscht und lautlos auf dem Boden landet. Gerda Küttel ist neu hier, genau wie er. Groth selbst hat sie unter drei Bewerberinnen ausgesucht, weil sie ihm im Vorstellungsgespräch auf den Kopf zusagte, dass er für seine neuen Visitenkarten zu viel bezahlt habe. Er hat sich die Karten aus einem Impuls heraus selbst besorgt, nachdem Bekendorf ihm zu verstehen gab, die Beschaffung über den Dienstweg könne dauern.

Die Visitenkarten haben ihn zweiundvierzig Mark gekostet – nach Gerda Küttels Meinung ein Vermögen.

»Die haben Sie über den Tisch gezogen, Herr Groth.«

Auf den Visitenkarten steht: *Arno Groth, Kriminalhauptkommissar*, darunter seine Durchwahl. Dabei hat er es belassen. Mehr muss man nicht wissen.

»Wo sind denn alle?«, fragt Groth, während Gerda sich bückt, das Tuch aufhebt und um den Haken des Bügels schlingt.

»Ja, haben Sie es denn noch nicht gehört, Herr Groth? Die sind ausgerückt. Heute Morgen wurde in aller Frühe unten am Bootsanleger eine Leiche gefunden. Im Wasser.«

»Im Wasser«, wiederholt Groth.

»Genau. Da ist einer ertrunken. Ist das nicht tragisch?«

Groth antwortet nicht.

»Der Bunterode hat mir das gerade erzählt. Ging mit meiner Tochter auf die Schule. Jetzt ist er bei uns. Polizeimeisteranwärter. Sieht richtig adrett aus in der Uniform, das kann ich Ihnen sagen. Ich treffe den Bunterode manchmal zufällig beim neuen Tchibo.«

Gerda zeigt auf die Packung vakuumverpackten Kaffee auf dem Schreibtisch.

Man hat ihn nicht informiert. Man hat ihn keineswegs vergessen, o nein, man hat ihn nicht informiert. Das ist ein großer Unterschied. Riesig.

Gerstacker war das, wer sonst.

Groth fühlt sich, als wäre ihm soeben der Bus vor der Nase weggefahren.

Er kann sich ausmalen, dass Gerstacker ein besonderes Vergnügen daran hat, den neuen Kollegen zu übergehen. Wahrscheinlich spaziert er gerade in seinen Stiefeletten über den Bootssteg und kommandiert alle herum.

Einer spontanen Eingebung folgend greift Groth nach den Autoschlüsseln und seiner Jacke, die er über die Stuhllehne drapiert hat. Gerda sprach vom Bootsanleger. Er weiß, wo das ist. Natürlich weiß er das, er kennt jeden Pfahl der Anlegestelle seit seiner Kindheit. Sollen sie ruhig große Augen machen, wenn der neue Aufbauhelfer Ost dort ungefragt auftaucht.

Krähen stieben kreischend auf, als Groth querfeldein über eine Rasenfläche auf den Wechtsee zumarschiert. Er hat sein Auto an der Zufahrtsstraße abgestellt, sobald er die Einsatzwagen sah. Auf der Höhe des Bootsstegs bleibt Groth stehen. Gelbes Absperrband markiert den Tatort, die losen Enden flattern im Wind. Groth nimmt flüchtig einige braune Glasscherben wahr, die auf dem Boden herumliegen.

Hinter ihm prasseln die Krähen mit lautem Flügelschlag ins zerwühlte Gras zurück. Ihr Krächzen geht in ein Klappern über wie von Kastagnetten.

Groth entdeckt eine Gruppe am Strand, aus der Gerstacker heraussticht, neben ihm Krüger vom Dauerdienst und Schaller, ein jüngerer Kollege der Kriminalpolizei. Groth beobachtet, wie sie gestikulieren. Mit ausgestreckten Armen werden Achsen in die Luft gemalt, der Fundort in Sektoren eingeteilt, als gingen sie Spielzüge durch.

Groth duckt sich unter dem Absperrband hindurch und geht zum Ufer. Zwei Kollegen der Kriminaltechnik sind bei der Arbeit, sie nicken ihm müde zu, als er sich nähert. An der Wasserkante haben sie einige Höcker Schilf breitgetreten und ihre Koffer auf dem braunen Teppich aus verschmiertem Gras abgestellt.

Unmittelbar davor liegt der Tote bäuchlings im Flachwasser. Groth kann einen Hemdsärmel ausmachen, dann, etwas tiefer im Schlick, die Beine.

Dass der Tote barfuß ist, nimmt Groth noch als Zufall hin. Bis er die Hose sieht. Der Stoff hat die Farbe des Schlicks angenommen. Trotzdem identifiziert Groth sofort breitgerippten Cord.

Er fühlt ein leichtes Brennen in der Brust, das ihn kurz irritiert, bevor es vergeht. Groth macht einen Schritt nach vorne, um besser zu sehen. Sein rechter Fuß gerät dabei bis zum Knöchel ins Wasser. Die Eiseskälte trifft ihn ungebremst. Groth hält die Luft an. Er sieht jetzt den Kopf des Toten, nicht das Gesicht, das von ihm abgewandt liegt, aber den Hinterkopf. Einen Haarschopf, der mal blond war und jetzt von der Nässe nachgedunkelt ist. Vielleicht auch von Blut, das ist schwer auszumachen. Der Mann, der da liegt, ist Eck.

Ich kenne kaum jemanden in dieser Stadt, denkt er. Aber den ersten Toten, mit dem wir es zu tun haben, ausgerechnet den kenne ich.

»Ah, Groth.«

Bekendorf ist eingetroffen und kommt auf ihn zu, gefolgt von Gerstacker und einem sportlich wirkenden Mann mit Arzttasche. Groth bleibt stehen, als sie an ihm vorbei zum Wasser gehen. Er versucht, über die Rücken hinwegzuschauen, um den Toten genauer zu sehen. Bekendorf bittet die beiden Kriminaltechniker um einen Bericht, und Groth hört nur halb hin, während er die Handgriffe des Mediziners verfolgt, der sich vor den Toten gekniet hat und dessen Kopf vorsichtig bewegt.

Unterdessen haben sich die beiden Techniker zu Bekendorf gesellt. »Der Mann wurde angeschwemmt. Es gibt nur eine Fußspur, genauer gesagt den Teil einer Fußspur, aber bisher ist unklar, ob der Abdruck von dem Angler stammt, der ihn heute Morgen entdeckt hat.«

»Kann man sagen, von wo er angeschwemmt wurde?«, fragt Bekendorf.

»Der Strömung nach wahrscheinlich von dort.« Einer der Techniker deutet auf die hölzernen Dalben am seeseitigen Ende des Bootsstegs. »Von dort hat man ihn auch zuerst gesichtet.«

»Fragt sich nur, ob er am Steg schon tot war«, hört Groth Gerstacker sagen.

»Er hat eine Risswunde am Kopf«, erklärt jetzt der Arzt. Er ist aufgestanden und reibt sich die Hände an einem Stofftaschentuch sauber. »Über dem rechten Ohr, knapp oberhalb der Hutkrempenlinie. Sieht man von hier aus schlecht. Mögliche Schädelfraktur.«

»Und wie lange liegt er schon hier?«

»Sicher seit Stunden.«

Groth betrachtet den Körper des Mannes, den er kennt. Ab und zu stößt eine Welle gegen den Toten, nimmt den Körper und drängt ihn sanft gegen das Ufer. Dabei hebt und senkt sich ein Bein in stetem Rhythmus, als sei da noch ein Rest Leben am Werk. Eine umgestülpte Hosentasche wölbt sich aus dem Wasser wie ein Ballon.

»Ich kenne den Mann«, sagt Groth jetzt.

Alle Blicke richten sich auf ihn.

»Er war letzte Woche bei mir auf der Wache. Eck. Der Mann heißt Eck.«

»Eck?«, wiederholt Bekendorf.

»Ihm wurde ein Boot gestohlen«, sagt Groth.

Die Worte klingen naiv, hilflos.

Alle betrachten den Leichnam ohne Boot.

»Sind Sie sicher, dass das derselbe Mann ist?«, fragt Gerstacker.

Groth nickt. »Ziemlich sicher.«

»Und was wollte der?«, fragt Schaller.

»Er sagte, dass er sich verfolgt fühlt.«

»Weiß man, von wem?«

»Nein. War alles sehr allgemein. Keine Einzelheiten, keine Namen.«

Niemand spricht.

Aus einer nahegelegenen Bucht erklingt das aufgeregte Räbräb wasserstartender Stockenten.

Groths Füße fühlen sich taub an. Er erinnert sich an die Winter seiner Kindheit, als er gar nicht weit von hier in zu dünnen Schuhen und zwei Paar Socken durch den Schnee lief. Groth fällt auf, wie viele seiner Erinnerungen an jene Zeit Wintererinnerungen sind, als sei ihm nur die Kälte präsent geblieben, dabei war er auch im Sommer oft hier am Strand zum Schwimmen.

Sie waten im Gänsemarsch zurück zum Strand. Der Bestatter schaut ihnen entgegen und drückt seine Zigarette mit der Schuhspitze in den Sand. Bekendorf gibt ihm ein Zeichen. Hinter der Absperrung steht ein roter Fiat, ein Mann mit Kamera davor, der sich jetzt unter dem Band durchduckt und auf sie zukommt.

»Presse«, sagt er. »Darf ich?«

Gerstacker breitet die Arme aus und will den Mann zurückscheuchen, als Bekendorf abwinkt.

»Schon gut«, sagt er.

»Um wen handelt es sich bei dem Toten?«, fragt der Reporter.

»Also«, sagt Bekendorf. Er steckt die Hände in die Manteltaschen. »Es handelt sich um eine männliche Leiche, etwa dreißig bis vierzig Jahre alt. Todesursache ist unbekannt.«

»Ertrunken?«

»Das wissen wir nicht.«

»Wann wissen Sie das?«

»Morgen«, sagt Bekendorf. »Frühestens.«

Bekendorf hat sich bereits verabschiedet, als Gerstacker verkündet, sich mit Schaller einmal in der Ausflugsgaststätte umhören zu wollen. Groth überlegt, ihnen zu folgen, aber die beiden marschieren bereits davon. Groth hat die Worte im Ohr, dass der Tote wahrscheinlich vom Steg aus angeschwemmt wurde, also begibt er sich dorthin, duckt sich unter der Absperrung durch und betritt das nasse Holz. Fast schwarz sieht es aus unter Groths Schuhen. Seine Schritte hallen über den See. Der Steg ist bis auf ein polizeiliches Absperrband und einige Kreidemarkierungen auf dem Boden verwaist. Seitlich unter einer Plane überwintern, fest verkettet und nur in Umrissen erkennbar, ein Dutzend Boote. Groth hört, wie ihre Hohlkörper dumpf aneinanderschlagen, und beobachtet die Strömung, bis der scharfe Wind ihn vertreibt. Auf dem Rückweg zu seinem Auto kommt Groth an einigen buntbemalten Bootsschuppen vorbei und probiert aus Neugier die Türklinken. Verschlossen.

Zurück im Büro setzt sich Groth an den Schreibtisch und zieht Schuhe und Socken aus. Seine Zehen sind kalkweiß und gefühllos. Er stellt die Füße auf den Bodenbelag, der an einigen Stellen Blasen wirft. Die Ironie, dass er nun barfuß ist, so wie Eck letzte Woche, entgeht Groth nicht. Er krempelt die Hosenbeine hoch. Schwarze Sprengsel aus Matsch und Grasfasern kleben an seinen Waden. Groth wischt den Schmutz mit kalten Händen ab. Dann setzt er sich auf und rückt mit dem Stuhl an die Schreibtischplatte. Er muss die Zähne zusammenbeißen, als seine Zehen langsam auftauen, gleichzeitig erstaunt es ihn, einem so altvertrauten Kindheitsschmerz wieder zu begegnen, und Groth fühlt sich zu seiner Überraschung seltsam lebendig.

Er überlegt, wo er anfangen soll. Niemand wird ihm den Fall übertragen, aber eine letzte Sache will er für den Mann tun, er spürt eine besondere Verantwortung; das Opfer hat seine Hilfe gesucht. In Groths Kalender findet sich für diese Woche die Eintragung: Besprechung Herr Eck. Dahinter hat er ein Fragezeichen gesetzt, was ihm jetzt wie eine dunkle Vorahnung erscheint. Außerdem gibt es ein Detail, das ihn stört. Es fiel ihm am Tatort auf und lässt ihn nicht los. Die umgestülpte, mit Luft gefüllte Hosentasche, in der letzte Woche noch Ecks Tabakbeutel steckte. Sie passt nicht ins Bild.

Er zieht das Telefonverzeichnis hervor und wählt die Nummer des Meldeamts.

»Ein Herr Eck ist in Wechtershagen nicht bekannt.«

Groth will schon auflegen, als die Dame am anderen Ende ergänzt: »Jedenfalls nicht mehr.«

»Ach?«, sagt Groth.

»Die letzte Wohnanschrift, die wir haben, lautet Bachstraße 5 b.«

»Und der genaue Name?«, fragt Groth.

»Siegmar Eck. Abgemeldet im Mai.«

»Danke«, sagt Groth. »Hat er eine neue Anschrift hinterlassen?«

Am anderen Ende der Leitung wird geblättert.

Groth drückt die Hörmuschel fester auf sein Ohr.

»Hat er nicht. Aber da ist ein alter Eintrag, falls Sie das interessiert.«

»Das interessiert mich«, sagt Groth.

»Eine Adresse in Pasewalk. Tannenweg 20. Mehr habe ich nicht.«

»Das ist sehr hilfreich«, sagt Groth. »Danke.«

Er spürt, dass die Frau das Gespräch fortsetzen möchte. Er hat sie kurz aus der Eintönigkeit ihres Arbeitstags gerissen und muss sie nun wieder in die Bedeutungslosigkeit entlassen. Groth stellt sich die Frau der Stimme nach wie die Sängerin von ABBA vor, deren Poster früher in Saskias Hamburger Kinderzimmer hing, dauergewelltes Haar, hübsch, ja, aber nicht übermäßig, ein wenig grau im Gesicht vom Rauchen. Doch wie oft schon haben ihn Stimmen wie diese getrogen.

»Dann bis zum nächsten Mal«, sagt Groth und hängt auf.

• • •

Das Haus, das Groth in Pasewalk vorfindet, steht zurückgesetzt auf einem verwahrlosten Grundstück. Der Garten gleicht einer winterlichen Wiese. Nassgefaulte Halme, einige nackte Obstbäume. Vereinzelt hängen Äpfel wie Schrumpfköpfe an den Ästen. Der Plattenweg zum Haus ist so sparsam verlegt, dass man über Graswülste und Maulwurfshügel hinweg von Quadrat zu Quadrat steigen muss. Groth sieht sich in Kniestrümpfen und kurzen Hosen auf einem Bein die Felder von Himmel und Hölle abhüpfen. Dann steht er vor der Haustür. Eine Klingel findet er nicht. Aber da hängt ein Briefkasten an zwei lockeren Schrauben von der Hauswand, der Schriftzug darauf: *G. & U. ECK*. In Groths Kopf mischen sich die Buchstaben zu einem irreführenden Wort – GLUECK.

Groth sammelt sich, wie er es immer macht, wenn er eine Nachricht wie diese übermitteln muss. Er öffnet sich für alle Variationen von Schmerz, weiblich, männlich, reich, arm, jung, alt. Am schlimmsten der Schmerz von Eltern. Und genau da öffnet sich die Tür.

Ein etwa sechzigjähriger Mann steht vor ihm. Sein Blick wandert misstrauisch zuerst zu Groth, dann zu dessen West-Auto vor dem Gartentor.

Groth erwartet eine schnippische Bemerkung, einen unfreundlichen Gruß. Aber der Mann sieht ihn nur schweigend an.

Groth tritt einen Schritt zurück, nickt.

»Guten Tag«, sagt er. »Mein Name ist Groth, Kriminalpolizei. Ich bin auf der Suche nach der Familie von Herrn Eck aus Wechtershagen.«

Groth lässt das erst mal einsickern.

»Herr Eck aus Wechtershagen«, wiederholt sein Gegenüber. Seine rechte Hand hält die Tür, die linke geht zum Türrahmen und klammert sich fest. »Da meinen Sie wohl meinen Sohn. Is' was mit ihm?«

»Da bin ich nicht sicher«, sagt Groth. »Ich würde gerne kurz mit Ihnen reden.«

Groth zieht seinen Ausweis und hält ihn in den abwesenden Blick des Mannes hinein, so gut es geht.

Der beginnt zu verstehen, dass er Groth ins Haus lassen soll und dass die Nachricht keine gute sein kann.

Im Hausflur riecht es nach alten Teppichen. Groth wird an der dunklen Küche vorbei ins Esszimmer geführt. Hier stehen ein Campingstuhl, ein Tisch und ein Fernseher. Als Groth sich nach einem zweiten Stuhl umschaut, entdeckt er im hinteren Teil des Raums eine Chaiselongue mit Bettzeug darauf.

»Ich heize nur dieses Zimmer«, sagt Eck senior.

Er klappt einen Stuhl für Groth auf.

»Wir haben heute Morgen am Wechtseeufer eine Leiche gefunden«, sagt Groth, als sie sitzen.

Ecks Lippen sind nur noch Striche.

»Wir haben Grund zu der Annahme, dass es sich um Ihren Sohn handeln könnte.«

Es kommt keine Antwort.

»Es tut mir sehr leid, dass ich Ihnen diese Nachricht überbringen muss«, sagt Groth. Es ist eine Floskel, natürlich ist es eine Floskel, er hat sie einstudiert und vielfach benutzt, denn was soll in einem solchen Moment trösten, nichts kann das. Und ja, es tut ihm leid. Jedes Mal.

»Musste wohl mal so kommen«, sagt Eck. Sein Gesicht ist wie versteinert.

Groth lässt ihm einen Moment Zeit. Er sieht, dass Eck nickt, immer wieder, ganz schwach nickt er mit dem Kopf vor sich hin, als wolle er sich die eigenen Worte bestätigen.

»Wann haben Sie Ihren Sohn zuletzt gesehen?«, fragt Groth.

»Er war Anfang Oktober mal hier«, antwortet Eck. »Hat mir einige Sachen gebracht, angeblich, weil er über den Winter umziehen wollte. Zwei oder drei Plastebeutel waren das. Ihm haben die Hände gezittert. Mein Sohn trinkt, müssen Sie wissen. Schon lange. Was haben wir Auseinandersetzungen gehabt.« Eck fährt sich mit der Hand übers Gesicht. »Sie machen sich keine Vorstellung.«

Groth nickt.

Er will Eck senior fragen, ob sein Sohn Feinde hatte, aber er lässt es sein. Erst mal. Stattdessen sagt er: »Der Alkohol ist der schlimmste aller Gegner.«

»Machtlos ist man da«, antwortet Eck. »Vollkommen machtlos.«

Dann sitzen sie eine Weile schweigend da. Eine Wanduhr tickt vor sich hin.

»Wir werden Sie brauchen, um den Toten zu identifizieren«, sagt Groth in den Takt hinein.

»Das denke ich mir.«

Zwei Stunden später haben sie Gewissheit.

»Wie schmal er ist.« Das sind die einzigen Worte, die sich aus Eck seniors Strichmund lösen.

Als sie gehen wollen, hält der Rechtsmediziner Groth zurück.

»Kann ich Sie kurz unter vier Augen sprechen?« Er stellt sich als Dr. Steinert vor. »Dauert nicht lange«, fügt er mit Blick auf den Vater hinzu.

Groth bittet Eck senior, draußen zu warten.

»Ich wollte Ihnen da kurz etwas zeigen«, sagt Steinert. »Wenn Sie sich das mal ansehen könnten.«

Er hebt das Tuch und faltet es so, dass die Leiche bis zu den Armbeugen freiliegt.

»Hier.«

Steinert bewegt seinen abgespreizten kleinen Finger kreisförmig über Ecks Brust.

»Es handelt sich um Vernarbungen, etwa münzgroß. Unklare Ursache. Das ist schon etwas ungewöhnlich.«

»Woher stammen die?«, fragt Groth.

»Schwer zu sagen. Möglicherweise Verbrennungen. Sicher bin ich mir nicht. Das Brusthaar ist nicht mehr nachgewachsen. Nicht auszuschließen, dass er sich das selbst zugefügt hat.«

»Warum sollte jemand so was tun?«, fragt Groth.

»Selbstverletzendes Verhalten, das kommt vor. Für das Warum sind Sie zuständig. Ich berichte nur, was ich sehe.«

»Und die Todesursache?«, fragt Groth.

»Diese Vernarbungen sicherlich nicht«, sagt Steinert.

Natürlich erwartet ihn die Nachbarin aus dem Parterre links, als er endlich in den Hof einfährt und sein Auto abstellt. Es ist kurz nach sieben. Groth hat Eck senior nach Hause gebracht und in letzter Minute vor Ladenschluss eine Tiefkühlpizza erstanden. Die Frau schaut ihm interessiert entgegen.

»Haben Sie schon gehört, dass bei uns jemand im Keller übernachtet hat, Herr Groth?«

Groth verneint und will die Haustür aufdrücken.

»Es wird immer schlimmer«, spricht die Frau weiter. »Die Bank in Pasewalk haben sie gerade erst überfallen. Und jetzt diese Kellereinbrüche. Stand sogar in der Zeitung.«

»Ach«, sagt Groth.

»Als gäbe es hier was zu holen.«

Groths Autoschlüssel fallen zu Boden.

»Die meisten hier sind so blank wie ausgelöffelte Suppenschalen.«

Groth dreht am Lichtschalter.

»Wo Sie doch bei der Polizei sind«, sagt die Nachbarin, während Groth sich bückt. »Da sollten Sie sich der Sache mal annehmen.«

»Vielleicht später«, sagt Groth. »Jetzt geht es gerade nicht.«

»Ach wo, das dauert doch nur 'ne Minute. Nur zu, gehen Sie mal die Treppe runter. Der offene Keller hinten rechts. Da hat es sich jemand bequem gemacht, sage ich Ihnen.«

Groth lässt die Tür hinter sich ins Schloss fallen.

Der Keller kann warten.

Als er sich die Stufen zu seiner Wohnung hinaufflüchtet, hört er, wie die Frau ihm von draußen nachruft: »Und Zusperren nicht vergessen!«

Nach der *Tagesschau* sitzt Groth im Sessel unter der Stehlampe, die er 1980 bei Möbel Ordnung gekauft hat, und versucht zu lesen. Er hat seine Bücherkartons durchwühlt und im vorletzten gefunden, was er suchte: Kafkas Erzählungen. Im Fernsehen wird eine Dokumentation über Willy Brandts Politik des Wandels durch Annäherung angesagt, doch Groth schaltet ab.

Gelegentlich schaut er vom Buch auf und merkt, wie ihn das Muster der Tapete anspringt, ein aufdringliches Muster ist es, das ihn an die alten Pril-Blumen erinnert, die Saskia mit fünf von der Flasche abzog und überall in der Hamburger Wohnung verteilte. Eine hat sogar überlebt. Sie klebt unten links auf dem Badspiegel. Groth fällt auf, dass er den Spiegel mit Blume an der Hamburger Wand zurückgelassen hat.

Auf einem Teller neben ihm liegt die abgenagte Kruste seiner Tiefkühlpizza. Der verbliebene Geruch macht Groth müde. Er liest: *In den letzten Jahrzehnten ist das Interesse an Hungerkünstlern sehr zurückgegangen.*

Er kann sich nicht auf die Worte konzentrieren.

Er versucht es noch einmal: *Als Höchstzeit für das Hungern hatte der Impresario vierzig Tage festgesetzt, darüber hinaus ließ er niemals hungern.*

Es ist eine untergegangene Welt, die hier ausgebreitet wird, denkt Groth. Hungerkunst. Eine Zirkusdarbietung, die keiner mehr sehen will. Sie ist so weit von der Wirklichkeit entfernt wie Gerstackers Wunsch, die alten Ermittlungsmethoden fortzusetzen. Groth hangelt sich durch die Sätze, er sucht den Anknüpfungspunkt, der ihm die Tür zum Verständnis der Erzählung öffnet. Was hat sein Leben mit dem einer abgehalfterten Jahrmarktsfigur zu tun? Nichts. Groth wollte nie im Rampenlicht stehen. Die Bühne liegt ihm nicht. Saskia wollte es ihm nie glauben, aber er mag es einsam.

Groths Gedanken wandern nach Pasewalk zu Ecks Vater. Auch der ein Einzelgänger. Lebt in einem Haus, aber nutzt nur ein Zimmer. Sie sind sich auf eine gespenstische Weise ähnlich, Eck senior und er. Groth hat es beim Betreten des Hauses gleich gemerkt und das Gespräch sehr behutsam in Richtung des Unabänderlichen gelenkt. Als er auf den Toten am See zu sprechen kam, war Eck senior längst klar, dass es sich bei diesem Toten um seinen Sohn handeln musste, auch wenn Groth nur von Möglichkeit sprach.

Groth fällt es schwer, jenen Moment der Gewissheit zu verdrängen. Den Moment, als Eck senior in der Gerichtsmedizin zusah, wie über dem Leichnam das Tuch angehoben wurde.

Wie schmal er ist.

Groth wusste von Anfang an, dass der Vater keine öffentliche Träne vergießen würde. Jemand wie Eck senior frisst alles in sich hinein. Er zieht sich in seinem Haus in ein einziges Zimmer zurück und genauso in seinem Innern.

Vielleicht war er gar nicht vom Hungern so sehr abgemagert, liest Groth. Plötzlich rühren ihn die Worte. *Sondern er war nur so abgemagert aus Unzufriedenheit mit sich selbst.*

4

Regine schiebt am Dienstagmorgen ihr Fahrrad über den Parkplatz der Erholung und sieht den fremden Wagen mit Hamburger Kennzeichen. Sofort ist sie hellwach. Auch wenn sie sich innerlich auf diesen Moment vorbereitet hat, staunt sie, mit welcher Wucht die innere Unruhe von ihr Besitz ergreift. Es ist ein Wagen mit Heckklappe, ein VW Passat, frisch geparkt, denn es knackt unter der Kühlerhaube, als Regine ihr Fahrrad vorbeischiebt. In der Mittelkonsole prunkt ein schwarzes Teil mit Kabel, das Regine als Funkgerät einordnet. Am Rückspiegel hängt ein Wimpel mit einem P drauf und einer Zahl. Regine hat keinen Zweifel, dass die Polizei ihretwegen gekommen ist.

Als sie ihr Fahrrad abschließt, ist ihr Kopf wie leergefegt. Svetlanas Gesicht erscheint im Küchenfenster. Im nächsten Moment schwingt die Tür auf.

»Du, Regine, da ist Polizei. Die wollen mit uns sprechen. Wegen tote Bootsmann, du weißt schon.« Svetlana, die sonst nichts aus der Ruhe bringt, wirkt panisch.

»Mit uns?«, fragt Regine.

Svetlana nickt. »Uns. Alle. Ganze Reihe nach.«

»Weißt du irgendwas?«, fragt Regine.

Svetlana schüttelt den Kopf. »Und du?«

»Nichts«, lügt Regine. Sie versucht zu lächeln.

Natürlich war ihr von Anfang an klar, dass sie mit dem Feuer spielt. Aber so ist sie eben. Sie macht das ständig. Sich auf Sachen einlassen, die aus dem Ruder laufen. Ihre Ehe mit Maik ist so ein

Beispiel. Aber auch die Gespräche mit Eck. Sie glaubte ganz fest, alles unter Kontrolle zu haben, und nun das.

Gleichzeitig versucht sie, sich damit zu beruhigen, dass niemand hier weiß, wer sie ist. Niemand. Sie ist Regine Schadow, ehemals Barfrau im Kempinski Hotel in Berlin. So stand es in ihrem Bewerbungsschreiben. So hat sie es seither gehalten.

Eberhard hat zum Glück schnell gemerkt, dass er keine Fragen stellen sollte. So eine wie Regine kriegt er hier nicht alle Tage. Als sie neu war, fing er einmal davon an, dass er sie doch mal im Auto mitnehmen könne. Also fragte Regine zurück, ob er an ihrem Bleiben interessiert sei, denn wenn das so wäre, dann solle er mal lieber schön Bier zapfen und sich aus ihrem Leben raushalten. Wie sich zeigte, war Eberhard sehr lernfähig. Er ließ sie in Ruhe. Regine blieb.

Svetlana stammelt irgendwas von Pass und dass die Polizisten bestimmt einen Ausweis sehen wollen.

»Was soll ich jetzt machen?«, fragt sie schließlich.

Erst jetzt dringt das Problem in Regines Bewusstsein. Svetlana hat keinen gültigen Ausweis.

»Hab ich nicht Zeit zum Verlängerungbeantragen«, jammert Svetlana. »Immer Arbeit, Arbeit.«

»Ich weiß«, sagt Regine, um sie zu beruhigen. »Vielleicht geht es ja auch ohne. Ausweis, meine ich.«

»Geht nie ohne Ausweis.« Svetlana bewegt ihren Zeigefinger hin und her wie ein Wischblatt. »Bei Polizei nie ohne Ausweis.«

Regine geht zum Spind und legt ihre Sachen ab. Svetlana bleibt in der Tür zum Pausenraum stehen und kaut am Nagelbett ihres Daumens. Aus der Gaststube dringen Stimmen. Eine davon gehört Eberhard. Die zweite kennt sie nicht, aber sie erkennt ihre Färbung, die etwas Hiesiges hat. Ruhe strahlt sie aus, diese Stimme. Sie will so gar nicht zu einem Polizisten passen. Fast schüchtern erscheint ihr der Sprecher. Und dann ist da noch ein weiterer Polizist. Der sich ziemlich wichtig vorkommt, das kann Regine am ungenierten Tonfall hören. Sie hat solche Stimmen oft genug erlebt, als sie noch im Kempinski arbeitete.

Der Polizist mit der leisen Stimme sitzt am Sechsertisch in der Mitte des Gastraums, Eberhard ihm gegenüber. Sie sprechen über das Wetter. Eberhard berichtet über die Länge der Saison hier draußen, besser gesagt, die fehlende Länge der Saison. Klagt sein Leid, dass die Leute eben heutzutage lieber ans Meer reisen als an den See. Dass der See – Eberhard überlegt – einfach zu nahe liegt, jetzt, wo ja Reisefreiheit herrscht.

Der Polizist nickt, als hätte er etwas sehr Profundes gehört. Er hat sich einen Bierdeckel genommen und stellt ihn von einer Seitenkante auf die nächste, immer ein Stück weiter, die ganze Runde rum. Regine wird schwummrig vom Hingucken.

»Dann hat der Bootsverleih also immer nur bis September geöffnet?«, fragt der Polizist jetzt.

»Ja«, sagt Eberhard, »so plus/minus. Je nach Wetter.«

Sie reden noch eine Weile über allgemeine Sachen. Welches Bier Eberhard bezieht, ob das eine Brauerei aus der Gegend sei, ob ihm denn mal irgendein komischer Gast untergekommen sei, einer, der vielleicht nach dem Bootsverleiher gefragt hat.

»Nein«, sagt Eberhard. Er hätte hier keine komischen Gäste.

Regine muss sich zusammenreißen, um das einfach so stehenzulassen. Und was ist mit Schlakse und Konsorten?, denkt sie. All die Rechten, die hier ein und aus gehen? Oder du selbst zum Beispiel? Sie merkt, dass sie sich gerade in Rage denkt. Sie kann nicht mehr still stehen, bewegt erst die Zehen, dann die Hände hinter dem Rücken. Die Wut hat den angenehmen Effekt, dass sie plötzlich ihre Nervosität unter Kontrolle hat. Sie dreht sich zu Svetlana um, die immer noch Nägel kaut. Ihre Blicke treffen sich.

»Außerdem«, sagt Eberhard, »blieb der Eck lieber für sich.«

Ob er wisse, wo Eck gewohnt habe?

»Da muss ich passen«, sagt Eberhard.

Irgendwann stellt der Polizist fest, dass aus seinem Gegenüber nichts mehr rauszuholen ist, also dankt er Eberhard für seine Hilfe.

Eberhard bleibt erst mal sitzen, bis er kapiert, dass sie fertig sind. Denn der Polizist schaut in diesem Moment schon zu Regine. Mustert sie kurz. Dann winkt er sie heran.

Regine hebt das Kinn.

Zu dem ruhigen Polizisten tritt jetzt der andere mit der wichtigen Stimme und beugt sich zu ihm runter.

»Das ist die Bedienung, die seit Mai hier arbeitet«, sagt er so laut, dass Regine es hört.

Regines ganzer Körper kribbelt. Sie ist erleichtert, dass sie endlich drankommt und sich von der Stelle bewegen darf. Aber der Gedanke, in welche Richtung das bevorstehende Gespräch driften könnte, schnürt ihr für einen Moment die Kehle zu. Sie geht zum Tisch und versucht, so gut es geht, Ruhe auszustrahlen. Plötzlich ist sie wieder in der Bar im Kempinski und tritt an einen Tisch, um die Bestellung aufzunehmen. *Lassen Sie den Tag mit einem Cocktail oder einem prickelnden Glas Champagner vor eleganter Kulisse ausklingen. Was darf ich Ihnen bringen?*

»Sie sind also Frau …«, der Westler blättert in einem kleinen Schreibblock nach vorne.

»Schadow«, sagt Regine.

»Richtig. Schadow. Das W spricht man nicht mit.«

»Nein«, sagt Regine. »Das ist stumm, das W.«

»Bitte.« Er zeigt auf den Stuhl, auf dem eben noch Eberhard klebte.

Regine setzt sich. Ihre Knie rutschen unter dem Rock hervor. Regine sieht, dass der Polizist es bemerkt.

Und Sie?, will sie fragen. Haben Sie auch einen Namen? Natürlich sagt sie nichts dergleichen. Der Polizist ist aus dem Westen, der versteht keinen Spaß.

»Also, Frau Schadow. Es geht um den Bootsverleiher, der hier gestern Morgen tot aufgefunden wurde.«

Der Polizist blättert wieder in seinem Block.

Siegmar Eck, will Regine ihm auf die Sprünge helfen, aber sie verkneift es sich.

»Kannten Sie den?«

»Klar«, sagt Regine. »Wir alle kannten den.«

»Können Sie das etwas konkreter machen?«

»Der kam immer mal wieder vorbei, um 'ne Zigarette zu schnorren.«

»Wissen Sie sonst etwas über den Mann? Irgendwas beobachtet?«

Regine überlegt, ob sie einfach Nein sagen soll. Sie kann nicht ausschließen, dass sie irgendwann mal mit Eck gesehen wurde. Svetlana könnte das austratschen, um das Fehlen ihres Ausweises gutzumachen.

»Er konnte gut schwimmen«, hört sich Regine sagen. Im selben Moment bereut sie es.

Der Polizist schaut sie an, dann schreibt er es in seinen Block.

»Will heißen?«, fragt er.

»Das will heißen, dass der Mann gut schwimmen konnte. Wer schwimmen kann, ertrinkt nicht einfach so.«

»Dann sind Sie also der Meinung, dass Siegmar Ecks Tod kein Unfall war.«

»Ich bin gar keiner Meinung. Ich habe nur beobachtet, dass er manchmal ziemlich lange im See schwimmen war. Wenn er ertrunken ist, dann ja wohl nur, weil ihm im Wasser etwas passiert ist.«

Der Polizist hat den Bierdeckel von vorhin wieder zur Hand genommen und klopft mit der Pappkante leise auf den Tisch.

»Wir gehen davon aus, dass er zum Todeszeitpunkt alkoholisiert war«, sagt er. »Vermutlich ist er beim Sturz ins Wasser mit dem Kopf auf etwas aufgetroffen. Eine Bootskante vielleicht.«

»Ah«, sagt Regine. Sie ist sich nicht sicher, ob man von ihr erwartet, dass sie das kommentiert. Ja, Eck war ein Trinker. Nein, so blöd war der nicht.

»Ein Boot«, wiederholt sie, um irgendwas zu sagen.

»Sie haben, wenn ich richtig informiert bin, am vergangenen Sonntag hier gearbeitet«, sagt der Polizist. Er starrt auf das Gekritzel in seinem Block.

»Richtig«, bestätigt Regine.

»Haben Sie Herrn Eck an diesem Tag gesehen?«

Wumm.

Da ist sie also, die Frage. Regine hätte sich vorbereiten sollen. Ist doch logisch, dass sie das von ihr wissen wollen.

»Sie meinen, ob er mir an dem Nachmittag mal über den Weg gelaufen ist?«

Der Polizist nickt.

»Nein«, sagt Regine.

Da. Sie hat den Sonntagabend elegant umschifft. Ist der Wahrheit mit einer Gegenfrage ausgewichen. Alter Boxertrick, wie ihre Oma sagen würde.

»Gut.« Der Polizist hat den Bierdeckel jetzt auf die Kante gestellt und dreht ihn wie einen Kreisel. »Haben Sie Eck mal mit irgendjemand zusammen gesehen? Freunde, Bekannte, jemand, mit dem er sich gestritten hat?«

Eck würde sich nicht streiten, will Regine sagen. Der war gar nicht der Typ für Streit. Hätte sich lieber wie 'ne Fliege zerquetschen lassen, als einen Streit anzufangen.

Aber dann kommt ihr der Gedanke, die Möglichkeiten dieses Gesprächs etwas auszureizen. So wie sie im Kempinski Cocktails an Leute verkauft hat, die nicht mal den Namen des Getränks aussprechen konnten.

»Na ja«, antwortet sie. »Schwer zu sagen.«

Der Polizist bemerkt diese Nuance und lässt den Bierdeckel los.

Regine wirft einen schnellen Blick über ihre Schulter. Eberhard steht hinter der Theke und wischt wie ein Weltmeister. Tut so, als interessiere ihn das alles hier gar nicht.

»Also, ja?«, fragt der Polizist.

»Es könnte sein, dass Gäste von hier sich ab und zu mal zum Bootsverleih verirrt haben.«

Der Bierdeckel kreist ein letztes Mal um sich selbst und fällt flach auf den Tisch.

»Gäste. Welche denn?«

Regine senkt die Stimme.

»Es gibt hier einige Gäste, die man der rechten Szene zuordnen würde. Mir ist das egal, die machen uns keinen Ärger. Und gesehen hab ich eigentlich auch nichts.«

»Wenn Sie nichts gesehen haben, warum bringen Sie diese Gäste mit Herrn Eck in Verbindung?«

»Bringe ich nicht.«

Der Polizist sieht sie jetzt scharf an.

»Also schön«, sagt Regine, »die haben mal über Eck hergezogen. Das konnte ich hören. Mehr war da nicht.«

Der Polizist schreibt etwas auf und macht darunter zwei Striche.

»Haben Sie Namen von diesen Gästen?«

»Leider nein.«

»Beschreibung?«

»Ich kenne nur einen, und von dem auch nur den Spitznamen«, sagt Regine.

»Und der wäre?«

»Schlakse. Ist hier Stammgast.«

Der Polizist runzelt die Stirn, dann schreibt er es auf.

»Gut.« Er greift in die Innentasche seines Blazers. »Hier ist meine Visitenkarte. Falls Ihnen noch etwas einfällt. Einfach anrufen.« Er kreist mit dem Kugelschreiber eine kleingedruckte Nummer ein.

Regine nimmt die Karte entgegen. Arno Groth, Kriminalhauptkommissar.

»Mach ich«, sagt Regine. Sie will die Visitenkarte in die Tasche ihrer Strickjacke schieben, doch die spitzen Ecken verhaken sich in den Maschen. Als sie aufsteht und Svetlana Platz macht, streift ihr Blick Eberhard hinter dem Tresen. Er hat ein Geschirrtuch in der Hand und trocknet Pilsgläser nach. Wischt wieder und wieder über das Rund der Öffnung. Aber er kann ihr nichts vormachen. Natürlich hat er gehört, was sie über Schlakse gesagt hat. Eberhard hat seine Ohren überall. Na wennschon. Das hat sie auch. Eberhard soll ruhig wissen, dass sie mehr mitkriegt, als er ahnt.

5

Gegen vier Uhr nachmittags kommt Groth ins Kommissariat zurück. Nach der Befragung im Ausflugslokal hat er versucht, diesen Schlakse ausfindig zu machen. Was ihn den ganzen Nachmittag gekostet hat und dazu noch reine Zeitverschwendung war. Niemand in der Erholung kannte Schlakses vollen Namen, aber immerhin wusste der Pächter, dass der Mann Busfahrer ist. Also fuhr Groth zum Bus-Depot hinter dem Bahnhof und fragte sich bis zum Fahrdiensteinteiler durch. Es stellte sich raus, dass Schlakse mit vollem Namen Heiko Schlick heißt und am fraglichen Sonntagabend Linienbus fuhr, und zwar die Strecke vom Bahnhof über den Ring Richtung See und oben auf der Wechtershagener Landstraße an der Erholung vorbei nach Altfehrdorf. Das sei seine übliche Tour, erklärte der Dispatcher. Dienstschluss um Mitternacht.

Groth ließ sich den Dienstplan aushändigen und musste konstatieren, dass Schlakse den Bus tatsächlich erst um null Uhr drei auf dem Betriebshof abgestellt hatte, zu einer Zeit, als Eck aller Wahrscheinlichkeit nach bereits leblos im See lag.

Seine Suche nach Heiko Schlick begreift Groth als ein letztes Aufbäumen gegen das banale Fazit im vorläufigen Obduktionsbericht: kein Hinweis auf Fremdeinwirkung.

Groth hatte den Bericht am Morgen gelesen, als sie zur Lagebesprechung in Bekendorfs Büro saßen. Der guten Ordnung halber hatte er beschlossen, dem Hinweis auf Schlakse trotzdem noch nachzugehen. Immerhin ist sein Name der einzig konkrete Hinweis in einem Fall, der sich mehr und mehr zu einem Unglücksfall entwickelt, zu einem Sturz ins Wasser am denkbar ungünstigsten Ort.

Als Groth im Büro die Klemmleuchte anschaltet, kommt Gerda Küttel angelaufen.

»Da sind Sie ja endlich. Besuch für Sie. Ein Herr Eck.«

Dann senkt sie die Stimme: »Ist der Vater. Er wartet schon fast eine Stunde.«

Tatsächlich sitzt auf der polierten Wartebank vor dem Verhörzimmer ein noch hagerer Eck senior, als Groth ihn in Erinnerung hat.

Sie begrüßen sich wortlos.

Groth führt den Besucher in sein Büro und bietet ihm einen Stuhl an.

»Kaffee?«, fragt er.

»Ich kann so schon nicht schlafen«, antwortet Eck.

Auch hierin sind sie sich also ähnlich, Eck senior und er.

Eck richtet sich auf dem Holzstuhl ein, hängt seine Mütze übers Knie, eine Angewohnheit, die Groth von seinem eigenen Vater kennt. Wie seltsam, seit Jahrzehnten hat er nicht mehr daran gedacht, und doch sieht er genau dieses Bild jetzt vor sich, Johann Groth aufrecht auf einer Holzbank sitzend im Zug, alles schaukelt, aber die wollene Schirmmütze bleibt auf dem Knie, als sei sie dort festgenäht.

»Was wird jetzt?«, fragt Eck senior.

Es ist eine so allgemeine Frage, dass Groth sich kurz sammeln muss, um ihre Bedeutung zu erfassen.

»Wir ermitteln noch«, sagt Groth. »Aber der Arzt hat bestätigt, dass Ihr Sohn stark alkoholisiert war. Eine Fremdeinwirkung hat er nicht feststellen können. Übersetzt spricht das für Unfall.«

Groth hält einen Augenblick inne.

»Oder Freitod.«

Stille.

Es war eigentlich Bekendorf gewesen, der befand, dass man

Suizid mitdenken müsse. In der Morgenlage hatten sie über diese Möglichkeit gesprochen, sie kurz angerissen, als Bekendorf darauf hinwies, der Tote habe keine Schuhe getragen und auch sonst nichts bei sich gehabt. Dem Gedanken wollte niemand folgen. Selbst Gerstacker nicht, der sonst jeder Spur hinterherhechtet. Zum Glück lässt Eck senior das Wort verklingen.

»Wann kann ich ihn beerdigen?«

Groth atmet einmal durch.

»Das wird die Staatsanwaltschaft entscheiden. Sobald alles erledigt ist, wird der Leichnam freigegeben.«

»Freigegeben.«

Es ist ein Echo, keine Frage.

Einen Moment lang herrscht Schweigen. Eck senior hat sich nach vorne gebeugt und die Unterarme auf die Schenkel gestützt. So sitzt er da, die Hände mit weiß hervortretenden Handknöcheln zur Faust geballt. Irgendwann schaut er auf.

»Mein Sohn war kein Musterknabe, Herr Groth, das weiß niemand so gut wie ich. Er hat viel mitgemacht. Wäre ja damals beinahe im Gefängnis gelandet. Und, ja, getrunken hat er auch. Aber er ist kein Selbstmörder. Und schon gar nicht so. Siegen war ein sehr guter Schwimmer, wissen Sie. Also, was für ein Unfall soll das gewesen sein? Man verlernt nicht zu schwimmen, nur weil man Säufer ist.«

Es ist eine Ansprache, die einigen Anlauf gekostet hat. Eck seniors Blick ruht auf ihm, jetzt ist Groth am Zug, er muss dem Mann klarmachen, dass man all dies bereits berücksichtigt hat und die Ermittlungen trotzdem einstellen wird. Was soll er sagen? Dass er ähnlich denkt? Aber in dem Fall leider nicht allein entscheidet? Dass er sich ebenfalls nicht vorstellen kann, wie ein Bootsverleiher einfach so ertrinkt? Aber kann er ausschließen, dass durch einen geradezu blödsinnigen Zufall nicht doch genau das passiert ist? Siegen Eck denkt, jemand sei hinter ihm her, er betrinkt sich und fällt im Verfolgungswahn vom Steg, hinein ins eiskalte Wasser. Dabei stößt er mit dem Kopf an ein Boot, wird bewusstlos. Nun ist er außer Gefecht, er kann sich nicht retten. Tod durch Ertrinken.

Als hätte er Groths Gedanken gehört, sagt Eck senior: »Nichts macht so schnell nüchtern wie ein Sprung ins Wasser.«

Es ist der Aspekt seines Berufes, den er am wenigsten mag. Als Privatmensch ist Groth davon überzeugt, dass der Vater recht hat. Aber als Polizist vertritt er das Dezernat, den Staat und seine Gesetze. Eines davon handelt vom Mangel an Beweisen.

»Natürlich wissen wir nicht mit letzter Gewissheit, ob es nicht doch einen unbekannten Dritten gab«, sagt Groth. »Da schließe ich nichts aus. Aber wir haben keinen einzigen konkreten Hinweis darauf. Und es gibt keine Zeugen.«

»Keine Zeugen, so einfach«, sagt Eck. Er sieht zu Boden, aber hinter dieser hohen Stirn mit Linien wie geritzt arbeitet es.

Groth muss an einen seiner letzten Hamburger Fälle denken. Eine Frau meldete ihren Sohn als vermisst. Um aus ihrer Verzweiflung die Fakten herauszuhören, brauchte Groth mehr Geduld, als er zu diesem Zeitpunkt besaß. Schließlich verstand er, dass der Sohn, ein Schulabbrecher, vor drei Tagen seinen achtzehnten Geburtstag gefeiert hatte und seither nicht mehr zu Hause aufgetaucht war. Was Groth aus dem Ungesagten herausfiltrierte, war die verschlüsselte Information, dass der Sohn sich seinen Lebensunterhalt auf eine Weise verdiente, die die Mutter lieber verschweigen wollte.

Ob er bei einem Freund übernachtete?, hatte Groth mehrfach eingeworfen. Einer Freundin vielleicht?

Die Mutter überschüttete ihn mit Bekundungen, dass sie ihren Sohn kenne wie keine Zweite, dass es keine Frau gebe in seinem Leben und selbst wenn, würde er nicht einfach so verschwinden, vor allem nicht für so lange, ohne sich zu melden, nein, das mache ihr Sohn nicht, das habe er noch nie gemacht, warum also jetzt. »Etwas ist passiert«, wiederholte sie wieder und wieder. »Irgendetwas, Herr Kommissar, das spüre ich, das spürt man als Mutter, glauben Sie mir, Sie müssen etwas tun.«

Groth unternahm auch etwas, obwohl es ihm schwerfiel. Das Handeln fiel ihm zu jener Zeit ganz allgemein schwer, denn sein eigenes Leben lag nach Saskias Tod in Trümmern, und wenn er jemanden vor sich hatte, der sich verhielt, als gäbe es Schlimmeres als das, dann fand Groth das schwer zu ertragen. Die Frau steigerte sich in etwas hinein, davon war Groth überzeugt. Er fühlte sich von ihrem Wortschwall erdrückt. Dennoch informierte Groth die Streife, die in der Nachbarschaft unterwegs war, und bat, nach dem jungen Mann Ausschau zu halten. Er versprach der Mutter, er werde sich darum kümmern. Er rief den Schulleiter an, der tatsächlich besagten Schüler mit Drogen auf dem Schulhof erwischt und der Schule verwiesen hatte. Gesehen hatte er ihn seit Wochen nicht mehr. Groth verfasste eine Gesprächsnotiz und ging an diesem Abend nach Hause.

Am nächsten Morgen fand man den Sohn im Hinterhof eines Penny-Marktes. Er klemmte zwischen einem Glascontainer und der Hauswand. Groth erinnert sich an die Fotos vom Tatort, wie man den Jungen gefunden hatte, vor der Hauswand sitzend, die Beine von sich gestreckt. Der Oberkörper war auf so groteske Weise nach vorne abgeknickt, dass er wie ein lebloser Puppenkörper wirkte. Er war zu diesem Zeitpunkt bereits seit Tagen tot. Groth redete sich zu, dass auch ein sofortiges Eingreifen nichts mehr geholfen hätte, denn als die Mutter bei ihm auf der Wache erschien, da war ihr Sohn bereits nicht mehr am Leben gewesen. Sie musste es gewusst haben, und er, Groth, hatte ihr nicht geglaubt. Schlimmer noch. Er hatte sie abstoßend gefunden, diese Frau, die ihren verfehlten Sohn so abgöttisch und ungebremst liebte.

Und nun hat er wieder den Fall eines verfehlten Sohnes, ähnlich und zugleich vollkommen anders. Einen schweigsamen, in sich gekehrten Vater, dessen Sohn bereits gefunden ist, tot. Und auch dieses Mal hat Groth das ungute Gefühl, als habe er von Anfang an nicht richtig zugehört.

»Ich habe die Sachen mitgebracht, die Siegen bei mir gelagert hat«, sagt Eck senior jetzt. Er deutet auf die Plastiktüte. »Es sind Hefte, Herr Kommissar, vollgeschrieben mit allem Möglichen. Siegen hat Liedtexte verfasst, seit er zwölf war. Mir sagt das nichts. Aber vielleicht fällt Ihnen etwas auf.«

Groth überlegt, was das sein könnte. Wer sollte Siegen Eck besser gekannt haben als sein Vater.

Doch als Eck senior ihm die Tüte auf den Tisch legt, ein dickes Paket, das die Form eines Zeitungsbündels hat, da nickt er einfach. Hebt die Öffnung der Tüte an und besieht sich den Inhalt. Kladden und Schulhefte, manche wellig am Rand. Aus der Tüte heraus riecht es nach feuchtem Keller.

Noch bevor Groth antworten kann, kämmt Eck die Mütze vom Knie und steht auf.

»Sie wissen, wo Sie mich finden«, sagt er.

Dann ist er weg.

Was ist das bloß mit der elterlichen Liebe?, fragt sich Groth. Warum kann man nicht aus seiner Haut? Mehr noch, warum sind es so oft die Verfehlten, die uns besonders am Herzen liegen? Es gilt für Eck senior, und es galt für die Hamburger Mutter, daran gibt es nichts zu deuteln. Ihr Gefühl dem Sohn gegenüber glich dem von Ecks Vater heute. Ein Mensch liebt sein Kind.

Sie haben keine Fürsprecher, die Toten, außer uns Eltern, denkt Groth.

Vielleicht ist er deswegen nach wie vor im Dienst.

6

Nach Dienstschluss steht Regine vor dem Käthe-Kollwitz-Heim auf der Straße und schaut nach oben, zweiter Stock, fünftes Fenster von links. Es ist gekippt, ein Wulst Gardine quillt heraus. Manchmal sieht sie schon von unten das wartende Gesicht von Oma Lene hinter der Scheibe. Sie kann noch immer nicht fassen, dass ihre Oma hier gelandet ist, ausgerechnet Oma Lene, die sich von niemandem reinreden lässt. Die Fassade des Hauses ist so trostlos, dass Regine bei ihrem ersten Besuch vor einigen Monaten auf der Stelle umdrehen und Farbeimer kaufen wollte. Manchmal schafft Regine es nicht, ihre Gedanken anzuleinen, und dann stieben sie in alle Richtungen davon, auch in die, die ihr nicht guttun. In solchen Momenten fällt ihr auf, wie klein Omas Leben gewesen ist. Ein anderes Wort taugt hier nicht. Zwei Kriege lang den Kopf eingezogen, durch zwei Diktaturen geduckt, Wechtershagen nicht ein einziges Mal verlassen, außer auf der Flucht vor den Russen. Prompt vergewaltigt worden. Aufgerappelt, einen Amateurboxer geheiratet, der ihr auf der Tasche lag, und die nächsten dreißig Jahre bei Dynamo Wechtershagen die Boxhalle geputzt. Und gerade als es einigermaßen lief, da kam dann die Sache mit Jutta.

An dieser Stelle pausieren Regines Gedanken. So ist das jedes Mal. Auf Jutta folgt eine große Leerstelle.

Auch dass Regine im Sommer vor der zwölften Klasse schwanger wurde, hat indirekt mit Jutta zu tun. Damals wollte Oma Lene das Kind nehmen. Sie war die Einzige, die ihr das anbot. Damit Regine die Schule fertig machen kann. Das hat sie gesagt, aber was Oma eigentlich wollte, war das Kind. Das Kind sollte ihr Jutta ersetzen. »Manchmal löscht ein ungewolltes Ereignis ein anderes aus, im Guten und im Schlechten«, hat Oma gesagt. Und hinzugefügt: »Wirst schon sehen.«

Dass es anders kam, war nicht Omas Schuld. In einem verkorksten Leben passieren die guten Sachen nämlich immer zur falschen Zeit. Regines Tochter Janina kam auf die Welt, drei Wochen nachdem Oma Lene die Diagnose erhalten hatte. Und all die Kartenhauspläne, das Kind gemeinsam aufzuziehen, klappten einfach in sich zusammen. Stattdessen entband Regine im dritten Stock der Klinik, in der Oma Lene in einer der unteren Etagen um ihr Leben kämpfte.

Im Käthe-Kollwitz-Heim nistet ein Geruch von ewig gleichem Mittagessen. Gummisohlen quietschen auf einem PVC-Boden. Die Dame am Empfang hat ein brandneues Tastentelefon neben sich stehen, weinrot, das sie wie ein Ausstellungsstück im Museum behandelt.

»Schöne Farbe«, sagt Regine, als sie sich anmeldet.

»Bordo«, sagt die Dame. »So nennt man Rot neuerdings.«

»Sieh an«, sagt Regine.

Sie lächeln sich einen verschworenen Moment lang zu.

»Besuchszeit ausnahmsweise bis sieben«, sagt Bordo und winkt sie mit dem Kinn durch.

Regine geht zum Treppenhaus Süd, steigt über eine gewienerte Steintreppe in den zweiten Stock, Mobilreihe genannt, denn wer hier wohnt, muss noch Treppen steigen können. Oma Lenes Zimmer liegt am Ende des Flurs. Sie teilt es sich mit einer anderen Dame, Frau Stegmann, die senil ist und trotzdem jedes Gespräch gierig verfolgt.

Oma sitzt auf der Bettkante.

»Häseken.«

Oma Lene trägt eine Kittelschürze und das übliche Haarnetz.

Regine zieht sich einen Stuhl heran und dreht sich so, dass die senile Mitbewohnerin nur ihren Rücken sehen kann. Es gefällt ihr, dass Oma ihren Namen nicht sagt. Wenn sie hier sitzt, dann ist es so, als sei alles glattgelaufen. Sie hat Abitur gemacht, und statt am Wechtsee in einer Ausflugsgaststätte zu kellnern, führt sie ein nettes kleines Hotel mit Frühstückszimmer. Hier bei Oma Lene hat es auch Maik nicht gegeben, Janina, die Adoption, die Selbstvorwürfe und schlaflosen Nächte. Niemand hat ihr Leben verpfuscht, nicht mal sie selbst. Und ihre Wut gibt es auch nicht. In Omas Häsekenwelt ist Regine jung, Omas Ebenbild, und ein warmer Windstoß, der ins Zimmer weht und für einige Stunden den Mief auslüftet.

»Ich hab es in der Zeitung gelesen«, sagt Oma und holt Regine auf den Boden der Tatsachen zurück.

Regine nickt. Das ist gut. Zumindest muss sie ihr nun nichts mehr erzählen. Sie malt sich aus, wie Oma der Schreck durch die Glieder gefahren ist.

»Die Polizei war schon da«, sagt Regine.

»Und?«, fragt Oma.

»Nur so allgemein. Wollten wissen, ob jemand was beobachtet hat. Hat aber niemand.«

Von ihrem Gespräch mit dem West-Polizisten erzählt sie Oma nichts.

Omas Blick wandert zum Nachttisch, zu einem gerahmten Bild von Jutta, und hakt sich dort fest.

»Wenn das mal bloß gutgeht.«

»Die wissen doch gar nicht, wer ich bin«, sagt Regine. »Für die Polizei bin ich nur die Bedienung, weiter nichts.«

»Aber wenn sie's doch rauskriegen, dann werden sie von dir hören wollen, wo du warst«, sagt Oma Lene.

»Ich weiß«, sagt Regine.

»Und?«, fragt Oma. »Haste 'ne Antwort auf die Frage parat?«

Eine Antwort hat Regine nicht.

Sie will keine haben. Wozu etwas einstudieren. Wenn sie tatsächlich rauskriegen, wer sie ist, dann wird sie schon etwas zu sagen haben. Regine hat gelernt, dass es nichts nützt, schlau zu sein. Am Ende ist man sowieso wieder die Dumme.

»Also nein«, schlussfolgert Oma.

»Mach dir deswegen keine Sorgen«, sagt Regine. »Ich kann schon auf mich aufpassen.«

»Das weiß ich doch«, sagt Oma und greift nach Regines Hand.

Eine Weile sitzen sie so da, Regines Hand zwischen den Handflächen von Oma, die sehr weich und sehr trocken sind, wie Kissen.

»Aber mit so was ist nicht zu spaßen«, sagt Oma.

»Das weiß ich doch«, antwortet Regine.

Von hinten echot Frau Stegmann: »Dat weet ik doch.«

»Und sonst?«, fragt Oma.

»Nichts«, sagt Regine.

Oma ahnt natürlich, dass das nicht stimmt.

Dabei ist es auch nicht direkt gelogen. Wenn man ihr Leben von außen betrachtet, dann ist in der Tat nichts los. Sie lebt in Oma Lenes vollmöblierter Zweiraumwohnung inmitten von Eichenschränken, Mostkrugsammlung, beige-brauner Vliestapete. Sie lebt allein, so wie sie es will. Man lässt sie in Ruhe, so wie sie es will. Maik hat sich nach der Scheidung in Luft aufgelöst. Sie verdient ihr Geld, hat sogar einiges auf der hohen Kante, genug, um zurechtzukommen. Ihre Pläne kennt niemand.

Dass sie sich mehrmals mit Siegen Eck getroffen hat, weiß auch niemand außer Oma. Und selbst wenn sie jemand zusammen gesehen hat, ist das nicht weiter schlimm. Warum sollte sie sich nicht mit dem Bootsverleiher unterhalten? Sie ist erwachsen, es herrscht Freiheit, und Vorschriften konnte man ihr sowieso noch nie machen.

Das Schlimme ist – und davon ahnt Oma Gott sei Dank nichts: Sie hat Siegen Eck auch am Abend vor seinem Tod getroffen. Wenn die Polizei das herausfindet, ist sie geliefert.

7

Am Donnerstagmorgen bringt Bunterode eine sehr junge Frau im Trainingsanzug in Groths Büro, eine Schülerin, wie Groth vermutet. Bunterode und Krüger haben sie in einem Wäldchen unweit vom See aufgegriffen. Dort lag sie in einem Tretboot unter einer Bootsplane und schlief.

»Wir kriegen nichts aus ihr raus«, sagt Bunterode. »Dabei wollen wir nur die Eltern verständigen, das ist alles.«

»Vielleicht könnten Sie mal«, fügt Bunterode hinzu. »Sie kennen sich doch mit so was aus.«

Bunterode ist in Groths Ausbildungslehrgang. Eigentlich sollte Groth ihm die Befragung der jungen Dame überlassen, aber Bunterodes Nerven scheinen ausgerechnet jetzt blankzuliegen, er wirkt wie jemand, der bereits alle Register gezogen hat.

Das Mädchen trägt einen silbernen Ring im linken Nasenflügel, die Einstichstelle sieht rot und entzündet aus. Groth fällt es schwer, nicht darauf zu starren. Er rückt den Holzstuhl zurecht, nimmt seine Aktentasche von der Sitzfläche und muss überlegen, wo er sie auf die Schnelle abstellen kann.

»Bitte«, sagt er.

Die junge Frau lässt ihre Sporttasche von der Schulter auf den Boden fallen und setzt sich. Die Hände schiebt sie unter die Oberschenkel, während sie die Unterschenkel um die Stuhlbeine schlingt. Ihr Pony ist so dicht, dass Groth ihren Blick nicht entziffern kann, aber er merkt, dass sie sich mit winzigen Kopfbewegungen im Raum umschaut wie ein Kind hinter der Gardine.

Sie mustert vermutlich auch ihn, wie er dasteht und die Aktentasche an sich presst. Es muss aussehen, denkt Groth, als wäre *er* der Besucher. Er entscheidet sich, die Aktentasche fürs Erste unter sein Waschbecken zu schieben. Dann setzt er sich dem Mädchen gegenüber. Vor ihm liegt das angefangene Protokoll, das Bunterode mitgebracht hat.

Unter »Einlassung« steht ein Satz: *Seit wann ist es verboten, im Wald zu übernachten?*

»Muss ja kalt gewesen sein, da draußen«, sagt Groth.

Sie rührt sich nicht.

»Um sieben Uhr vierzig haben sie dich also gefunden.« Groth überfliegt Bunterodes Einträge. Offensichtlich waren die beiden Streifenbeamten am Bootssteg, um die Tatortabsperrungen zu beseitigen. Das Boot fanden sie gut hundert Meter landeinwärts.

Und darin das Mädchen.

Man hat mir ein Boot geklaut.

»Schläfst du dort oft?«

Keine Antwort.

Groth dreht das Blatt Papier um.

»Ich vermute mal, nein. Ich vermute, dass du zum ersten Mal in dem Boot geschlafen hast. Dein Boot?«

Wieder erhält er keine Antwort.

»Frage mich nur, was meine beiden Kollegen dort gesucht haben?« Groth tippt mit dem Stift mehrmals gegen sein Kinn.

Er lässt Zeit verstreichen, ohne etwas zu sagen. Wartet, bis die Stille unangenehm wird. Es dauert keine Minute, bis er die Stimme des Mädchens hört.

»Wenn Sie's genau wissen wollen, die mussten mal austreten.«

Groth sieht das alles vor sich, Bunterode und Krüger pinkelnd im Gebüsch. Wahrscheinlich haben sie sogar überlegt, ob sie das im Protokoll festhalten sollen. Das Bild entfaltet eine solche Komik, dass Groth sich den Bleistift ins Kinn bohren muss, um nicht loszulachen.

Schließlich steht er auf, geht, um sich zu beruhigen, zum Waschbecken, füllt ein Glas mit Wasser und stellt es dem Mädchen hin.

»So«, sagt er. »Um das gleich mal klarzustellen. Es ist nicht verboten, im Wald zu übernachten.«

Hinter dem Pony heften sich die Augen des Mädchens auf ihn.

»Wissen deine Eltern, dass du heute Nacht nicht zu Hause warst?«

Sie zuckt mit den Schultern.

»Also nein?«

»Ich war heute Nacht zu Hause.«

»Wie kommt es dann, dass du heute Morgen um halb acht in einem Boot geschlafen hast?«

»Ich war müde.«

Sie schaut jetzt nach unten auf ihre Knie.

»Natürlich«, sagt Groth. »Das kommt vor.«

»Hm.«

»Du warst also schon früh unterwegs«, sagt Groth.

»Ja?«, sagt sie. Es klingt wie: Na und?

»Seit wann denn genau?«

»Seit sechs.«

»Am See?«

»Auf dem Uferweg.«

Groth notiert. *Sechs Uhr Uferweg.*

»Bist du da oft?«

»Fast jeden Morgen.«

»Was führt dich denn so früh an den See?«

»Training?«, sagt das Mädchen. Sie hebt die Stimme, was dem Wort den Anstrich einer Frage verpasst. Eine Nuance, die ihm gilt, weil er hier neu ist, sich nicht auskennt und keine Ahnung hat, wer wann warum am Wechtsee trainiert. Groth vermisst mit einem schnellen Blick ihre Muskulatur. Er sieht die langen Beine und kann nur raten, dass sie Leichtathletin ist.

»Da gibt's nicht viel zu sagen. Ich bin am See gelaufen, wie jeden Tag vor der Schule, und da bin ich müde geworden.«

»Lauftraining?«, fragt Groth.

»So was in der Art.«

Er schreibt das Wort ins Protokoll.

»Kann ich jetzt gehen?«

»Gleich.«

»Ich muss in die Schule.«

»Wo gehst du denn zur Schule?«

»Friedrich Engels.«

»Bevor du gehst«, sagt Groth. »Woher wusstest du von dem Boot?«

Hinter dem Pony rührt sich nichts.

»Ich vermute mal, dass du es schon vorher dort gesehen hast«, sagt Groth. »Liegt es da schon eine Weile?«

»Keine Ahnung. Warum wollen Sie das überhaupt wissen?«

»Jemand vermisst ein Boot«, erklärt Groth. »Deshalb.«

Er wartet, aber das Mädchen bleibt still.

»Sobald du mir deinen Namen sagst, kannst du gehen.«

Wieder kommt nichts.

»Ich kann auch mit dir zur Schule fahren und dort im Sekretariat nachfragen.«

»Martina.«

»Wie weiter?«

»Borowski.«

»Und wo wohnst du?«

»Mönkeberg.«

»Weiter?«

»Amselweg 14.«

»Gut. Das wär's dann.« Groth zieht eine Visitenkarte aus der Innentasche seines Sakkos. »Hier. Vielleicht fällt dir ja später noch etwas ein, was du mit mir besprechen möchtest.«

Dann ruft er den Wachhabenden an, er möge ihm Bunterode schicken.

Keine Minute später ist das Mädchen aus Groths Büro verschwunden. Groth stellt den Stift in den Köcher. Er spürt, dass da Unstimmigkeiten sind. Es macht ihn unzufrieden, ungefähr so wie ein Fleck, der immer noch durchscheint. Er hat nur einen Teil der Geschichte gehört, einen kleinen Teil, nämlich den über ein Mädchen, das an einem Schulmorgen schlafend unter einer Bootsplane liegt. Aber das erklärt nicht, wie das Boot vom Wasser in ein hundert Meter entferntes Gebüsch geraten ist und das Mädchen in das Boot.

Groth seufzt. Er macht einen Vermerk ins Protokoll, dass er Martina Borowski um neun Uhr fünfzehn in die Obhut von Bunterode und Krüger entlassen hat, die sie zur Schule gefahren haben. Eine Jugendliche, der man jedes Wort aus der Nase ziehen muss. Nach Groths Erfahrung verbirgt sich hinter solchen Fällen oft eine unglückliche Liebe. Dennoch: Die Schülerin hatte eine Verletztheit an sich, die Groth nicht wegleugnen kann.

Er merkt, dass er an die frische Luft muss.

»Frau Küttel?«, ruft er. »Ich geh mal kurz was zum Frühstück holen.«

»Bekendorf hat nach Ihnen gefragt«, ruft Gerda Küttel zurück. »Als diese Sportlerin bei Ihnen war.«

Groth will nach seiner Jacke greifen, da fällt sein Blick auf etwas Dunkles unter der Garderobe. Zuerst glaubt er, seine Jacke sei vom Bügel auf den Boden gerutscht. Aber es ist die Sporttasche der Schülerin. Sie hat sie hier vergessen. Er nimmt die Tasche vom Boden auf und staunt über ihr Gewicht. Er beschließt hineinzuschauen, nur für den Fall, dass etwas Wichtiges darin ist. Als er am Reißverschluss zieht, steigt ihm ein Geruch von Chlor und Nässe in die Nase.

In der Tasche sind Schwimmsachen. Ein feuchtes Handtuch. Ein Badeanzug, ebenfalls feucht, dazu einige Gewichte, eine Schwimmbrille, Badeschlappen, Bürste, Nassrasierer, eine Packung Kondome der Marke Billy Boy, eine Klarsichthülle mit einem Trainingsplan darin. *SC Delphin Wechtershagen* steht darauf, in der rechten oberen Ecke in Handschrift: *Kader-2, Riedel.* Groth sieht, dass sie am Montagmorgen um sechs Uhr zwanzig antreten muss. Auch am Dienstag, Donnerstag und Freitag geht es so früh los. Läuferin. Sie hat ihn angelogen. Er wird ihr die Sporttasche später in die Schule bringen. Den Badeanzug legt er zum Trocknen über den Rand seines Waschbeckens.

Als Groth aus der Bäckerei zurückkommt, passt Bekendorf ihn ab.

»Ah, Groth.« Bekendorf sieht abgehetzt aus, sein Blick springt umher. »Ich habe schon mit Gerstacker gesprochen. Wegen dieses Altfalls. Den rollen wir nicht wieder auf. Das Fass ist zu, und das machen wir nicht wieder rückgängig. Schon gar nicht auf eigene Faust.«

Groth hat den Mund voll, er beeilt sich, Krümel von seiner Jacke zu wischen. Außerdem hat er nicht die geringste Ahnung, wovon Bekendorf spricht. Also nickt er.

Bekendorf senkt seine Stimme.

»Ich kann jetzt keine DDR-Akten auf meinem Schreibtisch brauchen, Groth. Hier geht es im Moment aktentechnisch vorwärts, nicht zurück. Auf keinen Fall zurück. Klare Vorgabe von oben. Ich glaube, da verstehen wir uns.«

»Sicher«, sagt Groth. »Keine Altfälle.«

»Sehr schön, Groth. Alte Fässer soll man zu lassen, nicht wahr? Wir haben im Moment mit den neuen Fällen schon reichlich zu tun.« Bekendorf zwinkert ihm zu.

Bevor Groth fragen kann, von welchem Fass die Rede ist, biegt Bekendorf schon ins Treppenhaus und eilt nach oben.

Um die Mittagszeit macht sich Groth auf den Weg zu Gerstacker, um ihn nach diesem Altfall zu fragen. Gleichzeitig hofft Groth, die Kollegen vor dem Gang zum Mittagessen abzupassen.

Doch die Tür zu Gerstackers Büro steht im Neunzig-Grad-Winkel offen – er ist bereits weg. Groth will ihm eine Notiz schreiben, als er bemerkt, dass unter der Schreibtischunterlage etwas klemmt. Es ist ein holziges Stück Papier, ein Zeitungsausschnitt, wie Groth jetzt erkennt, darauf, kaum erkennbar, ein Mädchengesicht und eine Bildunterschrift mit verlaufenen Buchstaben. Groth kann sie nicht entziffern. Als er den Ausschnitt herauszieht und umdreht, findet er auf der Rückseite in Handschrift die Blockbuchstaben *J. T.* und ein Aktenzeichen. Die Abkürzung sagt Groth nichts. Er sucht den Schreibtisch nach der Akte ab, dabei fällt ihm auf, wie akkurat Gerstackers wenige Utensilien ausgerichtet sind, Füllfederhalter, Bleistift, Radiergummi, ein kleinformatiges Nachschlagewerk mit dem Titel *Handbuch für Kriminalisten*. Drei Akten parallel zur Schreibtischkante links, keine davon trägt das Aktenzeichen, nach dem er sucht. Groth bemüht sich, den Artikel mit dem Mädchengesicht an exakt dieselbe Stelle zurückzuschieben, bevor er geht.

Statt der Kollegen findet Groth auf dem Hof eine frische Kratzspur auf der Fahrerseite seines Passat. Eine forsche Linie, mit einem scharfen Gegenstand in den Lack geritzt – Groth tippt auf Schlüssel. Sie verläuft vom Seitenspiegel zum Schließzylinder und von dort weiter zur hinteren Tür, wo sie etwa in der Mitte abrupt abbricht. Groth streicht über die Kerbe im Lack. Dann sieht er sich um. Niemand zeigt sich in den Fenstern. Selbst in der Autowerkstatt hinten im Hof ist es ungewöhnlich ruhig.

Der Appetit ist ihm vergangen, also fährt Groth zur EOS Friedrich Engels, um die Sporttasche abzugeben. Die Schüler schwärmen in losen Gruppen aus dem Schulhaus, als Groth eintrifft. Das ist gut so, er braucht diese lebendige Kulisse, das Testosteron in der Luft, die Fahrradklingeln, den Zigarettengeruch, um die Kratzspur zu vergessen. Die Friedrich-Engels-Oberschule ist Groths alte Schule. Er besuchte hier einst den musischen Zweig.

Groth hat erwartet, sich im Inneren des Gebäudes erdrückt zu fühlen, aber zu seiner Überraschung ist das Gegenteil der Fall.

Die Leichtigkeit der Architektur verblüfft ihn. Obwohl er die geschwungene Treppe als Schüler täglich benutzt hat, fällt ihm erst jetzt auf, wie schwerelos sie nach oben greift, so luftig, dass die steinerne Balustrade im Treppenhaus zu schweben scheint.

Im Sekretariat erläutert Groth sein Anliegen. Er will nicht offenbaren, dass er Polizist ist, also sagt er der Schulsekretärin nur, die Tasche sei in seinem Büro vergessen worden. Er wolle sie zurückgeben.

»Wer ist denn die Schülerin?«

»Martina. Borowski.«

»Die ist in der Zehnten.«

Die Frau blättert durch ein Ringbuch.

»Die Schülerin hat schon Schulschluss. Aber komm Se mal mit mit der Tasche, ich kann sehen, ob ich die Klassenlehrerin finde.«

Groth folgt der Frau zum Lehrerzimmer. Vor der Tür bleibt er stehen, blickt in den weitläufigen Raum. Man hat darin überhaupt nichts verändert. Die holzvertäfelten Wände, Tische in U-Form, die großen Fenster mit bodenlangen Gardinen, die sich im Wind blähen und um sich greifen. An der Kopfseite des Raumes ein gewaltiges Ölgemälde vom Wechtsee mit Schwänen und Schilf. Hier stand er einmal, weil Rektor Molch ihn herbeordert hatte.

»Gehn Se mal nach Hause, Groth«, hatte Dr. Molch gesagt. »Der Vadder hat wieder Fieber. Sie kriegen frei. Wird schon werden.«

Zu Hause fand Groth seine Mutter über dem Vater kauernd, sie versuchte, seine Schultern aufs Bett zu pinnen, was ein Ding der Unmöglichkeit war. Der Vater zitterte so stark, dass seine Arme unkontrolliert ausschlugen. Er traf die Mutter am Kinn. Groth musste anpacken, auch sein älterer Bruder Hannes.

»Steht nicht rum«, sagte die Mutter.

Dann ging sie in die Küche und weinte. Hannes und er konnten es hören, Schübe der Erschöpfung waren es, während sie beide nun auf dem Bett knieten und die Arme des Vaters hielten. Sie weinte nicht um den Vater, das wusste Groth. Sie weinte, weil sie geschlagen war mit einem Mann, der kriegsversehrt zu nichts mehr taugte. Dazu noch die Malaria, wiederkehrend und fremd. Und alles, alles lastete auf ihr.

In diese Gedanken hinein hört Groth eine Frauenstimme.

»Wie kann ich Ihnen helfen?«

Er nimmt unscharf wahr, dass die Frau lächelt. Was er in aller Schärfe wahrnimmt, sind die diversen Rottöne, in die die Frau gekleidet ist. Sie riecht nach etwas, was Groth nicht näher definieren kann, Terpentin vielleicht oder Beize.

Außerdem hat er das Gefühl, dass er die Frau schon einmal irgendwo gesehen hat.

Auch sie mustert ihn eingehend.

»Nanu, wir kennen uns doch.«

Groth antwortet etwas von einem vergessenen Gegenstand, als handle es sich um einen Regenschirm.

»Arno? Arno Groth?«

Groth kennt diese Stimme.

»Du bist es wirklich.« Die Frau strahlt ihn an. »Ich dachte, du lebst jetzt im Westen.«

»Schon«, sagt Groth. »Bis vor Kurzem.«

»Irina«, sagt die Frau. »Irina Diehl. Hab ich mich so verändert?«

Groth hat mit Irina Diehl Abitur gemacht. Natürlich. Wie konnte er das vergessen. Er hat sie schon damals nicht gemocht. Irina Diehl, so stellt sich heraus, ist Martina Borowskis Klassenlehrerin.

»Ich unterrichte Deutsch und Kunst«, sagt sie und lacht darüber. Warum das lustig ist, entgeht Groth. Er sitzt ihr gegenüber, wie ein Gast im Heimatmuseum, in einem Lehrerzimmer, das aus der Zeit gefallen scheint. Irina Diehl hat Groth eine Tasse Löskaffee hingestellt, sie hat darauf bestanden, dass er zumindest einige Minuten bleibt. Sie selbst trinkt Tee aus einem henkellosen Becher. Der Faden des Teebeutels klebt nass am Becherrand. *Rooibos*, steht auf dem Etikett. Davon hat Groth noch nie gehört.

»Ein afrikanischer Tee«, erklärt Irina Diehl. »Jetzt erzähle mal. Woher kennst du Martina?«

»Ich kenne sie nicht«, sagt Groth. »Martina hat heute ihre Tasche in meinem Büro stehenlassen.«

»Ach. Wo arbeitest du denn?«

»Ich bin bei der Polizei.«

Irina Diehl hebt die Tasse mit beiden Händen und nimmt einen Schluck. Groth kann sehen, dass sie das Wort »Polizei« verarbeitet.

»Hat Martina was ausgefressen?«

»Nein«, sagt Groth.

»Die Schülerin ist in letzter Zeit häufiger abwesend. Ich wollte sowieso mal mit ihr sprechen. Irgendwas stimmt nicht.«

»Und die Eltern?«, fragt Groth.

»Die kenne ich nicht.«

»Hat Martina in der Klasse Anschluss? Freundin? Freund?«

»Sie ist mit einer anderen Schülerin gut befreundet. Gitta heißt sie. Aber wenn ich es recht bedenke, sind die beiden in letzter Zeit nicht mehr so eng.«

Ein ganz in Hellbraun gekleideter Kollege kommt ins Lehrerzimmer, nickt Irina Diehl zu und beäugt Groth.

»Dass du bei der Polizei bist, hätte ich nicht gedacht.«

»Das geht den meisten so.«

»Und jetzt bist du plötzlich wieder hier in Wechtershagen?«

»Ich bin vor wenigen Wochen aus Hamburg hergezogen.«

»Und, hast du dich schon eingelebt?«

»Ich habe noch nicht mal ausgepackt«, sagt Groth.

»Vielleicht hast du ja Interesse, zu unserer Werkschau am Zwanzigsten zu kommen. Martinas Klasse macht auch mit. Dafür brauchst du nicht mal auszupacken. Komm einfach, wie du bist.«

Irina Diehl lächelt ihn an. »Anschließender Umtrunk ist inklusive.« Sie bückt sich zu ihrer Tasche.

Er muss ihr dringend signalisieren, dass er nicht interessiert ist. Aber er ist ungeschickt in solchen Dingen.

»Warum nicht«, hört er sich sagen. »Aber zum Umtrunk kann ich nicht bleiben. Leider.«

»Neunzehn Uhr«, sagt Irina Diehl und schiebt ihm eine handgeschriebene Einladung über den Tisch.

Zurück auf der Wache schließt Groth die Bürotür hinter sich und verbringt den Nachmittag am Schreibtisch. Vor ihm liegt die Plastiktüte mit Siegen Ecks Hinterlassenschaften. Das Plastik klebt am Papier, er muss es vorsichtig ablösen, bis er einen Schwung Schulhefte befreit hat und vor sich ausbreiten kann.

Groth findet zwischen gewellten Heften auch einen Tabakbeutel und zwei modrig riechende Taschenbücher aus dem Reclam-Verlag, Gedichte von Hanns Cibulka. Die Schulhefte wirken so alt, dass Groth eine Achtklässlerhandschrift erwartet, doch statt mit Formeln und sozialistischen Parolen sind die Hefte mit Gedichten gefüllt. Groth lässt die Seiten über die Daumenkuppe perlen. Die Verse stehen ordentlich untereinander, hier und da ist ein Wort gestrichen. Groth zögert, darin zu lesen, aber dann sieht er das Wort »See« und kann nicht anders.

Das Wort ist in den See getaucht.
Tief, tief ins Blau.

Groth blättert weiter.

Legt sich ins Schilfgras
Und hört von ganz nah
Das Schweigen,
Das Schweigen des Wassers.

Es folgen Seiten um Seiten, und als Groth durch ist und das Heft zuklappt, sitzt er benommen da, denn es hat gerade ein Toter zu ihm gesprochen.

Der Wind ist dein Freund,
Erzähl ihm doch was.
Erzähl ihm vom flügellos
Leben.

Dass es mittlerweile dunkel geworden ist, merkt Groth erst, als Gerstacker in der Tür steht.

»Was riecht hier so muffig?«

Gerstacker schaltet das Deckenlicht ein und hebt die Nase.

»Ecks Vater hat mir das hier gebracht«, sagt Groth.

Gerstacker schnappt sich eins der Hefte und überfliegt eine Seite. Dann schnaubt er.

»Die Ergüsse des jungen Werthers.«

Groth ist nach der Lektüre nicht zum Scherzen aufgelegt. Im Gegenteil. Er ist plötzlich von kompromissloser Wahrheitsliebe erfüllt. Siegen Ecks kindliche Poesie hat das in ihm ausgelöst. Wenn er eine verbale Ohrfeige parat hätte, würde er sie Gerstacker jetzt, in diesem Moment, verpassen.

Gerstacker lehnt ahnungslos mit dem Schulheft in der Hand am Heizkörper und liest. Er ist ein Pedant, wenn Groth es sich recht überlegt. Richtet jede Akte exakt parallel zur Tischkante aus. Seine Stifte liegen, als wären sie mit der Wasserwaage justiert. Groth hat ausgerechnet, dass Gerstacker und er die gleiche Anzahl von Dienstjahren auf dem Buckel haben, er im Westen und Gerstacker im Osten. Von den Kollegen werden sie beide nicht zum Bier eingeladen.

»Der Kratzer auf meinem Auto«, sagt Groth. »Wer war das?«

Gerstacker taucht aus der Lektüre auf und schaut ihn aus schmalen Augen an.

»Ich kann riechen, dass du mir was verschweigst«, sagt Groth.

Groth weiß nicht, warum er Gerstacker plötzlich duzt. Das Du ist von irgendwoher aufgetaucht.

»Ich war heute in deinem Büro. Da lag ein Zettel versteckt unter der Schreibtischunterlage.«

»Und was stand auf diesem Zettel?«

»Da stand: *J. T.* und ein Aktenzeichen.«

»Das sind ja Stasi-Methoden«, sagt Gerstacker.

»Mag sein«, entgegnet Groth.

Sie sehen sich an, es ist ein Kräftemessen, und Groth kann nicht mit Sicherheit sagen, ob nur Feindseligkeit oder auch ein Funken Respekt in Gerstackers Blick liegt.

Gerstacker klappt Ecks Schreibheft zu.

»Kollegen ausspionieren. Macht man das in Hamburg so?«

Groth erwidert nichts darauf.

Er weiß natürlich, dass die Kollegen hinter seinem Rücken über ihn reden. Warum er aus Hamburg weggegangen ist, dass man ihn loswerden wollte, was er ausgerechnet hier will, in Wechtershagen, ob er nun von hier stammt oder nicht. Nach Rostock, ja, dahin gehen viele, weil sie in Rostock sehr bequem die Karriereleiter hinauffallen. Aber Wechtershagen?

»Die Frage ist wohl, wer hier wem etwas verschweigt«, sagt Gerstacker. »Und im Übrigen: Ein Kratzer im Lack hat noch niemandem geschadet. Da habe ich schon ganz andere Sachen erlebt.«

»So? Was denn?«

Der leiernde Ton von Frau Schuberts Bodenpolierer dringt in die Stille. Sie ist die Frau des Hauswarts und bedient ein staubsaugerähnliches Gerät, mit dem man im Schneckentempo Böden poliert. Frau Schubert arbeitet sich wienernd voran, bis sie die Reichweite des Stromkabels ausgeschöpft hat. Dann schaltet sie ab, stöpselt aus, stöpselt an der nächsten Steckdose wieder ein und wienert weiter. Das macht sie jeden Abend. Aus dem Inneren des Geräts kommt ein klagender, fast melodiöser Ton. Groth hört ihn seit seinem ersten Arbeitstag immer zwischen fünf und sechs Uhr und hat begonnen, ihn mit Dienstschluss zu verbinden.

Groth spürt, dass sich seine Wut auf Gerstacker zu legen beginnt. Er will nicht argumentieren. Auch Gerstacker scheint ausgelaugt, er erhebt sich vom Heizkörper und wirft das schmale Heft auf Groths Schreibtisch zurück.

Vielleicht passt der Kratzer sogar zu mir, denkt Groth, schließlich bin ich jemand, der noch vor Kurzem den Dienst quittieren wollte.

»Kann ich dann jetzt?«

Frau Schubert steht mit dem Stecker in der Hand in der Tür.

»Oder wollen die Herren hier übernachten?«

8

Am Freitag ruft Allers aus Hamburg an.

»Ich wollte mal hören«, sagt Allers.

»Du bist nicht mehr mein Chef«, sagt Groth.

»Ich kann nicht aus meiner Haut. Also, wie lässt es sich an?«

»Ich habe ein Büro ganz für mich.«

»Die verwöhnen dich, ich hab's doch geahnt.«

»Der Rest ist gewöhnungsbedürftig«, sagt Groth.

»Kann ich mir denken. Und wie klappt die Zusammenarbeit mit diesem ... wie heißt er doch gleich?«

»Gerstacker«, sagt Groth.

»Genau. Hat er dich als Mentor akzeptiert?«

Groth erklärt, dass Gerstacker ein Mensch sei, der weder von ihm noch von sonst jemandem mentoriert werden will.

Allers lacht.

»Wir bearbeiten in strikter Trennung den Fall eines ertrunkenen Bootsverleihers. Man könnte sagen, dass sich das Ganze zu einem Wettkampf entwickelt.«

»Unfall?«, fragt Allers.

»Vermutlich«, sagt Groth. Er überlegt, ob er ins Detail gehen soll, aber Allers kommt ihm zuvor.

»Übrigens«, sagt er, »ich bin in der kommenden Woche in Rostock. Vielleicht sieht man sich mal.«

»Warum bist du in Rostock?«

»Nur so«, sagt Allers.

»Wer's glaubt«, sagt Groth.

Nach dem Gespräch betritt Groth gut gelaunt Bekendorfs Zimmer zur Besprechung des Falls Eck. Gerstacker ist da, Schaller und auch der junge Kollege, den er in Pasewalk unterrichtet, Bunterode. Bekendorf scheint Bunterode unter seine Fittiche genommen zu haben. Auch er selbst hat das in Hamburg gelegentlich gemacht. Junge Kollegen gefördert. Sie sind also zu fünft im Zimmer. Es riecht nach Kaffee, Kekse stehen bereit. Das Ganze hat einen Beigeschmack von Lehrerkonferenz.

Groth setzt sich Bekendorf gegenüber in einen grünen Sessel. Bekendorfs Büro ist ungewöhnlich üppig ausgestattet. Selbst Allers hatte in Hamburg keine Sitzgruppe im Zimmer. Allers hatte ein Poster an der Wand, genau hinter ihm hing das, sodass jeder Besucher darauf starren musste; eine Ente vor einer Wand mit zwei Einschusslöchern. Eines links vom Kopf, eines rechts. Es hing ungerahmt da, mit Reißzwecken befestigt wie in einem Jugendzimmer.

Über Bekendorfs Sitzgruppe prangt ein goldgerahmter Stich. Windmühle vor flacher Landschaft. Hinter dem Schreibtisch eine historische Karte Vorpommerns.

Im Vorzimmer klingelt das Telefon, kurz darauf beginnt eine Leuchte an Bekendorfs Apparat zu blinken, aber Bekendorf ignoriert sie.

»Vielleicht gehen wir noch mal durch, was wir haben«, sagt er. »Der Reihe nach. Gerstacker, machen Sie mal den Anfang.«

Gerstacker rückt den Stuhl zurecht und überfliegt seinen Spickzettel.

»Wir haben einen Toten mit zwei Komma null Blutalkohol und einer Schädelfraktur, die er sich mit hoher Wahrscheinlichkeit beim Sturz vom Anlegesteg in den Wechtsee geholt hat, und zwar an der Kante eines dort vertäuten Ruderbootes. Hierauf deuten Spuren am Ruderbolzen des Bootes hin. Das Eisenteil weist Blut- und Haarspuren auf. Im Obduktionsbericht werden Wunde, Einblutung und die Form des Ruderbolzens am Boot als passgenau beschrieben. Es ist bereits bestätigt, dass es sich bei dem Toten um Siegmar, genannt Siegen, Eck handelt, Alter: zweiunddreißig Jahre, Bootsverleiher ohne festen Wohnsitz. Es ist weiter anzunehmen, dass Eck durch den Sturz bewusstlos wurde. Der Pathologe stellt Tod durch Ertrinken fest, und zwar vor Mitternacht am Sonntagabend. Gefunden wurde er am Montagmorgen gegen acht Uhr dreißig. Die Frage, die sich nun stellt, ist die folgende: Warum stürzte Eck am Sonntagabend vom Steg?«

Gerstacker lässt sein Papier sinken und schaut auf.

»Danke«, sagt Bekendorf. »Bleiben wir kurz beim Promillewert. Kollege Bunterode.«

Bunterode räuspert sich.

»Eck ist uns beim Streifendienst häufiger untergekommen. Also, der war schon ein heftiger Trinker.«

»War er immer allein?«, fragt Groth.

»Ja. Der zog immer allein um die Häuser.«

»Gut«, sagt Bekendorf. »Das bringt uns zur Frage der Fremdeinwirkung. Groth?«

»Wir haben einen Hinweis auf eine mögliche Fremdeinwirkung, nämlich Ecks eigene Worte bei seinem Besuch hier auf der Wache.«

»Und die genauen Worte waren?«

»Soweit ich mich erinnere, sagte er, dass jemand hinter ihm her sei.«

»Und dass ihm ein Boot gestohlen wurde«, ergänzt Gerstacker.

»Haben wir das überprüft?«, fragt Bekendorf.

»Haben wir. Eck besaß keine Boote. Er war nur als Bootsverleiher angestellt. Die Boote gehören der Stadt.«

»Und der Vater, konnte der etwas beitragen?«

»Nicht viel«, sagt Groth. »Der Vater hatte wenig Kontakt mit dem Sohn.«

»Was wissen wir sonst über Eck?«

Groth überlegt, welche Details er hier offenbaren soll. Dass Eck scheu wirkte? Wie schmal er war? Dass Eck etwas an sich hatte, eine Künstler-Aura, die Groth wahrnahm, aber nicht erklären kann?

Stattdessen sagt er: »Er war Bootsverleiher, das scheint seine einzige Einnahmequelle gewesen zu sein, jedenfalls in den letzten Jahren. Davor hat er als Musiker gearbeitet. Keine Vorstrafen. Bekannte Alkoholsucht. Eck war verheiratet, die Ehe ging auseinander. Soweit ich weiß, gibt es einen Sohn. Eck hatte bis Mai ein Zimmer in der Bachstraße gemietet, dann zog er aus. Meldete sich in Wechtershagen ab, zog pro forma zu seinem Vater. Aber wo er wirklich gewohnt hat, wissen wir nicht. Nicht mal der Vater weiß das.«

Groth fällt die junge, schwarzhaarige Kellnerin ein.

»Offenbar konnte Eck auch sehr gut schwimmen.«

»Was ihm nicht viel hilft, wenn er bewusstlos ist«, wirft Bekendorf ein.

Darauf weiß Groth nichts zu erwidern.

Die Puzzleteilchen fügen sich ineinander, selbst Groth muss das eingestehen. Trinker mit geistigen Aussetzern, ein Obduktionsbericht, der keine Fremdeinwirkung erkennt, dafür aber satte zwei Promille Blutalkohol und ein plausibles Unfallszenario, ein einsamer junger Mann, der sich an einem Sonntagabend sinnlos betrinkt und vom Steg fällt, doch nicht gleich ins Wasser, nein, leider trifft er zuerst mit dem Kopf auf ein Boot. Ein einziger Anhaltspunkt, dass etwas nicht stimmt, ist in der Tat jenes Gespräch mit Groth im Hof der Polizeiwache, und das ist von fraglichem Wahrheitsgehalt, denn die Sache mit dem geklauten Boot stimmte nachweislich nicht.

»Ich sehe keinen weiteren Ermittlungsbedarf«, sagt Bekendorf. »Gute Arbeit, die Herren.« Er nickt in die Runde.

Niemand erwidert etwas.

»Moment«, sagt Groth.

Bekendorfs Blick schießt in seine Richtung.

»Wir haben noch nicht über die Unstimmigkeiten gesprochen.«

Bekendorf hat sich im Sessel nach vorne gebeugt und fährt sich mit den Handflächen über das Gesicht.

»Also schön. Vielleicht erklären Sie uns, was Sie stört, Groth.«

»Ich habe im Wesentlichen zwei Details, die mich stören. Erstens: Eck fühlte sich verfolgt. Richtig, das kann er sich eingebildet haben. Aber er kam mit diesem Gefühl zur Polizei, das verrät einen gewissen Druck. Und zwei Tage später ist er tot. Zweitens: Eck hatte, wie wir wissen, keinen Wohnsitz. Die Nächte sind längst zu kalt, um draußen zu übernachten. Also, wo hat der Mann geschlafen?«

»Warum ist das relevant?«, fragt Schaller.

»Danke, Kollege«, sagt Bekendorf. »Diese Frage stellt sich mir auch gerade.«

»Es ist relevant, weil sich kein vollständiges Bild von dem Toten ergibt. Wo hat er gewohnt? Wo sind seine persönlichen Sachen? Warum war er an jenem Sonntagabend am See? War er allein? All das sind Fragen, die sehr wohl relevant sein können, um die genauen Umstände des Todes zu klären.«

Er merkt selbst, dass er sich gerade in Rage redet.

Vor Groths geistigem Auge taucht das Bild der aufgeblähten Hosentasche im Wasser auf, und im nächsten Moment sieht er den Kratzer auf seiner Autotür. Die Wut von gestern Abend kocht noch in ihm. Er ist nicht fertig mit diesem Fall. Genauso wenig, wie er mit den neuen Kollegen fertig ist.

Bekendorf kommt ihm zuvor.

»Ich sage Ihnen etwas, Groth. Bringen Sie mir einen Zeugen, der Eck an diesem Abend beobachtet hat. Der gesehen hat, dass er nicht allein am Bootssteg war. Dann reden wir weiter.«

Groth sieht, dass Schaller und Bunterode nicken.

Zu Groths Überraschung bleibt Gerstacker auffallend still.

Bekendorf bietet jedem noch einen letzten Keks aus der Dose an, dann ist die Besprechung vorbei, die polizeiliche Ermittlung im Fall Eck vorerst eingestellt.

Vier gegen einen. Groth ist plötzlich müde bis in die Knochen. Er schiebt seine Notizen zusammen und will sich erheben, als Bekendorf die Tür hinter den anderen schließt und sich vor Groth aufbaut.

»Herrgott noch mal, Groth. Auf welcher Seite stehen Sie denn? Wir können bei dieser Arbeitsbelastung doch nicht fiktiven Spuren hinterherrennen. Ich dachte, wir zwei verfolgen das gleiche Ziel.«

Groth betrachtet Bekendorf jetzt aus unmittelbarer Nähe. Er sieht jede Ader auf dessen Unterarmen, die hochgekrempelten Hemdsärmel. Wie muskulös Bekendorf aussieht, denkt Groth. Es ist kein Gramm Fett an diesem Mann, er wirkt, als habe er sich vollkommen im Griff. Groth hängt diesem Gedanken einen Moment lang nach. Dann sagt er: »Ich dachte, wir klären Fälle auf.«

»Und wenn es gar keinen Fall gibt? Wenn der Mann tatsächlich alkoholisiert in den Wechtsee gestürzt und ertrunken ist? Sie verrennen sich da in etwas, Groth. Mit diesem Eck musste es ja mal schlimm enden. Den hat es irgendwann aus der Bahn geworfen. Ein armseliges Dasein hatte der.«

»Das mag sein. Aber auch ein armer Wurm kann recht haben. Und wenn es wirklich einen Verfolger gab? Ein Spinner war Eck nicht.«

»Und das wissen Sie so genau? Weil Sie einmal durchs Fenster mit ihm gesprochen haben? Weil er früher mal Gedichte schrieb?«

»Weil ich nicht überzeugt bin, deshalb!« Groth stellt überrascht fest, wie laut seine Stimme ist, als er das sagt. Er atmet durch. Bekendorf hat ja nicht unrecht. Vielleicht hat er zu viel in diesen jungen Mann hineingelesen.

»Die Wahrheit ist nun mal nicht immer rund, Groth. Nach so vielen Dienstjahren muss ich Ihnen das doch nicht ausbuchstabieren, oder? Es geht nicht immer alles auf. Es bleiben Restsummen. So ist das.«

Groth ist so müde, dass er Bekendorf glauben möchte. Als er nichts erwidert, geht Bekendorf zum Fenster. Es ist dunkel geworden, Bekendorfs Gesicht spiegelt sich in der Scheibe, während er fortfährt. »Ich muss Sie nicht daran erinnern, dass Sie schon mal komplett danebengelegen haben.«

Sein Ruf eilt ihm voraus.

»Nein, erinnern kann ich mich sehr gut.«

»Damit wir uns verstehen, Groth. Nichts liegt mir ferner, als Ihren Hamburger Fehltritt aufzuwärmen. Aber so was kann man sich nur einmal leisten, verstehen Sie.«

Groth versteht sehr gut.

Bekendorf wirft einen Blick auf seine Armbanduhr und schrickt im nächsten Moment auf.

»Du meine Güte, so spät schon. Meine Frau und ich haben Opernkarten. Bis Montag, Groth. Überschlafen Sie, was ich Ihnen ans Herz gelegt habe. Wir ziehen am selben Strang, wir beide.«

Binnen Sekunden greift Bekendorf Mantel und Aktentasche, öffnet die Tür und stürmt auf den Gang. Dabei rennt er fast in Gerstacker hinein, der sich mit dem Rücken an die Wand drückt.

Zurück in seinem Büro geht Groth wie ein Hund im Zwinger auf und ab. Sein Hamburger Fehltritt. Es klingt wie ein geflügeltes Wort. Natürlich wird ihn diese Geschichte ein Leben lang verfolgen. Was hat er denn erwartet? Dass er Hamburg mit beschmutzter Weste verlässt und trotzdem noch mal von vorne anfangen kann? Ein Gefühl von hilfloser Wut braut sich hinter Groths Stirn zusammen.

Er zerrt die Jacke von der Stuhllehne und läuft zum Hinterausgang. Gerda ruft ihm ein erstauntes »Schönes Wochenende, Herr

Groth!« hinterher. Groth tut so, als habe er nichts gehört, und lässt die Tür hinter sich ins Schloss krachen. Auf dem Treppenabsatz stellt er fest, dass es nieselt und dass er sehr allein ist in dieser Stadt. Ein Sprühregen ist es, den man nicht hört oder sieht. Trotzdem glänzt das Hofpflaster schon vor Nässe. Na bestens. Er klappt den Kragen hoch und hält sein Gesicht in den Regen. Unstimmigkeiten, denkt er. Auch wenn es zuerst nur wenige sind, nicht mehr als feine Striche, fügen sie sich doch irgendwann zu einem Ganzen, das man Regen nennen muss, ob man will oder nicht.

Als Groth ausreichend durchnässt ist, fährt er nach Hause. Auf dem Weg fragt er sich, woher Bekendorf dieses Etikett haben könnte, das er ihm anheften will – Hamburger Fehltritt. Er selbst hat bestimmt nichts erwähnt. Im Gegenteil, er hatte gehofft, diese Geschichte mit seinem Wegzug ein für alle Mal hinter sich zu lassen. Er geht die möglichen Quellen durch, seine Personalakte, die Hamburger Kollegen, allen voran Lüppert, Allers, selbst Allers' Vorgesetzten von der Disziplinarbehörde. Lüppert hätte sich so was nicht ausgedacht, der nannte die Dinge beim Namen. Und die Personalakte sprach von disziplinarrechtlichem Vergehen. Er kommt kurz auf Allers zurück, denn der ist für griffige Formulierungen bekannt. Aber auch Allers würde so etwas nicht weitertragen, niemals, also verwirft Groth den Gedanken, so schnell wie er gekommen ist.

»Herr Groth«, ruft ihm die Nachbarin aus dem Parterre entgegen. Groth beeilt sich, das Auto abzuschließen.

»Wie sieht es aus? Haben Sie sich mal im Keller umgeschaut?«

»Nein«, sagt Groth. »Noch nicht. Tut mir leid.«

»Na, gehen Sie mal. Ich sag Ihnen, da stimmt was nicht. Sie sind doch Fachmann.«

»Mach ich«, lügt Groth.

»Und Zusperren nicht vergessen!«

Groth ist gerade in seinem Sessel eingeschlafen, als er ganz deutlich wahrnimmt, wie das Telefon klingelt. Am anderen Ende ist Saskia.

»Wegen Weihnachten«, sagt sie. »Ich wollte dir Bescheid sagen, dass ich in diesem Jahr bei Uwes Eltern eingeladen bin.«

Uwe.

»Sag doch mal was, Papa.«

»Was soll ich da sagen? Es freut mich natürlich.«

»Mann, bist du diplomatisch.«

Sie hat recht. Er hat Uwe von Anfang an nicht gemocht.

»Papa?«

»Was denn, Söte?«

»Du fehlst mir hier.«

»Von wegen. Das sagst du nur, um mir zu schmeicheln.« Die Worte hat er gerade noch herausgebracht, denn als Groth mit einem »Bis dann« den Hörer auflegt, versagt ihm die Stimme.

Am nächsten Morgen wacht Groth im Sessel auf. Die Fransen der Wolldecke kitzeln ihn am Kinn. Die Stehlampe brennt. Draußen ist es noch dunkel. Er rappelt sich auf, pustet sich die Fransen aus dem Gesicht, wobei sich der Geruch staubiger Wolle verbreitet. Als er seine Arme aus der Decke befreit hat, sieht er auf die Uhr. Kurz nach sieben.

Das ist nicht schlecht, denkt Groth. Fast acht Stunden Schlaf. Wirklich nicht übel für einen wie ihn. Und insbesondere für eine Nacht im Sessel.

Er hat es nicht ins Bett geschafft gestern Abend. Hat sich die Nachrichten angeschaut und an Saskia gedacht. Die Trauer hat ihn gelähmt. Irgendwann lagen zwischen Sessel und Bett zu viele Arbeitsschritte; Schlafanzug anziehen, Badezimmer, Lichter ausschalten. Die schiere Vorstellung all dieser Verrichtungen bewirkte, dass sein Körper bleischwer wurde und tiefer ins Polster sackte.

Saskia und Uwe. Ein besonderes Paar, das sagte damals jeder. Nur ihm will das noch immer nicht über die Lippen.

Als er die Füße auf den Boden stellt, fühlt er Papier unter den Sohlen, dünnes Papier, das unter seinem Gewicht sofort zerreißt. Groth steht auf den verstreuten Seiten des *Vier-Tore-Kuriers*. Richtig, er hatte sich am Abend durch die Zeitung geblättert, um nach der Berichterstattung über den Toten zu suchen. Alles, was er gefunden hatte, war die Schlagzeile: *Leiche identifiziert – bei dem Ertrunkenen vom Wochenende handelt es sich um einen Bootsverleiher aus Wechtershagen, der zum Zeitpunkt seines Todes stark alkoholisiert war. Die Polizei geht von einem Unfall aus.*

Geht sie das.

Im Kühlschrank findet Groth einen Liter H-Milch und sehr viele Treibhaustomaten. Ein Glas Quittengelee, das noch aus Hamburg stammt. Er hat kein Brot im Haus. Es ist sowieso an der Zeit, findet Groth, dass er mal einkaufen geht.

Groth hat sich ein Einkaufsnetz in die Jackentasche gestopft. Er ist unrasiert und ungekämmt. Er versucht, im Treppenhaus keinen Lärm zu machen, seine Schritte zu dämpfen, um der Nachbarin aus dem Erdgeschoss zu entkommen. Auch die Haustür öffnet er mit Bedacht, drückt sie gegen den Rahmen, während er die Klinke betätigt, damit das Schloss nicht aufschnappt. Es gelingt, doch als er aus der Tür treten will, lässt er vor Schreck die Klinke fahren. Unmittelbar vor ihm steht ein Mann auf dem Treppenabsatz und studiert die Klingelschilder.

Es ist Gerstacker.

Sie stehen sich einen Moment sprachlos gegenüber.

Gerstacker fängt sich zuerst.

»Kalt heute.«

Groth nickt.

Er hat die offene Tür im Rücken, während er seinen Jackenkragen hochklappt. Den Schal hat er in der Eile vergessen.

»Bunterode hat ja dieses Tretboot gefunden«, sagt Gerstacker. »Da sollten wir mal hin.«

Aus der weißen Atemwolke, die Gerstackers Gesicht umrahmt, filtert Groth zwei Worte heraus: Boot. Wir.

Seit wann spricht Gerstacker von wir? Und warum ist das Boot plötzlich so wichtig?

Groth will sagen, dass das doch bis Montag Zeit hat. Das Boot laufe ja nicht weg. Aber er ist zu erstaunt, dass Gerstacker hier vor ihm steht, ungefragt, in seinem Hof, noch dazu am Samstag. Nach dem Wortwechsel vor zwei Tagen war Groth überzeugt, dass Gerstacker und er sich nichts mehr zu sagen haben, schon gar nicht im Fall Eck. Und sind sie nicht gerade aus Gründen, die Groth nicht vollends durchschaut, sehr deutlich von Bekendorf zurückgepfiffen worden?

Er will Gerstacker sagen, dass er keine Zeit hat. Er muss Umzugskisten auspacken. Er will endlich ankommen. Die Tapete abspachteln, neu streichen. Ausflüge zum See kann er sich nicht leisten. Doch zu alldem kommt Groth nicht mehr, denn Gerstacker sagt: »Schaller ist raus. Bleiben also nur noch wir beide übrig.«

»Übrig für was?«, will Groth fragen. Aber stattdessen macht er Gerstacker darauf aufmerksam, dass er kein Brot im Haus hat und dringend Graubrot mit Quittengelee zum Frühstück essen möchte.

»Die Kaufhalle hat noch bis vierzehn Uhr auf«, sagt Gerstacker und geht voraus zu Groths Auto.

Auf der gegenüberliegenden Hofseite fällt eine Tür krachend ins Schloss. Das Echo keult über den Hof, dass man sich ducken möchte. Eine Frau ist herausgetreten, sie zieht einen angeleinten kleinen Hund über den Hof, der Groth und Gerstacker misstrauisch anschaut und dann in Salven zu kläffen beginnt.

Groth beeilt sich, das Auto aufzuschließen. Dieser Gerstacker, denkt er, hat auch etwas von einem Hündchen, das sich in ein Hosenbein festgebissen hat.

Als sie auf dem Parkplatz hinter der Erholung eintreffen, ist es gerade halb neun. Aus der Restaurantküche riecht es nach Mehlschwitze. Neben dem Fußweg zum Lokal steht eine Klapptafel, darauf ist in Kreideschrift zu lesen: *Herbst auf dem Teller. Hirschragout mit Rotkraut.* Groth hat ein flaues Gefühl im Magen und beeilt sich, den Parkplatz zu überqueren.

Von den Spuren des Tatorts ist nichts mehr zu sehen außer einem Rest Absperrband, das sich im splitternden Holz einer Dalbe verfangen hat und darauf wartet, vom Wind mitgerissen zu werden.

»Hier lang«, sagt Gerstacker.

Sie biegen vom Uferweg ab und waten durch kniehohes Gras, bis ein Trampelpfad, dunkel vor Nässe, durch lichtes Gesträuch vom See wegführt. Vor ihnen flattern einige Stockenten auf. Groth geht voraus. Seine Hosenbeine sind nass von Gräsern und Halmen, die in den Pfad hängen. Der Boden ist matschig, ab und zu ist das Schmatzen ihrer Schuhe im Schlick zu hören. Bald mischt sich der Geruch von erkaltetem Feuer in die Luft. Sie ducken sich unter einigen Sträuchern hindurch und stehen vor einer Mulde aus Sand. Der Wind treibt vereinzelte Ascheflocken durch die Luft, die Reste eines Lagerfeuers.

»Sieht nach Party aus«, sagt Groth. Der nasse Sand ist gespickt mit Zigarettenkippen, leeren Bierdosen und Chipstüten.

»Saufgelage«, bestätigt Gerstacker.

»Bisschen kalt für so was zu dieser Jahreszeit.«

»Mit genug Alkohol im Blut stört die Kälte nicht.« Gerstacker deutet auf die andere Seite.

Dort thront in einem Nest aus Gestrüpp ein hellblaues Tretboot mit eingerissenem Sonnendach.

Groth geht näher heran, hebt die Plane und inspiziert den Fund.

Ein durchweichter Pullover liegt wie ein Putzlappen unter den Pedalen. In einer der Sitzschalen hat sich eine braune Pfütze gebildet, in der ein Kondom schwimmt.

»Und was machen wir jetzt damit?«, fragt Groth. »Offiziell ist der Fall Eck eingestellt.«

»Genau darüber wollte ich mit dir sprechen«, sagt Gerstacker.

»Ach.«

»Vielleicht sollten wir unsere Ermittlungen bündeln. Schließlich haben wir jetzt ein Boot«, sagt Gerstacker.

Groth versteht nicht, warum Gerstacker dem Boot so viel Bedeutung beimisst.

»Was meinst du mit bündeln? Zusammenarbeiten?«

Doch Gerstacker bahnt sich bereits einen Weg durchs Gestrüpp zum Uferweg.

Als sie den See erreichen, bleibt Gerstacker stehen.

»Unsere Ermittlungsmethoden«, sagt er. »Die sind sehr unterschiedlich. Wenn wir das hier gemeinsam machen wollen, dann müssen die Grundregeln klar sein.«

»Du willst mir doch nicht meinen Beruf erklären.«

»Genau das will ich. Hier laufen die Dinge eben etwas anders.«

»Zum Beispiel?«, fragt Groth.

»Na, zum Beispiel das Telefonieren. Bei uns macht man nicht alles vom Schreibtisch aus. Wir sind vor Ort. Schauen uns um, halten Augen und Ohren offen. Kein Telefon kann das persönliche Gespräch ersetzen.«

»Na schön«, sagt Groth. »Was noch?«

»Wände haben Ohren.«

»Wie bitte?«

»Man muss nicht alles gleich an die große Glocke hängen«, sagt Gerstacker. »Erst mal unter vier Augen besprechen.«

»Heimlichtuerei«, sagt Groth.

»Nenn es, wie du willst. Aber du siehst ja, was passiert, wenn der Chef zu früh Wind von einer Sache bekommt.«

Und mit diesen Worten wendet sich Gerstacker ab und marschiert Richtung Parkplatz.

Sie fahren über die Wechtershagener Landstraße zurück zum Revier, vorbei an längst abgeernteten Feldern, auf denen eine Frostschicht schimmert.

»Also schön«, sagt Gerstacker in Groths Gedanken hinein. »Um auf die Heimlichtuerei zurückzukommen – es gibt ein Detail zu Eck, das ich nicht offengelegt habe.«

Groth schlägt mit dem Handballen gegen das Lenkrad.

»Ich wusste es.«

Gerstacker lässt diesen Satz verhallen.

»Was ich hiermit nachhole.«

»Ich bin ganz Ohr.«

»Vor zehn Jahren stand Eck vor Gericht, wegen eines Tötungsdelikts, wurde aber freigesprochen.«

»Der Fall J. T.?«, fragt Groth.

Gerstacker nickt.

»Es handelt sich um den Fall eines getöteten Mädchens. Jutta Timm. Ein Mordfall. Große Sache damals. Leider liegen uns hierzu keine Akten mehr vor.«

»Wo sind die denn, die Akten?«

»Keine Ahnung.« Gerstacker wischt mit dem Handballen über das beschlagene Seitenfenster. »Weg.«

»Weg?«

»Weg.«

»Vor zehn Jahren«, wiederholt Groth.

»Richtig.«

»Reichlich lange her.«

»Das findet Bekendorf auch«, sagt Gerstacker.

Sie haben den Stadtring erreicht, und Groth bremst scharf vor einer Ampel.

»Bekendorf weiß also davon.«

»Nicht mehr relevant, seiner Meinung nach.«

»Was ist mit dem Archiv? Es gibt doch ein Archiv?«

»Sicher«, sagt Gerstacker. »Kann man so nennen.«

Eine Frau mit Kinderwagen überquert vor ihnen die Straße und wirft Groth einen anklagenden Blick zu.

»Erzähl mir mal genauer, was du weißt.«

Sie sitzen bei geschlossener Tür in Gerstackers aufgeräumtem Büro. Auf dem Stockwerk herrscht Wochenendstille. Gerstacker hat anstelle des Deckenlichts seine Schreibtischlampe angeschaltet. Der Lichtstrahl trifft auf die Schreibtischunterlage und lässt das transparente Hartplastik giftgrün aufleuchten.

»Der Fall Timm läuft als abgeschlossener Altfall«, beginnt Gerstacker. »Und nach Bekendorfs Meinung wird das auch so bleiben. Zumal die Hauptakte verschwunden ist.«

»Wie können denn Akten aus einem Mordfall einfach verschwinden?«

»Irgendwo werden die sein«, sagt Gerstacker. »Fragt sich bloß, wo.«

»Allerdings.«

»Im Moment ist das hier alles, was wir haben.« Gerstacker zieht einen braunen Aktendeckel unter der Schreibtischunterlage hervor. Das aufgedruckte Wort *Strafakte* hat Gerstacker mit dem Lineal durchgestrichen und *Ersatzakte* daruntergeschrieben. Es sind drei Seiten darin. Ein Vermerk des Kommissariats Demmin aus dem Jahr 1981, wonach die Strafakte Siegmar Eck an das Bezirksgericht Rostock versandt wurde. Das Papier ist so dünn, dass das Licht der Schreibtischlampe durchscheint, als Gerstacker den Vermerk hochhält. Eine Vermisstenmeldung aus dem Jahr 1980 mit einem Foto von Jutta Timm. Und zuletzt die Thermokopie mit dem gleichen körnigen Bild, das Groth bereits in Gerstackers Büro entdeckt hat.

Groth betrachtet das Zeitungsfoto.

»Wie hast du das denn gefunden?«

»Lange Geschichte«, sagt Gerstacker. »Die Einzelheiten willst du nicht wissen.«

»Alles nach Handbuch, verstehe«, sagt Groth.

Gerstackers Kinn bewegt sich kaum wahrnehmbar nach oben.

»Den Fall Timm kann man in drei Sätzen zusammenfassen: Die Abiturientin Jutta Timm kehrt an einem Maiabend des Jahres 1980 nicht von einer Tanzveranstaltung zurück. Eine Woche später wird sie tot im Tannenkruger Forst aufgefunden. Der Hauptverdächtige ist ein Musiker, ein junger Mann, der an jenem Abend für die musikalische Unterhaltung gesorgt hat. Und nun rate mal, wie der hieß.«

»Siegen Eck«, sagt Groth.

»Der Kandidat hat neunundneunzig Punkte.« Gerstacker beginnt, die Seiten, die er vor Groth ausgebreitet hat, wieder einzusammeln.

»Warum nicht hundert?«, fragt Groth.

»Meinetwegen auch hundert«, sagt Gerstacker.

»Eck war damals also Musiker.«

»Sänger.«

Groth stellt sich Eck mit Mikrofon auf einer Bühne vor.

»Ist damals als Plattenaufleger von Dorf zu Dorf getingelt«, erklärt Gerstacker.

»Und was passierte dann mit ihm?«, fragt Groth.

»Tja, also hier wird die ganze Sache merkwürdig. Er wurde nach Juttas Tod verhaftet. Und nach meinen Informationen hat er die Tat auch gestanden.«

»Aber?«, fragt Groth.

»Das Geständnis hat er später widerrufen. Das Gericht hat ihn freigesprochen. Weil er ein Alibi hatte. Er stand den ganzen Abend auf der Bühne. Eine Menge Leute konnten das bezeugen.«

»Er wurde also freigesprochen.«

»Korrekt.«

»Dann dürfte der Fall ja tatsächlich abgeschlossen sein.«

»Allerdings«, bestätigt Gerstacker. »Fragt sich nur, warum Eck dann tot im Wasser lag.«

»Hat man den wahren Täter je gefunden?«

»Nein«, sagt Gerstacker. »Und wenn du mich fragst, dann hat man von da an auch nicht mehr gesucht.«

»Vielleicht war Eck schuldig.«

»Nicht auszuschließen.« Gerstacker schiebt die Seiten zurück in den Aktendeckel.

»Aber wenn er nicht schuldig war …«, überlegt Groth laut und hält inne.

Einige Zimmer weiter beginnt ein Telefon zu klingeln.

»Sprich es ruhig aus«, sagt Gerstacker.

»Dann läuft Jutta Timms Mörder frei herum.«

9

Regine weiß natürlich, dass sie auf gar keinen Fall zu Ecks Beerdigung gehen darf. Genauso gut könnte sie sich ein Pappschild basteln mit der Aufschrift: *Ich war's!* Es ist Dienstag, sie hat sich freigenommen und dummerweise gelesen, dass die Beerdigung am Nachmittag auf dem Mönkebergfriedhof stattfinden soll, und zwar um vierzehn Uhr. Es war das Erste, woran sie dachte, als sie an diesem Morgen aufwachte. Dienstag. Die Beerdigung. Im *Vier-Tore-Kurier* vom Samstag fand sie endlich die Anzeige, mit der sie seit Tagen gerechnet hatte.

Es trauern Gernot Eck und Kerstin Pohl mit Felix, stand da.

Und darüber: *Wenn ein Mensch kurze Zeit lebt ...*

Wie seltsam, hatte Regine noch gedacht, als sie diese Zeile las. Die passte sehr gut zu Eck. Er schrieb Liedtexte, und dieses Zitat stammte aus einem Song von damals. Die Melodie kroch ihr in den Kopf. *Wenn ein Mensch viel zu kurz lebt.* Wer mit zweiunddreißig stirbt, hat viel zu kurz gelebt. Aber die Zeile hätte noch viel, viel besser zu Jutta gepasst. Und deshalb empfindet sie es als Frechheit, dass jemand sie gestohlen hat.

Regines Magen macht sich bemerkbar. Sie leidet unter Sodbrennen, und dieses drückende Völlegefühl ist jedes Mal der Anfangsakkord, der sich beständig steigert, bis er alles übertönt. Sie muss sich ablenken und geht einkaufen. Trägt das volle Einkaufsnetz mit schmerzendem Magen ins Haus, durch den Geruch von Eingemachtem im Treppenhaus, die Steintreppe rauf, an den Eckbänken der Nachbarn vorbei bis zu Omas Türschild, das sie überklebt hat. *R. Schadow* steht nun darauf. Das Einkaufen dauerte keine halbe Stunde. Sie hat die Waren einfach gegriffen, wahllos, weil ihr das Nachdenken zu anstrengend war. Als Regine jetzt den Schlüssel dreht, hallt das Schließgeräusch durchs Treppenhaus. Sie schlüpft hinein und drückt die Tür mit dem Rücken leise ins Schloss. Es ist still in der Wohnung. Das Einkaufsnetz stellt sie neben den Putzlumpen, der als Schuhablage dient, darauf Omas alte Mokassins mit der Ausbuchtung über dem Zehenballen.

Es ist zwölf, und sie hat überhaupt keinen Hunger.

Niemand kann ihr verbieten, zur Beerdigung zu gehen. Würde es nicht sogar wie ein Zeichen der Anteilnahme wirken, wenn sie sich dort zeigt? Außerdem ist eine ganze Woche vergangen, seit die Polizei da war. Niemand kümmert sich noch um diese Geschichte. Regine hat einen Lappen in der Hand und wischt den Küchentisch ab. Hebt ein Netz Zwiebeln an, aus dem es trockene Zwiebelhaut regnet. Dann wirft sie den Lappen in die Spüle, geht zum Fenster und beschließt, sich nicht zu verstecken.

Im Schlafzimmerschrank hängen gebügelt und gefaltet ihre engen schwarzen Hosen aus dem Kempinski. Außerdem findet sie in zweiter Reihe und mit Mottenkugeln bedeckt eine Sammlung schwarzer Sachen von Oma. Jacken, Strickwesten, Blusen. Sie holt alles heraus und breitet die Stücke auf dem Bett aus. Vieles ist ihr zu weit, aber eine Kurzjacke mit spitzem Kragen ist dabei, die ihr gefällt. Uralt muss die sein. Schlicht. Gerader Schnitt. Sie zieht eine Bluse an, dann Omas Jacke und stellt sich vor den Spiegel.

Regine glaubt sich außer Sichtweite, als die Trauernden aus dem Portal der Feierhalle tröpfeln. Sie hat den Friedhofsparkplatz nach dem Passat mit Hamburger Kennzeichen abgesucht, um sicherzugehen, dass die Polizei nicht anwesend ist. Jetzt steht sie hinter Birkenstämmen, die ihr Sichtschutz bieten. Meine Güte, es sind kaum ein Dutzend Menschen, die zum Grab gehen. Ganz vorne entdeckt sie eine Frau in einem sehr engen Kleid mit Leopardenmuster. Sie fragt sich, ob das Siegens Ex-Frau ist. *Kerstin* stand in der Traueranzeige. Aber wo ist der Sohn? Vielleicht waren sie schlau und haben ihn nicht mitgenommen. Sie musste damals mit knapp elf Jahren zu Juttas Beerdigung. Und nun sieht man ja, was das mit ihr gemacht hat.

Der Leopardenfrau folgt ein sehr aufrecht gehender älterer Mann. Siegen Ecks Vater. Das sieht ein Blinder. Die gleiche stolze Haltung. Der gleiche federnde Gang. Meine Güte. Der Anblick tut ihr weh. Sie kennt diesen Typ Mann. Schweiger ohne erkennbare Gefühlsregung. Ihr Vater war auch so einer. Hat alles in sich reingefressen, den Schmerz der anderen noch dazu, und sich damit kaputtgemacht.

Hinter Eck senior folgen zwei weitere Männer. Der eine ist Gast in der Erholung. Er kommt ab und zu mal zum Frühstück. Ein Lehrer. Feiner Mensch. Einer der wenigen, die sich ihr mit Namen vorgestellt haben. Dr. Morgenthal. Dass er Eck kannte, ahnte Regine nicht.

Außerdem folgt ein Typ in einer grauen Jacke, die etwas Militärisches hat. Er wirkt zögerlich. Bleibt stehen, schaut zum Friedhofstor, bevor er sich dann doch der winzigen Prozession anschließt und zum Grab mitgeht. Regine schätzt ihn auf Mitte dreißig, ungefähr Ecks Alter. Die Haare hat er zu einem Pferdeschwanz gebunden. Oben werden sie schon etwas dünn. Er könnte ein Musikerkollege sein. Die meisten, hat Eck ihr erzählt, haben ihn damals im Stich gelassen. Aber es war auch die Rede von einem, der sich ab und zu noch mit Eck traf, wie hieß er doch gleich? Spielte E-Bass und kam aus dieser Gegend. Treptow, nein. Trollenhagen? Auch nicht. Teschendorf! Das war's. Regine weiß sonst nichts über ihn, sie hat nur diesen Namen, Tesche. Eck hat ihr erzählt, dass Tesche noch Musik macht. Dass er ab und zu mal was für Tesches Band schreibt. »Aber nicht mehr so wie früher«, hatte Eck gesagt. »Die alten Zeiten sind vorbei.«

Soll sie ihn nachher ansprechen? Tach, ich hätte da mal eine Frage – Sie haben nicht zufällig 1980 mit Siegen auf der Bühne gestanden, als nach einer Tanzveranstaltung ein Mädchen ermordet wurde? Der bloße Gedanke bohrt sich als schmerzhafter Akkord in ihre Magenwand.

Regine löst sich vom Stamm einer Birke und geht, so leise sie kann, über den Friedhofssplitt. Trotzdem hat sie das Gefühl, beäugt zu werden, und bleibt an einer Rasenfläche stehen. Verstecken kann man sich hier nicht. Aber die anderen werden sowieso nicht wissen, wer sie ist. Gerade beginnt die Grabrede mit den Worten aus der Zeitung, »Wenn ein Mensch kurze Zeit lebt«, da hört Regine hinter sich Schritte knirschen. Sie dreht sich um und sieht einen Mann mit Wildlederjacke, forschem Gang und Maffay-Gesicht. Es ist der Fotograf von neulich. Er erkennt sie sofort und nickt. Regine schaut schnell weg, damit er nicht merkt, dass sie rot anläuft. Als die Grabrede gehalten ist, zögert Regine nicht lange und läuft, so schnell sie kann, Richtung Friedhofstor. Nur weg von hier.

»Wir kennen uns«, sagt Maffay.

Regine steht an der Bushaltestelle.

Natürlich spricht er sie an. So ist das bei ihr. Als hätte sie *Auskunftsbüro* auf der Stirn stehen.

»Kennen ist vielleicht etwas übertrieben«, entgegnet Regine.

Maffay hat ziemlich viele Furchen im Gesicht, die ihm aber ganz gut stehen.

»Das ist wohl so«, sagt er. »Aber man trifft sich ja auch nicht ständig an einem Tatort.«

»Sie kannten Eck also?«, fragt Regine.

»Nicht besonders gut«, sagt Maffay. »Aber ja, ich habe hier und da mal mit ihm geredet. Kannst übrigens Du sagen. Ich duze sowieso alle. Bin nicht gut im Sie. Und was führt dich hierher?«

Regine zögert. Sie muss vorsichtig sein mit dem, was sie preisgibt. Aber die Tatsache, dass sie hier steht, vor dem Friedhof, lässt ja gewisse Rückschlüsse zu.

»Ich kannte Eck aus der Erholung«, sagt sie.

»Näher?«, fragt Maffay.

Die Frage stört sie. Es geht ihn nichts an. Sie würde so was nie fragen. Sie heftet den Blick auf die Straßenkrümmung, aus der gleich der Bus auftauchen müsste. Hat sie Eck näher gekannt?

»Wohl kaum«, sagt Regine. »Und überhaupt: Wer will das wissen?«

»'tschuldigung«, sagt Maffay. »Alte Reporterkrankheit. Hennemann.« Er streckt ihr die Hand hin. »Bin beim *Vier-Tore-Kurier*. Kannst mich Henni nennen so wie alle.«

Henni. Maffay hat ihr besser gefallen.

»Reporter«, sagt Regine. »Daher die Neugier.«

»Neugier ist gesund«, entgegnet Henni.

»Na dann, schönen Tag noch«, sagt Regine und widmet sich wieder dem Studium der Kurve, in der hoffentlich bald der ersehnte Bus erscheinen wird.

»Soll ich dich mitnehmen?«

Maffay steht jetzt auf der anderen Straßenseite vor einem roten Kleinwagen und schlenkert einen Schlüsselbund herum.

»Ich fahre zurück in die Redaktion. Würde dir gerne was zeigen, wenn du noch 'ne halbe Stunde Zeit hast.«

Regine schaut die Straße hinunter. Sie sieht Morgenthal und Ecks Vater einträchtig Richtung Ring marschieren.

Sie hätte Ecks Vater gerne gesagt: Ich kannte Ihren Sohn. Ziemlich gut sogar. Er hat mir vertraut. Aber es ist undenkbar für sie, den Mann anzusprechen.

Von gegenüber klimpern Autoschlüssel.

»Meinetwegen«, sagt Regine. Sie löst ihren Blick von der Straße. »Aber nur 'ne halbe Stunde.«

Maffay scheint DDR-Rock zu lieben. Er scheint auch seinen Führerschein im Lotto gewonnen zu haben. Braucht zwei Versuche, um den Wagen zu starten. Als sie losfahren, bläst ihr nicht nur eisige Luft entgegen, sondern auch ein Song der Puhdys in solcher Lautstärke, dass eine Unterhaltung unmöglich ist.

Endlich biegen sie über neuverlegte Pflastersteine in einen Hinterhof ein. Maffay muss sich jetzt konzentrieren, Regine sieht, dass sich sein Gesicht wie ein Trichter auf diese eine Aufgabe zuwölbt: rückwärts einparken. Sogar die Musik schaltet er ab.

»Wenn du vielleicht schon aussteigen willst«, sagt er, als er den Wagen vor der Parklücke in Position gebracht hat. »Kann etwas eng werden.«

Regine steigt aus.

Es riecht nach warmem Kuchen. Hinter einem Fenster tippt jemand auf einer Schreibmaschine.

Der Motor seines Wagens heult auf, als Maffay die Parklücke ansteuert. Irgendwann bringt er die Handbremse knirschend in Position, quetscht sich aus der Fahrertür und schließt mit erleichtertem Gesichtsausdruck ab.

»Da wär'n wir also«, sagt er.

Er führt sie durch die Hintertür auf einen Flur und von dort in die Redaktion. Die meisten Türen stehen offen. Der Geräuschpegel hat etwas von einem Bienenstock. Wie im Kanon hört sie Gesprächsfetzen auf- und abebben. Maffay bleibt vor einer Tür am Ende des Gangs stehen. *Dunkelkammer. Wenn Geschlossen Kein Zutritt* steht an der Tür. *Dieter Hennemann* auf einem Schild daneben.

»Dein Reich?«, fragt Regine.

»Besser bekannt als *Die Kammer*«, sagt Maffay.

Regine betritt sie wie ein fremdes Land, von dem sie keine genaue Vorstellung hat, als wäre sie einfach mal in ein Flugzeug ein- und hier wieder ausgestiegen.

Überall in dem engen Raum, selbst auf dem einzigen Hocker, stapeln sich Fotos, alle schwarz-weiß. An einer Leine hängen Aufnahmen vom Polizeieinsatz am See. Eines erkennt sie wieder als das Titelfoto aus dem *Vier-Tore-Kurier*. Regine schaut genauer hin. Da liegt was im Gras, man sieht es genau, ein Stück weiße Plane sieht man auch, und was darunter ist, das kann sie nur ahnen.

Ihr Blick hangelt sich an den Fotos entlang, die von der Trockenleine baumeln, bis hin zu einer Aufnahme, auf der Siegen Ecks totes Gesicht zu sehen ist.

»Ich wollte dir eigentlich was anderes zeigen«, sagt Maffay alias Henni jetzt. »Hier.«

Er nimmt ein Bild von der Leine und reicht es Regine.

Auf dem Bild ist ihr Gesicht. Jedenfalls glaubt sie, dass es ihr Gesicht ist. Die Frau auf dem Foto sieht wunderschön aus. Stolz. Der Hals fast weiß. Ihre Augen dunkel und rund wie die von Schwänen.

Von dem Bild geht ein Leuchten aus, Regine fühlt es beim Betrachten und versteht nicht, woher es kommt.

Sie schaut vom Foto auf und begegnet Hennemanns Blick.

Er grinst wie ein stolzer Künstler.

»Nicht schlecht getroffen, oder?«

Regine nickt.

Sie ist nicht gut bei Komplimenten. Wer nie welche kriegt, hat auch keine zu verschenken.

»Hier.« Regine will ihm das Bild zurückreichen, aber Hennemann winkt ab.

»Nein, nein. Das kannst du behalten.«

Das Foto liegt wie ein Fremdkörper in ihrer Hand.

»Das will ich nicht«, sagt sie, ohne zu überlegen.

Hennemann sieht sie überrascht an.

»Es erinnert mich an diesen Tag«, sagt Regine. »Als das mit Eck passiert ist.«

»Verstehe«, sagt Hennemann.

Er nimmt das Bild und befestigt es wieder an der Klammer. Die Bewegung versetzt die ganze Bilderschnur in Schwingungen wie hopsende Wäsche auf einer Gummileine.

Sie betrachten stumm, wie sich die Leine allmählich beruhigt.

»Danke trotzdem«, sagt Regine.

Hennemanns Gesichtsausdruck wirkt jetzt merklich kühler.

Vielleicht hätte sie das Foto einfach nehmen und gehen sollen. Aber das mit der Erinnerung an Eck ist die Wahrheit. Es ist ihr einfach so rausgerutscht. Das Foto ist ihr vollkommen fremd. Die Frau darauf ist makellos. Sie nicht. Das weiß sie. Sie hat zwar kein Abitur, aber genug gesunden Menschenverstand, um zu wissen, dass sie keine Katalogschönheit ist.

»Versteh ich doch«, sagt Hennemann. Seine Stimme ist eine Oktave nach unten gerutscht.

»Ich geh dann mal besser«, sagt Regine.

Hennemann drängelt sich an ihr vorbei und öffnet die Tür.

»Vielleicht darf ich dir wenigstens einen Kaffee spendieren?«, fragt er auf dem Gang.

Regine will keinen Kaffee. Sie will einfach nur gehen. Aber der berühmte Funke Anstand hält sie davon ab, Maffay so mir nichts, dir nichts stehenzulassen. Vielleicht schmeichelt ihr auch das Interesse, das er ihr entgegenbringt. Das ist sie nicht gewohnt.

Kurz darauf haben sie im neuen Tchibo einen Stehtisch ergattert und trinken neben Abdeckplanen für Gartenmöbel, langärmligen Schlafanzügen, Tellern mit Blättermotiv und Servietten in Herbstfarben Bohnenkaffee aus hohen Tassen. Regine muss zugeben, dass der Kaffee hier besser schmeckt als der, den sie in der Erholung servieren. Svetlana ist schon lange dieser Meinung, aber Regine wollte ihr nicht recht geben. Immerhin ist sie es ja, die täglich die Billigbohnen in die Schütte über dem Mahlwerk nachfüllt.

Svetlana kocht, Eberhard bedient den Zapfhahn, sie macht den Kaffee. Schön, dann hat Tchibo eben die Nase vorn beim Geschmack. Aber Tchibo hat keine Aussicht auf einen See. Nicht den Deut einer Aussicht. Das Einzige, was man von hier sieht, sind Paletten mit Steinen zur Bepflasterung der neuen Fußgängerzone.

»Das mit dem Foto tut mir leid«, sagt Hennemann.

»Schon gut«, sagt Regine. »Das konntest du ja nicht wissen.«

»Was konnte ich nicht wissen? Dass du gute Bilder von dir selbst nicht magst?«

»Ich lasse mich nicht gerne fotografieren.«

Regine stellt ihre Tasse etwas zu hart ab, Kaffee schwappt über und läuft in das Rund der Untertasse.

»Das ist dein gutes Recht«, sagt Hennemann. »Aber warum diese Vorsicht? Schlechte Erfahrungen?«

Regine greift nach ihrem Mantel, zieht den Schal aus dem Ärmel.

»Vorsicht ist die Mutter der Porzellankiste.«

Hennemann trinkt seinen Kaffee in einem Zug aus. Dann nimmt er ihr den Schal aus der Hand, stellt sich genau vor Regine und beginnt, ihr den Schal sehr sanft mehrmals um den Hals zu wickeln.

Regine spürt, wie ihr heiß wird. Sie starrt fast penetrant an Hennemann vorbei zur Theke, wo eine junge Frau, kaum älter als Regine, ein Pfund vakuumverpackten Kaffee aus dem Regal holt. Regine betrachtet ihren durchgestreckten Rücken. Ich will mit ihr tauschen, denkt sie in diesem Moment. Ich will ihr praktisches, abgepacktes Leben. Warum ist in meinem immer alles so kompliziert?

Hennemanns Bewegungen gehen ihr durch und durch, da kann sie nichts machen. Seine Handknöchel streifen Regines Kinn, unbeabsichtigt, wie es scheint, aber sie macht sich nichts vor. Sie ist sich nicht mal sicher, ob sie Hennemann mag. Oder traut. Was will er von ihr? Sie ist die Bedienung in einem zweitklassigen Ausflugsrestaurant. Warum hat er sie fotografiert?

Weil er dich hübsch findet, sagt eine dümmlich klingende Stimme in ihrem Kopf. Sie möchte es glauben. Ja, wirklich. Sie würde das sehr gerne glauben. Aber leider glaubt Regine Schadow nicht an Märchen.

Als Hennemann und Regine auf der Fußgängerzone stehen, ist es dunkel. Irgendwo geht das Türglöckchen eines Ladens. Der Geruch von Grillwurst liegt in der Luft. Regine spürt den Wind, er dringt durch die Maschen des Schals, weil Hennemann ihn falsch gewickelt hat. Anders. Er hat ihn anders gewickelt. Und sie stand einfach da und hat es geschehen lassen.

»Danke für den Kaffee«, sagt Regine.

Hennemann kratzt mit der Schuhspitze in der Ritze zwischen den Pflastersteinen.

»Dann vielleicht auf bald mal.«

Regine schüttelt den Kopf.

»Wir könnten irgendwann mal 'nen Happen essen gehen«, sagt er.

»Ich gehe nicht essen«, sagt Regine.

»Das klingt aber sehr kategorisch.«

»So bin ich. Sehr kategorisch.«

»Mann. Das kannste aber laut sagen.«

Regine muss lachen, weil er in diesem Moment wie Oma Lene klingt.

»Mach's gut, Maffay.« Sie lässt Hennemann stehen und geht mit langen Schritten die Fußgängerzone hinunter.

»Bis zum nächsten Mal, Kempinski«, ruft ihr Hennemann hinterher.

Sie ist schon fast außer Hörweite, als das Wort sie erreicht. Wie hat Hennemann sie genannt? Im Gedränge vor dem Kaufhaus stößt Regine mit einer anderen Passantin zusammen und entschuldigt sich, ohne den Blick zu heben. *Kempinski*. Wie kommt er auf diesen Namen? Sie kann sich beim besten Willen nicht erinnern, dass sie Hennemann von Berlin erzählt hat.

10

Groths Leben hat 1960 mit einer Fahrkarte begonnen. Oder aufgehört, je nachdem, wie man die Sache betrachtet. Mit einer Fahrkarte nach Hamburg. Aus ihm unerfindlichen Gründen erinnert er sich sogar noch an den Preis: acht Mark siebzig. Im Schaukasten, das Groths Leben ausstellt, wäre diese Fahrkarte ein zentrales Artefakt. Allerdings existiert die Fahrkarte nicht mehr. Groth hat ihre Bedeutung damals nicht erkannt und sie wahrscheinlich irgendwann als Buchzeichen benutzt, wie er das mit allen Zetteln tut. Er war einfach losgefahren eines Morgens. Stieg in Wechtershagen in den Zug, fuhr nach Berlin, überquerte dort am Bahnhof Friedrichstraße die Zonengrenze und schlief eine Nacht bei einem Schulfreund, Horst Stegmann, heute erfolgreicher Internist. Am nächsten Morgen fuhr er im Interzonenzug weiter nach Hamburg. Dort, an der Bille, lebte sein Onkel, der Bruder seiner Mutter. Nicht dass er diesen Onkel jemals zuvor gesehen hatte. Der Onkel existierte für Groth nur in Form von Briefen auf sehr billigem Schreibpapier. Aber da Groth nicht wusste, was er mit sich und seinem Leben anfangen sollte, und kein Vater mehr da war, der ihm den rechten Weg weisen konnte, fand seine Mutter, es sei an der Zeit, mit Onkel Klaus zu sprechen.

Also war Groth hingefahren.

Er sitzt im Café mit der unvermeidlichen Irina Diehl. Sie hat ihn gefragt, wie es dazu kam, dass er damals in den Westen ging. Vor ihm steht ein Heißgetränk mit Schlagsahne. Irina Diehl hat es für ihn bestellt. Sie trinkt das Gleiche. Es war die Rede von Rum, und als Groth seine Lippen beherzt in den Wall aus Schlagsahne tunkt, kann er ihn riechen. Kaffee mit Schuss. Irina Diehl sagt, sie selbst sei zu jung und unreif gewesen, um damals rechtzeitig rüberzumachen. Einen Tick zu jung, fügt sie hinzu, und Groth versteht, dass sie es sagt, damit er sich nicht alt fühlen muss.

Sie sind sich in der Kaufhalle begegnet. Groth wollte seine Mittagspause für Einkäufe nutzen, er hatte noch immer kein Brot im Haus. Er stand am Ende der Schlange vor der einzigen Kasse, als weiter vorne jemand winkte. Groth bezog das Winken nicht auf sich, denn er kennt hier niemanden. Bis er die rotgefärbten Haare wahrnahm. Da dämmerte es ihm. Er schaute sich kurz Richtung Ausgang um, suchte vergebens ein schützendes Regal, hinter das er sich hätte ducken können, und schlussfolgerte, dass es leider kein Entkommen gab.

Irina Diehl hat Glück, dass er heute Morgen nicht gefrühstückt hat. Sonst säße er jetzt nicht hier. Aus dem Heizkörper neben ihrem Tisch strömt eine lähmende Wärme. Groth bestellt Gulaschsuppe, danach ein Stück Bienenstich. Er muss zugeben, dass es ihm schmeckt. Noch dazu interessiert sich Irina Diehl für seine Geschichte.

»Hamburg«, sagt sie. »Das war schlau. Ein guter Plan ist das halbe Leben.«

Groth weist das Wort »Plan« von sich, es sei ein wohlmeinender Zufall gewesen, mehr nicht. Er ist nicht in der Stimmung für Halbwahrheiten, auch wenn er sich gerne hinter der Kulisse eines geglückten Lebens verstecken möchte.

Also erzählt er Irina Diehl vom Schreiben der Humboldt-Universität zu Berlin, das er nach dem Abitur erhielt, unterzeichnet vom Prorektor für Studienangelegenheiten, Name unleserlich. Auch dieses Schreiben existiert nicht mehr. Das muss es auch nicht, denn Groth kennt den Wortlaut auswendig.

Die Zulassungskommission hat die Immatrikulation des Bewerbers für die Fachrichtung Germanistik abgelehnt. Mit sozialistischem Gruß.

Die Frage nach der Alternative hatte ihn also nach Hamburg geführt. Wie der Zufall es wollte, taten sich damals, 1960, just als Groth Onkel Klaus besuchte, zwei Optionen auf: Die Bahn suchte Rangierer, und die Polizei suchte Anwärter. Groth brauchte Geld. Langfristig sah er sich hinter einem Schreibtisch und nicht in einer zugigen Lokhalle, also entschied er sich zur Bewerbung bei der Hamburger Polizei.

Trotzdem hat Groth das Gefühl, irgendwie Rangierer gewesen zu sein, denn er hat sich 1960 eine unumkehrbare Weiche gestellt.

Als Groth die Rechnung verlangt, besteht Irina Diehl darauf, seinen Kaffee mitzubezahlen, denn schließlich habe sie ihn dazu überredet. Im Gegenzug sieht Groth sich genötigt, Irina Diehl zu fragen, ob er sie ein Stück mitnehmen kann.

Statt höflich abzulehnen, stimmt sie zu. »Ich muss noch mal in die Schule«, erklärt sie. »Vorbereitung für morgen.«

Also fährt Groth sie zur EOS Friedrich Engels. Er besteht darauf, es sei kein Umweg für ihn. Im Auto sagt Irina Diehl, wenn man es genau betrachte, dann habe er es jetzt ja auch mit Geschichten zu tun. Lebensgeschichten. Dramen. Auch wenn er kein Germanist geworden sei.

Sie winkt ihm vom Schultor noch einmal zu, die Einkaufstasche schlägt dabei an das Gitter, und Irina Diehl sieht plötzlich aus wie früher, wie die Abiturientin, die verschlafen hat und sich abhetzt, um noch vor der Glocke das Schulhaus zu erreichen. Ihr langer Schal fegt über den Schulhof. Groth beobachtet voller Spannung, wann ihr Schuh auf dem Ende des Schals landen wird, doch nichts dergleichen geschieht, sie überquert ohne Vorkommnisse den Hof, geht an der mit tiefen Fenstern gespickten Fassade entlang und biegt um die Ecke des Gebäudes. Groth beobachtet, wie kurz darauf auch die Schleppe des Schals verschwindet. Sein Blick bleibt an der Schulmauer hängen. Genau dort, im Windschatten des südlichen Gebäudeflügels, hat Groth mit fünfzehn zum ersten Mal an einer Zigarette gezogen.

Er schaut auf die Uhr. Fast drei. Er sollte dringend zurück ins Büro. Aber er spürt eine Unruhe, ihm ist, als hätte er etwas vergessen, also folgt er der Straße zurück zum Ring, fädelt sich ein und umrundet die Stadtmauer. Ab und zu spürt er im Vorbeifahren neugierige Blicke aus anderen Fahrzeugen, denn er hat nach wie vor die Hamburger Kennzeichen und fällt auf. Er fährt die Stadttore ab, es gibt eines für jede Himmelsrichtung, ganz nach Geschmack und Lebensplan. Als hätte man am Ende noch die Wahl, denkt Groth. Der Alkohol hat ihn melancholisch gestimmt.

Sei nicht so negativ, Papa, würde ihm Saskia jetzt sagen.

Er kommt bereits zum zweiten Mal am Treptower Tor vorbei, das ihn mit seinen Klinkern anleuchtet. Und da fällt Groth ein, was er vergessen hat. An diesem Nachmittag findet Ecks Beerdigung statt. Auf dem Mönkebergfriedhof. Groth beschließt, sich dort zu zeigen. Es gehört zu seinem Beruf. Sich mal blicken lassen, so nannte Allers das.

Natürlich betritt er den Friedhof erst, als alles vorbei ist. Sie kommen schon vom Grab, Eck senior, eine Frau in Siegen Ecks Alter, die seine Geschiedene sein muss. Verstreute Trauergäste, von denen Groth niemanden erkennt. Etwas abseits steht die Kellnerin aus der Erholung. Den Namen muss er tief aus seinem Gedächtnis holen. Irgendwas mit stummem W.

Ja, richtig, Schadow.

Groth geht nicht hin. Er hält sich in Sichtweite des Friedhofstors auf, mit gebührendem Abstand zu den Trauernden. Der Abschied gehört der Familie. Ob sie an einem solchen Tag seine Hand drücken möchten, entscheiden sie selbst. So hat er es immer gehalten. Es hat sich bewährt. Eck senior will. Er kommt über den Kiesweg auf ihn zu.

»Nun ist das auch geschafft«, sagt er.

»Es tut mir sehr leid«, sagt Groth.

»So.«

Das ist die Antwort. Eine Silbe. Dazu ein erloschener Blick.

Groth unterdrückt den Impuls, dem Vater die Hand hinzustrecken, denn dessen Hände sitzen tief in den Manteltaschen fest.

Während Eck senior bei Groth steht, verabschieden sich die Gäste.

»Viele sind es nicht«, sagt Eck senior und deutet auf die Rücken der Trauergäste. »Siegens alter Lehrer«, erklärt er. »Der da ist Tesche, ein Musikerfreund. Und natürlich Kerstin, Siegens Ex-Frau.«

Groth sagt, dass er sich bald noch mal melden werde.

Er will nach dem Fall Timm fragen, es brennt ihm auf der Zunge, aber er schweigt. Nicht heute. Nicht hier.

Er erinnert sich jetzt, dass Eck senior von Gefängnis gesprochen hat. Siegen wäre einmal fast im Gefängnis gelandet. Waren das nicht die Worte gewesen? Warum hat er, Groth, diesen Satz einfach vorbeiziehen lassen? Früher hätte er sofort nachgehakt. Sein Gehirn ist doch auf Worte wie diese gepolt, Randbemerkungen, die die Tür zur nächsten Ebene eines Falles aufstoßen.

Allers hatte nichts davon hören wollen, aber es stimmt. Groth ist plötzlich für solche Nuancen taub geworden.

Groth ist Eck senior durchs Friedhofstor gefolgt und hat sich auf dem Parkplatz verabschiedet. Jetzt sitzt er in seinem Auto, aber losfahren kann er noch nicht. Stattdessen starrt er auf die Friedhofsmauer und hört der Stille zu, filtert die Stimmen einiger Herbstvögel heraus und lässt diese sein Denken beherrschen. Wie immer, wenn er vom Friedhof kommt, muss er sich sammeln. Er muss in Gedanken das Friedhofstor schließen, das Geräusch von Schritten auf Kies bezwingen und mit den Augen die Fugen der Friedhofsmauer nach Leben absuchen. Ameisen, Steinbrech, Brennnesseln, Moos. Auf dem Beifahrersitz liegen Irina Diehls Hinterlassenschaften, zwei Lederhandschuhe, einer mit aufgeplatzter Daumennaht, und der *Vier-Tore-Kurier*, unordentlich zur Ziehharmonika gefaltet.

Im Rückspiegel sieht er die Kellnerin. Sie steht noch immer an der Bushaltestelle. Er sieht Eck senior und den Lehrer Schulter an Schulter die Straße hinabgehen. Keine zehn Meter von ihm entfernt lehnt Siegen Ecks Geschiedene an einem Auto und raucht. Groth entgeht nicht, wie sie ihn beäugt.

Jemand ist hinter mir her. Warum wird er diesen Satz nicht los? In seinem Kopf wälzt er die Eindrücke des heutigen Morgens. Das Bild vom hellblauen Tretboot; das körnige Porträt einer jungen Frau, die seit elf Jahren tot ist. Ein Mordfall ohne Akte, lächerlich.

Wahrscheinlich sollte ich genau jetzt loslassen, denkt Groth. Den Fall auf sich beruhen lassen. Die wenigen Trauernden, die sich in alle Richtungen zerstreuen, zum Anlass nehmen, den Fall abzuhaken. Er muss Gerstacker einfach sagen, dass er raus ist, so wie Schaller. Und dass er eben mit Bekendorf an einem Strang zieht, genau wie es Bekendorf wünscht, damit die Dinge vorankommen. *Voran* ist eine von Bekendorfs bevorzugten Vokabeln. Sie erinnert Groth an das Banner, das früher über dem Schultor aufgespannt war: *Vorwärts immer, rückwärts nimmer.* Er ist gerade bereit, den Schlüssel im Anlasser zu drehen, als jemand an seine Scheibe klopft. Er zuckt zusammen. Es ist der Musiker. Groth kurbelt die Scheibe herunter.

»'tschuldigung«, sagt der Mann.

»Schon gut«, sagt Groth.

»Sie sind von der Polizei, oder?«

Groth nickt. »Kriminalpolizei.«

Der junge Mann wippt vor Groths Autofenster auf und ab. Seine Hände hat er so tief in die Hosentaschen gebohrt, dass er die Ellenbogen durchstrecken kann.

»Kann ich was für Sie tun?«

»Nur eine Frage«, sagt der Mann. »Gibt es ...« Hier zögert er. »Hat man denn schon eine Ahnung?«

»Wovon?«, fragt Groth.

»Na, was mit Siegen passiert ist.«

»Wir gehen von einem Unfall aus.«

Groth beobachtet, wie der Musiker mit der Schuhspitze eine Furche in den Rollsplit zieht. Also stellt er die Gegenfrage.

»Was denken Sie denn, was passiert ist?«

Der Mann antwortet mit einem Schulterzucken.

»Keine Ahnung. Wollte nur mal hören.«

»Sicher«, sagt Groth.

»Hätte ja sein können.« Jetzt schiebt er den aufgehäuften Rollsplit mit dem Fuß wieder zurück in die Furche.

Groth bemerkt, wie Ecks Geschiedene ihre Zigarette austritt und zu ihnen herüberschaut. Der Musiker hebt den Kopf und nickt ihr zu.

»Ich muss dann los.«

»In Ordnung«, sagt Groth. Er zieht seine Visitenkarte aus der Innentasche und reicht sie durchs Fenster.

»Wenn Ihnen noch was einfällt.«

Groth beobachtet, wie der Musiker der Frau die Beifahrertür aufschließt. Kurz darauf fahren die beiden gemeinsam davon.

Groth sieht dem Wagen hinterher, während er seine Scheibe hochkurbelt. Er überlegt, wie er Gerstacker am besten beibringt, dass er raus ist, und weiß doch, dass er nichts dergleichen sagen wird. Er ist mit dem Fall Eck noch nicht durch, genauso wenig wie Gerstacker – Bekendorf hin oder her. Im Rückspiegel schaut Groth zur Bushaltestelle. Die Kellnerin ist verschwunden, und er sieht plötzlich lauter offene Fragen.

11

Am Sonntagvormittag betritt Regine um neun das Käthe-Kollwitz-Heim. Aus dem Speisesaal hört sie Kaffeetassen klappern. Es liegt ein Geruch in der Luft, den sie mit den Sonntagen ihrer Kindheit verbindet, ein Duft von erkaltendem Blechkuchen.

Oma Lene präsentiert sich in ihrem besten Anputz. Weißer Blusenkragen, ein Noppenjäckchen, selbstgestrickt, mit silbernen Knöpfen, Haarnetz. Regine trägt die Bluse von gestern. Sie hat verschlafen. Wach gelegen hat sie, das trifft es wohl eher. Die ganze Nacht hat sie auf diesem Satz herumgekaut, den Hennemann ihr serviert hat. *Bis zum nächsten Mal, Kempinski.* Als sie endlich einschlief, war es nach drei. Sie ist völlig gerädert.

»Siehst müde aus«, sagt Oma.

»Bin ich.«

Sie sitzen im hinteren Teil des Speisesaals an einem langen Tisch. Ein verstaubtes Blattgewächs in Hydrokultur bietet wenig Sichtschutz vor Frau Stegmann, die in Puschen den Saal durchkämmt und immer wieder vor dem Kaffeeausschank landet.

»Hat sich die Polizei letzte Woche noch mal gemeldet?«

»Nein«, sagt Regine.

»Na siehste. Die wissen gar nichts. Keine Ahnung haben die. Woher auch, ist ja alles schon so lange her.« Oma nimmt einen Schluck Kaffee. Dann erzählt sie, dass sie mit der Tochter von Frau Riekmann gesprochen hat.

»Die hat dich auf dem Friedhof gesehen«, sagt Oma. »Was haste denn da gemacht, Ginchen?«

Regine wünschte, sie hätte eine Zigarette zur Hand. Stattdessen greift sie nach der Kaffeetasse, nimmt sie zwischen die Hände und befühlt mit den Daumen das Porzellan.

»Ich war auf einer Beerdigung.«

»So? Von wem denn?«

»Kannste dir ja denken«, sagt Regine.

Oma nickt. Ihr Gesicht hat jede Farbe verloren.

»Das musste also sein«, sagt sie.

Regine pult eine Kugel aus dem Hydrokultur-Topf, der neben ihnen auf dem Tisch steht.

»Mit dem Rauchen hast du auch wieder angefangen.«

Am Kaffeeausschank klirrt ein Löffel auf den Boden. Regines Blick schnellt hin. Es macht sie verrückt, dieses Abwarten. Abwarten und Kopf einziehen. Sie lässt die Kugel auf der Tischplatte hin und her rollen.

Sie weiß, dass sie vorsichtig sein muss. Oma Lene hat ihr die Nervosität längst angemerkt. Und tatsächlich dauert es keine Minute, bis es aus ihr herausquillt.

Hennemann.

Dass ihr dieser Reporter begegnet sei, auf der Beerdigung, und dass er sie ziemlich gut zu kennen scheint. Regine bremst sich. Sie will Oma auf keinen Fall von der Kammer erzählen, in der sie mit Hennemann stand, von den Fotos vom Tatort und dazwischen dem Foto von ihr.

Oma wiederholt den Namen des Reporters.

»Was soll der schon groß wissen?«

»Immerhin arbeitet er für die Zeitung. Er wird dafür bezahlt, überall die Nase reinzustecken.«

»Soll er doch.«

»Ich hab Angst«, sagt Regine. »Was, wenn er doch etwas weiß?«

Oma beugt sich vor und legt ihre Unterarme auf die Tischplatte.

»Häseken«, sagt sie. »Zeig keinem, dass du angezählt bist.«

Die Fahrt zur Erholung tut Regine gut. Ihre Schicht beginnt um zwei, es ist die Kännchen-Schicht, wie Eberhard das nennt. Über der Stadt hängen die Wolken tief, der Wind frischt auf, als Regine mit brennenden Wangen auf die Allee einbiegt, die zum See führt. Ihre Gedanken sind auf ihr Versteckspiel gerichtet. Mit wilder Entschlossenheit umklammert sie den Lenker und peitscht sich voran. Versteckspiel. Ein originelles Wort ist es wahrlich nicht. Ludi hätte ein viel besseres gefunden, etwas wie Inkognito oder Maskierung, aber sie hat es schon immer gemocht, die Dinge beim Namen zu nennen, und das Wichtigste ist im Moment, dass sie nicht auffällt, sondern einfach nach Strickmuster mit allem weitermacht, als sei nichts gewesen. Sie kann sowieso nirgendwohin. Wenn sie wegläuft, macht sie sich verdächtig. Oma hat recht. Zeig keinem, dass du angezählt bist. Schließlich macht sie das alles für ihre Tochter, und die hat verdient, dass Regine jetzt durchhält.

Als Regine ihr Fahrrad hinter der Erholung unter das Wellblechdach schiebt und aus der Küche den Geruch von dünstendem Rotkraut abbekommt, wird ihr schlecht. So schlecht, dass sie den Würgereiz nur abwenden kann, indem sie das Fahrrad hinwirft und einige Schritte Richtung See läuft. Dort weht eine kräftige Brise, stark genug, um jeden Geruch zu vertreiben. Regine dreht sich, bis der Wind sie von vorne trifft. Sie schwitzt ein wenig, spürt, wie eine Böe die Perlen aus Schweiß auf ihrer Oberlippe trifft. Es ist ihr Kreislauf. Regine setzt sich auf den steinernen Stumpf einer Bank ohne Sitzfläche. Dort stützt sie ihre Hände auf die Oberschenkel und lässt den Kopf zwischen den Knien baumeln. Ob es jemand sieht, ist ihr egal. Komisch, denkt sie, wie egal einem alles wird, wenn man Brechreiz hat.

Die Sonne kommt zwischen den Wolken heraus und bringt die Feuchtigkeit in den Gräsern neben der Bank zum Glitzern. Regine rappelt sich auf, hält ihr Gesicht in die Sonne und spürt augenblicklich, dass es ihr bessergeht. Sie muss fast weinen, weil sie das

Gefühl hat, die Sonne sei nur ihretwegen erschienen. Das Glitzern auf dem See blendet sie. Selbst der Steg, sonst dunkel und nass, leuchtet sie an.

Alles ist stiller geworden hier draußen, seit Eck tot ist.

Es ist seltsam, aber sie vermisst ihn wie man eine streunende Katze vermisst.

Regine schaut hinüber zum Bootshaus und wartet darauf, dass Eck jetzt in diesem Moment zwischen bunten Sonnenflecken um die Ecke biegt.

Regine war Eck im Lauf des Sommers nicht nahe gekommen, sie beobachtete ihn aus der Ferne, wie man eine feindliche Stellung im Auge behält: Solange am Bootsverleih geschäftiges Treiben herrschte, war alles gut. Umso überraschter war sie, als er eines Nachmittags Ende August plötzlich im Gastraum der Erholung stand. Draußen regnete es Bindfäden. Das Geschäft ging trotzdem nicht schlecht, sie hatten Kaffeegäste, die bei geöffneten Fenstern drinnen saßen, Wespen auf Kuchentellern mit der Gabel zerdrückten, beiseiteschoben und dann kauend auf den See starrten. Regine trug gerade ein Tablett mit abgeräumtem Kaffeegeschirr zum Tresen und spürte, wie es ihr in dem Moment, als sie Eck erkannte, gefährlich verrutschte. Eck nahm seinen Hut ab.

»Habt ihr 'ne Zigarette für mich?«, fragte er.

Regine stellte ihr Tablett hin und wischte sich die Handflächen am Rock ab.

»Klar«, sagte sie. »Moment.«

Ecks muffiger Geruch, ein Pennergeruch, traf sie erst, als sie sich wegdrehte. Sie überlegte, von wem sie auf die Schnelle eine Zigarette schnorren konnte. Sie rauchte nicht mehr. Svetlana auch nicht. Eberhard qualmte wie ein Schlot, aber war natürlich nicht da, wenn man ihn mal brauchte. Sie ließ Eck vor dem Tresen zurück und ging nach hinten zu den Waschräumen, wo ein hell erleuchteter Zigarettenautomat hing. Einen Moment lang zögerte sie, bevor sie mit geübter Hand die schwarze Börse hervorholte, die in der Vordertasche ihrer Schürze steckte, und einige Münzen aus dem Trinkgeldfach fischte. Dann zog sie eine Packung Cabinet.

»Hier«, sagte sie zu Eck und händigte ihm die ganze Packung aus.

Er nickte, und gerade als Regine glaubte, er wolle die ganze Schachtel nehmen und gehen, da merkte sie, dass er sich nur kurz abgewandt hatte, weil seine Hände zitterten. Er fummelte an der Packung herum und riss ein Loch in den Schachtelkopf. Dann löste er die Papierbinde ab und sah sich suchend um, bevor er sie behutsam auf das Tablett mit dem schmutzigen Geschirr legte. Eck klopfte eine Zigarette aus der Packung, hielt sie quer unter die Nase, schob alles ordentlich zu und reichte Regine die Schachtel.

»Danke.«

»Schon gut«, sagte Regine.

Eck sah aus der Nähe älter aus, als sie erwartet hatte. Er musste so um die dreißig sein. Höchstens Mitte. Trotzdem flankierten zwei Furchen seine Mundwinkel, die seinem Gesicht etwas Holzschnittartiges gaben.

Eck war außerdem sehr, sehr schlank. Seine Cordhose schlackerte ihm um die Beine. Regine überlegte fieberhaft, wie sie ihn in ein Gespräch verwickeln konnte. Dies war die Gelegenheit, auf die sie so lange gewartet hatte. Hatte sie darauf gewartet? Natürlich. Warum sich selbst belügen. Sie hatte darauf gehofft, Eck durch einen Zufall kennenzulernen. Und nun stand er hier vor ihr, in der Erholung auf den Terracotta-Fliesen, die immer mit Sand gepudert waren und die sie mehrmals am Tag mit dem Besen sauber fegen musste. Der Sand kam verlässlich zurück. Er knirschte unter den Schuhen, setzte sich in den Fugen ab und nistete sich überall ein.

Eck war wie üblich barfuß.

»Kannst dich zum Rauchen draußen hinsetzen, wenn du willst«, sagte Regine. Sie deutete auf die Tische unter dem Vordach der Erholung.

Eck roch noch immer an der Zigarette. Regine war sich nicht sicher, ob er verstanden hatte, was sie meinte. Aber er schlappte hinaus und setzte sich tatsächlich an einen der Metalltische. Ausgerechnet an den, der zum Ufer hin leicht abschüssig stand. Als sie kurz darauf wieder hinschaute, stand der Tisch noch immer schief, aber Eck war verschwunden.

Am nächsten Tag schlenderte sie in ihrer Mittagspause hinunter zum See. Ging wie zufällig Richtung Bootsverleih. Sie wartete, bis Eck keine Kunden mehr hatte und sich unter den Sonnenschirm setzte, dessen Stange er in den Kies gerammt hatte und der ihm als Unterstand diente.

»Tach«, sagte Regine.

»Tach«, sagte Eck. »Tretboot?«

Regine war sich ziemlich sicher, dass er sie nicht erkannte.

»Kein Bedarf«, antwortete Regine.

Dann holte sie die Packung Cabinet aus der Tasche und bot sie Eck an.

Er blinzelte in die Sonne. Nahm sich eine. Dabei sah er Regine richtig ins Gesicht.

»Setz dich doch«, sagte er.

Es gab keinen zweiten Stuhl, also setzte sich Regine im Wurfschatten von Ecks Schirm ins Gras.

Eck streckte sich, um in die Hosentasche greifen zu können, und kippelte dabei mit seinem Plastikstuhl gefährlich weit nach hinten. Er beförderte ein Feuerzeug hervor und steckte sich die Zigarette an. Dann hielt er Regine die Flamme hin.

Sie überlegte nicht lange, zog sich eine Zigarette aus der Schachtel und ließ sich nach zwei Jahren hart erkämpfter Abstinenz zum ersten Mal wieder Feuer geben.

Binnen Sekundenbruchteilen flutete das Nikotin ihren Körper und verlieh ihren Gedanken eine solche Schärfe, dass es wehtat. Sie sah alles vor sich: den Moment, als sie beschlossen hatte, sich nicht länger rumschubsen zu lassen. Den lange gehegten Plan, Eck auszufragen. Die Erkenntnis, dass Eck eine verschreckte Maus war, die man nicht einfach so fangen konnte. Ihr Bussardblick auf Eck, von der Erholung aus, den ganzen Sommer lang bis heute.

»Wie lange machste denn das hier schon?«, fragte Regine.

»Zehn Jahre«, antwortete Eck. »Aber nur im Sommer, versteht sich.«

»Versteht sich«, sagte Regine.

»Und im Winter?«

»Da bin ich Schriftsteller«, sagte Eck.

Dieser Satz überraschte Regine. Sie war sich nicht sicher, was sie davon halten sollte. Ob Eck sich da was zurechtspann?

Er kippelte noch immer mit dem Stuhl. Die Hinterbeine knirschten und versanken Stück für Stück im Kies.

»Was schreibste denn so?«, fragte Regine.

»Alles Mögliche«, sagte Eck. »Liedtexte.«

»Singste die auch?«

»Früher ja, heute nicht mehr.«

Regine wollte weiterfragen, aber sie besann sich. Mit Typen wie Eck musste man geduldig umgehen. Abwarten. Nicht drängeln.

»Nächsten Sommer such ich mir einen Job im Westen«, sagte Eck. »Wollte ich schon letztes Jahr machen.«

»Ist wohl nichts draus geworden«, sagte Regine.

»Noch nicht«, erwiderte Eck.

»Hier isses doch auch ganz schön.« Regine ließ den Blick an Eck vorbei über den See schweifen.

Eck schien über diese Behauptung nachzudenken.

»An der Oberfläche vielleicht«, sagte er schließlich. Er wandte den Kopf zum See. »Aber wer sich auskennt, der weiß, dass dieses ganze Gepinsel nicht echt ist.« Ecks Hand mit der Zigarette beschrieb einen Halbkreis über das Wasser.

Regine erwiderte nichts. Sie saß im Schneidersitz im Gras und tat so, als ginge Ecks Leben sie nichts an. Rede weiter, dachte sie.

Rede. Eck hatte die Beine übereinandergeschlagen und schien sich für einen längeren Monolog bereitzumachen. Sein Ellenbogen lag auf dem winzigen Plastiktisch, der seine Kasse hielt – eine Schatulle mit Deckel und einem Schlüsselloch ohne Schlüssel. Regine betrachtete den See und wartete geduldig auf Ecks Ausführungen, aber es kam nichts. Eck schwieg.

»Wenn das so ist«, sagte Regine schließlich, »warum biste denn dann noch hier?«

»Gute Frage«, sagte Eck. »Gute Frage. Hier kommt die Antwort.« Er verlagerte noch mal sein Gewicht auf dem inzwischen tief eingesunkenen Klappstuhl, beugte sich nach vorne und fingerte etwas aus seiner Gesäßtasche. Er hatte geschickte Finger, auch wenn er nicht mehr verstecken konnte, dass der Alkohol ihn fahrig gemacht hatte. Mit einer gewissen Theatralik präsentierte er ihr ein altes Kunstlederportemonnaie. Eines mit Fotofach. Eck klappte es heraus. Das Porträt eines kleinen Jungen, fünf, vielleicht sechs Jahre alt. Ihm fehlte ein Schneidezahn.

Regine betrachtete das Bild und lächelte Eck an.

»Frage beantwortet?«, fragte Eck.

»Keine weiteren Fragen«, sagte Regine.

Sie spürt jetzt die Kälte. Regine öffnet die Augen. Über dem See braut sich etwas zusammen, der Wind treibt spitze Höcker ins Wasser. Unter der Winterplane schlagen die Bäuche der Tretboote aneinander.

Regine hat fast ihr Fahrrad erreicht, als sie oben auf der Terrasse Schlakse bemerkt. Er hockt unter dem Vordach auf einem Stapel Stühle und beäugt sie. Wie lange mag er da schon sitzen? Als Regine hinschaut, klappen seine Lider runter.

Svetlana singt laut auf Russisch. Sie hat drei Dampfkochtöpfe laufen, rührt etwas in einer Schüssel an, schimpft, singt gut gelaunt weiter, ohne sich um Regine zu kümmern. Regine geht zum Spind.

Sie ist wie benebelt von der Wärme hier drinnen. Sie braucht eine Pause. Sollte sich einige Tage freinehmen. Als sie zur Wand mit dem Dienstplan schaut, hängt er nicht da.

Der Nachmittag erweist sich als erstaunlich geschäftig. Der Gästestrom brandet gegen halb drei mit einem plötzlich einsetzenden Regen auf und ebbt nicht mehr ab; die Tür geht im Minutenrhythmus, Regine bringt Käsekuchen, Nusstorte, Mohnstreusel und kännchenweise Kaffee Hag, räumt Tische frei, nimmt neue Bestellungen auf. Sobald jemand geht, dirigiert sie wartende Gäste zu den wenigen freien Plätzen. Einmal verrechnet sie sich um drei Mark achtzig, noch dazu zu ihrem Vorteil, erntet bissige Blicke von einem Pärchen Mitte sechzig, die daraufhin nach dem Bezahlen noch eine gute halbe Stunde absitzen. Als sie endlich aufbrechen, verabschieden sie sich nicht.

Von Eberhard sieht Regine nicht viel. Er zapft eine Weile Bier, dann übernimmt der Junge, der eigentlich bei Svetlana in der Küche aushilft, und Eberhard verschwindet ganz von Regines Radar.

Irgendwann muss Regine Resteverwaltung machen. Der Käsekuchen ist aus. Bald darauf auch der Mohnstreusel. Die Gäste nehmen es gelassen, sind dankbar, dass sie überhaupt noch einen Platz ergattert haben. Es kommen die ersten Bestellungen für Gulaschsuppe und Grog.

Gegen halb sechs reißt der Besucherstrom so abrupt ab, wie er eingesetzt hat. Die Ausflügler, vom Regen überrascht, haben den Heimweg angetreten. Die Abendgäste bleiben aus.

»Bei so ein Wetter«, sagt Svetlana, »schickst du nicht mal Schwiegermutter vor die Tür.« Sie steht bei Schlakse am Tresen und zieht die Kochschürze aus.

»Wenigstens bleibt dann auch die Polizei weg«, sagt Schlakse.

Und plötzlich versteht Regine. Die beiden Polizisten müssen letzte Woche noch mal da gewesen sein. In ihrer Abwesenheit. Natürlich. Der fehlende Dienstplan. Die misstrauischen Blicke von Schlakse. Eberhard, der ihr ausweicht. Die Tatsache, dass Svetlana kaum noch ein Wort mit ihr wechselt. Offensichtlich ging es um sie. Sie ist so dumm, dass es knirscht.

Sie hatte ihre Sorgen an diesem Nachmittag für ein paar Stunden vergessen. Und nun sind sie in voller Größe zurück. Sie überlegt, Svetlana zu fragen, was genau die Polizei wollte. Aber Svetlana steht immer noch neben Schlakse am Tresen und cremt sich gerade die Hände ein. Und wozu auch? Ist doch sowieso klar, dass es um sie ging. Um ihre Beziehung zu Eck. Ihre Fußsohlen brennen. Regine setzt sich an einen Tisch und fängt mit der Abrechnung an. Versucht es jedenfalls. Eberhard, diesen Ausbeuter, hat sie seit zwei Stunden nicht gesehen. Sie ärgert sich, dass er einfach alles stehen und liegen lässt. Und sie hat nichts Besseres zu tun, als auch noch seine Arbeit mitzumachen. Feigling, sagt sie halblaut zu sich selbst.

Als sie hinter sich Schritte hört, schimpft sie los.

»Kannste nicht wenigstens so lange wegbleiben, bis ich fertiggezählt habe?«

Sie hat sich verrechnet und fängt von vorne an. Zuerst die Fünfziger, dann die Zwanziger. Bei hundertsechzig wird Regine klar, dass nicht Eberhard hinter ihr steht. Was sie riecht, ist Hennemanns Rasierwasser. Es wirkt wie Ammoniak auf sie.

12

Bekendorf tobt.

Es ist Dienstag, und er hat Groth und Gerstacker gebeten, nach der Morgenlage noch zu bleiben. Jetzt sitzen sie wie ertappte Schüler im Besprechungsraum, Gerstacker an der Tür, Groth neben dem Heizkörper auf der Fensterseite.

»Wer von Ihnen hat die Akten im Fall Timm bei der Staatsanwaltschaft angefordert?«

»Ich«, antwortet Gerstacker.

Bekendorf, der auf der Tischkante sitzt, fixiert ihn.

»Mit meiner vollen Unterstützung«, sagt Groth.

»Nicht zu fassen. Darf man fragen, was mit Ihren Ohren los ist? Ich dachte, ich hätte mich klar ausgedrückt. Wir machen dieses Fass nicht mehr auf.«

Schweigen.

»Glauben Sie bloß nicht, dass mir entgeht, was sich hinter meinem Rücken abspielt. Sie ermitteln in eine Richtung, und er ermittelt in die andere«, sagt Bekendorf, mit dem Kopf zuerst auf Groth, dann auf Gerstacker deutend. »In einem Todesermittlungsverfahren, das wir bereits abgeschlossen haben.«

»Wir tragen die Fakten zusammen«, sagt Groth. »Jeder auf seine Weise.«

»Die Fakten!« Bekendorfs Stimme wird wieder laut. »Die Fakten bleiben dabei auf der Strecke, so sieht es aus!« Er greift nach dem Obduktionsbericht. »Der Mann war ein Wrack, das sieht doch ein Blinder.«

Groth will etwas einwenden, aber das Wort »Wrack« ist stark, sehr stark, er kann es nicht wegdiskutieren. Groth fühlt einen beginnenden Kopfschmerz, er schließt kurz die Augen und riecht die Hitze, die aus dem Heizkörper strömt.

»Schön und gut«, sagt er schließlich. »Aber warum taucht Eck dann bei mir auf der Wache auf und sagt aus, er fühle sich verfolgt?«

»Zufall. Wahn. Der Mann war ein starker Alkoholiker.«

»Und was ist mit der Vorgeschichte aus dem Fall Timm?«, wendet Gerstacker ein.

»Was soll damit sein? Der Fall liegt ad acta. Da soll er auch bleiben. Ecks Tod hat nicht das Geringste damit zu tun. Der Mann hatte Glück, dass er damals nicht hinter Gittern gelandet ist.« Bekendorf lehnt sich jetzt zurück. »Überlegen Sie doch mal: Wenn es tatsächlich einen unbekannten Täter im Fall Timm gibt, was ich nicht glaube, warum sollte der ausgerechnet hinter Eck her sein und ihn sogar umbringen wollen? Das wäre doch unsinnig. Den einzigen Verdächtigen aus der Welt schaffen? Im Schach opferst du doch auch nicht deine Dame.«

Manchmal schon, will Groth sagen. Aber er lässt Bekendorfs Worte so stehen.

Als das Gespräch vorüber ist, geht Groth in seinem Büro zum Schrank und holt ein Aspirin aus der Schachtel. Er hat jetzt pochende Kopfschmerzen. Gerstacker ist ihm gefolgt und beobachtet jede seiner Handbewegungen. Groth hält ihm die offene Schachtel hin.

»Nein danke«, sagt Gerstacker. »Ich hatte noch nie Kopfschmerzen.«

Groth, der gerade Wasser aus dem Hahn trinkt, verschluckt sich.

»Bekendorf hat recht. Wir müssen uns entscheiden«, sagt Gerstacker. »Wir können nicht nach der Salzstreuer-Methode ermitteln. Hier ein bisschen und da ein bisschen.«

»Wir könnten die Sache auch auf sich beruhen lassen«, sagt Groth.

»Sicher. Das könnten wir.«

»Abwarten, ob sich von selbst was ergibt.«

»Das ist möglich.«

Sie hängen beide diesem Gedanken nach, und Groth kann spüren, dass sie ihn beide verwerfen.

»Was schlägst du vor?«, fragt Groth.

»Wir befragen Ecks Vater nach dem Fall Timm.«

»Du willst also das Fass aufmachen«, stellt Groth fest.

»Wenn jemand etwas über den Fall Timm weiß, dann er.«

»Also schön«, sagt Groth. »Aber wenn das nichts Neues ergibt, dann Schluss.«

»Plan«, sagt Gerstacker.

Bereits am Nachmittag sind sie unterwegs nach Pasewalk. Groth wollte eigentlich alleine fahren, aber Gerstacker bestand darauf, mitzukommen. Sie überlegten noch, Bekendorf einzuweihen, aber als Gerda Küttel ihnen erzählte, Bekendorf habe ihr gerade einen Bericht wegen zweier winziger Tippfehler zurückgebracht – »Nur zwei auf drei ganzen Seiten, das stelle man sich mal vor« –, sahen sie davon ab.

Nun sitzen sie im Passat, hören *Radio aktuell* und wissen nicht, wie sie Eck senior erklären sollen, warum sie doch wieder bei ihm aufkreuzen.

»STRAALsund heißt das«, sagt Gerstacker.

»Wie bitte?«

»Na, der Sprecher im Radio. Betont falsch.«

Als das Ortsschild von Cölpin auftaucht, fängt es an, in hauchdünnen Strichen zu regnen. Groth schaltet die Scheibenwischer ein. Ein unschöner Schmierfilm breitet sich auf der Windschutzscheibe aus.

»Die Wischerblätter könnte man mal ersetzen«, sagt Gerstacker.

»Könnte man mal«, sagt Groth.

Als sie vor Eck seniors verwildertem Grundstück halten, bleibt selbst Gerstacker die Spucke weg.

»Das hier ist mein Kollege.« Groth deutet auf Gerstacker, der sich mit einer knappen Verbeugung vorstellt.

»Ich dachte, der Fall ist erledigt«, sagt Eck senior. Er geht voraus und führt sie in die Küche.

»Offiziell ist er das auch.«

Eck räumt einige Zeitungen beiseite und zeigt auf die Eckbank.

»Das hier ist auch kein offizieller Besuch«, sagt Groth, als sie sich setzen.

»Ganz schön viel Aufwand für nichts«, sagt Eck.

»Na ja.« Groth merkt, wie Gerstacker neben ihm unruhig wird. »Uns ist da ein anderer Fall zu Ohren gekommen.«

»Jutta Timm«, kommt Eck ihm zuvor.

»Korrekt.«

»Hab mich schon gewundert, warum niemand davon anfing.«

»Die Akte ist schon lange geschlossen«, erklärt Gerstacker.

Eck senior starrt an ihnen vorbei. »Ist auch gut so.«

Groth setzt erneut an. »Wir würden gerne hören, was Sie über den Fall Timm zu sagen haben.«

»Wenn Sie's genau wissen wollen: nichts. Der Fall hat mich Jahre meines Lebens gekostet. Und meinen Sohn die Zukunft. Das reicht ja wohl.«

»Ja, das reicht«, sagt Groth.

Ecks Handflächen liegen wie Spinnenkörper auf dem Küchentisch, die Finger trommeln leise auf das gelbe Wachstuch. Es ist so dunkel im Zimmer geworden, als wäre bereits Abend.

»Da braut sich was zusammen«, sagt Eck. Man hört, wie ihm die Stimme bricht. Er steht auf und schließt das Fenster.

Doch statt sich wieder zu setzen, verlässt Eck die Küche.

Gerstacker schaut Groth ratlos an.

Sie hören Donnergrollen von draußen, dann ein Geräusch wie Stühlerücken aus dem Nebenzimmer.

Eck senior taucht mit einer dicken Klemmmappe in der Küche auf. Ein Gummi hält sie zusammen.

»Hier. Ich hab alles gesammelt von damals. Über zehn Jahre ist das jetzt her.« Er legt die Mappe auf das Wachstuch. Dann dreht er sich um und schaltet das Deckenlicht ein.

»Darf ich?« Groth löst das Gummi. Es ist so mürbe, dass es unter seinen Fingern in Stücke bricht.

»Über zehn Jahre«, wiederholt Eck.

In der Mappe findet Groth Zeitungsausschnitte und einige handschriftliche Notizen. Ein Schreiben der Staatsanwaltschaft Rostock. Die Rechnung eines Rechtsanwalts über dreiundachtzig Mark vierzig. Ganz unten das Gerichtsurteil des Landgerichts Rostock. Strafsache Siegmar Eck. Er breitet alles auf dem Tisch aus.

»Ihr Sohn wurde also als Täter verdächtigt und später vor Gericht freigesprochen?«

»So war das.«

»Er soll ein Geständnis abgelegt haben«, sagt Gerstacker.

»Das kann man so sehen.«

»Wie sehen Sie das?«

»Anders.«

Draußen rollt ein Donner heran, den Groth verebben lässt.

»Also kein Geständnis.«

Eck schüttelt den Kopf.

»Muss ich Ihnen wirklich erklären, wie damals verhört wurde? Siegen war wochenlang in U-Haft, obwohl er ein Alibi hatte.«

»Was hat er Ihnen erzählt?«

Ecks Fingerkuppen trommeln wieder auf das Tischtuch.

»Er hat nur sehr wenig über diese Zeit gesprochen. Kann mir nur zusammenreimen, was sie in der Haft mit ihm angestellt haben.«

»Haben Sie nie gefragt?«

»Anfangs schon, dann nicht mehr.«

»Und der Anwalt?« Groth zieht die Rechnung unter dem Gerichtsurteil hervor. »Was sagte der dazu?«

»Was sollte der groß sagen, nach der Verhandlung war der auf und davon.«

Das Gewitter hat einem ohrenbetäubenden Starkregen Platz gemacht.

Eine Weile spricht niemand.

Groth schaut auf einen der Zeitungsausschnitte vor ihm auf dem Tisch, eine Vermisstenmeldung mit einem Foto von Jutta Timm. Es ist das gleiche, das Groth aus Gerstackers dünner Ersatzakte kennt, aber dieses ist heller, schärfer.

»Ich habe gelernt, andere in Ruhe zu lassen. Dazu stehe ich.«

»Wie häufig hatte Ihr Sohn vor seinem Tod noch Kontakt zu seiner Ex-Frau?«, will Gerstacker wissen.

»Gar nicht. Den Kontakt habe ich gehabt. Wegen dem Kleinen.«

»Felix«, sagt Groth.

»Felix«, wiederholt Eck und starrt aus dem Fenster in eine Wand aus Nässe.

Groth fühlt, wie sich ein Vorwurf in ihm zusammenbraut. Du gibst also dem Enkel, was der Sohn nicht bekam? Am liebsten würde er Eck senior auf den Kopf zusagen, dass er sich nicht genug gekümmert hat. Meine Güte, denkt Groth, hatte der Sohn denn niemanden an seiner Seite? Was ist das für eine Haltung? Desinteresse? Nein. Das Wort »Defätismus« taucht in Groths Gedanken auf und lässt sich nicht verscheuchen.

Doch er bremst sich. Er sieht die Spuren in Gernot Ecks Gesicht und weiß: Der Mann hat seine Versäumnisse teuer bezahlt. Da muss er, Groth, nicht auch noch in der Wunde stochern.

Noch einmal betrachtet er das Bild von Jutta Timm, die sie alle vom Wachstuch aus anzulächeln scheint.

»Man kann die Uhr nicht zurückdrehen«, sagt Groth.

»Und selbst wenn. Wer sagt, dass man's dann besser machen würde«, sagt Eck.

Als der Regen nachlässt, brechen Groth und Gestacker auf. Sie sind schon am Gartentor, als Eck senior hinter ihnen herruft.

»Da ist vielleicht jemand, den Sie fragen könnten.«

Groth dreht sich um.

»Ein alter Freund von Siegen aus Teschendorf. Musiker. Die beiden haben sich immer mal wieder getroffen. Tesche heißt der.«

Auf der Rückfahrt muss Groth sich auf die Straße konzentrieren. Alles ist nass nach dem Regen der letzten Stunde. Auf der welligen Landstraße haben sich Pfützen gebildet, das Wasser spritzt nach allen Seiten und klatscht an den Unterboden des Autos. Im Radio läuft ein Feature über die Taiga. Groth hört, wie die Reporter durch Schlick waten, und stellt sich vor, fern der Zivilisation auf aufgeweichten Wegen unterwegs zu sein. Er umklammert das Lenkrad mit beiden Händen.

Gerade sind sie durch Woldegk gefahren.

»Der Fall Timm«, sagt Gerstacker, »lag damals in der Zuständigkeit des Polizeireviers Demmin.«

Er hat die Innenbeleuchtung eingeschaltet, seine Brille aufgesetzt und blättert Seite für Seite durch das Gerichtsurteil, das Eck senior ihnen für ihre Nachforschungen mitgegeben hat.

»Jutta Timm wurde vergewaltigt und erdrosselt. Sie war keine zwanzig.« Gerstacker hält das Gerichtsurteil in die Höhe und deutet mit dem Finger darauf.

»Es hat nicht lange gedauert, bis die Mordkommission aus Rostock anrückte und die Ermittlungen an sich riss. Das war damals nämlich eine große Sache. Jutta Timm war die Tochter eines Polizisten. Man kann sich vorstellen, was für ein Druck auf den Ermittlern lag.«

Groth stellt sich vor, wie die Mannschaft der Mordkommission über das kleine Revier hereinbricht.

Muss ich Ihnen wirklich erklären, wie damals verhört wurde?

»Du denkst also auch, dass sie das Geständnis aus Eck rausgepresst haben.«

»Das denke ich nicht, da bin ich mir sicher«, sagt Gerstacker, ohne aufzuschauen.

»Man tat alles für den Ermittlungserfolg«, kommentiert Groth.

»Und den hatten sie. Jedenfalls zunächst. Bis Eck freigesprochen wurde.«

»Erzähl mir mal Genaueres über diesen Freispruch.«

»Offensichtlich gab es eine überwältigende Zahl von Zeugen, die Siegen Eck am Abend des Tanzfests auf der Bühne gesehen haben, inklusive eines Zeugen, hier abgekürzt mit H., der ihm noch spät am Abend geholfen hat, die Ausrüstung ins Auto zu laden. Zu diesem Zeitpunkt war Jutta Timm nicht mehr auf dem Gelände anwesend. Da Eck sein Geständnis später widerrufen hat, war das Gericht, ich zitiere: *... von dessen Wertigkeit nicht überzeugt und hat angesichts der Vielzahl an übereinstimmenden Zeugenaussagen keine ausreichenden Hinweise auf eine Beteiligung des Angeklagten an der Ermordung der Schülerin Jutta Timm.*«

Gerstacker blättert einige Seiten zurück. »Was auch erwähnt wird, ist die, Zitat: *Lebensfreude der Schülerin*. Einige Freunde haben ausgesagt, dass sie jedes Wochenende zu Veranstaltungen ging und Eck wohl recht gut kannte. Ob die beiden ein Verhältnis hatten, blieb unklar. Eck hat es abgestritten.«

»Was mich wundert«, sagt Groth schließlich, »ist weder das erzwungene Geständnis noch der Freispruch. Mich wundert, dass nach Ecks Freispruch niemand weiterermittelt zu haben scheint. Als hätte man einfach alles zugeklappt, archiviert und das Licht ausgeschaltet.«

Ein Bus aus der Gegenrichtung lässt eine Spritzwasserfontäne auf die Scheiben niedergehen.

»Das mit dem Archivieren nehme ich zurück«, sagt Groth. »Wenn man archiviert hätte, gäbe es jetzt wenigstens eine Akte.«

Gerstacker starrt aus dem Seitenfenster.

»Lass uns mit diesem Tesche sprechen.«

»Ich bin nicht sicher, ob der etwas weiß«, sagt Groth. »Auf der Beerdigung habe ich einige Worte mit ihm gewechselt.«

»Ach?«

»Er hat mich angesprochen«, erklärt Groth. »Gefragt, ob wir schon wissen, was mit Eck passiert ist.« Groth sieht ihn vor sich, wie er diese Spuren in den Rollsplit gezogen hat. Und dann wandern seine Gedanken zu Regine Schadow, die vor dem Friedhof an der Bushaltestelle stand.

»Was ist eigentlich mit dieser Kellnerin? Wolltest du da nicht noch mal nachhaken?«

»Hab ich bereits«, sagt Gerstacker. »Ich war letzten Freitag in der Erholung draußen.«

»Und?«

»Nicht viel. Ich habe mich hauptsächlich mit der Köchin unterhalten. Stellt sich raus, dass sie beobachtet hat, wie die Kellnerin im Sommer unter Ecks Sonnenschirm saß. Mehr als einmal. Die beiden kannten sich. Ich glaube, die kannten sich besser, als die Kellnerin zugeben wollte.«

Groth ist nicht überrascht.

»Das würde erklären, warum sie auf Ecks Beerdigung aufgetaucht ist.«

»Warum sie uns verschwiegen hat, dass sie Eck kannte, kann ich mir aber nicht erklären«, sagt Gerstacker. »Außer sie hat was zu verbergen.«

»Korrekt.«

»Und da ist noch was«, sagt Gerstacker. »Ich habe mir den Dienstplan zeigen lassen. Die Kellnerin hat an dem Sonntag, als Eck ertrank, bis halb zehn am Abend gearbeitet.«

Als sie das Revier erreichen, ist es nach Feierabend. Groth steigt gar nicht aus. Er setzt Gerstacker vor dessen Fahrrad ab und kurbelt die Scheibe nach unten.

»Ich unterrichte morgen«, sagt er. »Auf dem Rückweg kann ich mich mal nach diesem Tesche erkundigen. Willst du mit?«

Gerstacker entfernt eine KaDeWe-Tüte vom Sattel und schüttelt sie, dass die Wassertropfen umherspritzen. Groth steht mit laufendem Motor daneben und beobachtet die Choreographie von Gerstackers Aufbruch. Die Plastiktüte wird dreimal gefaltet und unter den Gepäckträger geklemmt. Dann bückt sich Gerstacker, um sein Hosenbein flach anzulegen und in den Strumpf zu stopfen. Er schließt das Fahrrad auf, rollt es einige Schritte weit, bis er genug Platz hat, das rechte Bein in einer gelenkigen Bewegung über Hinterreifen und Sattel zu schwingen.

»Morgen bin ich nicht da«, sagt Gerstacker, als er abfahrbereit ist. »Dienstlicher Termin in Rostock.«

Groth wartet auf eine Erklärung, aber es kommt keine.

Gerstacker federt bereits über das Kopfsteinpflaster und verschwindet im orangefarbenen Licht der Ausfahrt.

13

Als Groth am darauffolgenden Nachmittag nach Teschendorf fährt, ist es schon dunkel. Die Straße glänzt nass nach einem Regenguss, der Groth entgangen ist. Er hat drei Stunden schwerfälligen Unterricht hinter sich, selbst seine eifrigste Schülerin, eine junge Anwärterin aus Güstrow, war heute in träger Stimmung. Groth schaltet die Lüftung eine Stufe höher und wischt mit dem Handrücken über die Scheibe. Er muss genau auf die Schilder achten.

Gerade ist er durch Woldegk gefahren. Er kennt die Strecke inzwischen gut genug, um zu wissen, dass gleich Hinrichshagen auftaucht. Dann Lindental. Neetzka. Cölpin. An die Abfahrt nach Teschendorf erinnert er sich nicht.

Groth summt vor sich hin. Er befindet sich auf der Bundesstraße, während um ihn herum Straßen von Straßen abgehen und sich in immer kleinere Nebenarme und feinste Kapillare verästeln. Das Bild gefällt ihm. Auch gedanklich, findet Groth, ist er viel zu oft auf Nebenstraßen unterwegs. Wer sich zu sehr verzweigt, verliert doch den Blick aufs Große und Ganze.

Es ist halb fünf am Nachmittag, und er hat Hunger. Ob es in Teschendorf einen Gasthof mit warmer Küche gibt? Bei der Gelegenheit könnte er sich dort auch erkundigen, wo er diesen Tesche findet.

Groth konzentriert sich aufs Fahren. Ein Gefühl wohliger Sicherheit durchschwemmt ihn. Und genau in diesem Moment taucht das Schild auf. Er hätte es fast übersehen. Es ist eines von den schmalen, die Groth Dorfschilder nennt. Ein Ortsname, den niemand kennt, dazu eine Kilometerangabe im unteren einstelligen Bereich.

Ortsteil Teschendorf. Die Worte gehen ihm gerade noch ins Netz. Er biegt ab, ohne zu blinken.

Groth muss gar nicht erst suchen, er rollt gleich am Ortseingang an einem Hinweisschild für den Landgasthof Lehmann vorbei, den er eine halbe Minute später erreicht. Er stellt das Auto auf dem Gästeparkplatz neben zwei Motorrädern ab.

Imbiss. Grill. Spezialitäten. Auch halbe Portion steht auf der Speisetafel. Darunter: *Live-Musik.*

Groth betritt einen ranzig riechenden Windfang, von der Gaststube durch einen dicken Kunstledervorhang getrennt. Groth schiebt ihn zur Seite und findet sich in einem weitläufigen Speiseraum wieder, der an ein Bahnhofslokal erinnert, willkürlich hingestreute Tische, viele mit hochgestellten Stühlen, Spitzengardinen vor den Fenstern. Auf einem Balken über dem Ausschank steht in Schreibschrift: *Gott schütze den Bauernstand, denn er nähret unser Land.*

Selbst das Versmaß, denkt Groth, ist schlampig.

Das Ganze hat etwas von einem Bühnenauftritt. Alle Augen sind auf ihn gerichtet, den Fremden aus dem Westen, der eine Panne haben muss, hier ein Grundstück kaufen oder telefonieren will, so sagen die Blicke, denn warum sollte er sonst hier sein?

Groth geht zum Tresen und setzt sich auf einen der Barhocker.

»Tach.«

»Tach.«

Der Wirt, ein Mittvierziger mit reichlich Muskeln, legt ihm einen Bierdeckel hin.

»Pils?«

»Imbiss«, entgegnet Groth.

»Sicher. Wir hätten den halben Broiler da. Pommes. Gemischter Salat. Bockwurst mit Brot.« Als Groth zögert, setzt er hinzu: »Die Sterne-Karte gibt's dann wieder am Wochenende.«

Lacher ertönen vom anderen Ende des Tresens.

»Bockwurst«, sagt Groth. »Und eine Auskunft.«

»Dacht ick mir.«

»Ich habe von einem Musiker gehört, der hier wohnt. Spitzname Tesche. Kennen Sie den zufällig?«

»Sind Se von der Plattenfirma?«

»Nein«, sagt Groth, »aber musikinteressiert. Tesche und ich, wir haben einen gemeinsamen Bekannten.«

Groth lässt sich einige Augenblicke lang mustern. Der Wirt ruft die Bestellung durch ein Schiebefenster in die Küche. Er zapft ein Pils, das Groth nicht bestellt hat. Als das Glas vor ihm auf dem Bierdeckel platziert wird, begreift Groth, dass er keine Auskunft erhalten wird, bevor er nicht mindestens zwei kräftige Schlucke genommen hat.

»Tesche.« Der Wirt stützt die Handflächen vis-à-vis von Groth auf den Tresen. »Ein verkanntes Genie, wenn Se mich fragen.«

Groth nickt.

»Hat richtig was auf'm Kasten.«

»Kannste wohl sagen«, wirft von hinten eine Frauenstimme ein.

Groth dreht sich um.

»Tach. Ich bin die Sängerin.«

Groth starrt sie an.

»Von Tesches Band. Was willste denn von dem?« Die Frau trägt unter einer Jeansjacke ein ausgeschnittenes T-Shirt mit *Route-66*-Aufdruck, das ihr eine Nummer zu klein ist.

»Ein Liedermacher, der Tesche gut kannte, hat mir einiges an Material hinterlassen. Das wollte ich besprechen.«

»Hinterlassen«, sagt die Frau. »Dann meinste sicher den Siegen.«

»Genau den«, antwortet Groth.

»Hab davon gehört. Dass es so enden musste mit dem. Tragisch. Woher kanntest du denn den Siegen?«

»Eigentlich kenne ich nur seinen Vater«, lügt Groth.

Die Bockwurst taucht vor ihm auf. Dann Senf. Und noch ein Pils.

»Danke«, sagt Groth.

»Also der Tesche«, sagt die Frau. »Der müsste eigentlich sowieso heute zur Probe hier aufkreuzen.«

Sie zeigt nach hinten zu einem Nebenraum.

»Vielleicht haste ja Glück.«

Groth hat Glück. Er hat seine Wurst aufgegessen und einen Kaffee bestellt, als ihn ein hoher Gitarrenton aus seinen Gedanken reißt. Nach einigen schrägen Griffen spielt jemand die Melodie eines Songs, den Groth kennt. Er summt ihn mit, der Titel liegt ihm auf der Zunge.

Der Wirt deutet mit dem Kopf nach hinten.

»Ich sach's ja. Der kann.«

Tesche erweist sich als redselig. Groth sitzt mit ihm und der Sängerin an einem Tisch und trinkt Kaffee.

»Ich hab Sie auf der Beerdigung gesehen«, sagt Tesche. »Sie sind der von der Kripo.«

»Das stimmt«, bestätigt Groth. »Ich bin nicht nur wegen der Liedtexte hier. Die habe ich, das schon. Siegen Ecks Vater hat sie mir gegeben. Aber es gibt zu Siegen Ecks Tod noch einige offene Fragen.«

Wie nicht anders zu erwarten, legt sich eine Prise Misstrauen auf Tesches Gesicht.

»Die Sache ist nämlich die, dass ich noch nicht überzeugt bin, ob Siegen tatsächlich einen Unfall hatte.« Groth gibt Tesche und der Sängerin einen Moment Zeit, über diesen Satz nachzudenken, bevor er fortfährt: »Und deshalb wollte ich mit jemandem reden, der Siegen gut kannte.«

»Was soll das noch bringen?«, fragt die Sängerin.

Die Frage trifft Groth hart am Kinn, er weiß nicht, was er darauf erwidern soll. Er trinkt einen Schluck Kaffee.

»Darauf habe ich keine gute Antwort«, sagt Groth. »Außer dass Nichtreden erst recht nichts bringt.«

In diesem Moment erscheint der Wirt am Tisch, stellt einen Zuckerstreuer hin, sammelt ein leeres Glas und einen Löffel ein und verschwindet wieder hinter der Theke.

»Vielleicht ist Siegen ja wirklich einfach ins Wasser gefallen und ertrunken«, schlägt Tesche vor.

Groth macht Anstalten, sich mit der Tasse in der Hand zu erheben.

»Schon gut«, sagt Tesche. »Ich hab nichts zu verbergen. Hab den Siegen nur ziemlich lange nicht mehr gesehen. Unser Kontakt hat sich in letzter Zeit ausgedünnt, um das mal so zu formulieren.«

Groth stellt seine Tasse ab.

»Hier und da hat Siegen noch was für uns geschrieben. Was er abgeliefert hat, war immer erste Sahne. Es dauerte einfach nur. Da konnte man nicht eben mal einen Songtext bestellen und zack, dann kam der auch.«

»Siegen brauchte Zeit für so was«, sagt die Sängerin. »Der brauchte für alles Zeit.«

»Wann hat er zuletzt einen Text für Sie geschrieben?«

»Also per Auftrag schon lange nicht mehr. Aber letzten Sommer, da kam er mal rum. Da hat er mir was zu lesen gegeben. War aber reiner Kitsch, damit konnte ich nichts anfangen.«

»Also mir tat der leid, der Siegen.« Wieder mischt sich die Sängerin ein. Sie hat den Zuckerstreuer gegriffen und kratzt mit schlechtlackierten Fingernägeln über die Rillen. »So war's. Irgendwie schlimm, das zu sagen. Dass man mit jemandem nur deshalb noch spricht, weil er einem leidtut. Aber was soll ich machen? So war's eben. Fertig, aus.«

Tesche atmet tief durch. »Irgendwann drehte sich bei ihm alles nur noch darum, dass man ihm übel mitgespielt hat. Ist ja irgendwo auch verständlich. Aber auf Dauer wird das schon mühsam. Das Zuhören, mein ich. Ich hatte die ganze Leier schon tausendmal gehört. Das tausendunderste Mal musste einfach nicht sein.«

»Was genau hat Siegen denn so erzählt, tausendmal?«

»Na, von dem Mordfall, den man ihm angelastet hat.«

Groth horcht auf.

»Jutta Timm?«

»Genau.«

»Haben Sie vielleicht Einzelheiten? Hat er sich zu dem Opfer geäußert? Zum Alibi?«

»Gar nicht. Es war für Siegen völlig klar, dass er nichts damit zu tun hatte. Wovon er immer wieder erzählt hat, das war, wie man damals mit ihm umgesprungen ist.«

»Wie meinen Sie das?«

»Na, wie die Polizei ihn auf dem Kieker hatte. Das hat er immer gesagt, auf dem Kieker. Die ham ihm gar nichts geglaubt. Ham ihn unter Druck gesetzt. Siegen sagte, sie haben ihn kleingemacht, so klein mit Hut. Und dass er sich beinahe deswegen umgebracht hätte. Hat nur nicht geklappt.«

»Moment«, unterbricht Groth. »Das verstehe ich nicht ganz. Wann wollte er sich umbringen?«

»Als er in Haft saß. Vor dem Gerichtsverfahren. Wollte sich die Pulsadern aufschneiden.«

Groth schaut Tesche jetzt sehr aufmerksam an.

»Das hat er so gesagt?«

»Mehrfach. Kann sein, dass Siegen nur angeben wollte. Das halte ich für möglich. Denn besessen war der schon. Also davon, dass man ihm ans Leder wollte.«

»Waren Sie an jenem Abend, als Jutta Timm verschwand, auch bei der Tanzveranstaltung dabei?«

»Icke? Nee. Die ham da nur Platten gespielt. Siegen war so 'ne Art DJ. Meine Musik ist live. Band. Wir hießen damals Lehmann Combo.«

»Klingt recht zahm für eine Rockband.«

»Mag sein. Dafür ham wa die DDR überlebt.«

Groth lächelt.

»Überleben hat seinen Preis.«

Groth will gerade ins Auto einsteigen, als er hört, wie die Tür zum Gasthaus aufgeht und ein Paar hohe Absätze die Stufen runterklappern. Im fahlen Licht erkennt Groth die junge Frau, die sich als Sängerin vorgestellt hat. Als sie ihn vor seinem Auto sieht, beschleunigt sie ihre Schritte.

»Kannst du mich vielleicht ein Stück mitnehmen? Nur so zwei Kilometer die Straße runter. Da wohn ich.«

»Sicher«, sagt Groth.

»Ich bin übrigens Sandy.«

»Arno Groth«, sagt Groth.

»Schicker Name.«

Groth ist kaum losgefahren, als Sandy sagt: »Übrigens. Wegen Siegen.« Sie klickt den Gurt ins Schloss. »Also, der war ja im Sommer mal hier. Der brauchte Geld, das konnte man merken. Wollte Tesche ein paar Texte andrehen, aber das hat nicht geklappt. Er ist auch ziemlich schnell wieder abgezogen. Ich hab den Siegen an dem Tag noch gesehen. Dort hinten an der Straße.« Sandy zeigt auf die Ausbuchtung einer Bushaltestelle. »Da stand er, Daumen raus, und hat gehofft, dass sich jemand erbarmt. Hab dann 'ne Weile mit ihm zusammen gewartet, weil ich dachte, wenn ich neben ihm stehe, Brust raus und so, dann hat er vielleicht mehr Glück. Dass einer hält, mein ich. Und da hab ich ihn dann gefragt, ob er 'ne Freundin hat. Das hab ich nur so dahingesagt, also zum Spaß, das mach ich manchmal so.« Sie zieht am Gurt, um ihn zu lockern. »Bin eben nicht gerade schüchtern. Hier wohne ich übrigens.« Ein schmuckloses Haus taucht am Straßenrand auf.

Groth fährt rechts ran.

»Und?«, fragt er.

»Na ja. Siegen hat dann so rumgedruckst, von wegen, ja, er hätte da vielleicht eine kennengelernt.«

Groth schaltet in den Leerlauf.

»Ist das eigentlich dein Dienstwagen?«, fragt Sandy. »Sind die Kollegen bestimmt neidisch drauf.« Als Groth nicht antwortet, sagt sie: »Wahrscheinlich sollte ich wegen Siegens Freundin besser die Klappe halten.«

»Nein«, erwidert Groth. »Das ist wichtig. Hat er Details genannt? Einen Namen?«

»Nur, dass sie sich am See treffen, weil die Frau in der Nähe arbeitet. Na, und dass er ihr ein Gedicht geschrieben hat.«

Das Wort »Gedicht« überrascht Groth.

»Danke«, sagt Sandy. »Fürs Mitnehmen und so.« Sie öffnet die Tür und steigt aus. Dann beugt sie sich noch einmal zu ihm nach unten. Groth kann sehen, dass sie friert. Er will wegschauen, aber ihre Brustwarzen zeichnen sich hart unter dem Stoff ab.

Der Blinker klickt in die Stille.

»Willste noch auf ein Getränk mit raufkommen?«

»Nein. Heute nicht.«

»Na, dann komm doch am Sonntag zu unserem Auftritt.«

»Vielleicht«, sagt Groth. »Danke.«

Als er losfährt, steht Sandy hüpfend vor Kälte auf dem Gehweg und schaut ihm nach.

Ausgerechnet in diesem Moment fällt Groth der Songtitel ein. *Smoke on the Water.* Natürlich.

14

Sie muss heute Abend besonders auf der Hut sein. Regine hat sich mit Hennemann vor der Redaktion des *Vier-Tore-Kuriers* verabredet. Am Sonntag tauchte er in der Erholung auf, einfach so, und lud sie zu einem Bummel über die neue Fußgängerzone ein.

So ein Bummel sei ja nicht essen gehen, erklärte er. Was nicht heiße, dass sie dort nicht auch eine Kleinigkeit essen könnten, irgendwas Schnelles auf die Hand. Das liege ganz bei ihr.

Sie hatte nur kurz gezögert. Redete sich ein, dass Hennemann ihr vielleicht nützlich sein könne. Sein Geruch erinnerte Regine an ihre Zeit in Ludis Bierstube. Kalter Zigarettenrauch, gemischt mit Rasierwasser und verschwitztem Polyester. Sie empfand den Geruch als heimisch und entwaffnend. Und genau das war gefährlich.

Im nächsten Moment hörte sie sich sagen: »Na schön, warum nicht.«

Und deshalb ist sie jetzt unterwegs in die Innenstadt, ohne sicher zu sein, welche Rolle sie hat, die von Rotkäppchen oder dem Wolf.

Regine trägt einen kurzen Rock, die hochhackigen Stiefel, einen engen Rollkragenpulli. Sie friert vor Aufregung. Der Mann am Grillwurststand hat sie angestarrt, als sie mit langen Schritten an ihm vorbeigegangen ist.

Sie hat keine Ahnung, wann Reporter Dienstschluss haben. Es ist fast fünf und bereits dunkel. Sie bewegt die Zehen, stellt sich in den Windschatten einer Boutique und wartet. In der Redaktion brennt noch Licht, aber niemand kommt aus der Tür. Regine beginnt, vor Nervosität zu zittern, als ihr plötzlich aufgeht, dass Hennemann ja sein Auto hinten im Hof parkt.

Im Hofdurchgang stößt sie fast mit ihm zusammen.

»'tschuldigung. Ich kam nicht gleich weg«, sagt er.

Eine Ledertasche baumelt von seiner Schulter, der Riemen so abgewetzt, dass er brüchig wirkt.

»Woll'n wir dann?«

Vor dem Treffen hat sich Regine die Worte sorgfältig zurechtgelegt, die sie Hennemann an den Kopf werfen will. Woher er vom Kempinski weiß? Warum er das gesagt hat? Ob er damit etwas bezweckt? Das sind ihre Fragen. Doch als er sie jetzt um die Schultern fasst und in Richtung Marktplatz lenkt, fühlt sie, wie ihre Entschlossenheit schwindet. Hennemanns Schultertasche schlägt bei jedem Schritt an Regines Oberschenkel.

Irgendwann bleiben sie vor einer Geschenkboutique mit Holzschnitzereien stehen und schauen durchs Fenster. Jetzt oder nie, denkt Regine und stellt ihre Frage.

»Kempinski?«, wiederholt Hennemann. »Hab ich dich so genannt?«

Im nächsten Moment spaziert er durch die offene Tür ins Geschäft und lässt Regine draußen stehen. Sie wartet eine Minute, dann folgt sie ihm.

Hennemann hält eine lackierte Holzfigur in der Hand, ein Räuchermännchen mit grünem Mantel und langer Pfeife. Er wendet es mehrmals hin und her, dreht es um, inspiziert die kreisrunde Mundöffnung.

»Echte Handarbeit«, sagt eine Stimme aus den Tiefen des Ladens. Hennemann beginnt, das Männchen leicht zu schütteln.

»Wer schüttelt, muss och koofen«, sagt die Stimme.

Hennemann stellt die Figur unsanft ab.

»Wer nicht schütteln darf, kann auch nichts finden«, sagt er und zieht Regine mit sich zurück auf die Straße.

»Lass uns was trinken.«

Sie stehen am Glühweinstand vor dem Centrum-Kaufhaus, als Regine einen neuen Anlauf macht.

»Was ist nun mit Kempinski?«

»Das muss ich irgendwo aufgeschnappt haben«, sagt Hennemann.

»Wo denn?«

»Tja, wenn ich das noch wüsste.«

Er zieht einen Zehner aus seiner Geldbörse und reicht ihn über den hohen Tresen.

»Zweimal im Plastebecher.«

Regine sieht zu, wie Glühwein mitsamt Zimtstangen und Orangenschalen aus einem bronzenen Bottich geschöpft wird.

»Hier.«

Hennemann stellt die Becher auf einen wackligen Stehtisch.

»Prost.«

Regine zieht ihren Becher weg, bevor Hennemann mit ihr anstoßen kann.

»Irgendwo aufgeschnappt?«, fragt sie. »Und deine Zeitungsartikel? Schnappste die auch irgendwo auf?«

»Na gut«, sagt Hennemann. »*In vino veritas.* Ich gestehe, dass ich deine Kollegin nach dir gefragt habe. Daher das Kempinski. Daher meine überragende Kenntnis deiner Biografie.«

Sie sieht wieder Hennemanns Kameraauge vor sich. Wie er an jenem Morgen im Gras stand und sie fotografierte. Dass er Svetlana nach ihr gefragt hat, sollte sie nicht überraschen. Regine spürt, wie ihre Anspannung schmilzt. Sie hält die Tasse an ihre Nase und atmet tief ein. Der weihnachtliche Geruch verwirbelt ihre Skepsis, siehst du, sagt sie zu sich selbst, deine Angst war völlig unbegründet, denn sie möchte glauben, dass die Welt gerecht ist und die Menschen gut. Das Wort »Biografie« schmeichelt ihr.

»Na schön«, sagt sie. »Aber damit das glasklar ist. Ich hab's nicht gern, wenn sich jemand in mein Leben einmischt.«

»Kapiert«, sagt Hennemann. Er sieht in diesem Moment so zerknirscht aus, dass Regine doch mit ihm anstößt.

Sie trinken einen zweiten Becher Glühwein, schlendern am Buchladen und am Reisebüro vorbei, Hennemann erzählt von dem Tag, als Margot Honecker nach Wechtershagen kam, er den Besuch fotografieren sollte und verschlief. Als er abgehetzt zur Delegation stieß, hatte er unter der Lederjacke ein gestreiftes Schlafanzugoberteil an.

»Das ging gut bis zu dem Moment«, sagt Hennemann, »als die Sonne rauskam und ich nicht mehr daran gedacht habe.«

Regine muss sich anstrengen, nicht zu lachen.

Als Hennemann vorschlägt, sie könnten doch im Amtmann gegenüber, wo es warm ist, noch einen Happen essen, denn essen müsse man schließlich sowieso, das könne man genauso gut auch zu zweit erledigen, da sagt sie Ja.

Regine hat schon sehr lange nicht mehr in einem Restaurant gegessen. Sie studiert die Speisekarte, fängt, wie sie das gelernt hat, bei den Preisen an und streicht in Gedanken das Rind, das Wild, die Forelle und den Wels. Als der Kellner kommt, bestellt Hennemann Rippenbraten und Regine Soljanka mit Brot.

Hennemann fragt sie, was sie langfristig so vorhat.

Regine zuckt mit den Schultern.

»Ich mach keine langfristigen Pläne.«

»Wieso nicht? Bist du pleite? Oder hast du Angst vor der Zukunft?«

Regine würde Hennemann sehr gerne erzählen, was sie sich wünscht. Dass sie eine Tochter hat, möchte sie ihm erzählen. Die nicht bei ihr lebt. Aber eines Tages wird sie mit diesem Kind Urlaub an der Ostsee machen, so wie sie es selbst in Kindertagen gemacht hat. Eines Tages. Ich würde alles für dieses Kind tun, möchte Regine sagen. Alles. Ihr ist endlich warm, die Suppe schmeckt himmlisch.

»Ich weiß, wer du bist«, sagt Hennemann jetzt mitten in ihre Gedanken hinein.

Der Satz kommt aus dem Nichts, weht über die dampfende Soljanka und trifft Regine wie diese Wellen an der Ostsee, die wie Walrücken aussehen und dich im nächsten Moment umhebeln. Sie stand früher Hand in Hand mit Jutta im Meer, Jutta knietief und sie bis zur Brust, denn sie war noch sehr klein, fühlte, wie der nasse Sand zwischen den Zehen hochquoll, und wartete auf genau diese Wellen. Sie gaben ihnen Namen, den Wellen: Kracherwelle, Lüpfwelle, Hüpfwelle, Klatschwelle – und eben die Hebelwellen. Die pflügen dich um.

Genau dieses Gefühl hat Regine jetzt. Ihr Kopf ist einen Moment lang völlig leer. Sie hat keinen Boden mehr unter den Füßen.

»Von früher«, fährt Hennemann fort. »Du hast deinen Namen geändert, stimmt's?«

Regine sagt nichts. Warum hat sie sich bloß auf dieses Essen eingelassen?

Hennemann hält ihr seine Zigarettenschachtel hin.

Regine winkt ab.

»Also. Meines Wissens bist du die Schwester von Jutta Timm. Du warst lange weg, zumindest hat man dich in dieser Gegend nicht gesehen seit dem Abitur. Und jetzt biste wieder da und stehst auf der Beerdigung von dem Mann, der vielleicht deine Schwester umgebracht hat. Das macht mich schon etwas neugierig.«

Hennemann verstaut die Zigarettenschachtel in der Brusttasche seines Hemds.

»Ich hab kein Abitur«, sagt Regine.

»Aber eine tote Schwester«, sagt Hennemann.

Regine fixiert ihn. Sie legt Verachtung in ihren Blick. Das kann sie gut. Du kannst mich mal kreuzweise, sagt ihr Blick.

»Nichts für ungut«, sagt Hennemann. »Ich sag ja nicht, dass ich irgendwas glaube. Ich beobachte nur.«

»Dann beobachte mal schön weiter.«

Regine greift nach ihrem Mantel, rutscht von der Sitzbank und geht. Sie hat keinen Plan. Will einfach diesen Hennemann nicht mehr sehen. Soll das etwa Taktik sein, erst schön freundlich und dann mit lauter persönlichen Fragen um sich werfen? Glaubt er denn, dass er so irgendwas aus ihr rauskriegt?

Nichts für ungut.

Was soll dieser Satz überhaupt bedeuten. Wenn nichts ungut ist, ist dann alles gut? Nein. Gar nichts ist gut. Kann man Leute beleidigen und dann einfach sagen, nichts für ungut, und so tun, als sei nichts gewesen?

Hinter ihr kracht die Restauranttür ungebremst ins Schloss. Regine lenkt ihre Schritte über wackelnde Pflastersteine. Sie weicht einer Baustelle aus, starrt auf den Weg und geht, so schnell sie kann, einfach geradeaus.

Bis sie plötzlich am Wall direkt vor einem nagelneuen Telefonhäuschen steht. Im Innern ist es stickig und sehr still. Regine ist überrascht, wie gedämpft die Geräusche der Welt hier drinnen sind. Sie nimmt den Hörer ab und will Ludis Nummer wählen, als ihr einfällt, dass Ludi um diese Zeit Hochbetrieb hat. Regine überlegt, wen sie anrufen kann. Sie möchte mit jemandem reden, jetzt sofort, aber es fällt ihr niemand ein. Das bordorote Telefon im Käthe-Kollwitz-Heim? Nein, es würde Oma nur einen Riesenschreck einjagen, wenn sie plötzlich am Abend einen Anruf bekommt. Oma würde sofort denken, dass etwas passiert ist. Mutti hat kein Telefon. Sie geht ihre sonstigen Bekannten durch, André, der Barmann vom Kempinski, Svetlana, Eberhard, selbst Maik fällt ihr ein und dann dieser Arno Groth.

Regine hängt den Hörer wieder ein. Sie kann niemanden anrufen. Sie ist allein. Das ist nicht weiter schlimm. Gar nicht. Sie ist schon immer sehr gut allein zurechtgekommen. Regine wischt sich mit dem Ärmel übers Gesicht.

Jemand hat sie erkannt, na und? Das heißt noch gar nichts. Sie muss jetzt eben sehr vorsichtig sein. Und vor allem Oma Lene nichts davon erzählen. Auf keinen Fall Oma Lene. Die würde umkommen vor Angst.

Den nächsten Tag bringt Regine wie betäubt hinter sich. Immer wieder rollen Hennemanns Worte durch ihren Kopf: »Ich weiß, wer du bist.«

Das lässt sich nicht ungeschehen machen. Hennemann ist wie die Stasi, er hat sie durchschaut und eine Akte angelegt. IM Schwester. Regine geht auch die Auswege durch, die sich ihr noch bieten. Es sind nicht viele. Genau genommen sind es drei. Sie kann einfach selbst zur Polizei gehen. Sie kann weglaufen. Oder Hennemann dazu bringen, dass er schweigt. Letzteres schiebt sich mehr und mehr in den Vordergrund. Wie die schweren Messer, die in der Besteckschublade nach vorne rutschen. Hennemann hat sie fotografiert, also liegt es doch nahe, dass er etwas von ihr will. Vielleicht will er sie erpressen. Regine wünschte, sie könnte mit Ludi darüber reden, so wie sie mit ihm über ihren Plan gesprochen hat, bevor sie nach Wechtershagen zurück ging. Er würde wissen, was zu tun ist. Ludi kennt sich mit Menschen aus, auch mit falschen Fuffzigern wie Hennemann. Aalglatt, nennt er die.

In der Mittagspause geht sie trotz Nieselregen am See entlang. Sie läuft schnell, hat Kinn und Mund in den Schal gepresst und schaut weder nach links noch nach rechts. Rennt einfach durch die Landschaft, Hände in den Manteltaschen. Wie eine Irre. Aber das Stakkato ihrer Schritte tut ihrem Kopf gut. Da sortiert sich was. Das Rauchen hat ihrer Lunge geschadet, sie kann es fühlen. In kurzen Stößen bläst Regine weißen Atem in die Luft.

Sie darf nicht im Gefängnis landen. Nicht ihretwegen, sie selbst würde das überstehen, so wie sie bisher alles überstanden hat. Sondern wegen Janina. Ihre Tochter darf nicht mit einer Mutter aufwachsen, die im Gefängnis sitzt. Es ist schlimm genug, dass sie Janina einmal im Stich gelassen hat. Ein zweites Mal? Das geht auf gar keinen Fall.

Was bleibt ihr also übrig, als mit Hennemann zu reden?

Und was genau weiß Hennemann eigentlich, fragt ihr Verstand plötzlich. Regine bleibt abrupt stehen. Hennemann weiß, wer sie mal war. Er weiß, dass Regine eine Verbindung zu Eck hat. Er ahnt, dass sich dahinter ein Motiv verbergen könnte. Aber hier hört sein Wissen auf. Hennemann kann nicht wissen, was genau an jenem Abend, als Eck starb, passiert ist. Er hat keine Ahnung davon, was Eck ihr im Sommer anvertraut hat. Hier muss sie ansetzen. Es ist ihr Ass im Ärmel.

15

Regine sitzt im Flur der Polizeiwache Wechtershagen auf einer Bank und wartet. Als hätte sie nicht schon genug Sorgen, hat sie der Polizist namens Groth erneut zum Verhör einbestellt. Der Mann ist gründlich, er kommt aus dem Westen. Sie hat keine Angst vor ihm. Regine wird ihm nichts erzählen, was sie nicht schon längst gesagt hat.

Darin ist sie gut. Erst kürzlich hat ihr jemand das Kompliment gemacht, sie sei unergründlich, genau wie der Wechtsee. Weiß alles und schweigt, sagte jemand zu ihr.

Regine schaut sich vorsichtig um. An den Wänden sind Poster mit Reißzwecken befestigt, eines mit Fahndungsfotos, eines mit Vermisstenbildern, schön ordentlich in Viererreihen und mit Datum versehen. *Zuletzt gesehen am 12. April 1990. Wie man sich vor Einbruch schützt.* Und dazwischen gerahmte Fotos vom See, vom Pionierpark, eine Luftaufnahme der Stadt. Ein Porträt von Richard von Weizsäcker. Darunter ein Feuerlöscher.

Eine Frau schiebt eine Karre mit Akten an Regine vorbei und nickt ihr müde zu.

Sie saß schon einmal auf einem Polizeirevier, in Demmin war das, damals war sie zwölf Jahre alt und ihre Schwester seit einem Jahr tot.

Die Wartebank dort war so glattpoliert, dass Regine auf ihrer Strumpfhose wie auf einer Eisbahn nach vorne rutschte, sobald sie die Füße vom Boden nahm. Sie trug ein Polyesterkleid über der Strumpfhose, ein gelbes, mit rausgelassenem Saum. Ihre Beine waren wenige Zentimeter zu kurz, um im Sitzen bequem die Bodenfliesen zu erreichen. Um das Rutschen zu verhindern, musste sie die Schuhspitzen in eine Bodenfuge stechen und sich festhaken. Ausgerechnet das fällt ihr jetzt ein.

Sie erinnert sich auch, dass es wegen der biegsamen Sohlen nicht einfach war, sich festzuhaken. Die Lackschuhe, die mal zum Kleid gehört hatten, passten ihr nicht mehr, daher trug sie die weniger schicken Sandalen. Dass die mal Jutta getragen hatte, daran schien sich niemand mehr zu erinnern. Sie selbst schon. Sie erinnerte sich nur zu gut, dass früher Jutta in diesen Sandalen zur Schule gegangen war. Die Sandalen hatten beim Rennen unter Juttas Füßen geknallt wie eine Fliegenklatsche, die man gegen die Wand peitscht.

Regine schiebt ihre Stiefelspitze nach vorne, bis sie tatsächlich eine Bodenfuge ertastet. Im Revier in Demmin konnte sie damals von ihrem Platz auf der Bank die Tür sehen, zu der sie schließlich gerufen wurde. Sie wurde gerufen und ging über den Gang in ein Zimmer, das sie sich größer vorgestellt hatte. In der Mitte des Raums stand ein Tisch, an den sie sich setzen musste. Den Tisch hat Regine noch vor Augen, denn es waren alle möglichen Botschaften in die Platte geritzt, die sie während der Befragung mit feuchten Fingerspitzen nachfuhr. Kantige Buchstaben, Zahlen, Häuser mit Spitzdach von der Art, wie man sie malt, ohne abzusetzen. *Das ist das Haus vom Nikolaus. Wer das nicht kann, kriegt keinen Mann.* Oma Lene war bei ihr. Und sie erkannte unter den Polizisten sofort Onkel Raimund.

Er war Papas Kollege auf der Wache. Onkel Raimund stand mit einigen Polizisten im Kreis und sprach über etwas, das die anderen zum Lachen brachte. Regine war froh, ihn zu sehen. Sie wusste, dass er sehr gut Witze erzählen konnte. Sie schaute vorsichtig zu ihm hin, ohne den Kopf zu bewegen, aber als er sah, dass Regine und Oma Lene anwesend waren, brach sein Lachen ab und er bat alle an den Tisch.

Die Polizisten waren sehr freundlich zu ihr. Sie wollten viel über die Männer wissen, die Jutta gekannt hatten. Das waren einige. Regine hatte immer mal wieder einen gesehen, weil sie heimlich aus dem Fenster auf die Straße geschaut hatte, wenn Jutta am frühen Morgen nach Hause gekommen war. Manchmal stieg sie von einem Motorrad oder Fahrradgepäckträger ab. Einer ihrer Chauffeure hatte einen Trabi mit Anhänger.

»Was hatte der denn da drauf, auf seinem Anhänger?«, fragte einer der Polizisten.

»Der hatte eine schwarze Kiste auf seinem Anhänger«, antwortete Regine.

»Weißt du denn, was da drin war, in der Kiste?«

Regine wusste es nicht genau. Das wollte sie aber nicht zugeben.

»Ich glaube, er war vielleicht ein Zauberer.«

Einer der Polizisten schrieb das auf.

»Ach? Was für ein Zauberer denn?«

»Na so einer, der Leute in eine Kiste steigen und sie darin verschwinden lässt.«

Und dann wurden Fotos in einer langen Reihe auf den Tisch mit der zerkratzten Platte gelegt. Ein Foto nach dem anderen. Es waren Gesichter darauf. Gesichter von Männern. Einige sahen schaurig aus. Keiner lächelte.

»Schau dir diese Aufnahmen bitte sehr gründlich an, Regine. Und dann sagst du uns bitte, ob du den Mann mit der Kiste auf einem dieser Bilder erkennst.«

Regine ließ ihren Blick über die Fotos wandern. Sie erkannte ihn sofort. Trotzdem schaute sie noch mal hin und noch mal her.

Dann zeigte sie auf das Bild eines blonden jungen Mannes.

Er tourte damals als Musikaufleger durch die Gegend. Die große schwarze Kiste auf seinem Anhänger war eine Bassreflexbox, die er selbst gebastelt hatte. All das weiß Regine jetzt. Sie weiß auch: Ihre Schwester war ihm begegnet, und kurz darauf war sie tot.

Manchmal beginnt die Musik von damals wie von selbst in Regines Kopf zu spielen. Sie hört die Bässe in nahezu unverminderter Lautstärke. Alles dringt an ihr Ohr, die Songs der Puhdys, die Stimme von Nina Hagen. Der Sound ist in ihrer Erinnerung nur notdürftig abgeklebt, so wie die Pappschicht auf der Bassreflexbox, die mit ihrem fiesen Lautsprechermaul alles vollgrinst.

An jenem Abend vor elf Jahren, so schien es, war ihre Schwester in die Bassreflexbox gestiegen wie in eine dieser schwarzen Kisten von Zauberern. Jutta war hineingestiegen, und dann war sie weg.

Mehrere Tage war sie weg. Eine Woche war sie weg.

Bis sie gefunden wurde.

Wenn ein Mensch kurze Zeit lebt,
Sagt die Welt, dass er zu früh geht.
Weckt sie nicht, bis sie sich regt,
Ich hab mich in ihren Schatten gelegt.

»Ich habe mich mehrmals mit Eck unterhalten«, sagt Regine. »Ist ja wohl nicht verboten.«

Sie befindet sich nicht im Verhörraum in Demmin. Vor ihr steht kein zerkratzter Holztisch, sondern ein Schreibtisch mit Akten drauf, der Groth gehört. Groth hat sie abgeholt, er hat ihre Hand geschüttelt, sich bedankt, dass sie Zeit gefunden hat, und dann hat er sie in sein Büro gebracht. Hier sitzt sie jetzt, hat den Mantel auf dem Schoß und die Beine übereinandergeschlagen. Ab und zu fährt draußen ein Auto los. Ein zweiter Polizist ist da, auch ihn hat sie schon einmal gesehen. Er sitzt am Fenster auf dem Heizkörper und hört zu. Groth hat ihr gesagt, dass sie nur zur Befragung hier sei. Um zu klären, was Siegen Eck an jenem Sonntagabend widerfahren ist. Das sei alles.

Regine glaubt ihm kein Wort.

Dieser Groth hat ein Stück Papier vor sich liegen, aber er schreibt nichts auf.

»Hat Siegen Eck ein Gedicht für Sie geschrieben?«

Wumm.

Die Frage trifft Regine völlig unvorbereitet. Woher wissen die Polizisten von Ecks Geschenk? Sie ist sich sicher, dass man ihr die Überraschung ansieht. Warum auch nicht. Sollen sie doch ruhig sehen, dass sie die Wahrheit sagt.

»Gewidmet«, sagt sie. »Er hat es mir gewidmet.«

»Worum geht es in diesem Gedicht?«

Regine überlegt.

»Um den Wechtsee. Grob gesagt.«

»Ein Liebesgedicht?«

»Wohl kaum.«

»Haben Sie eine Fassung davon? Auf Papier?«

»Nein«, sagt Regine. »Eck hat es mir aus einem Heft vorgelesen. Ein Mal. Das war's.«

»Hat es Ihnen gefallen?«

»Schon«, antwortet Regine. »Irgendwie.« Sie muss nicht mal lügen.

»Sie haben sich also häufiger mit ihm getroffen«, schaltet sich der Polizist am Fenster ein.

»So würde ich das nicht nennen. Wir haben hier und da eine zusammen geraucht.«

»Was war der Grund für Ihr Interesse?«

»Ich hatte kein Interesse.«

»Und er?«

»Der hat sich nicht für mich interessiert.«

Der Polizist sagt nichts. Regine versucht zu erkennen, ob er ihr glaubt, aber sein Gesicht ist schwer zu lesen.

»Der Mann war innerlich ziemlich kaputt, wenn Sie mich fragen.«

»Worüber haben Sie sich mit ihm unterhalten?«

»Musik.«

»Welcher Art?«

»Na, Bands, Lieder, Texte und so. Und manchmal haben wir einfach dagesessen und geraucht.«

»Wussten Sie, dass Siegen Eck mal wegen Mordes vor Gericht stand?«

Wumm. Wieder kommt genau die Frage, die sie befürchtet hat. Regine spürt, dass ihr Herz jetzt schneller schlägt. Alles gut, beruhigt sie sich. Du bist vorbereitet. Ihr Plan ist, so selbstbewusst aufzutreten, dass den beiden die Spucke wegbleibt. Einfach nach Drehbuch.

»Klar wusste ich das.«

Dieser Groth schaut sie jetzt direkt an.

»Warum haben Sie uns das nicht schon früher erzählt?«

Wumm.

»Das hätte ich. Unter anderen Umständen.«

»Wie meinen Sie das?«

»Damit meine ich, dass Sie damals in die Erholung spaziert kamen und alle ausgefragt haben, mitten im Gastraum. Glauben Sie vielleicht, dass ich diese Geschichte vor meinen Kollegen ausbreite?«

Groth und sein Kollege wechseln einen Blick.

»Und außerdem«, sagt Regine, »darf man ja wohl davon ausgehen, dass die Polizei so was selbst rausfindet.«

Wumm. Das saß.

Der Kollege am Fenster fasst sich zuerst. »Wie lange arbeiten Sie schon in der Erholung?«

»Seit Mai.«

»Und davor?«

»In Berlin.«

»Wo in Berlin?«

»In der Hotelgastronomie. Warum ist das wichtig?«

»Was hat Sie denn im Mai nach Wechtershagen verschlagen?«

»Meine Oma lebt hier.«

»Ist das der einzige Grund?«

»Wie viele Gründe braucht man denn Ihrer Meinung nach? Also schön. Ich war auch ziemlich frisch geschieden. Brauchte einen Tapetenwechsel.«

»Sie leben also jetzt bei Ihrer Oma?«

»Nein. Aber in ihrer Wohnung.«

»Und Ihre Frau Oma?«

»Die ist im Altersheim. Soll vorkommen.«

• • •

»Was denkst du?«, fragt Gerstacker, als sie Regine entlassen haben. »Schüchtern ist die nicht. Kann man ihr glauben?«

»Schwierig«, sagt Groth. »Eher ja.«

»Das denke ich auch.«

Vom Gang her dringt das Geräusch von Frau Schuberts Bodenpolierer zu ihnen herein.

»Schon dunkel«, sagt Gerstacker.

»Und wieder sind wir nicht weiter.«

»Was haben wir sonst?«, fragt Groth.

»So gut wie nichts. Dein Besuch bei Tesche hat nichts erbracht, und ich kann diesen Rechtsanwalt aus Ecks Strafprozess nicht finden. Praktiziert nicht mehr unter der alten Berliner Adresse. Sowieso fraglich, ob der etwas weiß.«

Groth muss an das Boot mit dem zerrissenen Sonnendach denken, an Ecks muffigen Geruch und die fehlenden Schuhe. »Also, was meinst du? Schluss?«

Gerstacker dreht sich zum Fenster und inspiziert die Lichter im Hof. Dabei wippt er ganz leicht auf und ab.

Groth beobachtet das Wippen und merkt, dass ihn Gerstackers Stiefeletten gar nicht mehr stören.

»Schön«, sagt Gerstacker jetzt zur Fensterscheibe. »Schluss.«

Groth sitzt ohne Licht am Schreibtisch und denkt nach. Er hört, dass Gerstacker in diesem Moment nach Hause fährt, denn die Klingel seines Fahrrads schlägt beim Überqueren des Hofpflasters mehrmals kurz an.

Auf dem Gang schaltet Frau Schubert den Bodenpolierer aus und verabschiedet sich lautstark von Gerda Küttel.

Gerda ruft, sie müsse noch schnell zum Konsum. Der mache gleich zu.

Frau Schubert sagt, sie gehe nur noch einmal die Woche einholen. »Wird alles teurer, und det Gehalt hat sich quasi halbiert.«

»Genau wie die freien Stellen«, sagt Gerda Küttel.

»Nur der Schmutz wird nicht weniger.«

»Im Gegenteil.«

»Na denn, schönen Feierabend.«

Groth beschließt, sich die Beine zu vertreten, bevor er in seine Wohnung fährt. Er fühlt sich rastlos, als sei das Wort »Schluss« noch nicht bei ihm angekommen. Die kalte Luft wird ihm guttun.

In einer Querstraße kommt Groth an einer Kneipe vorbei. Die Fenster sind angenehm hell, es riecht nach Gebratenem, und auf der Höhe des Eingangs schwingt ihm die Tür entgegen. Ein Mann torkelt heraus. Er stößt gegen Groths Schulter, nickt und hält ihm die Tür auf im Glauben, Groth wolle hinein. Groth wirft einen Blick ins Innere, sucht aus Neugier die Tische nach den Kollegen ab, die ihn nie einladen, aber da sind keine. Stattdessen entdeckt er sie. Sie sitzt am Tresen mit dem Rücken zur Tür. Groth erkennt sie sofort an ihrem Mantel. Er überlegt nicht lange und betritt das Lokal. Es ist überraschend still im Innern. Er denkt an das feuchtfröhliche Gejohle auf der Reeperbahn an einem Freitagabend, wo selbst der Lärmpegel, der nach draußen dringt, höher ist als hier drinnen. Keine Musik. Dafür dicke, verrauchte Luft. Auch Regine sitzt da und raucht. Vor sich hat sie eine Tasse stehen und ein Schnapsglas. In seinen vielen Berufsjahren als Kriminalist ist Groth nicht oft seinem Bauchgefühl gefolgt, aber in den entscheidenden Momenten schon. Daran muss er denken, als er sich auf den Barhocker neben Regine Schadow setzt.

»Abend«, sagt Groth. »Darf ich?«

»Ist ein freies Land«, sagt Regine.

»Keine Sorge«, sagt Groth. »Ich bleibe nicht lange.«

Groth hat ein Bier bestellt. Er erzählt Regine von Hamburg. Wie er sich damals an den Westen gewöhnen musste. Und nun dasselbe noch mal, nur umgekehrt.

Regine lächelt. Er sei kein typischer Westler, sagt sie. Nicht so hochnäsig wie manch andere, denen sie in Berlin begegnet ist.

Groth sagt, er nehme es als Kompliment.

»Ist auch eins«, sagt Regine. Dann erklärt sie, dass sie sich hier nicht mit ihm unterhalten sollte. Nicht, dass sie etwas zu verbergen hätte, aber sie befänden sich schließlich in Ermittlungen gegen sie.

»Wir ermitteln in viele Richtungen«, sagt Groth. »Aber ich verstehe. Sie haben völlig recht.«

Sie hat völlig recht.

»Ich trinke noch mein Bier zu Ende«, sagt er. »Dann muss ich sowieso los.« Was gelogen ist. Groth muss nirgendwohin.

Regine fragt, ob er Kinder hat.

Groth zögert. »Ja«, sagt er. »Eine Tochter.« Er sollte in der Vergangenheit sprechen, doch alles, was er findet, ist Präsens.

Sie habe auch eine kleine Tochter, sagt Regine.

»Meine ist inzwischen groß.« Groth schiebt sein Glas von sich. Schnell sei das gegangen. Er meine, die Kindheit. Wie ein Film im Schnelldurchlauf. Die Worte sind so glatt, dass Groth die Lüge kaum spürt.

Regine kann gut zuhören. Sie hat einen angenehm leisen Charakter, denkt Groth. Wie ein Brunnenschacht. Da fallen deine Worte hinein und treffen niemals auf Grund. Also lässt du dich selbst hineinfallen im Glauben, es könne ja nichts passieren.

Wenn sie hier noch eine Weile sitzen, wird er ihr von Saskias Tod erzählen.

Die Tische haben sich gefüllt. Irgendwann entdeckt Groth hinten im Raum drei bekannte Gesichter. Es sind Kollegen von der Wache, an deren Namen er sich nicht erinnert. Groth meint, der eine habe ihn erkannt, aber dann ist er sich nicht mehr sicher. Als er zu ihnen hinüberschaut, erwidern sie seinen Blick nicht.

Schließlich bricht er auf. Seine Tasche ist noch im Büro, aber Groth ist müde, und die verschlossene Hintertür gibt ihm zu verstehen, dass die Tasche bis morgen Zeit hat. Also steigt er ins Auto und fährt los.

Als er auf die Stargarder Straße biegt, sieht er fünfzig Meter weiter die schlanke Gestalt von Regine Schadow auf dem Gehweg. Sie scheint zu hinken. Groth bremst ab, er fährt langsam am Bordstein entlang und versucht zu erkennen, ob er sich irrt, aber nein.

Also fährt er rechts ran, streckt sich und kurbelt auf der Beifahrerseite die Fensterscheibe runter.

»Ist was los?«

Regine Schadow hebt den rechten Stiefel in Groths Richtung.

Etwas baumelt lose am Schuh.

»Absatz ist abgebrochen«, sagt sie.

Was dann kommt, überrascht Groth. Die junge Frau lacht auf, nur kurz. Und binnen Sekunden geht das Lachen in ein Schluchzen über.

»War ein Scheiß-Tag heute.«

Sie versteckt ihr Gesicht hinter den Händen.

»Es gibt solche Tage«, sagt Groth.

Dann fährt er sie nach Hause.

16

Die Woche schnellt an Groth vorbei, als hätte sie jemand vor ein Gummiband gespannt und losgelassen. Am Montag sind alle mit einem Banküberfall in der Oststadt-Filiale beschäftigt. Der Täter entkam zu Fuß und hat achthundert Mark erbeutet.

»Achthundert«, sagt Schaller, als sie vom Einsatz zurück sind. »Wenn wir den erwischen, geht der für achthundert mickrige Mark in den Bau.«

»Das ist einmal Mallorca und zurück.«

»Gab schon viele, die für weniger gesessen haben.« Es ist Gerstacker, der das sagt. Um gleich darauf wieder in seinem Büro zu verschwinden. Den ganzen Tag schon verschanzt er sich dort. Groth wird aus ihm nicht schlau.

Allerdings hat er sowieso keine Zeit, sich Gedanken über Gerstackers Marotten zu machen, denn am Dienstag steht Bekendorfs Geburtstag an. Die Kollegen haben Geld gesammelt und Groth auserkoren, den Kuchen zu besorgen. Er ist nicht gut bei so was. Als er die verschiedenen Sorten von Kringeln, Blätterteiggebäck, Quarktaschen und Schnecken sieht, entscheidet er sich für das, was er immer nimmt: Bienenstich.

Immer der olle Bienenstich, hört er Saskia sagen.

Aber all die anderen zuckrigen Teilchen sprechen Groth nicht an. Er sieht sich mit klebrigen Fingern im Dienstzimmer sitzen und weiß, dass er sich Bienenstich auf Tellern mit Gabeln wünschen wird.

Am Donnerstag unterrichtet Groth in Pasewalk. Er traktiert seine Rekruten mit einem Thema, das er lieber hinausgeschoben hätte, denn es muss ihn unweigerlich zum Fall Eck zurückführen.

»Der Anfangsverdacht«, doziert Groth, »ist die Schwelle zu unserer polizeilichen Ermittlungstätigkeit.«

Er bringt sein übliches Beispiel.

»In einem Wohngebiet hat es in den letzten Wochen mehrere Einbrüche gegeben. Bei einer Kontrolle wird morgens um drei ein Bäcker angehalten. Er ist auf dem Weg zur Arbeit und hat ein Brecheisen auf dem Beifahrersitz. Besteht der Anfangsverdacht einer strafbaren Handlung?« Groth blickt in die Klasse.

Die Antwort ist allgemeines Kopfschütteln. Dann geht er zum nächsten Beispiel über.

»Statt des Bäckers fährt nun ein polizeibekannter Einbrecher morgens um drei mit einem Brecheisen auf dem Beifahrersitz durch ebendieses Wohngebiet. Auf die Frage, wohin er unterwegs sei, antwortet er, er habe nicht schlafen können und fahre einfach ein wenig durch die Gegend.«

Die Klasse ist sich sofort einig, den vorbestraften Einbrecher mit aufs Revier zu nehmen. Groth erklärt, das sei nachvollziehbar. Doch das Beispiel beruhe auf einem realen Fall. »Damals«, sagt Groth, »stellte sich heraus, dass der Bäcker die Einbrüche begangen hat.«

Nach der Pause meldet sich die junge Kollegin aus Güstrow und findet, dass das alles sehr unbefriedigend sei. Man müsse als Polizistin doch auch seine Berufserfahrung mit einbringen können. Vielleicht habe der Bäckergehilfe ja irgendwie nervös gewirkt oder sonst einen verdächtigen Eindruck hinterlassen. Nur weil er nicht vorbestraft sei, heiße das ja nicht, dass er nichts im Schilde führe.

Groth sollte sich über den Eifer der jungen Kollegin freuen, aber ihm schaudert bei dem Gedanken, eines Tages bei Güstrow in eine Verkehrskontrolle zu geraten.

Ja, die Schwelle des Anfangsverdachts wirke in vielen Fällen überhöht. Und ja, das sei manchmal unbefriedigend. Aber diese Schwelle sei nötig. Er spricht vom Rechtsstaat, von Eingriffen in die Freiheit. Er erläutert den Unterschied zwischen Verdacht und bloßer Hypothese.

»Die Beweiserhebung im Rechtsstaat ist mühsam«, erklärt Groth. Der ein oder andere Straftäter falle durch die Maschen, da brauche man sich nichts vorzumachen.

»Vielleicht ist es besser, ab und zu einen mehr zu verhaften«, sagt Güstrow. »Damit eben niemand durch die Maschen fällt.«

»Vielleicht«, entgegnet Groth. »Genau das ist die Herausforderung. Die Frage nach dem richtigen Maß.« Er tritt hinter dem Stehpult hervor und stellt sich direkt vor die Rekruten in der ersten Reihe. »Wie können wir sicherstellen, nicht nach den eigenen Vorurteilen zu handeln? Oder auf blinde Weisung? Nehmen Sie den Bäcker mit, weil Ihnen sein Gesicht nicht gefällt? Sein Ton? Seine ziemlich teure Lederjacke? Oder weil Sie einfach so ein Gefühl haben, dass mit ihm etwas nicht stimmt?«

Groth nimmt ein unzufriedenes Gemurmel zur Kenntnis, und im selben Augenblick trägt ihn sein Verstand auf dem Wege der Assoziation zu Siegen Eck und dem Wort, das Bekendorf benutzte: »Wrack«. Er hat Bekendorf dieses Wort in die Schuhe geschoben, aber hat er es nicht selbst gedacht, als er Eck zum ersten Mal sah? Er hat Eck weggeschickt. Wie viel Glauben schenkt man einem Mann, der noch im Herbst barfuß geht und stinkt? Und hier steht er nun und erklärt den Rekruten, dass Vorurteile keine Rolle spielen dürfen. Groth bekommt eine Gänsehaut, denn seine einstudierte Pointe über die Lederjacke hat eine Bedeutung, derer er sich bislang nicht bewusst war.

»Ich selbst«, hört Groth sich sagen, »habe gerade mit einer solchen Entscheidung zu tun gehabt. In einem Todesermittlungsverfahren. Ein Mann ist ertrunken, ein Mann ohne festen Wohnsitz, alles sah nach Unfall aus, keine Zeichen von Fremdeinwirkung.«

Es ist vollkommen still im Raum.

»Auf den ersten Blick«, fährt Groth fort, »ein Fall ohne strafrechtliche Bedeutung. Aber«, Groth lässt seinen Blick durch die Reihen wandern, »der Mann hatte wenige Tage vor seinem Unfalltod angegeben, er fühle sich verfolgt. Natürlich muss das hellhörig machen. Man muss den ersten Eindruck vom Opfer beiseiteschieben.«

Haben sie das? Groth denkt an die letzte Dienstbesprechung im Fall Eck. Die Akte ist zu, sie ermitteln nicht weiter.

Er schließt wie üblich mit einem Zitat seines eigenen Lehrers, Privatdozent Dr. Seel, der ihn und die anderen Hamburger Polizeianwärter im Fach Thanatologie unterrichtet hat, in der Todeskunde. Von niemandem hat Groth mehr über das Leben gelernt. Seel impfte ihnen mit Baritonstimme eine Handvoll Sätze ein, die Groth nicht vergessen kann. Markige Sätze wie: *Der Schein trügt, aber ganz besonders trügt der erste Anschein.* Oder: *Schritt für Schritt, werte Kolleginnen und Kollegen, mit einem Minimum an Voreingenommenheit.*

Als Groth seine Unterlagen eingepackt hat und vom Podium steigt, stellt er zu seiner Überraschung fest, dass sich der Raum nicht wie sonst sofort geleert hat. Einige Rekruten stehen an der Tür und diskutieren über den Fall. Er hört das Wort »Lederjacke« und »Geld«, dann die Stimme von Güstrow, die sagt, sie lasse sich durch so was nicht beeindrucken. Groth lächelt und bahnt sich einen Weg durch die Gruppe. Der Fortbildungsjahrgang hat ihm endlich zugehört.

Groth steht an einer Baustellenampel hinter Woldegk, als ihm einfällt, dass am Abend die Werkschau in der EOS Friedrich Engels stattfindet. Er schlägt mit der flachen Hand aufs Lenkrad und ärgert sich, dass er sich überhaupt darauf eingelassen hat. Doch zum Absagen ist es zu spät, er muss Irina Diehl den Gefallen tun.

Die Ampel springt auf Grün, die wartenden Autos setzen sich in Bewegung. Groth beschließt, den Besuch in seiner ehemaligen

Schule möglichst kurz zu halten. Er wird ohnehin eine halbe Stunde zu spät kommen, eine höfliche Runde durch die Ausstellung drehen und dann gehen. So bleibt ihm genug Zeit, den Abend im Sessel ausklingen zu lassen. Er kann sich die Nachrichten ansehen und seit Langem mal wieder in Ruhe Zeitung lesen, denn es wird sich kein ungelöster Fall in seine Gedanken drängen.

Groth ist froh, dass sie den Fall Eck abgeschlossen haben. Erleichtert? Ja, erleichtert. Es kommt vor, dass man Ungereimtheiten sieht, wo gar keine sind. Er muss sich rückblickend eingestehen, dass er zu viel in den Fall hineingelesen hat. Haben nicht alle, die Eck kannten, bestätigt, dass er wie besessen war, ein Getriebener, der glaubte, selbst ein Opfer des Justizsystems geworden zu sein? Das Gespräch mit Tesche hat es noch einmal bestätigt.

Irgendwann merkt Groth, dass er die Markierungspfosten am Straßenrand zählt. Jeder ist mit drei Leuchtbändern umwickelt, die im Licht der Autoscheinwerfer aufglühen. Es ist wie Notleuchten im Tunnel zählen, eins, zwei, drei, vier. Und immer so weiter. Einige Pfosten sind windschief, andere liegen im Gras, sodass das Muster der Reflektoren auf und ab springt wie glimmende Knallfrösche zu Silvester. Es dauert nicht lange, und seine Gedanken zum Fall Eck, die er eben noch so klar vor sich gesehen hatte, sind vollkommen durcheinandergeraten.

Er findet Irina Diehl umringt von Eltern im Foyer der Schule. Sie sieht ihn sofort und winkt ihm zu, als er am Eingang erscheint. Groth gesellt sich dazu, aber man spricht über Schulisches, er merkt schnell, dass er stört.

Also wendet er sich den Tischen mit Exponaten zu, betrachtet Pappmaché über Drahtgestellen und bemalte Masken, betitelt und mit den Namen der Schüler versehen. *Abschied, Denise Hartmann, 11 A. Zweifel, Florian Zuber, 12 C.* Als Groth das kalte Buffet erreicht, ist es weitgehend abgeräumt, bis auf Chips und Salzstangen.

Während Groth sich bedient, fängt er von der anderen Seite des Foyers einen Blick auf. Ein Augenpaar hinter einem Pony. Es ist Martina Borowski, die Schülerin, die Bunterode am See aufgegriffen hat. Groth durchquert den Raum.

Er stellt sich neben Martina, als kenne er sie nicht. Wie zwei Zuschauer am Spielfeldrand stehen sie da. Es dauert nicht lange, bis sie ihn anspricht. »Was wollen Sie hier?«

»Deine Lehrerin hat mich eingeladen.«

Es klingt wie eine Ausrede.

»Ich bin hier früher zur Schule gegangen«, sagt Groth. »Ist das von dir?« Er zeigt auf ein abstraktes Werk, das aus bemaltem Pappmaché gefertigt ist und ihn bestenfalls an einen Zeppelin erinnert. Im Innern scheint etwas zu liegen, eine Figur? Ein Organ?

»Hat das Werk einen Titel?«, fragt Groth.

»Rückzugsort.«

»Aha«, sagt Groth. »Das passt. Es hat etwas – Geschlossenes.«

Mehr fällt ihm beim besten Willen nicht ein.

»Haben Sie den Fall mit dem geklauten Boot schon gelöst?«, fragt Martina.

»Den Fall mit dem Boot? Nein, leider noch nicht.«

Martina hat ihre Ärmel so lang gezogen, dass die Hände darin verschwunden sind.

»Ich glaube, das gehörte diesem Bootsverleiher, der immer barfuß ging.«

»Das stimmt.«

Groth bemüht sich, so unbeteiligt wie möglich zu klingen.

»Kanntest du den Bootsverleiher?«

»Nein. Also, nur vom Sehen.«

»Hat der manchmal mit euch gefeiert?«

Sie schüttelt den Kopf.

»Sind deine Eltern hier?«

»Ich muss dann jetzt weiter.«

»Verstehe«, sagt Groth.

Doch Martina rührt sich nicht. Stattdessen starrt sie ihn so lange an, bis er begreift, dass er es ist, der weitergehen soll. Er weiß nicht, wohin, also streift er durchs Schulhaus. Ab und zu hört er aus den Stimmen im Foyer Irina Diehls Lachen heraus. Er liest im Vorbeigehen Türschilder, *Sekretariat*, *Rektorat*, darunter Namen, die er nicht kennt, findet den Chemieraum, in dem Dr. Molch Stickstoff eingeatmet hat, bis seine Stimme piepsig wurde. Damals haben sie alle gelacht, aber in Wahrheit hat Molch ihnen mit dem Experiment einen Mordsschreck eingejagt. Am Ende seines Rundgangs erreicht Groth die Aula, in der er Theater spielte, und drückt die Klinke, doch die Tür ist verschlossen.

Groth kommt gerade aus der Schultoilette, als er hinter sich eine Stimme hört.

»Sie sind der Polizist, oder?«

Er dreht sich um.

Im Gang steht eine Schülerin mit Brille, die er noch nie gesehen hat. Er schätzt sie so alt wie Martina.

»Das stimmt«, sagt Groth. »Und du?«

Als er einen Schritt auf sie zumacht, drückt sich das Mädchen an die Wand.

»Gitta. Bin Martinas Freundin. Martina Borowski?«

»Sicher. Ich kenne Martina.«

»Hat sie mir erzählt. Ich weiß auch, wie Sie heißen.«

»Kann ich dir mit irgendwas helfen?«

»Mir nicht. Aber ich mach mir Sorgen um Martina. Der geht's nicht gut.« Der Blick des Mädchens richtet sich auf den langen Flur, als wolle sie sich vergewissern, dass niemand kommt. »Also von mir wissen Sie das nicht, aber ich glaube, die hat vor irgendwas Angst.«

»Kannst du das genauer beschreiben? Wovor hat sie Angst?«

»Das weiß ich nicht so genau. Kann auch ein Typ sein. Da bin ich nicht sicher.«

»Und du machst dir Sorgen deswegen.«

Gitta nickt genau einmal.

»Erklär mir mal, warum du glaubst, dass sie Angst hat. Woran hast du das gemerkt?«

»Na, die hat sich total verändert, seit sie die Leute am See kennengelernt hat.«

»Welche Leute?«

»Die Aussteiger. Martina verbringt viel Zeit mit denen. Geht jedes Wochenende dort feiern. Und jetzt hat sie mir gesagt, dass sie seit zwei Wochen das Schwimmtraining schwänzt und dass ihre Eltern das auf keinen Fall wissen dürfen. Ich hab sie gefragt, warum sie dann nicht einfach wieder hingeht. Schließlich hat ihr das Schwimmen immer Spaß gemacht. Aber sie meinte, das geht auf gar keinen Fall, da könnte sie sich gleich auf den Friedhof legen.«

Groth denkt über den Satz nach.

»Es ist gut, dass du mir das sagst.«

»Sie dürfen ihr auf keinen Fall erzählen, dass ich mit Ihnen gesprochen habe.«

»Klar«, sagt Groth.

»Versprochen?«

»Ich verspreche es dir.«

Groth wird von einigen Eltern gemustert, hier und da zögernd gegrüßt. Sie haben ihn noch nie gesehen und versuchen, ihn zuzuordnen. Groth kennt das aus Hamburg. Als geschiedener Vater lief er vor vielen Jahren auch in Saskias Schule wie ein Fremdkörper umher. Er sieht sich alles an, beugt sich über Gipsmasken, Drahtgestelle, Collagen und Aquarelle, versucht interessiert zu wirken, wenn ihm schon freundlich nicht gelingt.

Als er sich von Irina Diehl verabschieden will, drückt sie ihm zwei Kunstwerke in die Hand mit den Worten, sie müsse das Foyer aufräumen, ob er vielleicht noch einige Minuten Zeit habe?

Sie rekrutiert eine Handvoll Schüler, darunter Martina Borowski, und kurz darauf schleppen sie im Gänsemarsch Skulpturen, Masken, leere Schüsseln, Tische und Aquarelle durchs Treppenhaus.

»Das hier ist mein Reich«, sagt Irina Diehl und schwingt die Arme wie Flügel durch die Luft.

Groth steht mit zwei Skulpturen im Arm im Kunstraum der EOS Friedrich Engels. Die Schüler haben sich verabschiedet, Martina so schnell, dass er nicht mehr fragen konnte, wo er den »Rückzugsort« abstellen soll. Groth sieht sich um.

»Meine Wohnung ist halb so groß«, sagt er.

Irina Diehl lacht. Sie nimmt ihm die Skulpturen ab und platziert sie in einem Regal an der Rückwand des Raumes.

»Warum Kunst?«, fragt Groth.

»Ja, warum? Das habe ich nie hinterfragt. Kunst ist Ausdruck, und ich wollte schon immer etwas in die Welt hinausposaunen. War nur leider im falschen Land.«

»Klingt nach verhinderter Revolte.«

»Gar nicht. Es ging mir einfach um Gefühle, Ängste, solche Sachen. Hier.«

Irina Diehl geht zu einem Schrank und öffnet ihn.

»Hier drin liegt alles, was man braucht, um Neues zu schaffen. Leinwand, Farbe, Pinsel, Kreiden, Farbkarton, Linoleum.« Ihre Hand schwebt jetzt vor dem Pinselfach in der Luft. »Riech doch mal«, sagt sie. »Wie das duftet.«

Groth tut Irina Diehl den Gefallen und hält seine Nase in den Schrank. Er nimmt den strengen Geruch von Linoleum wahr. Terpentin. Wachsmalstiften.

Als er das Gesicht verzieht, brandet wieder Irina Diehls Lachen auf. Doch es ist leiser als sonst, als ob es von der Tiefe des Raums verschluckt wird.

»Die Leute sagen immer, Kunst muss schön sein. Das ist aber nicht so. Kunst ist oft hässlich. Hässlich ist mir egal«, erklärt Irina Diehl. »Solange die Kunst keine Angst vor der Wahrheit hat.« Eine der Schranktüren will zufallen, aber Irina Diehls Hand fängt sie ab. »Apropos Wahrheit.« Sie schiebt einen offenen Pappkarton zur Seite und befördert eine Flasche Wodka und zwei hohe Gläser hervor, aus denen sie kurzerhand die Pinsel herauskippt. »Hier«, sagt sie und schenkt Groth ein. »Zum Wohl.«

Sie sitzen sich gegenüber an einem langen Holztisch voller Klebstoffreste und Farbspuren. Irina Diehl hat sich eine Zigarette angezündet und einen Hocker herangezogen, um ihre Beine hochzulegen. Das Gespräch entwickelt sich in eine Richtung, die Groth Angst macht.

»Ich habe eine schwierige Scheidung hinter mir«, sagt Irina Diehl.

Die Worte treffen Groth wie Schneebälle, unter denen er sich durchducken möchte.

»Genau zu der Zeit, als ich an die EOS kam. Wahrscheinlich hast du davon in Hamburg nichts mitgekriegt.«

»Nein«, sagt Groth. »Nichts.« Dann fügt er hinzu: »Diese Neuigkeit hat es nicht über die Mauer geschafft.«

Irina Diehl lächelt jetzt.

»Mein Ex-Mann war auch Lehrer. Deshalb musste ich damals die Schule wechseln. Hätte mir was Schöneres vorstellen können, als ausgerechnet nach Wechtershagen zurückzukehren, noch dazu an die eigene Penne.« Sie geht zum Fenster und schnippt die Kippe nach draußen, die im Flug weiterglüht. Groth stellt sich vor, wie sie brennend auf dem Schulhof liegen bleibt.

»Nach der Scheidung dachte ich natürlich, ich würde das ganze Kapitel schnell abhaken können. Neue Aufgabe, neues Leben und so weiter. Aber dann fiel die Mauer. War ein bisschen zu viel Freiheit auf einmal.«

Groth schwenkt sein Glas, das ein wenig nach Ölfarbe riecht, er trinkt einen Schluck und wartet auf das Brennen im Rachen.

»Jedenfalls habe ich mich oft in diesen Raum verkrochen und gemalt.« Irina Diehl schließt das Fenster. »Hatte was von Therapie.«

»Hat es funktioniert?«

»Nein.« Zum ersten Mal lacht Irina Diehl so leise, dass Groth ihr Lachen gefällt. »Warum erzähle ich dir das eigentlich?«

Groth ordnet diese Frage als rhetorische ein und schweigt.

»Wahrscheinlich, weil all die alten Sachen plötzlich wieder hochkommen.« Irina Diehl seufzt.

Groth staunt. Der Satz könnte von ihm selbst stammen.

»Warst du nie verheiratet?«, fragt sie.

»Doch«, sagt Groth. »In einem anderen Leben. Ich bin schon lange geschieden.«

»Und seither immer allein?«

Die Frage verhallt.

»Das hat auch sein Gutes«, sagt Irina Diehl.

»Ich hatte meine Arbeit«, erwidert Groth.

Sie räumt die Flasche weg, stellt die Gläser in ein tiefes Waschbecken und löscht die Lichter.

»Komm. Feierabend.«

Groth sieht nichts, aber er kann Irina Diehl riechen, er hört, wie sie ihren Mantel überzieht, hört einen Knopf gegen Holz schlagen. Plötzlich möchte er sich ihr anvertrauen. Er spürt den unwiderstehlichen Drang, ihr zu erzählen, woran er immerzu denkt. Irina, will er sagen, denn er fühlt hier, im anonymen Dunkel, eine verzweifelte Vertrautheit. Du musst wissen, dass ich eine Last mit mir herumtrage, die mich lähmt.

Eine Last? Welche?

Eine enorme Last.

Sprich weiter.

Er würde ihr gerne von Saskia erzählen, von dem Leben, das er mal hatte, aber stattdessen beendet Groth dieses imaginäre Gespräch. Er versucht, seine Gedanken in eine andere Richtung zu kommandieren, er lauscht dem Hallen ihrer Schritte auf dem Schulgang nach. Während er sich im dunklen Gang vorantastet, nimmt er wahr, dass Irina Diehl mit einem klirrenden Schlüsselbund einen Seitenausgang aufsperrt, durch den sie das Gebäude verlässt. Ein kalter Luftzug erreicht Groth, dazu ein Lichtschein von draußen. Er fängt die Tür auf, bevor sie zufällt.

Irina Diehl erklärt, sie wohne gleich außerhalb der Stadt, nur fünf Minuten von hier, also fährt Groth sie nach Hause. Die Straße wird holprig, die Häuser dünnen aus. Aus fünf Minuten werden zehn. Groth kann nicht fassen, wie dunkel es hier draußen ist.

Sein Herz klopft sehr stark. Da ist ein Druck in seinem Kopf, gleich unter der Schädeldecke. Der Kopfschmerz, der bisher lauerte, hat sich so verstärkt, dass Groth sich nicht rühren will. Nicht nur das, ihm wird in diesem Moment auch schwindlig. Was würde er darum geben, allein zu sein.

Groth fährt neben einem Zaun rechts ran. Das Auto kommt auf dem schmalen Seitenstreifen vor einem Pfosten zum Halt.

Kurz darauf öffnet sich die Tür auf seiner Seite.

Da steht Irina Diehl mit ausgestreckter Hand und zieht ihn ins Freie.

»Frische Luft«, sagt sie. Sie sagt es ganz unaufgeregt, was Groth gefällt. Er nimmt ihre Hand.

Tatsächlich tut ihm die Luft gut. Er öffnet den obersten Mantelknopf.

Seine Wahrnehmung der Welt beschränkt sich auf das Nötigste. Irina Diehls warme Hand gehört dazu. Er fühlt sich wie in einem Kokon, gewoben aus seinen Limitationen. Die Stimme von Irina Diehl dringt gedämpft an sein Ohr. Es riecht nach feuchter Straße. Im Licht der Autoscheinwerfer erkennt er einen Weidezaun, dahinter Wiese und plötzlich, einen flüchtigen Moment lang, ein Reh, das stehen bleibt, um ihm in die Augen zu schauen, bevor es den Lichtkegel wieder verlässt.

Nach einigen Minuten geht es Groth besser.

»Ich würde ja anbieten, dich nach Hause zu begleiten«, sagt Irina Diehl. »Aber leider ist morgen ein Schultag. Und fahren kann ich auch nicht.«

»Schon gut«, sagt Groth.

»Es tut mir leid, dass ich dir so viel Wodka nachgeschenkt habe.«

»Nein, nein«, winkt Groth ab. »Es war ein langer Tag.«

Irina Diehl lässt das so stehen.

»Komm«, sagt sie. »Wir sind fast bei mir. Du bleibst einfach über Nacht.«

Groth lässt den Wagen an. Dann setzt er den Blinker, obwohl sie weit und breit die Einzigen sind hier draußen auf der Chaussee, zwei Kilometer vor Wechtershagen.

Er sitzt in Irina Diehls Küche auf der Bank und isst Wurstbrot. Irina hat die Stulle dick belegt, schließlich, erklärt sie, sei er aller Wahrscheinlichkeit nach unterzuckert. Groth wehrt sich nicht. Er isst und beobachtet Irina Diehls Hände, mit denen sie nach der Brottüte greift und das Buttergefäß schließt. Während er kaut, stellt Groth fest, dass er tatsächlich Hunger hat.

Im Raum riecht es nach vergorenem Most. Groth schaut sich um. Auf dem Fenstersims steht ein gerahmtes Foto von zwei Mädchen, die nebeneinander im Stehen schaukeln.

Irina Diehl fängt seinen Blick auf.

»Das bin ich mit meiner Schwester. Ich bin die Größere auf der Schaukel hinten. Meine Schwester ist die Verrückte.«

»Ihr seht euch ähnlich«, sagt Groth.

»Ich weiß. Die Leute konnten uns kaum auseinanderhalten. Dabei liegen fünf Jahre zwischen uns.«

Groth betrachtet Irina Diehls junges Gesicht. Er hätte sie auf dem Foto nicht erkannt, und doch – da ist etwas in ihrem Lachen, das sich nicht verändert hat.

Groth stellt das Foto zurück und rutscht von der Eckbank.

»Danke. Es geht besser. Wahrscheinlich könnte ich jetzt–«

Aber Irina Diehl lässt ihn den Satz nicht beenden.

»Kommt nicht infrage. Du bleibst hier. Ich habe hinten raus

ein Atelierzimmer, da steht eine Chaiselongue, auf der kannst du schlafen.«

Groth liegt unter drei Decken auf der Chaiselongue und liest. Zumindest versucht er zu lesen. Hanns Cibulka. Ein braunes Reclam-Heft, das er im Regal gefunden hat. Doch der Raum, in dem er sich befindet, lässt ihn nicht zur Ruhe kommen. Groth schaut vom Buch auf und starrt auf die Tapete. Das Zimmer um ihn herum ist wie ein stummer Schrei. Grelle Farben, ein Sammelsurium aus hängenden und liegenden Gegenständen. Solange du nicht hinsiehst, ist alles gut. Aber die Muster sind ungeduldig, sie drängeln sich vor und können nicht erwarten, wahrgenommen zu werden. Und dann kannst du keinen klaren Gedanken mehr fassen. Groth starrt jetzt gezielt auf eine der Blumen, die auf der Tapete sprießen. Er spaziert mit dem Blick die Umrisse ab, er möchte diese Blumen Blüte für Blüte von der Wand spachteln. Gleichzeitig hat er Angst vor dem, was darunterliegt.

Er muss an Irina Diehls These über Hässlichkeit denken. Vielleicht hat sie recht. Warum wollen wir alles Hässliche immer gleich aus der Welt schaffen? Warum halten wir es nicht einfach aus? Das Hässliche ist wie ein Maulwurf, du kannst ihm das Loch zustopfen, aber dann kommt er eben an einer anderen Stelle wieder zum Vorschein. Er sieht sich selbst auf einem Acker Maulwurfshügel flachtrampeln, während sich hinter ihm immer wieder neue aus dem Boden wölben.

Ein halbes Leben
habe ich versucht
deine Landschaften zu entziffern ...

Groth legt das Buch beiseite und schaltet die Lampe aus. Wie immer in fremden Räumen, lauscht er auf jedes Geräusch. Er hört Irina Diehl in der Küche aufräumen, hört das Geklapper von Glasflaschen, die aneinanderschlagen. Sehr weit weg bellt ein Hund. Von irgendwoher taucht das Bild von Jutta Timm vor seinem inneren Auge auf. Eine lächelnde Schülerin sitzt Porträt für einen Fotografen und ahnt nicht, dass es ihr letztes Foto sein wird. Was weiß er eigentlich über Jutta Timm?

Schluss, sagt sich Groth. Genug. Und dann schläft er ein.

Als Groth am nächsten Morgen in die Küche kommt, ist Irina Diehl bereits weg. Sie hat ihm einen Zettel hingelegt, darauf steht: *Gut geschlafen?* Daneben das Wort *Kaffee* und ein Pfeil, der auf eine orangefarbene Thermoskanne aus Plastik zielt.

Ja, er hat gut geschlafen. Außerdem muss er zugeben, dass er froh ist, das Haus für sich zu haben. Nach Gesellschaft ist Groth am Morgen nicht zumute, dafür lebt er zu lange allein. Er gießt sich Kaffee ein, findet zwei Scheiben Wurst, streift mit der Tasse in der Hand durchs Haus. Jede Nische ist belegt, jeder Fleck Wand mit etwas behängt. Er stößt mit der Stirn an einen Blumentopf, der in einer Makramee-Schlinge mitten im Gang von der Decke baumelt. Ein Nussbaumschrank, dessen Türen nicht mehr schließen, verengt den Durchgang zum Bad. Groth findet über dem Waschbecken zwischen Urlaubsbildern im Spiegel klemmend ein Foto von Irina Diehl mit ihrem Mann. Ist es ihr Mann? Sie stehen in Sommerkleidung auf einer Treppe vor einem hellgestrichenen Schloss, er tippt auf Granitz. Oder ist es vielleicht die Schwester, überlegt Groth, denn der Mann hat seinen Arm um die Schulter der Frau gelegt, sie sehen aus wie ein glückliches Paar.

Groth beeilt sich, alles aufzuräumen. Er faltet die Decken, schreibt *Danke* auf den Zettel mit Pfeil. Der Stift kreist noch über dem Papier, als er Saskias Stimme hört: Nun frag schon. Das gehört sich so, Papa.

Also schreibt er: *Übrigens. Ich habe Karten fürs Schauspielhaus im Dezember.* Ein Hungerkünstler. *Wie wär's?*

Bevor Groth losfährt, bückt er sich ins Auto und fischt nach

Irina Diehls Handschuhen, die sie kürzlich vergessen hat. Einer ist unter den Beifahrersitz gerutscht. Groth tastet nach etwas Weichem, er lässt die Hand hin und her gleiten, als er einen Gegenstand zu fassen bekommt. Ein kantiges, spitzes Ding. Groth richtet sich auf. Es ist Regine Schadows Absatz. Er muss ihr hier im Auto abgefallen sein.

Auf der Fahrt zum Revier summt Groth vor sich hin. Es ist Freitag. Er kann sich endlich mit der Tagung beschäftigen, mit der Bekendorf ihm schon länger in den Ohren liegt. Seinen Schreibtisch aufräumen. Als er die Innenstadt erreicht, macht er einen kurzen Schlenker, biegt vor dem Ring ab und fährt in Regine Schadows Hof, wo er auf die Schnelle mit Warnblinker direkt vor der Haustür parkt. Es wird nicht lange dauern, Groth muss nur den Briefkasten finden und den Absatz einwerfen. Nicht mal klingeln muss er, denn die Haustür ist unverschlossen.

Es riecht nach Eingemachtem im Flur. *Schadow.* Groth sucht die Briefkästen ab. Er findet den Namen ganz oben rechts handgeschrieben auf einem Zettel. Regine Schadow hat das alte Namensschild überklebt. Groth wirft den Absatz ein und will schon gehen, da packt ihn die Neugier, und er fährt mit den Fingern über das wellige Papier. Es löst sich. Es löst sich so weit, dass darunter die obere Hälfte des Namens Helene zum Vorschein kommt. Dann der Nachname. Etwas mit T. Groth lässt den Daumen über das Papier gleiten, um es wieder festzudrücken. Das muss die Oma sein, denkt er. Helene. Groth lässt die Haustür hinter sich ins Schloss fallen und steigt ins Auto. Sein Kopf ist leer, er fährt los, ohne auf den Weg zu achten. Als er das Revier erreicht, bleibt er im Auto sitzen.

Er denkt an Irina Diehl auf der Schaukel. Ihm fällt auf, wie unordentlich er im Fall Eck ermittelt hat. Warum hat er immer noch nicht herausgefunden, wo Eck eigentlich wohnte? Und Regine Schadow. Was weiß er eigentlich über sie? Nichts, so sieht es aus.

Groth verbringt an diesem Morgen zwei Stunden am Telefon. Er fragt sich zur Meldestelle durch und hat schließlich wieder die Stimme von neulich am Apparat, die ihn an die dauergewellte Sängerin von ABBA denken lässt. Die Frau erinnert sich sofort an Groth. Regine Schadow sei nicht in Wechtershagen gemeldet. Man führe eine Katrin Schadow, Ursel Schadow, Carsten Schadow.

»Und einen Maik Schadow, aber der lebt inzwischen in Berlin, da sind wir nicht zuständig.«

»Verstehe«, sagt Groth. »Dann versuchen Sie es doch mal mit einer Adresse.« Er nennt die Hausnummer von Regine Schadows Oma. »Haben Sie dort zufällig eine Helene?«

Es dauert einige Minuten, dann erfährt Groth: »Ja, eine Helene wohnt da.«

Groth ahnt es bereits, bevor die Sängerinnenstimme es ausspricht. Da war ein Punkt auf dem Schildchen, gleich neben dem T.

»Helene Timm.«

Groth schaut aus dem Fenster und sieht, wie die Kollegen sich im Hof sammeln und geschlossen zum Mittagessen marschieren. Irgendwann fragt die Stimme am Telefon in sein Schweigen hinein, ob er noch andere Frauen suche?

»Nein«, sagt Groth. »Nein, das war alles. Und danke.«

Groth kann nicht fassen, dass ihm das nicht früher aufgefallen ist.

Regine Timm.

Die Schwester, denkt er.

Meine Güte, die Schwester.

17

An ihrem freien Vormittag steht Regine im Centrum-Kaufhaus vor dem neuen Fernsprecher im Gang neben den Toiletten und wählt Ludis Nummer in Berlin. Es ist zehn Uhr dreißig, Ludi macht die Linde genau um diese Zeit auf, man kann die Uhr nach ihm stellen.

Es läutet durch. Lange. Ein Brummen ist es, ein angenehm sonores Geräusch, das nach einigen Sekunden umschlägt in Sorge. Warum hebt er nicht ab? Regine hat es schon gestern Nachmittag versucht. Zwei Mal.

Sie hängt auf und wartet, bis das Geld durch den Kasten klackt und im kleinen Schieber landet.

Na schön, muss sie es eben selbst entscheiden.

Sie wirft noch mal Münzen ein und wählt Hennemanns Nummer. Beim zweiten Klingeln ist Hennemann dran.

»Können wir uns treffen?«, fragt Regine.

Sie hat beschlossen, dass Angriff die beste Verteidigung ist. Eck hat das zu ihr gesagt. Er wolle sich nicht länger verstecken, sagte Eck. Nicht vor denen, die ihn damals fast umgebracht haben und jetzt als feine Herren durch die Welt spazieren.

Das seien Täter, sagte Eck. Und das werde er jetzt in die Welt hinausposaunen.

Eine Stunde später sitzt Regine mit Hennemann im Mitropa-Restaurant am Bahnhof, wo sie keiner kennt.

»Also schön«, sagt Regine. »Frag schon.«

Hennemann zückt einen Block und kramt in seiner Umhängetasche nach einem Stift.

»Du bist Regine Timm, die Schwester von Jutta Timm. Das ist die Schülerin aus Altentreptow, die vor über zehn Jahren ermordet wurde. Korrekt?«

Regine entgegnet nichts. Es rauscht in ihren Ohren.

»An den Fall erinnere ich mich gut«, fährt Hennemann fort. »Das war eine große Sache damals. Jutta Timm, die Tochter eines Volkspolizisten, sehr hübsches Mädchen, wird ermordet im Tannenkruger Forst aufgefunden. Ich sehe noch die Traueranzeige vor mir: *Unser Schmetterling fliegt nicht mehr.*«

Regine spürt ein Ziehen im Magen. Schmetterling. An das Wort hat sie schon lange nicht mehr gedacht.

»Wenn du alles schon weißt, warum fragst du dann so blöde?«

Regine versucht, gelangweilt auszusehen.

»Keine Sorge, jetzt wird es interessant.« Hennemann rückt mit dem Stuhl näher an den Tisch. »Zehn Jahre später, der geständige Mörder ist inzwischen freigesprochen und lebt ungestört als Bootsverleiher in der Stadt, da taucht plötzlich wie aus dem Nichts die Schwester der ermordeten Jutta Timm auf. Nicht nur das, sie nimmt eine Stelle in einem Gasthaus an, keine fünfzig Meter von dem Bootssteg entfernt, an dem der geständige Mörder ihrer Schwester arbeitet.« Hennemann sieht Regine erwartungsvoll an.

»Was kann ich dafür, dass Wechtershagen so ein Nest ist, wo jeder jedem in die Quere kommt.«

Hennemann schlägt in seinem Block eine Seite um.

»An solche Zufälle glaube ich nicht. Ich sag dir, was ich glaube: Du hattest etwas vor mit Eck. Da gab es einen Plan. Und ich vermute mal, basierend auf meiner gesammelten Erfahrung und Menschenkenntnis, dass es bei diesem Plan um Geld ging.«

»Das ist das Ausmaß deiner Menschenkenntnis?«

»Und? Hab ich recht?«

»Ich sag dir was, Maffay. Du bist derjenige, der Geld braucht, so sieht es aus. Wahrscheinlich hat man dir in deiner Zeitungsredaktion verklickert, dass du leider zum Altbestand gehörst. Und weil das so ist, musst du jetzt unbedingt versuchen, irgendeine Geschichte zu schreiben, die die Leute interessiert, auch wenn sie noch so an den Haaren herbeigezogen ist. Und? Hab ich recht?«

Hennemann atmet durch.

»Sagen wir mal, du bist nah dran.«

Regine starrt ihn an.

»Du stehst vor dem Rausschmiss?«

»Möglich.« Hennemann zuckt mit den Schultern. »Wahrscheinlich. Hatte in zu vielem meine Finger drin. Da bleibt was hängen.«

Er legt den Block auf den Tisch und zieht eine Schachtel Zigaretten aus seiner Hemdtasche.

»Auch eine?«

Regine schüttelt den Kopf. Sie schaut zu, wie Hennemann sein Feuerzeug aus der Schachtel pult und die Zigarette anzündet.

Draußen wird die Verspätung eines Zuges nach Oranienburg angesagt.

»Also schön«, sagt Regine. »Eine Hand wäscht die andere. Ich werde dir erzählen, was ich über Eck weiß. Das mache ich aber nur unter der Bedingung, dass du mich mit keinem Wort erwähnst und so tust, als hättest du das alles von Eck selbst.«

»Was?«

»Du hast richtig gehört. Ich will, dass du meinen Namen komplett aus der Geschichte raushältst.«

Hennemann drückt seine Zigarette aus, fährt sich durchs Haar, klappt den Block erst zu, dann wieder auf. Regine findet, dass er bei alldem aussieht wie ein Magnetpüppchen, dessen Kopf sich pausenlos auf und ab bewegt.

»Was soll das bringen?«

»Ich will nicht, dass man mich erkennt.«

»Wieso? Was hast du zu verbergen?«

Regine greift nach dem Tütchen Zucker, das auf ihrer Untertasse liegt. Sie wusste, dass diese Frage kommen würde. Jetzt muss sie aufpassen. Nur dünne Scheibchen von Information in Hennemanns Maul werfen.

»Du hattest also doch was vor mit Eck«, sagt Hennemann.

»Eck war mir ziemlich egal«, entgegnet Regine. »Jedenfalls, bis er ermordet wurde.«

»Du denkst, dass Eck ermordet wurde?«

»Ich weiß das.«

Hennemann lässt einen leisen Pfiff hören.

»Wer?«

Regine zögert. Sie muss ihre Worte genau setzen, damit sie Hennemann bei der Stange hält. Ihre Worte sind Köder für einen sehr gierigen Fisch.

»Das verrate ich dir, wenn du mit meiner Bedingung einverstanden bist.«

Hennemann trommelt mit dem Feuerzeugboden aufs Tischtuch.

»Hast du den Namen von Ecks Mörder?«

»Ich habe keinen Namen.«

»Eck hat dir keinen Namen genannt?«

»Nein. Aber ich weiß, wie man ihn herausfinden kann.«

»Ist es derselbe, der deine Schwester ermordet hat?«

»Nein.«

Hennemann zeigt mit dem Feuerzeug auf Regine.

»Dann kennst du den wahren Täter von damals?«

Regine schaut durchs Fenster auf den Bahnsteig. Ein einfahrender Zug spiegelt sich in der Scheibe.

»Nein.«

Obwohl sie es hierbei belassen wollte, hört sich Regine sagen: »Vielleicht.«

Hennemann schaut sie an wie damals durch den Sucher seiner Kamera.

»Ich habe keine Beweise.«

»Aber einen Verdacht?«

Regine wischt einige Zuckerkristalle vom Tischtuch.

»Möglich.«

»Warum gehst du damit nicht zur Polizei?«

Sie staunt, wie naiv Hennemann ist. Von einem Reporter hätte sie mehr erwartet. Polizei. Die sind froh, dass sie den Fall vor zehn Jahren schön säuberlich unter den Teppich kehren konnten. Was aus ihrer Familie wird, interessierte niemanden. Es grüßt Familie Imstichgelassen aus Altentreptow. Und nun soll sie auch noch aus der Deckung kommen, mit beiden Händen winken und sich dem Mörder als nächstes Opfer empfehlen?

Hennemann lehnt sich zurück. Er sieht unzufrieden aus.

»Belassen wir es dabei«, sagt Regine. »Das ist die Bedingung. Ich bleibe aus der Sache raus. Und du bekommst die Geschichte, die Eck mir erzählt hat.«

»Nur den Namen des Mörders, den kriege ich nicht.«

Regine antwortet nicht. Sie rafft ihren Mantel zusammen, wickelt den Schal um den Hals.

»Überleg's dir.«

»Warte mal.« Hennemann fasst Regine am Arm. »Ecks Geschichte exklusiv. Aber wenn sich dein Verdacht bestätigt, bin ich der Erste, der es erfährt.«

Regine entzieht Hennemann ihren Arm und legt den Schal wieder ab. Draußen verfängt sich ein schriller Pfiff unter dem Bahnhofsdach. Regine wartet, bis er verklingt, dann beginnt sie zu erzählen.

Ihre Treffen mit Eck ließ sie während des Sommers ganz zufällig stattfinden, mal in der Mittagspause, mal nach der Schicht, immer am See. Viel geredet haben sie nie, Eck war keiner, der sich so einfach mal jemandem anvertraute. Aber dann, eines Abends, fand sie ihn im Schilf sitzend und ging hin.

»Ich weiß selbst nicht, warum, aber an dem Abend«, sagt Regine, »da packte er aus.«

Anfangs empfand sie eine tiefe Abneigung gegen Ecks Version der Geschichte, weil alles darin nur mit ihm zu tun hatte, nichts mit Jutta. Eck ging es nur um Eck und um das System, das ihn kleinkriegen wollte. Gerade als sie glaubte, sie könne ihm keine Sekunde länger zuhören, fing er von dem Polizisten an, der ihn nach seiner Festnahme verhörte.

»Das Regime«, sagte Eck zu ihr, als sie auf dem geschützten Fleckchen Sand saßen. »Das Regime war die eine Sache. Aber eine ganz andere Sache waren diejenigen, die den Betrieb am Laufen hielten.«

Der Geruch eines Lagerfeuers wehte heran. Hinter ihnen rannte jemand mit klopfenden Fußsohlen über den Sand.

»Die ham mich zum Kriminellen gemacht, damals«, fuhr Eck fort. »Dabei waren die selbst die Kriminellen. Allesamt.« Eck schraubte die Bierdose in den Sand, bis sie stand. Dann knöpfte er sein Hemd auf. Regine bemerkte es aus den Augenwinkeln und machte sich innerlich bereit aufzuspringen. Aber Eck schien sich um sie gar nicht zu kümmern. Die Finger zitterten leicht, er hatte in der rechten Hand eine Zigarette zwischen Zeige- und Mittelfinger klemmen und spähte angestrengt nach unten auf seine Knopfleiste, die sich unter seinen Bemühungen Stück für Stück öffnete. Regine musterte verstohlen Ecks Profil, seine Mundwinkel in der Anstrengung nach unten weisend, das Kinn im Anschlag an den Hals gepresst. Er wirkte konzentriert, entschlossen. Sie war sich nicht sicher, was sie davon halten sollte, als Eck plötzlich sagte: »Hier. Schon mal so was gesehen?«

Er hatte sich zu ihr gedreht, hielt die Hemdhälften wie einen Theatervorhang auf und präsentierte ihr etwas, das Regine im schwindenden Licht als seine fleckige Brust identifizierte. Etwas stimmte nicht mit der Haut. Regine konnte sich dem Anblick nicht entziehen und schaute erst flüchtig, dann genauer hin, denn Eck ließ keinen Zweifel daran, dass Regine das sehen müsse. Da waren münzgroße Krater zwischen Ecks Brusthaar, die nicht normal aussahen. Gar nicht normal. Sie lehnte sich so weit zurück, wie es ging, um von ihm abzurücken, von Eck, von seiner Demonstration, die sie nicht verstand. Es lag nichts Sexuelles in der Luft zwischen ihnen. Aber Eck schien anzunehmen, dass Regine seine Brustflecken aus irgendeinem Grund interessant finden würde. Sie starrte also hin. Sah die quaddelige Haut zwischen den Brusthaaren durchscheinen, und dann verstand sie es: Das waren Narben.

»Mann«, sagte sie.

»Allerdings.«

Sie schwiegen.

»Wie haste denn die gekriegt?«, fragte Regine.

»Lange Geschichte.«

»Ich habe Zeit«, sagte Regine.

Hennemann hängt an Regines Lippen. Er notiert sich hier und da etwas, aber meistens sitzt er wie festgeklebt da, saugt ihre Worte auf und kaut am Bleistift.

»Eck wurde während seiner Untersuchungshaft täglich verhört, manchmal zehn Stunden am Stück.«

»Mann.«

»Die haben ihn so richtig durch die Mangel gedreht. Hat mir erzählt, dass er auf einem Hocker saß, auf den sein Hintern gerade mal so draufpasste. Noch dazu ragten die Schrauben aus der Sitzfläche raus und haben sich in sein Fleisch gebohrt.«

»Wer genau waren die?«, fragt Hennemann.

»Die Mordkommission.«

Regine wartet ab, bis draußen das Geräusch quietschender Bremsen verebbt.

»Allen voran ein Polizist, den Siegen Kraftprotz getauft hat.«

»Name?«

»Kein Name. Den musst du selbst herausfinden. Ein sportlicher junger Leutnant der K.«

Hennemann schreibt das auf.

»Der hat ihn also eines Tages ins Verhörzimmer bestellt und befragt. Nur er. Allein mit Eck im Raum. Hat ihm eine Zigarette angeboten, freundlich getan, und Eck sagte, er habe sich tatsächlich ein wenig entspannt. Bis der Kraftprotz ihm die Zigarette aus der Hand genommen und durchs Hemd hindurch auf seiner Brust ausgedrückt hat.«

Regine denkt zurück an die Milde des Abends, als Eck ihr das erzählte. Sie schauten aufs Wasser, der Wind ging durchs Schilf, das Licht färbte alles buttrig. Regine hörte Gitarrenmusik und das Kreischen von Mädchen im See.

»Wenn ich mich daran erinnere«, sagte Eck, »dann hauptsächlich an den Geruch von verschmortem Haar. Die Zigarette hat sich nämlich durch den Stoff durchgebrannt, und dann fing das Brusthaar an zu kokeln. Am Anfang hab ich nicht mal Schmerz gespürt. Ich saß wie gelähmt da und hab zugeschaut, wie diese Zigarette sich ihren Weg brennt. Bis die Haare verglüht waren und ich noch dachte, er wird ja wohl jetzt aufhören. Hat er aber nicht. Er hat sogar noch die nächste angezündet.«

»Haste dich nicht gewehrt?«, fragte Regine.

»Das kannste dir aber denken. Ich bin aufgesprungen, habe an die Wand gewummert, bis jemand kam. Der Kraftprotz hat sich dann beruhigt. Am nächsten Tag haben sie mich zu zweit verhört. Kraftprotz und ein etwas älterer Kollege. Ich nannte ihn Hecht, weil er so Glupschaugen und ziemlich viele Zähne hatte. Der konnte ganz schön zuschlagen. Hat mir einmal richtig fest in die Nieren geboxt.« Eck lässt seine zur Faust geballte Hand auf den Sandboden niedergehen. »So was passierte immer nur, wenn ich mit einem von denen allein im Verhörzimmer war. Das ging wie nach Drehbuch. Einer musste angeblich mal kurz weg, austreten, Pause oder so, und der andere blieb zurück und hatte dann freie Hand. Wie eben an dem Tag der Kraftprotz. Der Hecht ging irgendwann raus, mir wurde schon ganz anders. Konnte mir ja denken, dass der Protz noch nicht fertig war mit mir. Aber was dann passiert ist, das hätte ich im Traum nicht erwartet.«

Regine saß ganz still da.

Eck nahm sich Zeit. Sie konnte spüren, dass er innerlich Anlauf nehmen musste.

»Vielleicht willste das lieber gar nicht hören«, sagte Eck.

»Ich will das hören.« Regine musste nicht überlegen. Sie hatte auf diesen Moment gewartet.

Sie hörte Eck durchatmen.

»Der Kraftprotz hat mir einfach so, mit bloßen Händen, die Brusthaare rausgerissen. Das Ergebnis siehste hier.«

Regine schaute vorsichtig zu Eck, der wieder an sich herabblickte, sie sah die Verletztheit in seinem Profil und wusste nicht, ob er mit *Ergebnis* und *hier* die Narben meinte oder seine ganze Person.

»Schweinerei«, sagte Regine.

»Nee. Das trifft's nicht. Nicht mal annähernd. Ganze Hautfetzen hat er mir abgerissen. Hat wie verrückt geblutet. Und der Protz sieht das und hört so plötzlich auf, wie er angefangen hat. Setzt sich wieder mir gegenüber an den Tisch. Wie geschockt sah der aus. Der hatte noch die Haare in den Händen. Und weißte, was dann kam? Der fing an zu flennen. Hast dich nicht verhört. Geheult hat der.« Eck wiegt seinen Oberkörper hin und her. »Was is'n das bloß für 'ne Welt?«

Hennemann starrt durch Regine hindurch.

»Na, und irgendwann hat Eck dann eben gestanden«, sagt Regine.

Hennemann nickt. »Kann's ihm nicht verdenken.«

Regine schiebt ihre Kaffeetasse in die Tischmitte und zieht im Sitzen den Mantel an.

»So. Das war's. Jetzt weißt du's.«

»Warte doch mal. Warum hat Eck dir das alles erzählt? Was hat er sich davon versprochen?«

Regine steht auf und schiebt den Stuhl an den Tisch.

»Wenn du mich fragst, war Eck seit der Wende wie besessen davon, diesen Protz zur Rede zu stellen. Er hat mich gebeten, ihm dabei zu helfen.«

»Und? Hast du?«

»Dazu kam es nicht mehr«, lügt Regine.

Als sie vor dem Lokal stehen, weht ein kräftiger Wind Blätter und Chipstüten über den Vorplatz. Regine taucht in ihren Schal. Ihre Augen tränen vor Kälte.

»Wenn ich dich richtig verstehe«, sagt Hennemann, »dann glaubst du, dass Kraftprotz und Ecks Mörder ein und dieselbe Person sind.«

»Also, wenn ich mich festlegen muss, dann würde ich sagen, ja. Zumindest wenn Eck ihn tatsächlich ausfindig gemacht hat.«

Hennemann holt seine Autoschlüssel aus der Hosentasche.

»Das denke ich auch«, sagt er. Er steht in offener Lederjacke da, als sei er gegen die Kälte immun.

Regine merkt, dass er angebissen hat. Sobald Hennemann in der Redaktion ist, wird er alle Hebel in Bewegung setzen, um Kraftprotz' richtigen Namen herauszufinden.

»Kann ich dich ein Stück mitnehmen?«

»Nein«, sagt Regine. »Bin mit dem Fahrrad.«

Sie wartet, bis sich Hennemanns roter Kleinwagen nach einem umständlichen Ausparkmanöver in den Verkehr auf dem Ring gefädelt hat, dann geht sie zur Telefonzelle vor dem Bahnhofsgebäude. Sie wählt Ludis Nummer, einmal, zweimal. Wieder nichts. Sie würde gerne glauben, dass Ludi Urlaub macht. Er wollte schon immer mal nach Helgoland. Aber wer macht Urlaub im November? Jemand hämmert draußen mit der Faust an die Scheibe.

Sie hört was von Wurzeln schlagen und hängt auf.

Den Weg zur Straßenlaterne, an der ihr Fahrrad steht, nimmt

Regine kaum wahr. Etwas ist los mit Ludi, das kann sie fühlen. Sie beginnt, sich ernsthafte Sorgen zu machen.

Als Regine mit dem Fahrrad über die Chaussee zur Erholung rausfährt, kommt der Wind von vorne und geht durch jede Naht und jedes Schlupfloch. Sie vergräbt ihr Gesicht bis zu den Augen im Schal. Scheißkälte. Wie sie die Spätschicht durchhalten soll, weiß sie nicht.

Regine sieht in der Ferne schon den See, als sich von hinten ein Bus nähert und sie sehr knapp überholt. Drängt sie fast von der Fahrbahn. Regine rutscht mit dem Vorderrad ins Gras. Sie schreit »Arschloch!« in die warme Auspuffwolke, die der Bus hinter sich herschleppt, und schlingert kurz, bis sie die Balance wiederfindet. Drei Mal schreit sie den Bus an, bis er hinter einer Kurve verschwindet.

Da ist es wieder, dieses Gefühl, dass man ein Nichts ist. Ohnmächtig. Du trittst und ruderst und wütest, bis du merkst, dass dich jemand am Kragen gepackt hat und in die Luft hält. Da kannst du zappeln, so viel du willst, du wirst nie vorankommen.

Immerhin. Mit Hennemann ist es gut gelaufen. Regine staunt immer wieder, wie schnell sich Menschen mit der erstbesten Erklärung zufriedengeben. Sie hat ihm den Knochen hingeworfen, er hat danach geschnappt, und nun ist er erst mal beschäftigt.

Er wird sich am Kraftprotz abarbeiten, und sie hat ihre Ruhe.

18

Groths Erkenntnis an diesem Morgen hat alles verändert. Regine Timm. Selbst Bekendorf hat nicht lange gefackelt. Hat zugehört, die Lippen gespitzt, einmal genickt und zum Telefon gegriffen. Um elf Uhr vermeldete er grünes Licht vom Staatsanwalt, die Ermittlungen fortzusetzen und Regine Schadow auf dem Revier zu vernehmen.

Gerstacker sitzt auf dem Heizkörper in Groths Büro und explodiert fast vor Eifer.

»Wir haben also die folgende Situation«, sagt er zu Groth. »Regine, die Schwester der getöteten Jutta Timm, arbeitet seit Mai als Bedienung im Gasthaus Erholung, nur einen Steinwurf vom Tatort entfernt.«

»Korrekt. Noch dazu verschweigt sie uns ihren Mädchennamen. Und alles, was damit zusammenhängt.«

»Wie wir mittlerweile wissen, hat Regine Siegen Eck auch gut gekannt. Und nicht nur das. Sie hat möglicherweise ihre Stelle in der Erholung nur angetreten, um sich mit ihm zu treffen, das stelle man sich mal vor! Der mögliche Mörder ihrer Schwester.«

»Der freigesprochene Mörder ihrer Schwester«, korrigiert Groth. »Das dürfen wir nicht außer Acht lassen.«

»Freispruch ist nicht gleich Unschuld«, gibt Gerstacker zu bedenken.

Groth überlegt. Dann sagt er: »Eck ist kein Mörder. Dafür würde ich meine Hand ins Feuer legen.«

»Weil du ihn so gut kanntest?«, fragt Gerstacker spöttisch. »Weil du ein so exzellenter Kriminalist bist, dass du aufgrund einer Begegnung das Wesen eines Menschen erkennen kannst? Gesinnung, Vorlieben, Gesetzestreue?« Gerstacker schnaubt. »Wenn es nur so einfach wäre.«

»Manchmal ist es so einfach«, entgegnet Groth aus purem Trotz, denn er weiß, dass Gerstacker recht hat. »In manchen Menschen kann man lesen wie in einem Buch.«

Groth denkt an Ecks gekritzelte Zeilen. *Wenn du mit dem Wind fliegst, dann grüß die Welt von mir.*

»Und dieser Eck war so einer?«, erkundigt sich Gerstacker. Er schaut jetzt zu Groth.

»Ja«, versichert Groth. »Eck war so einer.«

»Intuition ist ein schlechter Ratgeber«, sagt Gerstacker. »Das wird dir jeder Kriminalist bestätigen.«

Groth denkt darüber nach, während er seine Jacke überzieht. Er ist in konträrer Stimmung heute Morgen. Als hätte Irina Diehls überquellendes Haus ihn angesteckt und seine anarchische Ader freigelegt.

»Jeder Literat wird dir das Gegenteil versichern.«

»Wie bitte?«

»Na, wegen der Intuition. Wir Kriminalisten reden die Intuition immer klein. In der Literatur spielt sie eine wichtige Rolle. Kafka zum Beispiel«, erklärt Groth. »Vielleicht sind seine Erzählungen überhaupt nur intuitiv zu begreifen.«

»Versuch das mal einem Richter zu erklären«, brummt Gerstacker. »Komm«, sagt er dann, »wir müssen los.«

Regine Schadow hat an diesem Vormittag frei. Als Groth und Gerstacker bei der Erholung eintreffen, steht der Pächter im Hemd draußen und raucht.

»Sie hat die Schicht ab zwei«, sagt er. »Hat getauscht. Darf man fragen, was Sie von Regine wollen?«

»Wir haben nur noch ein paar Fragen«, behauptet Groth.

»Wenn die was ausgefressen hat, dann will ich das wissen«, sagt der Pächter.

»Sicher.«

»Ärger kann ich hier nicht brauchen.«

»Natürlich.«

Der Pächter scheint zu hoffen, dass noch etwas kommt, aber Groth sagt, sie würden dann im Auto warten, und lässt den Mann stehen.

Vom See her bläst ein hartnäckiger Wind, als sie den Parkplatz überqueren. Groth hat seine Hände tief in den Jackentaschen vergraben und befühlt ein altes Stofftaschentuch und ein paar Münzen, die sich darin verfangen haben.

Gerstacker hat es nicht eilig. Groth beobachtet, wie er im Gehen mit der Schuhspitze eine Glasscherbe vor sich herkickt.

Mitten auf dem Parkplatz bleibt Gerstacker stehen, dreht die Glasscherbe umständlich auf ihre stumpfe Seite und inspiziert sie, bevor er sie aufhebt und in einen Mülleimer wirft.

Groths Blick wandert zum Bootssteg. Er versucht sich vorzustellen, wie Regine Timm an einem Sonntagabend im Dunkeln vor Eck steht und ihn mit beiden Händen in den See stößt. Er sieht Ecks Arme durch die Luft rudern, hört einen Schlag und das Klatschen eines Körpers, der die Wasseroberfläche durchbricht. Er versucht, das Wort »Rache« wie eine Bildunterschrift an diese Szene zu heften, aber es gelingt ihm nicht. Gar nicht. Er kann nicht glauben, dass Regine Schadow nach Wochen des Kontakts zu Eck plötzlich von Rachegefühlen überwältigt worden sein soll.

Groth beobachtet, wie die Köchin mit einer Mülltüte an der Hintertür der Gaststätte auftaucht. Während sie mit der freien Hand ihre Jacke zuzieht, schaut sie neugierig zu ihnen herüber.

»Jemand, den er von früher kennt.« Erst als Gerstacker »Wie?« fragt, merkt Groth, dass er laut gedacht hat.

»Ach, nichts«, sagt Groth. »Nichts.«

Das Bild eines Unbekannten drängt sich immer stärker in seine Gedanken. Aber wer? Wem hätte Eck gefährlich werden können? Groth sieht durch eine Lücke zwischen den Bäumen in der Ferne die raue Oberfläche des Sees. Auch wenn offen ist, ob Ecks Tod mit dem Fall Jutta Timm zusammenhängt, spürt Groth, dass sie diesen Unbekannten finden müssen, um genau das zu erfahren und die Tür zur nächsten Ebene des Falls aufzustoßen.

• • •

Regine geht den Polizisten ins Netz, als sie hinter der Erholung ihr Fahrrad abschließt.

Vom Parkplatz her hört sie das Knirschen von Schritten und sieht die beiden Männer. Sie halten genau auf sie zu.

Darauf ist sie nicht vorbereitet. Regine merkt, dass ihre Beine nachgeben, also geht sie in die Hocke und tut so, als hätte sich das Fahrradschloss verhakt.

»Frau Schadow?«

Regine schaut auf. Es ist Groth mit seinem Kollegen.

»Ja?«

»Wir möchten Sie bitten, uns aufs Revier zu begleiten.«

»Wieso? Ich –« Regine steht auf und zeigt mit einer fahrigen Bewegung auf die Erholung.

»Mit Ihrem Chef haben wir schon gesprochen. Es dauert nicht lange.«

Der Wind frischt in diesem Moment auf und peitscht Regine die Fransen ihres Schals ins Gesicht. Sie stellt sich vor, wie Eberhard die Polizisten auftauchen sieht, wie er sich zuerst wundert und dann genüsslich folgert, dass Regine vielleicht doch in größeren Schwierigkeiten steckt, als er bisher dachte. Wahrscheinlich hängt er in diesem Moment mit Svetlana am Küchenfenster und gafft.

»Wozu soll das gut sein? Ich habe Ihnen schon alles gesagt.«

»Genau das möchten wir mit Ihnen besprechen.«

Von dem sanften Groth, der Regine nach Hause gebracht hat, scheint nicht viel übrig geblieben. Regine sitzt in seinem Büro. Das Fenster steht auf kipp, ein kalter Luftzug streift ihren Nacken. Der andere Polizist hat ihr eine Tasse Kaffee hingestellt. Er hat sie nicht gefragt, was sie möchte. Warum auch. Er ist Kriminalkommissar und nicht Kellner. Sie versucht, ruhig zu atmen. Ihr Herz springt ihr fast aus der Brust, ihr Mund ist trocken, und vor ihr steht das, was sie am wenigsten braucht: Koffein.

»Wenn ich also zusammenfassen darf. Sie haben im Mai die Stelle in der Erholung angetreten. Obwohl Sie wussten, dass der Mann, der im Verdacht stand, Ihre Schwester ermordet zu haben, keine fünfzig Meter von dort einen Bootsverleih betreibt.«

»Ist das eine Frage?«

»Nein«, sagt Groth. »Die Frage kommt noch. Sie lautet: Was hatten Sie vor?«

»Es gab keinen Plan, wenn Sie das meinen.«

Groth lehnt sich nach vorne.

»Ich glaube, es gab einen.«

Regine erwidert nichts und versucht, möglichst ungerührt an Groth vorbei auf den Wandkalender zu starren.

Wer austeilt, muss auch einstecken. Sprichwort.

»Aber selbst wenn es keinen Plan gab. Wäre ja möglich, dass die Kontrolle irgendwann verlorenging. Dass Sie sich eine Weile beherrscht haben, aber dann hat Eck etwas gesagt, und die Rachegefühle kochten hoch.«

Regine schweigt. Sollen die Polizisten doch spekulieren.

Solange sie spekulieren, können sie ihr nichts anhaben.

»Rache ist ein starkes Motiv«, sagt jetzt der Kollege, der hinter ihr auf der Heizung sitzt.

Regine klemmt die Hände unter die Oberschenkel.

»Frau Schadow. Warum haben Sie uns eigentlich nicht von Anfang an gesagt, dass Sie eine Verbindung zu Eck haben? Es kann Ihnen doch nicht entgangen sein, dass wir daran sehr interessiert gewesen wären.«

»Das ist mir nicht entgangen. Deshalb hab ich nichts gesagt. Ich wollte nicht falsch verdächtigt werden.«

»Leider haben Sie sich inzwischen durch Ihr Schweigen verdächtig gemacht.«

Regine starrt auf den Boden.

»Ihre Annahme«, erklärt sie. »Die ist falsch.«

»Welche Annahme?«

»Sie glauben, dass ich Eck für den Mörder meiner Schwester gehalten habe. Hab ich aber nicht.« Regine sieht wieder Eck vor sich, wie er an seinem Kunstlederetui herumfingert und das Foto des Jungen mit dem fehlenden Schneidezahn rausklappt. Auf dem Foto war der Junge im selben Alter wie Janina.

»Früher hab ich das vielleicht mal gedacht«, sagt Regine sehr leise. »Aber jetzt nicht mehr.«

Dieser Groth holt ein Glas Wasser und stellt es ihr hin.

Regine trinkt es in einem Zug aus.

Einen Moment lang ist es still im Zimmer.

Ein Tropfen rinnt auf den Tisch, als Regine das Glas abstellt.

»Sie hatten an dem Abend, als Eck ertrank, bis halb zehn Dienst. Ist das richtig?« Es ist Groths Kollege, der fragt. Er hat seinen Platz am Fenster verlassen und setzt sich auf die Schreibtischkante.

»Richtig.«

»Und dann?«

»Bin ich auf mein Fahrrad und nach Hause gefahren.«

»Einfach nach Hause?«

»War ein langer Tag. Die Sonntage sind anstrengend.«

»Haben Sie unterwegs mit jemand gesprochen? Im Hof oder Hausflur vielleicht?«

»Nein. Niemand.«

»Was haben Sie zu Hause gemacht?«

»Ich hab einen Brief geschrieben.«

»Ach, an wen?«

Regine zögert.

»An meine Tochter. Ich hab an meine Tochter geschrieben.«

»Ihre Tochter lebt in Berlin, richtig? Bei einer Adoptivfamilie.«

Regine schaut auf ihre Finger und nickt. Ganz wund sind die. In der Erholung muss sie am Ende der Schicht Gläser spülen und dann raus aufs Fahrrad. Kälte und Nässe, das verträgt sich einfach nicht.

»Den Brief, haben Sie den abgeschickt?«

»Nein.«

»Frau Schadow«, sagt Groths Kollege. »Ich will ehrlich mit Ihnen sein. Sie geben uns nicht viel an die Hand. Keine Zeugen, die gesehen haben, wann Sie zu Hause angekommen sind. Niemand, der gesehen hat, dass Sie gleich nach Dienstschluss bei der Erholung aufgebrochen sind.«

»Der Bus hat mich überholt.«

»Wie?«

»Na, auf der Chaussee. Als ich mit dem Fahrrad unterwegs nach Hause war, da hat mich der Bus überholt.«

»Der Linienbus?«

Der Polizist schreibt das auf, obwohl das Tonband läuft.

»Ich glaube, dass Sie uns nicht die Wahrheit sagen, Frau Schadow.« Er öffnet eine Mappe und schiebt ihr ein Foto über den Tisch, das er dreht, bis die untere Bildkante waagerecht vor Regine liegt.

Auf dem Foto ist die Erholung zu sehen, vom Ufer aus fotografiert. Im Vordergrund stecken kleine Fähnchen mit Buchstaben im Sand. Weiter oben haben sich einige Leute versammelt, sie stehen im Gras vor der leergeräumten Terrasse der Erholung.

Regine versucht zu erkennen, wer die Leute sind. Svetlanas Haarschopf macht sie zuerst aus. Da sind auch Eberhard und Schlakse. Den Mann neben den beiden kennt sie nicht. Oder doch?

Regine bemerkt seinen Anzug und erinnert sich an den Tagungsleiter mit der rutschenden Hose.

Da versteht sie, dass es eine Aufnahme von jenem Montagmorgen ist, an dem Ecks Leiche am See gefunden wurde.

»Wer hat das fotografiert?«

»Sie erinnern sich, wann das war?«

Regine nickt. Ihre Gedanken wandern zu dem Moment zurück, als sie die rotierenden Lichter der Streifenwagen wahrnahm. Sie erinnert sich genau an die Veränderung des Lichts im Raum. Niemand hat es bemerkt, nur sie. Es war ihr siebter Sinn, der sie bereits frühmorgens hatte wissen lassen, dass Eck nicht mehr lebte.

»Mir fällt auf, dass alle nach draußen gelaufen sind«, sagt Groth. »Nur Sie nicht.«

Regine erstarrt, so wie die Menschen auf dem Bild.

»Warum nicht? Waren Sie gar nicht neugierig?« Groths Stimme klingt ruhig wie immer. »Vielleicht wussten Sie bereits, wer der Tote ist.«

Als Regine das Bild zu diesem Gerstacker zurückschiebt, zittern ihre Hände ganz leicht, also legt sie sie unter dem Tisch in den Schoß.

»Haben Sie Eck am Sonntagabend vor seinem Tod gesehen?«

»Nein«, antwortet Regine und staunt, wie leicht das ging. Viel leichter, als die Hände ruhig zu halten.

Die Polizisten schweigen.

Natürlich glauben sie ihr nicht. Das kann sie sehen.

Sie kann eine Spur von Enttäuschung in Groths Gesicht ausmachen.

»Wenn Sie uns jetzt einen Moment entschuldigen würden.«

Regine wartet, bis sich die Tür hinter den beiden schließt, dann lässt sie die Maske fallen. Ihre Gesichtsmuskeln entspannen sich, Kopf und Schultern sacken nach vorne, sie schließt die Augen.

Einfach sitzen und atmen. Sie hatte Eck gewarnt. Sie hatte ihn deutlich gewarnt. Aber Eck, der war manchmal im Kopf nicht ganz klar und wollte nicht auf sie hören.

Als er sie an jenem Abend abpasste, kürzte sie gerade den Weg zur Chaussee ab und schob ihr Fahrrad die Böschung hinauf. Es war so dunkel, dass sie die Grasbüschel unter ihren Füßen fühlen, aber nicht sehen konnte. Regine erinnert sich, wie sie hinter sich eine Stimme hörte, vor Schreck ihr Rad wegstieß und loslief.

»Ich bin's doch«, rief Eck.

Regine blieb stehen.

»Mann, bist du verrückt geworden?«

»Es ist wichtig.«

»Was ist so wichtig?«

»Hier.«

Regine konnte ausmachen, dass Eck tief in seine Hosentasche griff und etwas herausholte. Dabei stülpte sich das Innenfutter der Tasche nach außen. Jetzt hielt er ihr im Dunken etwas hin.

»Was ist das?«

»Meine Lebensversicherung.« Ecks Stimme klang so dringlich, dass Regine ihre Hand nach dem Gegenstand ausstreckte. Es war Ecks Kunstlederetui mit dem herausklappbaren Foto.

»Was soll ich damit?«

»Aufheben. Einfach aufheben. Bis morgen. Wenn ich dann noch lebe, dann hole ich es wieder ab.«

Regine wollte das Ding nicht. Sie hielt es Eck hin, aber der hatte sich bereits abgewandt und lief rutschend den Abhang hinunter Richtung See.

»Was hast du vor?«, rief Regine noch.

»Das Richtige«, rief Eck zurück. »Endlich!«

Regine hatte ihre Jugend damit verbracht, Eck in Freiheit zu wissen und damit leben zu müssen, irgendwie. Die Täter sind noch unter uns, sagten die Leute nach der Wende. Für Regine war das ein alter Hut. Jemand hatte ihre Schwester ermordet, und dieser Jemand lief frei herum. Manchmal wünschte sie sich, es wäre Eck, so wie man sich die einfachen Wahrheiten herbeiwünscht.

Eck hatte immer in Wechtershagen gelebt, es ausgehalten an einem Ort, der ihm verhasst war – hier hing ihm ein Schild um den Hals: Mörder. Nur weg, hätte jeder normale Mensch gesagt. Woanders neu anfangen. Aber Eck war geblieben. Natürlich war das kein Beweis für seine Unschuld. Es gab viele Straftäter, die Familien hatten und Kinder und unerkannt in Kleinstädten lebten. Aber Eck lebte nicht bei seiner Familie. Er hatte die Freiheit, einfach zu gehen. Trotzdem blieb er, weil es hier einen Jungen gab, dessen Foto er mit sich herumtrug.

Regine sitzt noch mit geschlossenen Augen da, als die Tür aufgeht und Groth wieder auftaucht.

»Sie können jetzt gehen.«

Zuerst glaubt Regine, sie hätte sich verhört.

Aber der Polizist hat die Hand an der Klinke und hält ihr die Tür auf.

19

Im Morgengrauen wird Regine klar, dass sie nicht weiterweiß. Sie liegt im Bett und versucht sich einzureden, dass dieser Groth sie doch nicht nach Hause gelassen hätte, wenn ein Verdacht gegen sie vorläge. Eine tote Schwester zu haben, ist nicht strafbar. Einen Mörder zu suchen auch nicht.

Aber gefährlich ist es, besonders wenn man Timm heißt.

In Wechtershagen kann sie nicht bleiben. Weg kann sie auch nicht. Sie soll sich zur Verfügung halten, hat Groth an der Tür zu ihr gesagt. Und jedes Mal, wenn sie mit ihren Gedanken wieder bei der Frage nach dem »Was nun« ankommt, dann weiß sie, dass sie sich im Kreis bewegt.

»Da haste dir mal wieder was eingebrockt«, würde ihre Mutter sagen. »Ist ja nicht das erste Mal. Musst dich jetzt auch wieder rausziehen aus dem Sumpf.«

Regines Mutter lebt in einer kleinen Wohnung mit all dem Geschirr und den Möbeln von früher, als wären das jetzt ihre Kinder. Selbst das Sofa mit dem karierten Stoffbezug hat sie mitgenommen, obwohl es viel zu groß für die neue Wohnung ist. Da klemmt es jetzt zwischen Esstisch und Aquarium wie ein Keil.

Viel zu lange hat sich Regine nicht eingestehen wollen, dass sie dringend nach Ludi sehen muss. An diesem Morgen wird die Sorge der letzten Tage zur willkommenen Ausrede. Wenn sie nach Ludi schaut, läuft sie ja nicht weg. Im Gegenteil, sie kümmert sich. Sie muss. Also packt sie ein paar Sachen zusammen und setzt sich in den nächsten Zug nach Berlin.

Ludi kennt Gott und die Welt, denkt Regine. Und trotzdem ist er so allein wie eine vergessene Reißzwecke in der Wand.

Als der Zug im Bahnhof Gesundbrunnen einfährt, erfasst Regine eine heftige Vorahnung. In Wechtershagen war alles weit weg, aber hier, auf dem blanken Boden des Stadtbahnhofs, da hat sie keinerlei Zweifel mehr, dass etwas Schlimmes passiert sein muss. Sie hat es jetzt eilig. Rennt zur S-Bahn und erreicht das Gleis, als die blecherne Lautsprecherstimme schon »Zurückbleiben« raunzt. Hinter ihr klacken die Türen ins Schloss.

Regine steigt an der Station Schönhauser Allee aus und biegt in die Greifenhagener Straße. Die Bierstube kommt gerade erst in Sichtweite, als eine Veränderung greifbar wird. Ein Schuss Panik erfasst sie. Schäumt auf wie Sekt unter einem Spritzer Sodawasser. Ihre Absätze klingen hohl auf dem Trottoir, sie knickt vor einem Brillengeschäft um, stolpert sich wieder zurecht und fängt dabei den Blick des Verkäufers hinter der Schaufensterscheibe auf. Weiter. Regine merkt erst, dass sie die letzten Meter gerannt ist, als ihr kurz vor der Linde die Puste ausgeht. Verdammte Zigaretten.

Ludi ist nicht da. Niemand ist da. Die Kneipe ist abgesperrt, die Fenster verhängt, ein Zettel klebt auf der Tür: *Wegen Krankheitsfall bis auf Weiteres geschlossen.* Regines Atem geht schnell. Hinter ihr bleibt jemand stehen.

»Der hat ’nen Schlaganfall gehabt, der Ludi«, sagt eine ungefragte Stimme. »Liegt in der Charité. Sieht nich jut aus.«

Da ist sie also, die Bestätigung dessen, was sie längst weiß. Natürlich. Regine dreht sich um, aber da ist niemand mehr. Sie weiß nicht, was sie tun soll, also geht sie einfach los. An der Schönhauser Allee sieht sie auf der anderen Straßenseite einen Möbelwagen. Zwei Männer mit drahtigen Ärmchen versuchen, eine orangerote Chaiselongue hochkant in den Wagen zu wuchten, doch es gelingt ihnen nicht. Irgendwann geben sie auf, stellen das Möbel auf den Gehweg und setzen sich erst mal hin. Im regen Verkehr holpern Autos an ihnen vorbei und ab und zu ein Bus. Regine kann die beiden auf dem Sofa nur durch Lücken im Verkehrsfluss sehen. Trotzdem hat sie das Gefühl, mit ihnen dort zu sitzen und zuzuschauen, wie das Leben einfach an ihr vorbeirollt.

Ludi, so stellt sie in diesem Moment fest, ist ihr einziger Freund. Warum hat sie das nicht schon früher gemerkt? Stattdessen hat sie sein Leben immer aus gehörigem Abstand von der anderen Straßenseite betrachtet und sich nicht eingemischt. Regine rennt los. Am S-Bahnhof fragt sie, wie man zur Charité kommt. Vierzig Minuten später ist sie da.

Am Empfang in der Charité lässt man sie nicht rein.

»Sind Se anjehörig?«

Regine zögert.

»Schon«, sagt sie, »sozusagen.«

»*Sozusagen* jibt's nich. Da muss ick den Ausweis sehen.«

Es ist nichts zu machen. Regine hätte sich auf den Kopf stellen und mit den Füßen Bälle jonglieren können.

Also fährt sie zurück zur Linde und geht zu Ludis Schlüsselversteck. Hinten im Hof unter der losen Schindel des Schuppendachs. Natürlich ist der Schlüssel noch da. Sie hat einen Platz zum Schlafen.

Am nächsten Morgen steht sie wieder in der Charité am Empfang. Dieses Mal ist sie vorbereitet. Sie ist jetzt nicht mehr Regine Sozusagen. Sie ist Regine Schadow, geborene Ludewig, Ludis einzige Tochter.

Ludi liegt im Krankenbett und sieht aus wie ein Fremder. Die Schultern sind nackt und fast weiß. Sein Bauch, sonst prall, zeichnet sich breit und teigig unter dem Betttuch ab. Als Regine ins Zimmer tritt, öffnet er die Augen. Sie sagen: Ach nee, Kindchen, du? Was machste denn bloß hier?

Wie weint man, ohne es zu zeigen? Regine hat sich bis jetzt ziemlich im Griff gehabt. Viel Gutes kann sie über die letzten Wochen nicht sagen, aber immerhin das. Zeig keinem, dass du angezählt bist. Das hat sie geschafft. Wer etwas anderes behauptet, ist entweder blind oder aus Stahl. Aber jetzt, hier, bei diesem Anblick, ist ihre Obergrenze erreicht. Die Fäden, die sie noch zusammenhalten, sind verdammt locker und nur eine Windböe davon entfernt, sich ganz zu lösen.

Sie geht zum Waschbecken und spritzt sich kaltes Wasser ins Gesicht. Zieht ein Papier aus dem Spender und putzt sich die Nase. Mit dem Papiertuch in der Hand setzt sie sich auf die Bettkante.

In Ludis Gesicht liest sie: Kannste glauben, dass ich so jämmerlich dran bin?

Dann stößt er zwei Silben aus, die wie *schli-imm* klingen.

»Ach was«, sagt Regine. »Im Vergleich zu den anderen hier bist du das blühende Leben.« Sie beugt sich zu Ludis Ohr. »Haste den am Fenster gesehen? Sieht aus wie 'ne gepellte Kartoffel.«

Mit der Hand, in der eine Kanüle steckt, deutet Ludi auf sein Herz, als wolle er sagen: »Die Pumpe, die macht nicht mehr lange mit.«

»Sprechen ist wohl nicht so«, souffliert Regine.

Ludi blinzelt.

»Aber die Ohren, die funktionieren?«

Ludi blinzelt noch mal.

»Na«, sagt Regine und nimmt die Hand mit der Kanüle in ihre. »Das is ja schon mal die halbe Miete.«

Ludi schaut sie lange an.

»Also schön, bei mir ist auch nicht alles rosa«, gibt Regine zu. »Die Polizei ist mir auf die Schliche gekommen. Keine Ahnung, wie, aber die wissen jetzt, dass ich Regine Timm bin.

Das ist ja kein Verbrechen, würdest du wahrscheinlich sagen. Stimmt. Aber von Regine Timm bis zu einem Motiv sind es nur wenige Denkschritte. Wenn die rauskriegen, was ich vorhatte, dann bin ich geliefert.«

Sie erkennt Sorge in Ludis Augen.

»Ja, ich weiß schon, du hast das von Anfang an gesagt. ›Lass dich nicht mit diesem Eck ein‹, hast du gesagt. Du hattest natürlich recht, wie immer«, sagt Regine. »Wenn du willst, geb ich dir das schriftlich.«

Sie malt mit dem Zeigefinger Worte in die Luft: *Hiermit wird offiziell bestätigt: Ludi hatte mal wieder recht.*

Er drückt Regines Hand.

Dann sagt er: »er-le.«

»Perle? Ich bin eine Perle?«

Ludi blinzelt.

Als Regine mit dem Arzt spricht, versteht sie kein Wort. Die Rede ist von Aphasie, was wohl mit dem Sprechen zu tun hat, so viel hat sie kapiert. Bis der Arzt von Brotkorb-Aphasie spricht.

Da gibt sie auf.

»Können Sie mir das mal auf Deutsch übersetzen?«

»Sicher. Ihr Vater hat eine Halbseitenlähmung, die sich bereits zurückbildet. Das ist gut. Er hat auch diese Sprechstörung. Die ist ziemlich heftig.«

»Besonders für jemand, der sonst wie ein Wasserfall redet«, sagt Regine.

»Erst Wasserfall und dann stumm wie ein Fisch. So kann's gehen.«

Während Regine noch überlegt, ob der Arzt das gerade wirklich gesagt hat, blättert er durch die Papiere auf seinem Klemmbrett. Zieht von ganz unten ein Faltblatt heraus und gibt es ihr.

Das Wort »Therapie« fällt. Und »Kosten«. Und dass die Krankenkasse eben nur anteilig ...

Regine nickt zu allem.

Sie nickt und verspricht, dass sie sich um alles kümmert.

Regine hat in Ludis Wohnung den Kühlschrank geleert, den Inhalt in Mülltüten gepackt und unten im Hof entsorgt. Bei den Mülltonnen steht eine Nachbarin und erzählt, wie das war, als sie Ludi gefunden haben.

»Mit drei Mann musste die Feuerwehr die Tür aufrucken, der lag nämlich genau vor die Ritze, wie 'n Mehlsack lag der da.«

Die Nachbarin sagt, dass man Ludi an einem Dienstagmorgen in seiner Wohnung gefunden habe.

Wer weiß, wie lange er da schon lag, denkt Regine. Montags ist nämlich Ruhetag in der Linde, da hat Ludi frei. »Diese verdammten Montage«, hat er immer gesagt, »die bringen mich total aus dem Trott.« Womit er recht hatte, wie immer, das kann man ja nun sehen.

Regine schiebt vor, es eilig zu haben, und windet sich aus den Fängen der Nachbarin, bevor die fragen kann, wer sie eigentlich ist. Sie putzt Schimmel und Gestank aus den Kühlschrankfächern, lüftet durch, wechselt Handtücher, bezieht das Bett. Die ganze Zeit macht sie einen großen Bogen um die Stelle im Flur, wo Ludi lag, nachdem er zusammengebrochen war. Irgendwann nimmt sie den Mopp und wischt auch das Bild des kollabierten Ludi nass auf. Erst dann ist sie fertig.

Schließlich legt sie sich in Ludis Bett und kann nicht schlafen.

Am frühen Morgen streift sie durch die winzige Wohnung wie ein Reh. Beschnuppert den Bücherstapel auf dem Nachttisch, Postkarten auf der Anrichte, die Medikamentensammlung im Küchenschrank, den Schieber mit Ludis Papieren, Impfausweis, Sparbuch, Personalausweis, ein Rezept für Warfarin. Ludi hat Blutgruppe 0.

Als es hell wird, zieht sich Regine an und nimmt die Schlüssel zur Bierstube vom Schlüsselbrett neben der Tür. Das hat sie lange genug vor sich hergeschoben.

Es ist Sonntagmorgen, im Hausflur ist es still. Sie schlüpft aus der Wohnungstür, geht zwei Treppen hinunter und sperrt sich unten die Tür auf, auf der *PRIVAT* steht und die von hinten in den Lagerraum der Linde führt.

Regine macht kein Licht. Ein Schwall abgestandener Luft springt sie an. Ein Kühlschrank brummt. Die Linde ist wie ein Hund, der seit Tagen brav gewartet hat, ob sein Herrchen zurückkommt. In der Spüle hinter dem Tresen stehen noch Biergläser mit schaumverklebtem Rand, was Ludi gar nicht ähnlich sieht.

Auf dem Wandregal über den teuren Schnäpsen findet Regine, was sie gesucht hat. Ludis größten Schatz und den einzigen Gegenstand, den sie unbedingt aus der Bierstube retten muss. Das Album mit Widmungen all seiner bekannten Gäste.

Es war Ludis Stolz. Da hatte Jana Schlosser *Gott sei Punk* reingeschrieben. Und Robert Havemann hatte sich verewigt. *Für Ludi, Menschenfreund, Systemgegner.* Das war das Filetstück.

»Der Mielke«, pflegte Ludi zu sagen, »darf dieses Druckerzeugnis nicht in die Finger kriegen.«

Regine hatte während ihrer Zeit in der Linde immer mal wieder in Ludis Gästebuch gelesen. Sie war keine Aufmüpfige. Nicht so wie die Janas und Roberts und Horsts im Gästebuch. Sie blätterte, weil das Buch sie an früher erinnerte, an ihr anderes Leben, als die Timms noch eine Familie waren und Urlaub in Kühlungsborn machten. In der Pension an der Ostsee hatte es nämlich auch ein Gästebuch gegeben, mit Namen von lauter Leuten, die auch schon hier gewohnt, in diesen Betten geschlafen, von diesen Tellern gegessen hatten. Familie Herrlichezeit aus Leipzig. Familie Abgereist aus Bitterfeld. Die Vielzuschnellvorbeis vom VEB Kombinat Luft- und Kältetechnik. Regine war damals noch klein und hatte Mühe, die Handschriften und ihre Botschaften zu entziffern. »Wetter« war das am meisten benutzte Wort im Gästebuch, knapp gefolgt von »schön«. Es war ja auch schön an der Ostsee. Und auf einer Seite hatte jemand geschrieben: *Hier verewigen wir uns nach herrlichen Urlaubstagen mit Hund.* Daneben war die Zeichnung eines Hundes zu sehen. Sie erinnert sich gut an das Wort: verewigen.

Und ganz ähnlich verewigt sich Jutta manchmal in Regines Leben, in Juttas ganz eigener Handschrift, als wäre Regine nicht nur ihre kleine Schwester, sondern auch ihr Gästebuch. Nach Juttas Tod hatte plötzlich alles, was in Regines Leben geschah, mit Jutta zu tun. Papas neue Stelle im Fuhrpark mit weniger Verantwortung. Der Infarkt, der ihn ausgerechnet dort ereilte, im Fuhrpark der Polizeidienststelle, aus dem Nichts, an einem Vormittag, der vollkommen ruhig verlaufen war. Mamas ständige Kopfschmerzen. Oma Lenes gebeugter Gang. Der Wegzug. Selbst dass Regine schwanger wurde und die Schule abbrechen musste, ging in gewisser Weise auf Juttas Konto. Regine streicht mit der Handfläche über Robert Havemanns Unterschrift. Auch sie will sich nicht länger ducken. Und sie braucht dringend Geld. Regine sperrt die Linde fest zu. Das Gästebuch stellt sie in Ludis Wohnung in die Anrichte, gleich neben das gute Geschirr.

20

Als Groth nach einem freien Tag das Revier betritt, herrscht eine angespannte Atmosphäre. Gerda eilt ihm entgegen, er möge gleich zu Bekendorf gehen, der warte bereits auf ihn. Groth nimmt die Vortragsmappe mit, denn er ist sich sicher, dass Bekendorf mit ihm über eine Tagung in Rostock sprechen will, die im Januar stattfindet. Groth ist bereits informiert, er soll über die fünf Säulen polizeilicher Führungsstruktur referieren. Als er am Pausenraum vorbeigeht, scheint es ihm, als werde er von einigen Kollegen gemustert.

»Mir ist da etwas zu Ohren gekommen«, sagt Bekendorf.

»So?«, sagt Groth.

Und bei Bekendorfs nächstem Satz fällt ihm auf, dass er zu arglos gewesen ist.

»Ein Gerücht, das Sie betrifft, Groth.«

Groth setzt sich Bekendorf gegenüber, er sinkt in den Sessel mit dem grünen Polster. Kein Zeichen von Kaffee. Keine Dose mit Keksen. Groth klemmt die Vortragsmappe zwischen sich und die Sessellehne. Er wird sie nicht brauchen.

»Die Verdächtige im Fall Eck«, sagt Bekendorf jetzt, »Regine Schadow. Sie ist die letzten zwei Tage nicht zur Arbeit erschienen. Wir haben sie auch nicht zu Hause angetroffen. Kurz gesagt, alles deutet darauf hin, dass sich die junge Dame aus dem Staub gemacht hat.«

»Aus dem Staub?«, wiederholt Groth.

»Wie würden Sie das sonst interpretieren? Meines Erachtens

hätte man Frau Schadow nach ihrer Befragung hierbehalten müssen. Sie hatte ein Motiv, war zum Tatzeitpunkt in unmittelbarer Nähe des Tatorts und hat uns noch dazu verschwiegen, wer sie ist und in welcher Beziehung sie zu Siegen Eck stand.« Bekendorf sitzt breitbeinig da und sieht Groth direkt an. Seine Hände umfassen die Spitzen der Armlehne. »Stattdessen haben Sie entschieden, Regine Schadow gehen zu lassen.«

»Richtig«, sagt Groth. »Wir haben das entschieden. Gerstacker und ich.«

»Nachdem Sie zuvor auf die erneute Befragung von Frau Schadow gedrängt hatten.«

»Nach der Befragung waren wir nicht überzeugt, dass Regine Schadow ein Motiv hat.«

»Kein Motiv? Bei dem Mann, der als Mörder ihrer Schwester vor Gericht stand? Das scheint mir reichlich naiv, Groth. Reichlich.«

Groth fängt an zu schwitzen.

»Verdammt noch mal, Groth, wie soll ich das der Staatsanwaltschaft erklären? Die Frau hätte jeden Grund gehabt, Eck in den See zu stoßen. Alles deutet darauf hin, dass sie genau zu diesem Zweck an den Wechtsee zurückgekehrt ist. Um sich am Mörder ihrer Schwester zu rächen!«

»Das mag auf den ersten Blick so aussehen«, gibt Groth zu. »Aber da sind–«

Unstimmigkeiten, will Groth sagen, aber Bekendorf unterbricht ihn: »Sie lesen zu viel zwischen den Zeilen. Das ist doch alles nur Intuition und Gedusel.«

Groth kann nicht anders, als an das zu denken, was Allers ihm einmal in Hamburg gesagt hat.

»Du denkst wie ein Literat, Arno.«

Groth hat es als Kompliment genommen, doch wie er nur zu gut weiß, kann es das Gegenteil gewesen sein.

»Aber mir ist da noch etwas anderes zu Ohren gekommen, Groth. Einige Kollegen haben mir berichtet, dass Sie die Beschuldigte in einer Kneipe getroffen und anschließend nach Hause gebracht haben. Die Kollegen waren in der Kneipe anwesend und haben Sie zusammen gesehen.«

Groth schüttelt den Kopf und lächelt. Er beginnt zu verstehen, was sich da gegen ihn zusammenbraut.

»Das stimmt«, sagt er. »Ich bin Regine Schadow nach Dienstschluss in einer Kneipe begegnet. Zufällig, möchte ich betonen.«

»Und haben sie dann netterweise nach Hause gebracht.« Nach diesen Worten malt Bekendorf mit der Hand einige Kreise in die Luft, als erspare er sich die Fortsetzung.

»Richtig.« Groth will den abgebrochenen Absatz erwähnen, aber plötzlich kommt ihm das lächerlich vor. Was hat er sich nur dabei gedacht?

Er sieht die Szene vor sich, sein Auto, das langsam fährt und mit roten Bremsleuchten am Straßenrand hält, ein kurzer Austausch durchs Autofenster, die junge Frau, die einsteigt.

»Das mag ja alles so sein, Groth. Aber mit Ihrer Vorgeschichte. Was soll ich denn dazu sagen?«

Sein Hamburger Fehltritt.

»Dazu gibt es nichts zu sagen. Ich habe die Frau vor ihrer Haustür abgesetzt und bin nach Hause gefahren.«

Bekendorf pocht mit den Daumen gegen die Armlehne.

»Dann erzähle ich Ihnen mal, was ich von den Kollegen zu hören bekomme: ›Groth hat die Täterin laufen lassen. Er hat die Frau geschützt, warum? Na, das sieht ja wohl ein Blinder.‹ Noch dazu ist es nicht das erste Mal, das wissen wir beide nur zu gut.«

Groth muss den Impuls unterdrücken, Bekendorf ins Gesicht zu spucken.

»Verstehen Sie mich nicht falsch. Ich sage nicht, dass ich das Gerede glaube, Groth. Mir gefällt nur nicht, wie sich die ganze Sache nach außen hin anhört.«

»Mir gefällt nicht, dass wir überhaupt darüber reden«, sagt Groth.

»Mit etwas mehr Feingefühl Ihrerseits hätten wir das Problem nicht.« Bekendorf steht auf und geht zum Fenster. Dort bleibt er mit verschränkten Armen stehen. »Ich will Ihnen ja glauben, Groth. Aber ich bin auch für den Ruf dieser Dienststelle verantwortlich. Es ist wichtig, wie wir nach außen auftreten, gerade in dieser Zeit des Umbruchs. Deshalb mache ich Ihnen einen Vorschlag: Sie nehmen sich einige Tage frei. Sind aus der Schusslinie. Wir glätten hier so lange die Wogen, versuchen, die Frau zu finden, und wenn Sie wieder zurückkommen, hat sich alles beruhigt.«

»Ich werde beurlaubt? Wegen nichts?«

Bekendorf dreht sich um.

»Sie nehmen Urlaub, Groth«, bellt er. »Sie.«

»Mit Vergnügen«, sagt Groth. Er springt auf und knallt Bekendorfs Tür hinter sich zu.

• • •

Groth versucht sich einzureden, dass es doch eine willkommene Zwangspause sei. Schließlich ist in der Wohnung einiges liegengeblieben. Dinge, die erledigt sein wollen. Der Mensch kann nicht ewig auf einer Baustelle leben. Mein Gott, er klingt wie seine Mutter.

Am ersten Tag seines sogenannten Urlaubs spachtelt Groth Tapete von den Wänden und wäscht eine Ladung Buntwäsche. Er schleicht durchs Treppenhaus, aber die Nachbarin im Parterre fängt ihn trotzdem ab, als er den Korb mit nasser Wäsche nach oben schleppt.

»Nanu, Sie ham wohl Urlaub. Oder sind Se krank?«

Zurück in der Wohnung lässt sich Groth in den Sessel fallen. Die Abdeckplane knistert unter seinem Gewicht. Sein Kopf ruht an der Polsterung. Es ist so still im Zimmer, dass er unwillkürlich die Augen schließt. Sein Leben dreht sich im Kreis, da kann er machen, was er will. Er rennt und rennt vorwärts, doch er landet immer nur wieder auf Start. Zuerst ist er nach Wechtershagen zurückgekehrt. Und jetzt sitzt er hier, ist beurlaubt, so wie in Hamburg, obwohl er doch genau daraus fliehen wollte – aus der Untätigkeit.

Was macht er falsch?

Ein Jahr vor Groths Versetzung war er nach Wandsbek an den Tatort eines Selbstmords gerufen worden. Es war November. Er traf ein, als die Leiche, ein junges Mädchen von gerade siebzehn Jahren, bereits abtransportiert war. Man holte ihn, um mit der Mutter zu sprechen.

Die Frau befand sich in einem Zustand der Erstarrung. Groth musste sie im Wohnzimmer ihres Reihenhauses zwischen Schrankwand, Perserteppich und brauner Sitzecke zuerst orten, denn ihre schlanke Gestalt verschwand fast völlig in den Polstern einer Couch mit üppigen Kissen.

Groth nahm so weit weg wie möglich Platz. Er konnte nicht übersehen, dass die Frau schön war. Sie trug einen Morgenmantel, verharrte bewegungslos, der Blick knapp an ihm vorbeigehend, als säße sie Modell, um sich porträtieren zu lassen.

Als Groth sie ansprach, hob sie den Kopf und schaute ihn an. Sie schien ihn zu hören, lächelte sogar leicht. Anschließend unterhielten sie sich über das Wetter. Am Nachmittag auf dem Revier musste Groth vor allem daran denken, an das Gespräch über die dichte Wolkendecke, die an diesem Morgen endlich weniger grau aussah. Da sei ein Leuchten zu sehen gewesen, eine ungewohnte Helligkeit, fand die Frau. Sie habe am Morgen geglaubt, es liege Schnee. Groth hatte kein Leuchten bemerkt, aber er stimmte ihr zu. Er versuchte mehrmals, das Gespräch auf die Tochter zu lenken. Wer sie gefunden habe? Wie man sie gefunden habe? Was am Abend zuvor geschehen sei? Doch die Fragen perlten einfach an der Mutter ab.

Kurz darauf erschien der Bruder der Frau, der in der Nähe wohnte. Als er eintraf, brach sie zusammen, ihr Oberkörper gab nach und sank nach vorn, bis nur noch ihr Rücken zu sehen war.

Der Bruder strich ihr immer wieder über die Schulterblätter. Groth empfahl, den Hausarzt zu holen. »Ihre Schwester«, sagte er, »steht unter Schock.« Der Arzt traf ein, und nach einer Stunde endlich auch der Ehemann. Er kam abgehetzt direkt aus Düsseldorf, denn er arbeitete im Vertrieb und hatte in dieser Woche dort einen Kunden besucht. Er redete ununterbrochen, der Vater, er ließ nichts aus, nicht, dass er fassungslos sei, nicht, wo genau er gewesen war, als ihm die Nachricht überbracht wurde, dass er sich sofort auf den Rückweg gemacht habe, wie furchtbar das sei, wie unglaublich furchtbar, so etwas zu hören, noch dazu unterwegs.

Die Frau schaute ihn an, sie saß wieder aufrecht mit angezogenen Knien, so kompakt es nur ging, auf der Couch. Groth konnte nicht umhin, zu bemerken, dass sie ein völlig missglücktes Paar waren, diese beiden, er plump und geschwätzig, sie zerbrechlich und still.

Wenige Tage später, er hatte gerade den Obduktionsbericht bekommen, erschien die Frau in Begleitung ihres Rechtsanwalts auf dem Revier und belastete im anschließenden Gespräch ihren eigenen Mann. Das fiel ihr sichtlich schwer. Manche Worte kamen wie Blei aus ihrem Mund. Andere vermied sie, darunter das Wort »Missbrauch«. Ihr Mann habe sich an der Tochter vergangen, sagte sie. Früher. Sie habe geglaubt, das sei vorbei.

Es passte alles zusammen. Die Rage des Mannes, als er mit den Vorwürfen konfrontiert wurde. Das Entsetzen der Frau. Fast verstummt wirkte sie, was Groth beeindruckte. Er sprach mit der Freundin des Mädchens. Er befragte mehrmals die Mutter, die er da in Gedanken schon Julia nannte. Sie lebte mittlerweile allein und taute unter Groths Fragen auf, sagte ihm, er sei ihr Fels in der Brandung. Groth blieb einmal über Nacht, als Julia sich instabil fühlte und um seine Gesellschaft bat. Natürlich tat er das. Er protokollierte jede Anspielung auf Missbrauch und ging den Spuren nach wie dem Faden im Labyrinth. Am Ende stand er vor einem Ermittlungsergebnis, das kaum Zweifel zuließ.

Groth ließ den Mann verhaften.

Mit dem, was drei Wochen später kam, hatte er nicht im Mindesten gerechnet. Durch die Zeugenaussage einer Nachbarin, die sich zuvor nicht getraut hatte, geriet plötzlich Julias Bruder in den Fokus der Ermittlungen. Eine übertriebene Nähe des Onkels zur Tochter wurde berichtet, ein Besitzanspruch, der ins Krankhafte ging. Nichts von dem hatte Groth zuvor erfahren. Als er den Bruder festnehmen wollte, stellte sich heraus, dass der eine Woche zuvor das Land verlassen hatte.

Allers bestellte Groth zum Gespräch und bestand darauf, ihn von dem Fall abzuziehen. Von Groths Tunnelblick war die Rede. Von Überlastung. Davon, dass die Frau ihn ausgetrickst habe. Groth war bloßgestellt, düpiert. Das Schlimmste war natürlich, dass Allers vollkommen recht hatte. Er, Groth, hatte sich ins Fiktive verirrt.

Groth muss eingenickt sein, denn als er hochschreckt, braucht er einen Moment, um sich zu orientieren. Er sitzt in seinem Wohnzimmer auf einer Plastikplane und schaut auf die Wand, von der Tapetenfetzen herabhängen. Außerdem hat es gerade geklingelt.

Wieder schrillt die Klingel auf. Groth robbt sich aus dem Sessel hoch, die dünne Plastikhaut auf dem Polster hat sich aufgeladen und klebt an ihm fest.

Vor der Tür steht Gerstacker.

»Hat Bekendorf dich geschickt?«

»Ach wo. Ich brauche dich als Chauffeur«, sagt Gerstacker.

»Wie bitte?«

»Wir müssen jemanden besuchen.«

»Wen?«

Statt zu antworten, schiebt sich Gerstacker an Groth vorbei und zieht dessen Jacke vom Bügel.

»Komm«, sagt er. »Das erzähle ich dir unterwegs.«

Gerstacker dirigiert ihn über den Ring zur Bundesstraße nach Rostock.

Sie fahren an längst abgeernteten Feldern vorbei, unter einem Himmel, der wie ein Deckel über farbloser Landschaft liegt und sich hier, außerhalb der Stadt, aufzuhellen scheint.

»Als wir neulich bei Eck senior saßen«, sagt Gerstacker, »brachte er doch diese Rechnung zu uns.«

Groth dämmert es.

»Du willst zu Ecks Anwalt. Wie hieß er doch gleich?«

»Rechtsanwalt Götz Fiedler. Schwer zu finden, der Mann, selbst für mich. Stellt sich raus, der lebt gar nicht mehr in Berlin. Schon lange nicht mehr.« Gerstacker sieht zufrieden aus. »Er erwartet uns. Wenn wir Glück haben, wissen wir bald deutlich mehr.«

Sie finden Götz Fiedlers Namen mit dem Zusatz »Rechtsanwalt« auf einem dezenten Metallschild an einem Haus in der Steintorvorstadt. Daneben hängt ein Briefkasten, darunter eine Klingel. Fiedler öffnet nach dem ersten Läuten.

Er führt sie in ein stuckverziertes Zimmer und bietet ihnen einen Platz an einem Esstisch an. Die Dielen knarren bei jedem ihrer Schritte. Als sie sitzen, fällt Groth eine mit Schnitzereien verzierte Anrichte an der Stirnseite des Zimmers auf, darüber ein gerahmter Spiegel. Er kann sich vorstellen, dass Fiedler sich nicht ungern darin betrachtet.

»Die Verteidigung von Eck war einer meiner letzten Fälle. Ich praktiziere schon seit 84 nicht mehr.«

»Warum dann das Kanzleischild?«

»Stammt noch von meinem Vater.«

»Sind Sie im Ruhestand?«, fragt Groth. Er schätzt Fiedler auf höchstens sechzig.

Fiedler schnaubt.

»Man hat mir damals die Zulassung entzogen. Ich wurde denen zu unzuverlässig. Hab doch tatsächlich die Interessen meiner Mandanten vertreten, das stelle man sich mal vor.«

»Vielleicht haben Sie gehört, dass Siegen Eck, ihr Mandant im Mordfall Jutta Timm, vor wenigen Wochen ertrunken ist.«

»Stand in der Zeitung«, sagt Fiedler. »Da stand was von Unfall, aber ich dachte mir fast, dass die Sache ein Nachspiel haben wird.«

Gerstacker erklärt, dass man gegen die Schwester von Jutta Timm ermittle.

»Außerdem«, fährt Gerstacker fort, »hat Siegen Eck kurz vor seinem Tod angegeben, er fühle sich verfolgt. Können Sie sich vorstellen, wen er da gemeint haben könnte? Vielleicht jemanden, an den Sie sich aus den Akten von damals erinnern?«

»Nein, da erinnere ich mich an niemanden. Ich wusste auch nicht, dass Jutta Timm eine Schwester hatte.«

Groth greift in die Innentasche seines Jacketts und holt den Spiralblock heraus.

»Wir würden Ihnen trotzdem gerne einige Fragen zum Fall Timm stellen. Leider stehen uns die Akten von damals nicht mehr zur Verfügung. Jede Information hilft.«

»Sicher«, sagt Fiedler.

»Wann haben Sie Eck als Mandanten zum ersten Mal gesehen?«

»Das war am Morgen der Gerichtsverhandlung.«

Groth schaut vom Schreibblock auf. »Wie? Ich dachte, er war in Untersuchungshaft. Haben Sie ihn nicht im Gefängnis besucht?«

»Nein.« Fiedler scheint über Groths Frage zu schmunzeln. »Wir haben uns nur brieflich ausgetauscht. Ich bekam die Akten unter Aufsicht zu sehen und saß neben dem Angeklagten in der Verhandlung. Das war alles. Als Strafverteidiger war man zu der Zeit reines Beiwerk.«

»Haben Sie an Ecks Schuld geglaubt? Oder gab es Anhaltspunkte, daran zu zweifeln?«

»Ich habe nie an Ecks Schuld geglaubt. Für mich gab es aufgrund seiner Briefe klare Anhaltspunkte, dass man ihn mit unlauteren Methoden zu einem Geständnis gebracht hatte.«

»Hatte man überhaupt andere Verdächtige?«

»Meines Wissens nicht. Hören Sie«, sagt Fiedler, steht auf und geht zur Anrichte, auf der eine Karaffe mit Wasser bereitsteht. Durch den Spiegel schaut Fiedler sie an. »Wir können gerne weiter über Eck sprechen. Aber ich würde mir an Ihrer Stelle etwas ganz anderes ansehen. Es sei denn, dass Sie gerne auf Nebenkriegsschauplätzen unterwegs sind.« Fiedler gießt ihnen Wasser ein. »Für mich ist eindeutig, dass Eck eine austauschbare Figur war, ein Bauer, wenn Sie so wollen. Das eigentliche Spiel fand ganz woanders statt.«

»Das müssen Sie uns bitte näher erläutern«, sagt Gerstacker.

Fiedler stellt ihnen zwei Gläser auf den Tisch. Er füllt ein drittes und geht damit zum Fenster.

»Es ist bemerkenswert, wie viele Köche damals am Werk waren«, sagt Fiedler. »Der Fall hatte natürlich Brisanz, das kann man sich denken. Mord an einer jungen Frau. Noch dazu eine, deren Vater Volkspolizist war. Da haben alle möglichen Stellen mitgemischt. Druck von oben, das können Sie sich denken. Dass die Akten jetzt nicht mehr auffindbar sind, überrascht mich wenig.«

Groth und Gerstacker werfen sich einen Blick zu.

»Sie glauben, die Akten sind vernichtet worden?«

»So würde ich das nicht ausdrücken.«

»Sondern?«

»Ich würde sagen, dass Einsicht in diese Akte wahrscheinlich unmöglich ist.«

»Was lässt Sie an so etwas denken?«

»Der ganze Ablauf. Als in Demmin die Ermittlungen begannen, kam nicht nur die Morduntersuchungskommission aus Rostock, sondern auch eine Spezialeinheit der Bezirksverwaltung. Staatssicherheit. Alles streng geheim. Die haben massiv Leute verhört. Im Dutzend. Und als der ganze Spuk vorbei war, hatten sie nichts. Ich erinnere mich noch, dass mir Aktenauszüge vorlagen, vom Sommer 1980. Und dann ging es erst wieder weiter mit Ecks Inhaftierung im Herbst 1981. Dazwischen gab es nichts. Und wenn doch, dann hat man das schon damals schön feinsäuberlich aus den Akten rausgeheftet.«

Groth schreibt das auf. »Moment«, sagt er. »Hab ich das richtig verstanden? Eck kam erst über ein Jahr später in Untersuchungshaft?«

»Korrekt.«

»Haben Sie das vor Gericht vorgebracht?«

»Sicher. Ich habe moniert, dass mein Mandant monatelang unbehelligt geblieben war und dann plötzlich der Mörder sein sollte. Das klang doch verdammt nach Sündenbock.«

»Was ist mit dem Geständnis? Er hat doch ein Geständnis abgelegt?«

»Er hat sogar drei Geständnisse abgelegt.«

»Drei?«

Fiedler nickt. »Und jedes davon widerrufen.« Er geht zu seinem Stuhl zurück und stützt die Hände auf die Rückenlehne, als stünde er hinter einem Rednerpult. »Was letztlich dazu führte, dass das Gericht Mängel in der Beweiserhebung erkannt hat. Und noch dazu hatte Siegen Eck ein ziemlich solides Alibi.«

»Welches genau?«

»Er stand bis spät am Abend vor achtzig Menschen auf der Bühne.«

»Und Jutta Timm?«, fragt Groth.

»Jutta Timm hat die Veranstaltung bereits vor dem Ende verlassen. Man hat rekonstruiert, dass das gegen zehn Uhr am Abend gewesen sein muss. Zeugen haben gesehen, wie sie ihre Jacke anzog und das Gebäude verließ. Die Musik lief weiter, Eck stand bis nach elf Uhr auf der Bühne. Und dann musste ja abgebaut und alles auf seinen Trabi-Anhänger verladen werden. Ziemlich unwahrscheinlich, dass er Jutta an dem Abend noch eingeholt hätte.«

»Aber nicht auszuschließen.«

Fiedler atmet durch.

»Nein. Auszuschließen ist es nicht. Nur eben sehr, sehr unwahrscheinlich.«

»Haben Sie Eck nach dem Freispruch noch mal gesehen?«

»Ja. Ein Mal.«

»Wann war das?«

»Vor drei Monaten.«

Groth und Gerstacker horchen auf.

»Ach?«

»Er hatte ein Anliegen. Brauchte meine fachmännische Einschätzung. Aber er hatte kein Geld.«

»Und dann?«

»Ich habe ihn trotzdem beraten. Ohne Zulassung, ohne Bezahlung. Was soll ich machen, der Mann tat mir leid.«

»Worum ging es?«

Fiedler fährt sich mit der flachen Hand übers Gesicht.

»Das war ein vertrauliches Gespräch«, erklärt er schließlich. »De facto unterliege ich bei Eck noch immer der Schweigepflicht.«

»Hatte es etwas mit dem Fall Timm zu tun?«

»Indirekt. Aber mehr kann ich Ihnen nicht sagen.« Fiedler schaut aus dem Fenster.

Gerstacker öffnet den Mund, aber Groth stößt ihn unter dem Tisch an, um ihn zu bremsen.

Er spürt, dass es in Fiedler arbeitet. Der Mann war Anwalt, vermutlich ein begnadeter Redner, ein wenig eitel noch dazu, bis man ihn mundtot gemacht hat. Seit Langem hat sich niemand mehr für seine Geschichten interessiert. Und nun soll er schweigen? Der Mann ist ein Darsteller, er sucht die Bühne, auch wenn sie heute nur aus zwei Kriminalpolizisten besteht.

Die Dielen unter Fiedlers Stuhl knarren, als er sich wieder hinsetzt. »Also schön, ich kann Ihnen so viel sagen, dass es um die personelle Besetzung des Kommissariats in Demmin im Jahr 1981 ging. Also zu der Zeit, als Eck dort in Untersuchungshaft saß. Weiter möchte ich mich dazu aber nicht äußern.«

Groth notiert das Wort »Kommissariat«.

»Und Eck hat bei dieser Gelegenheit nicht zufällig erwähnt, dass er von jemandem verfolgt wird?«

»Nein, das hat er nicht.«

»Kam Eck Ihnen wie jemand vor, der unter Verfolgungswahn leidet oder sonst nicht ganz richtig tickt?«

Fiedler lehnt sich zurück. »Ich würde schon sagen, dass er von seinem Fall besessen war.«

Sie hängen einige Sekunden diesem Gedanken nach.

»Was ist mit der Anwaltsakte von damals?«, fragt Gerstacker.

»Was soll damit sein?«

Gerstacker schaut Fiedler interessiert an.

»Nicht zu fassen«, sagt Fiedler. »Erst kriege ich Ihre Akte nicht und jetzt wollen Sie meine. Die Ironie des Ganzen ist Ihnen hoffentlich bewusst.«

Als Gerstacker ihn weiterhin anstarrt, steht Fiedler auf. »Die ist im Keller. Wenn Sie mir suchen helfen, lasse ich eventuell mit mir reden.«

Eine halbe Stunde später hält Gerstacker eine schlanke Akte in der Hand, aus der Fiedler den vertraulichen Briefverkehr mit Eck ausgeheftet hat.

Gerstacker blättert durch die Seiten.

»Ich sehe keine Protokolle aus der Polizeiakte«, sagt er. »Hatten Sie keinen Zugang?«

Ein spöttischer Ausdruck erscheint auf Fiedlers Gesicht.

»Ich durfte die Akte einsehen, wenn Sie das so nennen wollen. Unter Aufsicht und Zeitdruck. Habe mir Vermerke gemacht. Mehr war da nicht drin.«

»Viel ist es nicht«, sagt Gerstacker, als sie wieder im Auto sitzen. Er hat die erbeutete Akte mit beiden Händen angehoben, als wolle er sie wiegen.

Sie haben beschlossen, auf schnellstem Wege nach Wechtershagen zurückzufahren. Groths Magen knurrt, aber Gerstacker will von Mittagessen nichts wissen.

»Das war gute Arbeit«, sagt Groth.

»Was?«

»Fiedler. Dass du ihn ausfindig gemacht hast.«

»Was hältst du eigentlich von dem?«

»Ziemlich von sich eingenommen, wenn du mich fragst. Beruflich war er jahrelang auf dem Abstellgleis. Das muss man erst mal aushalten.«

»Allerdings.« Gerstacker schaut aus dem Seitenfenster. »Dazu gehört eine Menge ...« Das nächste Wort kommt nicht mehr. Schließlich räuspert er sich und fährt fort: »Mumm.«

Groth will etwas erwidern, aber die Art, wie Gerstacker das Wort »Mumm« gesagt hat, lässt ihn zögern. Es passte so gar nicht zu Gerstackers sonstigem ruppigem Ton. Groth wirft einen Blick auf Gerstackers unbewegliches Profil vor fahrender Kulisse. Den Rest der Fahrt verbringen sie schweigend.

• • •

Es ist früher Nachmittag, als Groth und Gerstacker in Groths Wohnung eintreffen.

Fünf Minuten später haben sie den Tapeziertisch auf volle Länge aufgebockt und breiten darauf aus, was Gerstacker die »Rostocker Beute« getauft hat. Ihre Beleuchtung ist eine nackte Birne, die von der Zimmerdecke baumelt. Groth holt auch die Stehlampe heran und stellt sie auf.

Gerstacker scheint vor Entschlossenheit zu beben.

»Bevor wir anfangen«, sagt er, »sollten wir uns vergewissern, was genau wir von Fiedler bekommen haben.«

»Jedenfalls nicht den vertraulichen Briefverkehr«, sagt Groth.

»Den brauchen wir nicht«, erwidert Gerstacker. »Der kam aus der U-Haft, da wurde von oben mitgelesen.«

Bald hört man im Zimmer nur noch das Rascheln von Papier. Groth hat sich den Obduktionsbericht vorgenommen. Es ist eine schlecht leserliche Durchschrift, die Groth unter die Lampe halten muss, um sie zu entziffern.

»Der Gerichtsmediziner, der die Obduktion vorgenommen hat, war ein Professor Hilbig. Kennst du ihn?«

»Allerdings«, sagt Gerstacker. »Kommt aus Berlin. Kam«,setzt er hinzu. »Ganz schöner Aufwand.«

Unter *Äußere Besichtigung* hat Hilbig notiert, dass Jutta Timms Slip unter dem Rock bis zu den Oberschenkeln nach unten gerollt war.

Groth blättert zur nächsten Seite.

Er liest, dass Jutta Timms Mageninhalt aus Sahnequarktorte und Gurken bestand.

Die Totenflecken deuteten darauf hin, dass die Leiche innerhalb der ersten zwölf Stunden umgelagert wurde.

Und dann liest Groth, dass Jutta Timm zu einem nicht mehr rekonstruierbaren Zeitpunkt mit der Kordel ihres Parkas erdrosselt wurde.

Er liest auch, dass sich Sperma in ihrer Scheide befand.

Gerstacker breitet eine Skizze in der Mitte des Tisches aus.

»Die Fundstelle der Leiche war zweihundert Meter von der Fernverkehrsstraße entfernt.« Er zeigt auf das Papier. »Am Datum ist zu erkennen, dass Jutta Timm eine Woche verschwunden war. Am Tag acht fanden Spaziergänger im Tannenkruger Forst ihre Leiche.«

»Dann wurde die Leiche diese ganze Strecke entlanggeschleift.« Groth zieht mit dem kleinen Finger eine Linie nach.

»Oder getragen«, sagt Gerstacker. »Hier.« Er deutet auf eine rote Markierung. »An dieser Stelle fand man einen ihrer Schuhe.«

»Und der andere?«

»Den hatte sie an.«

Groth will nachhaken, aber in diesem Moment fällt sein Blick auf eine handgeschriebene Liste mit Namen. »Sieh dir das an. Die hat man alle vernommen. Einer der Zeugen war Siegmar Eck.«

»Vermutlich waren das die Besucher der Tanzveranstaltung«, sagt Gerstacker.

Groth findet in einem Umschlag einen Brief auf liniertem Papier. *Anordnung an den Empfänger: Sämtliche Post an Straf- und Untersuchungsgefangene muss in gut lesbarer Schrift gehalten sein.* Darunter steht in Ecks schöner Handschrift: *Sehr geehrter Herr Rechtsanwalt, heute erhielt ich im Paket meiner Eltern den versprochenen grauen Anzug. Ich sehe der Gerichtsverhandlung erwartungsvoll entgegen. Mit vorzüglicher Hochachtung, Siegmar Eck.*

»Mir lässt keine Ruhe, dass Eck noch mal bei Fiedler war und wissen wollte, wer 81 im Kommissariat in Demmin gearbeitet hat.«

»So hat Fiedler das aber nicht gesagt.«

»Aber lief es nicht darauf hinaus? Eck wollte Namen.«

»Also schön«, sagt Gerstacker. »Hier.« Er beugt sich zum Tisch und fächert einige Seiten auf. »Da hat Fiedler die Daten von Ecks Vernehmungen vermerkt. Vernehmung Eck am 23. September 1981, J., W., R. Vernehmung Eck am 24., W., J. Und wieder am 28., J., R. Eine Durchschrift des Geständnisses mit Datum vom 28.«

»Keine Namen, nur diese Kürzel, Daten und Uhrzeiten.«

Groth überschlägt im Kopf die Zahl der Stunden, die Eck im Verhör saß, und kommt auf dreißig in drei Tagen. »Im Verhör muss etwas passiert sein. Warum würde sich Eck sonst für diese alten Namen interessieren?«

»Vielleicht glaubt er, einer von denen kann ihn entlasten«, schlägt Gerstacker vor.

»Das Gericht hat ihn durch den Freispruch doch schon entlastet, also was sollte das bringen?«, fragt Groth. »Natürlich könnte es damit zu tun haben, dass Eck sich verfolgt fühlte.«

Gerstacker sinkt auf den Stuhl. »Von einem Volkspolizisten? Kann ich mir nicht vorstellen.«

»Wir müssen mit jemandem sprechen, der damals dabei war«, schlägt Groth vor. »In Demmin.«

»Ich hätte da vielleicht eine Idee«, sagt Gerstacker. Er steht auf und streckt sich. »Für heute ist es genug.«

Als Gerstacker zur Tür geht, fällt Groth noch etwas ein.

»Woher wusstest du eigentlich das mit dem Schuh?«

»Welchem Schuh?«

»Du hast erwähnt, dass Jutta Timm noch einen Schuh anhatte, als sie gefunden wurde.«

Im Flur fällt ein Garderobenbügel zu Boden.

»Das stand irgendwo«, sagt Gerstacker.

»Du hast ein verdammt gutes Gedächtnis für Details«, stellt Groth fest. »Das muss man dir lassen.«

Groth nimmt sich den Obduktionsbericht vor. Er geht ihn mit dem Finger Zeile für Zeile durch. Ein fehlender Schuh wird dort nicht erwähnt. Groth dreht sich um.

»Es steht nicht im Obduktionsbericht«, ruft er in den Flur. Erst bleibt es still, doch dann taucht Gerstacker in seiner Jacke im Türrahmen auf.

»Na schön. Ich weiß es, weil ich vor zehn Jahren schon einmal mit dem Fall Timm zu tun hatte.« Gerstacker klingt heiser. Unter dem Schirm einer Wollmütze liegen seine Augen im Schatten.

»Moment«, hakt Groth nach. »Du sprichst von unserem Fall Timm?«

»Genau dem.«

»Wieso hattest du mit dem Fall zu tun?«

»Vor zehn Jahren hab ich in Rostock gearbeitet.«

»Du warst bei der Kripo in Rostock? Das wusste ich gar nicht.« Groth versucht, sich einen zehn Jahre jüngeren Gerstacker vorzustellen, aber es gelingt ihm nicht. Er sieht denselben Mann vor sich, kariertes Hemd, Stiefeletten, Fahrradklammer am Hosenbein.

»Der Fall hat mich interessiert, also habe ich mich für die Untersuchungskommission gemeldet. Nach zwei Wochen hat mir Genosse Gerber zu verstehen gegeben, dass ich einen Übereifer an den Tag lege und mir nicht die Finger verbrennen soll.«

»Übereifer«, wiederholt Groth. »Und was ist dann passiert?«

»Sie haben mich vom Fall Timm abgezogen.«

»So einfach.«

»Waren andere Zeiten damals.« Gerstacker setzt die Mütze ab, kratzt sich am Kopf. »Hat mich bis heute nicht losgelassen.«

Dann sagt er: »Bis morgen«, und geht.

»Genosse Gerber«, ruft Groth ihm nach. Er kennt diesen Namen. »War der nicht bei der Stasi?«

Doch da fällt schon die Tür ins Schloss. Eine Antwort bekommt Groth nicht.

21

Groth verbringt eine unruhige Nacht. Er träumt zum ersten Mal seit Jahren wieder von seiner Schulzeit. Es ist der Traum, in dem er wenige Tage vor dem Abitur vom Schuldach stürzt.

Als er aufwacht, muss er in die Gegenwart zurückfinden. Er ist zu Unrecht beurlaubt. Gerstacker und er haben am Vorabend bis neun Uhr über Fiedlers Unterlagen gesessen. Vor ihm liegt ein freier Tag. Er weiß nicht, was er damit anfangen soll.

Groth setzt Kaffee auf, dann geht er mit dem Papierkorb in der Hand durch die Wohnung und sammelt, ohne nachzudenken, alte Zeitungen, Tapetenschnipsel, leere Flaschen ein, selbst eine einzelne Socke landet im Korb. Er gießt sich Kaffee ein und holt gerade einen Teller mit Stullenresten aus dem Kühlschrank, als es klingelt.

Groth rechnet so fest mit Gerstacker, dass ihm zuerst nicht auffällt, wie wenig die stampfenden Schritte im Treppenhaus zu seiner Annahme passen. Erst als er über die Brüstung nach unten schaut und einen Kopf mit Bürstenhaarschnitt erkennt, wird Groth klar, dass er Besuch aus Hamburg bekommt. Es ist Jo Allers.

Allers tut so, als sei er vollkommen außer Atem, doch er marschiert gleich durch in die Küche, sagt, er rieche Kaffee, und setzt sich an Groths Tisch.

»Hab heute Nachmittag in Rostock zu tun. Dachte, ich schau mal rein.«

Groth weiß natürlich, dass Allers rein gar nichts in Rostock zu tun hat. Er will sagen, dass er die Lüge zu schätzen weiß, aber dass sie nicht nötig sei. Schließlich ist das nicht die erste Krise in seiner Karriere. Doch er verkneift sich all das und schweigt.

Allers ist ganz der Alte. Er hat an der schmalen Tischseite Platz genommen, das ist so seine Art. Allers sitzt nicht gerne gegenüber. Er ist ein Sozialdemokrat der alten Sorte, Vorgesetzter kann er nicht, aber er besitzt eine joviale Autorität, die Respekt erzeugt. Groth ist in diesem Augenblick froh, dass Allers da ist und dass sie gemeinsam am Tisch sitzen, er am langen Ende, Allers am schmalen, und sich durch kleine Lügen vorarbeiten.

»Hab gehört, dass du Urlaub hast.«

Groth nickt. »Ist die beste Jahreszeit dafür.«

»Diese Verdächtige«, sagt Allers. »Die Kellnerin. Erzähl mir mal von ihr.«

»Interessante Person«, sagt Groth. »Schwer zu lesen. Sehr schwer. Ihre Schwester wurde vor ungefähr zehn Jahren ermordet. Kennst du die Details?«

»Jutta Timm, hab ich mir sagen lassen.«

Groth nickt. »Der Tod der Schwester hat ihr gesamtes Leben bestimmt.«

»Ein starkes Motiv«, wirft Allers ein.

»Theoretisch schon«, entgegnet Groth. »Aber die Sache ist komplizierter. Mein Gefühl ist, dass Regine Timm vor irgendjemandem gewaltige Angst hat. Vielleicht weiß sie etwas oder hat etwas gesehen. Genau das versuche ich herauszufinden.« Hier hält Groth inne. »Versuchte«, korrigiert er sich.

Allers, der bis jetzt auf die Tischplatte gestarrt hat, schaut ihn an.

»Wie kam es denn bloß dazu, dass du mit der Verdächtigen nach dem Verhör in ihre Wohnung gegangen bist, Arno? Was hat es damit auf sich?«

»Glaubst du das alles?«, fragt Groth, seine Stimme klingt verletzter als gewollt.

»Ehrlich gesagt, nein. Aber ich hätte gerne mal deine Version gehört. Das ist doch nicht deine Art, dich einfach so suspendieren zu lassen. Wo ist dein Kampfgeist geblieben?«

Groth muss lächeln. Ja, wo ist der geblieben? Er weiß es ja selbst nicht.

Allers steht auf und geht in den Flur.

»Darf ich mal?« Er hat das Telefon gefunden und hebt den Hörer an sein Ohr.

»Ist noch nicht angeschlossen«, sagt Groth. »Willkommen im Land der begrenzten Möglichkeiten.«

Allers verdreht die Augen.

»Kein Telefon und keine Akte«, spricht Groth weiter. »Kannst du dir so was vorstellen? Wir bearbeiten einen Mordfall und haben noch nicht mal die Akte.«

»Im Fall Timm? Wieso? Was ist mit der Akte?«

»Keiner rückt sie raus. Die Dienststelle hat sie nicht mehr, die Staatsanwaltschaft sucht noch, und beim Bezirksgericht Rostock herrscht eisiges Schweigen.«

»Scheiß-Osten.« Allers nimmt die Jacke von der Stuhllehne. »Wir sehen uns.«

»Sicher«, sagt Groth und bringt ihn zur Tür.

Als Allers schon eine halbe Treppe nach unten gestiegen ist, schaut er nochmals zu Groth.

»Lass dich nicht kleinmachen, Arno. Das sind doch alles nur Gespenster der Vergangenheit.«

• • •

Es ist früher Nachmittag. Gerstacker hat Groth abgeholt, sie sitzen in Groths Passat und fahren zu einem Kollegen aus Demmin, den Gerstacker ausfindig gemacht hat.

»Rolf Lorenz«, verkündet Gerstacker.

»Woher kennst du ihn?«

»Ich habe mehrmals mit ihm zusammengearbeitet. Kriminaltechniker. Sehr fähiger Kopf. Bei Tötungsdelikten war er derjenige, der die Sektion fotografiert hat. Ist seit letztem Jahr im Vorruhestand.«

»Dann hat Lorenz vor zehn Jahren auch am Mordfall Jutta Timm mitgearbeitet?«

»Davon darfst du ausgehen«, sagt Gerstacker.

Lorenz empfängt sie in seiner Wohnung in der Südstadt. Groth sieht sofort, dass der Mann sich für den Besuch schick gemacht hat. Sein Wollpullunder ist neu, das Hemd darunter wirkt wie frisch ausgepackt. Auf dem Tisch im Wohnzimmer stehen Kaffee und Waffeletten bereit.

»Rolf«, begrüßt Gerstacker den ehemaligen Kollegen und schüttelt ihm ausgiebig die Hand.

»Lange her.«

»Kann man wohl sagen. Inzwischen gehöre ich zum alten Eisen.«

»Ach wo.«

»Ausgemustert.« Lorenz hebt das Kinn.

»Kann jedem so gehen«, sagt Gerstacker. »Von heute auf morgen.«

»Wenigstens weiß ich, woran ich bin.«

Groth spürt, dass Lorenz ihn bei diesen Worten skeptisch beäugt.

»Der Fall Timm«, sagt Lorenz, als er seinen Besuchern Kaffee eingeschenkt hat und sich in den Sessel fallen lässt. »Mit so etwas hat man zum Glück nicht oft zu tun. Sehr junges Mädchen. Keine zwanzig.«

Gerstacker nickt. »Erzähl uns mal, was du über die genauen Todesumstände weißt.«

»Spaziergänger haben sie in einem Waldstück gefunden. Das Mädchen galt da schon tagelang als vermisst. Wir hatten alle kein gutes Gefühl. Ich war damals als Kriminaltechniker unter den Ersten am Fundort.«

»Im Tannenkruger Forst«, wirft Groth ein. Lorenz, der bisher ein Zwiegespräch mit Gerstacker geführt hat, schaut jetzt zu ihm.

»Richtig. Am Forst führte die Fernstraße nach Rostock vorbei. Später hat sich herausgestellt, dass die Fundstelle nicht der Tatort war. Die Leiche war in den ersten Stunden nach der Tötung bewegt worden.« Lorenz senkt seine Stimme. »Ihr macht euch keine Vorstellung, was damals alles los war. Die Tochter eines Volkspolizisten, und dann noch so ein Gewaltverbrechen. Das rief alles auf den Plan, was zwei Beine hat. Ich weiß noch, dass sich gleich am nächsten Tag die gesamte Belegschaft der Kriminalpolizei im Kreisamt versammelt hat. Wir mussten unsere Kantine für die Einsatzbesprechung nutzen, so viele Leute waren das. Vorne saß die ganze Führungsriege. Der Leiter der MUK aus Rostock, das war ein Genosse Kegel, daneben unser Kommissariatsleiter, Genosse Berthold, und natürlich der Leiter des Kreisamts und die Vorgesetzten der Bezirksverwaltung, allen voran Genosse Gerber.«

Staatssicherheit, denkt Groth, und der Blick, den Gerstacker ihm in diesem Moment zuwirft, scheint es zu bestätigen.

»Und die Mordkommission«, fragt Groth. »Die kam damals eigens aus Rostock?«

»Morduntersuchungskommission«, berichtigt Lorenz. »Das waren speziell ausgebildete Kriminalisten.«

»Wer hat am Ende eigentlich die Ermittlungen geleitet?«, fragt Groth.

»Das war die MUK. Aber wir brauchten vor Ort so viele Leute, dass wir im Kreisamt auch alles aufgeboten haben, was einen Stift halten konnte.«

»Wann hat sich der Verdacht gegen Siegmar Eck konkretisiert?«, will Gerstacker wissen.

»Auf dem Radar war der schon bald. Ich kann mich erinnern, dass wir 'ne Menge Jugendliche von der Tanzveranstaltung befragt haben. Dazu das Gaststättenpersonal, das dort Kuchen serviert und Bier ausgeschenkt hat. Da gab es Zeugen, die Eck in der Pause mit Jutta Timm gesehen hatten. Die beiden standen wohl draußen und haben eine geraucht. Aber das war's dann auch. Nach der Pause ging es weiter im Programm. Eck hat auf der Bühne Platten aufgelegt, und Jutta Timm ist irgendwann nach Hause gegangen. Dachte man jedenfalls.«

»Also hat niemand Eck konkret beschuldigt? Oder gesehen, dass die beiden zusammen weggefahren sind?«

»Niemand.«

»Wurde Eck vernommen?«

»Sicher. Aber da weiß ich nichts Genaues. Keine Ahnung, wer ihn verhört hat und was dabei rauskam. Viel kann es nicht gewesen sein, denn Eck war ja noch lange auf freiem Fuß.«

»Richtig«, sagt Groth. »Hier wird es nun interessant. Eck blieb unseres Wissens noch sehr lange unbehelligt. Über ein Jahr, um genau zu sein. Und dann hat man ihn im Herbst 81 plötzlich verhaftet. Warum?«

»Das kann ich mir nur damit erklären, dass der Alte Druck gemacht hat.«

»Der Alte?«

»Na, Genosse Gerber von der Bezirksbehörde. Der tauchte eines Tages plötzlich auf der Dienststelle auf, unangekündigt. Das muss im Sommer 81 gewesen sein. War so ein richtig heißer Tag. Wir saßen am Schreibtisch und haben uns mit den Strafakten Luft zugefächelt. Und plötzlich steht unser Dienststellenleiter, Genosse Berthold, im Raum. Wir sollten uns mal alle schleunigst berappeln. Genosse Gerber sei im Haus. Hat uns alle überrumpelt, den Dienststellenleiter eingeschlossen.«

»Was wollte der Alte denn?«

»Na, Tempo machen wollte der. Wir sollten da anknüpfen, wo wir aufgehört hatten, und allen bekannten Spuren nachgehen, bis wir etwas finden. Besonders der Spur Eck.«

»Das hat er so gesagt?«

»Ja, genau. Der hat uns auf Eck angesetzt.«

»Interessant«, sagt Groth.

»Wir haben zu dem Zeitpunkt nicht mehr auf Hochtouren ermittelt. Trotz des ganzen Aufwands am Anfang gab es eigentlich nur eine konkrete Spur, nämlich zwei Haare auf Jutta Timms Jacke. Die haben wir gesichert und kriminaltechnisch untersucht. Aber einen Verdächtigen gab es nicht. Irgendwann hat sich die MUK Rostock zurückgezogen. Wir haben dann die Ermittlungen vor Ort weitergeführt, aber wie schon gesagt, die plätscherten zu dem Zeitpunkt vor sich hin. Bis dann der Alte auftauchte.«

»Wer hat von da an die Ermittlungen geführt?«

»Das waren meines Wissens die Kollegen Riedel und Jahnke. Und Wappner, der gehörte irgendwann auch dazu. Die drei waren ziemlich dick miteinander, kannten sich auch privat. Viel Aufwand haben die nicht betrieben. Es ging ja hauptsächlich darum, den Verdächtigen Eck nochmals zu befragen.«

»Waren Sie je bei den Vernehmungen dabei?«

»Nie. Das war nicht mein Bereich. Aber mitgekriegt haben wir natürlich schon das ein oder andere. Jedenfalls hieß es eines Morgens, es habe einen Durchbruch gegeben. Der Verdächtige Eck habe gestanden.«

»Hat Sie das überrascht?«

»Ja, das hat mich überrascht. Das Alibi schien ziemlich gut. Kaum jemand von uns hat mit dieser Wendung gerechnet.«

»Wo sind denn die Kollegen Wappner, Jahnke und Riedel jetzt? Arbeiten die noch in Demmin?«

»Jahnke ist Invalidenrentner. Wappner ist aufgestiegen, an dem hatte unser Chef einen Narren gefressen. Hat die Dienststelle irgendwann verlassen. Was er jetzt macht, weiß ich nicht. Und Riedel war damals noch jung, vielleicht dreißig. Jemand hat mir erzählt, dass er bei der Polizei ausgeschieden ist. Soll jetzt in Wechtershagen eine Sportgruppe trainieren.«

»In welchem Sport?«

»Tja, da bin ich nicht sicher. Wenn ich mich festlegen müsste, würde ich Rudern sagen. Rudern oder Schwimmen.«

Bei diesem Wort drängt sich das Bild eines nassen Badeanzugs über dem Rand seines Waschbeckens in Groths Kopf.

»Schwimmen«, hört er sich sagen.

Gerstacker, der soeben zu einer Waffelette gegriffen hat, schaut Groth überrascht an.

»Du kennst ihn?«

»Er ist Schwimmtrainer.«

Schwimmteam. Kader 2. Riedel.

Groth weiß sogar noch, dass der Name auf Martina Borowskis Trainingsplan mit blauem Filzstift geschrieben war. »Wir sollten jetzt«, sagt Groth.

Sie fahren von Lorenz' Wohnung direkt zur Schwimmhalle.

Gerstacker findet, es sei gut, sich dort ein wenig umzutun.

Am Eingang entscheidet Groth, nicht mit hineinzugehen. Soll Gerstacker die Tür zur nächsten Ebene des Falls aufstoßen. Er ist nur Chauffeur. Außerdem muss er sich in dieser neuen Spur zurechtfinden, er versteht sie nicht. Möglicherweise hat es nichts zu bedeuten, dass Riedel ausgerechnet den Kader trainiert, in dem Martina Borowski neuerdings nicht mehr schwimmt. Nein, Groth bleibt draußen, denn er ist im Urlaub, und falls tatsächlich gegen Riedel ermittelt wird, dann ist es besser, wenn er, Groth, sich zurückhält, bis er wieder im Dienst ist, auch wenn ihm das Fell juckt vor Neugier.

Der Eingang der Schwimmhalle ist verglast. Groth sieht durch die Scheibe, wie Gerstacker an der Kasse den Dienstausweis zeigt und ein Drehkreuz durchquert. Er sollte einfach hier vor der Tür warten, doch es ist ungemütlich. Es tropft von einem vorspringenden Dach. Auf den Stufen haben Passanten braunes Herbstlaub zu Brei getreten. Groth beschließt, ins Foyer zu gehen. Innen schlägt ihm feuchtwarme Luft entgegen. Er beobachtet, wie eine Schulklasse durch das Drehkreuz drängt. Groth löst seinen Schal, denn ihm wird warm, und das Wollgemisch kratzt auf der Haut. Er bleibt vor einem Aushang stehen und informiert sich, dass der Verlust eines Spindschlüssels zehn Mark kostet und die Badezeit einschließlich An- und Auskleiden neunzig Minuten beträgt, was Groth knapp bemessen erscheint. Aus dem Innern der Halle dringt Kinderkreischen an sein Ohr, unterbrochen vom Schrillen einer Trillerpfeife.

Der Klang passt zu dem gellenden Misston, der sich in Groths Kopf breitmacht, wenn er sich Regine Schadow als Mörderin vorstellt. Was kann sie bloß von Eck gewollt haben? Was wollte er von ihr?

»Es handelt sich um unseren Riedel.« Gerstackers Stakkatoschritte nähern sich von hinten. »Das ist so gut wie sicher. Ein Rettungsschwimmer hat mir bestätigt, dass einer der Trainer früher bei der Polizei war.«

»Was schlägst du vor?«

»Ich spreche mit Riedel und du mit Martina Borowski. Dann sehen wir weiter.«

Draußen empfängt sie eine wohltuende herbstliche Kälte.

Gerstacker setzt seine Mütze auf. »Wenn du mich fragst, ist da was im Busch. Drei Ermittler, die Eck damals verhört haben, und alle drei sind nicht mehr im Dienst?«

»Wenn Lorenz recht hat, sind sie freiwillig ausgeschieden«, gibt Groth zu bedenken.

Gerstacker, der bereits einige Schritte voraus ist, dreht sich auf dem Absatz um. »Damals«, sagt er, »war nichts freiwillig.«

22

Regine ist an diesem Morgen früh aufgestanden. Sie hat den Abend allein in Ludis Wohnung verbracht, ihr verbliebenes Geld gezählt und den Entschluss gefasst, Janina zu besuchen. Geschlafen hat sie kaum. Mit Münzen kauft sie eine Fahrkarte, steigt an der Bornholmer Straße um und setzt sich in die S-Bahn nach Hennigsdorf.

Eigentlich dürfte sie gar nicht wissen, auf welche Schule Janina geht. Sie hat bei ihrem letzten Besuch im Jugendamt gespickt, hat einmal kurz die Akte aufgeblättert, zack, zack, als Frau Hehl die Chefin holen ging, um Regine rauszuschmeißen.

»Sie sollten nicht hier sein, Frau Schadow«, hatte sie gesagt. Frau Hehl bekam schon einen roten Hals, sobald Regines Gesicht nur im Türrahmen erschien. Regine brachte immer wieder kleine Geschenke für Janina vorbei, jedes Mal ungefragt, ein Quartett, eine Reiter-Barbie, die überall ausverkauft war, oder Malbücher mit Tiermotiven.

Sie wusste selbst, dass sie dort nichts zu suchen hatte. Sie konnte nur einfach nicht anders, Frau Hehl war ihre einzige Verbindung zu Janina.

Spicken war auch nicht Regines Art, aber das Schreiben mit dem Briefkopf der Oberschule in Hennigsdorf lag ganz obenauf.

Regine überlegt, ob sie ins Schulhaus hineingehen soll, ein Mal nur, um die Luft zu riechen, die Janina jetzt atmet.

»Einmal kieken tut niemand weh«, würde Oma Lene sagen.

Aber die Schulklingel ertönt, und in dem stillen Gebäude bricht binnen Sekunden ein Schurren und Kreischen und Prasseln los. Regine setzt sich auf eine Bank und beobachtet, wie die Kinder auf den Pausenhof strömen. Sie sieht die kleinen Gesichter unter Bommelmützen und kann nicht glauben, dass eines davon ihrer Tochter gehört. Mit den Augen sucht sie alles ab, was nicht leicht ist in diesem Gewimmel. Alle sind in Bewegung, keines der Kinder bleibt je am gleichen Ort. Irgendwann denkt Regine, dass Janina heute vielleicht gar nicht da ist. Vielleicht ist sie krank, es ist feuchtkalt, und die Familie Timm neigte im Spätherbst schon immer zu Infekten. Aber dann entdeckt sie es doch, Janinas Gesicht, unter einer weißen Mütze in wildem Ritt auf einer Wippe. Natürlich. Regine streckt sich, um besser sehen zu können. Janina klammert sich an eine rostige Stange, sie kreischt, als die Wippe oben anschlägt und sie fast aus dem Sitz katapultiert. Aus den Jackenärmeln hängen Fausthandschuhe an einem Faden, die vom Schubwind hochgepeitscht werden. Regine lächelt. Ein Bild von Jutta auf der Schaukel in Kühlungsborn taucht vor ihrem inneren Auge auf. Es ist Sommer, Jutta ist barfuß, die Haare flattern im Wind. Sie schaukelt höher und höher, ihr ganzer Körper ist Schwung, bis es Regine bange wird. Da springt Jutta ab, genau in dem Moment, als die Ketten der Schaukel an Spannung verlieren. Das leere Schaukelbrett schnellt nach oben, und Jutta fliegt durch die Luft.

Dass Regine Eck nie gesagt hat, wer sie ist, kann sie nicht rückgängig machen. Vielleicht hätte es ihm gefallen, zu wissen, dass jemand aus Juttas Familie neben ihm sitzt und ihm zuhört. Vielleicht hätte es aber auch alles verändert. Eck ging es nämlich nur um Eck, um die Unmenschlichkeit des Systems und um den echten, den endgültigen Freispruch von jeglichem Verdacht.

Regine war all das vollkommen egal. Eck war von Anfang an nur ein Mosaikstein auf dem Weg zur »Schaltstelle der Macht«. Diese Worte stammen nicht von ihr, nein, so nannte Ludi das, wenn jemand ganz oben in der Politik mitmischte. Sie hörte Eck zu, weil sie von ihm eine Bestätigung wollte für das, was sie schon länger ahnte. Oder vielmehr: wusste. Denn genau so war es doch. Sie wusste. Ihr war vollkommen klar, wer Jutta an diesem Abend mitgenommen und nicht mehr nach Hause gebracht hatte. Und daher galt es zu handeln.

Sie hatte nur Ludi eingeweiht. Das war in der Linde. Er spülte Biergläser, Regine trocknete ab.

»Menschenskind«, sagte er damals, »da kann ich nur hoffen, daste weißt, waste tust.«

»Und wie«, sagte Regine.

»Die da oben«, erklärte Ludi, »an den Schaltstellen der Macht. Die sind gewiefter, als wir denken. Die können dich zermalmen. Auslöschen können die dich. Und dann kräht kein Hahn mehr nach dir. Hab ich erlebt.« Ludi reichte ihr ein Pilsglas, von dem der Schaum tropfte. »Nicht am eigenen Leib«, fuhr er fort. »Ich hab mich immer schön aus allem rausgehalten. Aber die Säufer, die hier bei mir Stammkunden sind. Weeste, wie viele von denen an der Politik kaputtgegangen sind?«

Regine schüttelte den Kopf.

»Alle«, sagte Ludi. »Manchmal wissen se det selbst nicht mal mehr. Ich sag dir: Alle hatten se mal viel vor. Aber dann kam irgend 'ne saublöde Sache dazwischen. Aus der Traum vom Häuschen mit Garten. Und von der Karriere sowieso. Und wenn de erst mal auf'm absteigenden Ast bist, dann braucht es nicht mehr viel. Dann is irgendwann auch die Ehe kaputt. Gibt'n Wort für so was: Kaskade. Immer noch einen obendruff.«

Regine hatte Ludis Kaskadentheorie an sich selbst überprüft und war zu dem Schluss gekommen: Da ist was dran. Denn ihr eigenes Leben hatte sich auch nicht gerade in höchste Höhen geschraubt, seit Jutta tot war.

Doch die Dinge können sich ändern. Alles, was man dafür braucht, ist ein wenig Kapital.

Als Regine auf dem Bahnsteig in Hennigsdorf auf den Zug

wartet, hat sie in ihrem Kopf alles sortiert. Sie wird den Plan durchziehen. Ja, sie schaukelt gerade ein bisschen hoch. Aber sie ist gewarnt. Was Eck passiert ist, wird ihr nicht passieren.

»Die schwierigen Gegner muss man eben an der richtigen Stelle treffen«, sagt Oma Lene immer. »Alter Boxertrick.«

• • •

»Kiek an«, ruft André. »Meine Königin.«

Regine geht über den hochflorigen Teppich in der Hotelbar des Kempinski auf ihn zu. André, Barmann und Schauspieler zugleich, war ihr Retter, als sie hier anfing. Er steht wie damals hinter dem Tresen und hat alles im Blick, jeden Gast, jede Bewegung, auch Regines Verwandlung in dem Moment, als sie aus der Lobby in die Hotelbar tritt, das Kinn anhebt und zu wachsen scheint.

André lächelt sie an. Niemand kann auf so viele Arten lächeln wie André. Das ganze Repertoire hat er drauf, von charmant über bissig bis fies. Schauspieler eben. Das Lächeln, das Regine gerade bekommt, ist wehmütig.

»Biste zurück aus der schnöden Provinz?«

Regine setzt sich auf einen Barhocker und knöpft den Mantel auf.

Es rührt sie, André zu sehen. Er nannte sie von Anfang an Königin, und zwar nicht wegen ihres Vornamens, wie er betonte, sondern weil sie den Gang einer Monarchin habe. Wie dünn er geworden ist. War schon immer schlank, aber jetzt ist kaum zu übersehen, dass die Krankheit an ihm nagt.

»Nein, nur zu Besuch«, sagt Regine. »Hatte was zu erledigen. Außerdem wollte ich dir deine Weihnachtskarte persönlich vorbeibringen, wie sich das gehört.«

»Siehst immer noch nach Berlin aus«, stellt André fest. »Der Lack ist noch dran.«

»Unbedingt.«

André greift nach Regines Händen. Die Geste tut ihr so gut, dass sie spürt, wie ihr Tränen in die Augen steigen.

»Ludi geht's schlecht«, sagt sie. »Schlaganfall.«

André nickt.

Dann sagt er: »Freddie Mercury ist tot.«

Regine drückt Andrés Hände sehr fest.

»Trifft immer die Falschen.«

Sie will wissen, wie es ihm geht. Stattdessen fragt sie: »Was macht die Kunst?«

Wie aufs Stichwort lässt André ihre Hände los. Er beginnt zu hantieren, während er spricht, darin ist er gut, rühren, mischen, alles gleichzeitig, bloß nicht groß nachdenken, während er ihr von einem Cocktail berichtet, den er neu gelernt hat und seines Wissens als Einziger in ganz Berlin beherrscht.

»Der Renner. Ramos Gin Fizz heißt der. Dry Shake, Minimum zwei Minuten. Da kannste nicht mehr als zehn am Abend schaffen.«

Er spricht von reichen Gästen, einem Russen, der neuerdings regelmäßig kommt und ein Zigarrenmagazin herausgibt.

»'ne ganze Zeitschrift nur über Zigarren. So was schon mal gehört?«

Nur über sich selbst spricht André nicht.

Ein einziges Mal nur hat er ihr von seiner Angst vor dem Sterben erzählt. »Bei dir ist das gut aufgehoben«, hat er gesagt. »Bist wie ein glatter See. Weißt alles und schweigst.«

»André«, sagt Regine. »Kannst du mir einen Gefallen tun?«

»Immer.«

»Du musst ein Päckchen für mich entgegennehmen. In einer Woche ungefähr.«

André hört auf zu gießen und schaut Regine forschend an.

»Das klingt ja sehr geheimnisvoll.«

Regine sagt nichts.

»Ich gehe mal davon aus, dass es sich nicht um mein Weihnachtsgeschenk handelt.«

»Nein.«

»Was Illegales?«

»Nein! Was im Päckchen drin ist, das steht mir zu.«

»Verstehe«, sagt André.

»Wenn es abgegeben wird, dann leg es unbedingt in deinen Spind, ja? Damit es nicht wegkommt.«

Es vergeht eine lange Sekunde, bis André antwortet: »In einer Woche?«

»Genau.«

»Mach ich.«

»Ich bin dann vor Weihnachten wieder hier und hole es ab.«

Als Regine vom Barhocker steigt, greift André nochmals nach ihrer Hand.

»Ich mach mir Sorgen um dich, meine Königin.«

Am nächsten Mittag nimmt Regine den Zug nach Wechtershagen. Gepackt hat sie nichts, sie wird nicht lange bleiben. Sie fühlt sich erstaunlich ruhig. Am Abend zuvor war sie noch einmal bei Ludi in der Klinik und hat ihm versprochen, dass er vor Weihnachten dort raus ist. Sie konnte sehen, dass er lächelte, während in seinen Augen die pure Verzweiflung stand.

Im Zug sitzt sie entgegen der Fahrtrichtung und überlegt zu wechseln, aber dann findet sie, dass es irgendwie passt, dieses Rückwärtsfahren. Schließlich fährt sie in die Vergangenheit. Regine lehnt den Kopf an die Scheibe und spürt die Schläge, als der Waggon über Weichen ruckt. Aus dem Heizungsgitter unter ihren Füßen strömt eine solche Hitze, dass ihre Füße anschwellen.

Sie denkt an Janina, die jetzt an einem fremden Küchentisch sitzt und Schnitten mit Gurke und Schinkenwurst zum Mittagessen isst. Danach wird der Tisch freigeräumt, damit sie ihre Schulaufgaben machen kann. Regine stellt sich vor, wie Janina in schöner Schreibschrift Schwünge auf breite Erstklässlerlinien malt.

Ein Buchstabe reiht sich nahtlos an den nächsten, es gibt weder Lücken noch holprige Stellen. Als wäre das Leben ein einziges Schwungholen und Losschaukeln.

Regine erinnert sich sehr genau an den Tag, an dem sie erfuhr, dass Eck nicht verurteilt wurde. Der Tag hat sich in ihr Gedächtnis gebrannt, genauso wie die melierte Oberfläche des Küchentischs, an dem sie, damals zwölfjährig, ihre Schulaufgaben gemacht hat. Es war November und Jutta seit über einem Jahr tot.

»Dieser Eck ist ein freier Mann«, sagte Oma, als sie mit den Eltern von der Urteilsverkündung zurückkam.

»Wieso denn?«, fragte Regine. »Ich dachte, der kommt ins Gefängnis.«

»Das dachte ich auch, Ginchen. Wir alle haben das gedacht. Aber da haben wir mal wieder falschgelegen.«

Der Mann mit dem Anwaltskostüm und der Aktentasche stand bei Mutti und Papa in der Küche, und ihre Gesichter waren wie aus Stein. Papas Vorgesetzter, Onkel Raimund, hatte sie alle mit dem Auto vom Gericht zurückgebracht und kam noch kurz rein, um sich zu verabschieden. Die Stimmung war gedrückt. Er gab Papa und Mutti die Hand und sah dabei sehr leidend aus, gar nicht wie jemand, der gerne Witze erzählt. Irgendwann leerte sich die Wohnung. Auf dem Küchentisch hatte jemand einen Filzhut vergessen. Alles wirkte so verlassen wie eine Theaterbühne nach der Vorstellung.

Der Eck ist also ein freier Mann, dachte sie. Das Gericht hatte einen Fehler gemacht. Sie sah alles in leuchtenden Farben vor sich: einen Saal mit Flügeltüren. Die Richter. Die Zuschauer, die auf rutschigen Bänken saßen und die Hälse reckten, damit ihnen nichts entging. Und Eck, der als freier Mann an allen vorbeispazierte, hinaus aus dem Saal zur Treppe, wo ihn niemand mehr aufhalten konnte.

In den Monaten nach Juttas Tod hatten Mutti und Papa der Polizei alle möglichen Sachen von Jutta gezeigt. Fotos, Briefe, Strickjacken, Juttas Schulhefte, ihren Schrank, ihre Schubladen und, was am schlimmsten war, Juttas Tagebücher. Das neueste konnten die Polizisten nicht finden, also nahmen sie die alten mit. Der Polizist, der damals gekommen war, um Juttas Zimmer zu durchsuchen, hatte sich Handschuhe angezogen, als er durch Juttas Wäsche wühlte. Die Tagebücher erhielten sie nie wieder zurück.

»Das sind Beweisstücke«, hatte Oma Lene ihr erklärt, als Regine den Polizisten mit einer vollen Kiste die Wohnung verlassen sah. »Sie werden der Polizei helfen, den Mörder zu finden.«

Aber das stimmte gar nicht. Trotz all der Beweisstücke gab es keinen Mörder.

Am Bahnhof in Wechtershagen geht Regine direkt zur Telefonzelle auf dem Vorplatz. Sie dreht das Telefonbuch nach oben und schlägt es auf. Die vielen Namen auf all den dünnen Seiten geben ihr das Gefühl, dass sie das Richtige tut, weil sie endlich den Mund aufmacht und all diesen Menschen zeigt, dass man mutig sein muss und verlangen, was einem zusteht. Es wird bereits dunkel, aber im Streulicht einer Straßenlaterne sieht sie, dass der Wind die ersten Schneeflocken des Winters umherwirbelt. Die Zelle ist eine Kapsel, vakuumverpackt, warm und still. Regine hört weder Wind noch Straßenlärm. Mitten auf dem Vorplatz kniet ein Arbeiter und klopft mit einem Gummihammer quadratische Pflastersteine fest. Es dringt wie von fern an ihr Ohr. Sie wählt die Schweriner Nummer, die sie sich gerade aus dem Telefonbuch herausgesucht hat. Eigentlich sollte sie aufgeregt sein, ihr Herz müsste so stark klopfen, dass sie es hört. Aber nichts davon. Sie ist vollkommen ruhig. Die Worte hat sie sich seit Tagen zurechtgelegt.

»Es geht nicht um die Wahrheit, schon lange nicht mehr«, wird sie sagen. »Jetzt geht es ums Schweigen.« Und dann wird sie die Summe nennen, an die sie gedacht hat.

Als sich die Telefonzentrale der Landesregierung meldet, gibt

Regine einfach ihren Namen an. Timm. Sie sei eine Kollegin aus Wechtershagen. Er erwarte den Anruf.

Vielleicht ist das nicht mal gelogen.

»Ich verbinde«, sagt die Stimme.

23

Am Montagmorgen betritt Groth die Wache durch den Vordereingang. Er trägt eine neue Jacke, die er am Samstag einem Impuls folgend im Centrum-Kaufhaus erworben hat.

»Steht Ihnen ja ausgezeichnet«, erklärte die Verkäuferin.

Sie sagte das bei jeder Jacke, die Groth überzog. Nach der vierten hatte er genug und kaufte die erste, obwohl sie die teuerste war.

Die Jacke gibt ihm an diesem Morgen die Prise Selbstbewusstsein, die er braucht, um am Diensthabenden vorbei, zu Schaller und Krüger hin nickend, als sei nichts, aber auch gar nichts gewesen, auf der Wache einzumarschieren. Seinen Urlaub hat er für beendet erklärt. Die Kollegen vom Wachdienst ignoriert er. Inzwischen ist ihm sogar gleich, wer das Gerücht über ihn in die Welt gesetzt hat, denn Groth hat Jo Allers' Worte im Ohr.

Sollen sie nur alle sehen, dass man ihn nicht so schnell kleinmachen kann.

Gerstacker ist noch nicht da. Groth wartet eine Stunde und beschließt dann, das Gespräch mit Martina Borowski nicht weiter hinauszuschieben. Er wird alleine zur Schule fahren. Als er an der EOS Friedrich Engels eintrifft, sind es zehn Minuten bis zur großen Pause, also bleibt Groth noch im Auto. Seine Post von letzter Woche liegt auf dem Beifahrersitz, er blättert die Kuverts durch. Ein Schreiben ist von der Telekom und informiert ihn darüber, dass er im Rahmen der Netzerweiterung im Dezember einen Telefonanschluss erhalten wird.

»Warum geht ihr nicht einfach in mein Zimmer?« Irina Diehl hat Martina im Schlepptau. Sie geht voraus und öffnet die Tür zum Kunstraum. »Soll ich draußen warten?«

»Komm doch einfach mit rein«, erwidert Groth.

Sie setzen sich an den Holztisch mit den vielen Farbklecksen, an dem er mit Irina Diehl Wodka getrunken hat. Das Bild lässt sich nicht so leicht verscheuchen, denn Groth sieht von seinem Platz aus den Schrank, in dem sie die Flasche versteckt. Als könne sie Gedanken lesen, zwinkert Irina ihm in diesem Moment von der anderen Tischseite zu.

Er konzentriert sich auf den »Rückzugsort« ganz hinten im Raum.

Groth holt seinen Block und einen Stift aus der Jackentasche.

»Du bist nicht in Schwierigkeiten«, erklärt er Martina. »Wenn du in Schwierigkeiten wärst, dann würden wir jetzt auf dem Polizeirevier sprechen, nicht hier.«

Auf Martinas Gesicht steht nicht der Hauch einer Reaktion.

»Warum ich dich noch mal befragen möchte, hat einen ganz einfachen Grund. Ich muss einen wichtigen Fall aufklären, und ich glaube, dass du etwas weißt, das mir dabei helfen kann.«

Groth blättert, bis er die richtige Seite gefunden hat. »Wie ich höre, triffst du dich manchmal am Wochenende mit einigen Leuten am See. Musik, Bier, reden. Alles ganz harmlos, richtig?«

Er erhält keine Antwort.

»Warum ich frage«, sagt Groth und versucht, Martinas Blick aufzufangen, »ich möchte wissen, ob ihr euch an jenem Sonntag, als der Bootsverleiher ertrank, auch getroffen habt.«

Martinas Lippen kleben fest aufeinander.

»Habt ihr euch getroffen?« Groth legt seinen Block auf den Tisch und rückt den Stuhl ab. »Nehmen wir mal an, ihr habt euch getroffen. Nehmen wir mal an, ihr habt an dem Abend etwas gesehen. Den Bootsverleiher. Vielleicht war er gar nicht allein. Das könnte doch so gewesen sein. Und das Nächste, was ihr hört: Der Bootsverleiher ist an dem Abend ums Leben gekommen.«

Stille.

»Das muss ein ganz schöner Schreck gewesen sein.«

Noch immer kommt von Martina keine Reaktion.

»Gut«, sagt Groth schließlich. »Anderes Thema. Wie läuft es denn so beim Schwimmtraining?« Er sieht, dass sich in diesem Moment Martinas Kiefer ein winziges Stück bewegt. »Wie heißt dein Trainer noch mal?« Groth blättert wieder in seinem Block, als müsse er das nachschauen. »Der ist bestimmt ziemlich streng. Wie ich höre, war der früher bei der Polizei.«

Martina schüttelt ihren Pony so weit aus dem Gesicht, dass Groth das linke Auge sehen kann.

Dann sagt sie: »Wenn Sie wissen wollen, was mit diesem Bootsverleiher passiert ist, warum fragen Sie dann nicht einfach.«

Groth ist so perplex, dass er zu Irina Diehl schaut, die sich gerade bestens zu amüsieren scheint.

»Schön«, sagt Groth. »Der direkte Weg.« Er legt sich noch die Worte zurecht, als Martina ihm zuvorkommt: »Übrigens weiß ich schon längst, dass Gitta mit Ihnen gesprochen hat.«

»Ich bin froh, dass sie das getan hat«, sagt Groth.

»Ich nicht.«

»Also. Hier kommt die Frage. Was ist mit dem Bootsverleiher passiert?«

Martina schaut knapp an Groth vorbei.

»Ich weiß es nicht.«

»Warum werde ich das Gefühl nicht los, dass du doch etwas weißt. Hast du vor jemandem Angst?«

»Sie machen sich zu viele Gedanken.«

Der Satz, denkt Groth und fühlt einen Stich, hätte von Saskia stammen können.

»Du hast recht«, sagt er. »Ich mache mir Gedanken. Aber in diesem Fall nicht um dich.« Groth beugt sich vor und legt die Unterarme auf den Tisch. »Ich mache mir Gedanken um den Bootsverleiher. Der hat übrigens einen Namen. Siegen Eck. Könnte mir vorstellen, dass der im Sommer manchmal mit euch am Ufer saß und Musik gemacht hat. Soll ein netter Typ gewesen sein. Sehr musikalisch. Künstler. Ein guter Schwimmer war der auch. Entweder war das verdammtes Pech, dass er ertrunken ist. Oder jemand hat nachgeholfen. Darüber mache ich mir Gedanken, weil sich nämlich sonst niemand Gedanken über Siegen Eck macht.«

Sie sitzen jetzt sehr still da. Durch die geschlossenen Fenster dringen Stimmen vom Pausenhof herein.

»He!« – »Gib!« – »Lass!« – »Mach schon!«

»Sie sollten das vielleicht jetzt mitschreiben«, sagt Martina. Sie deutet auf den Bleistift.

Groth hält den Bleistift über das Papier.

»Der ist nicht in den See gefallen. Ich weiß das.«

Die Schulklingel schrillt. Groth wartet, bis das Geräusch verebbt.

»Du weißt das?«

Das Mädchen nickt.

»Ich hab das gesehen.«

»Bitte noch mal langsam«, sagt Groth. »Wen hast du gesehen?«

»Na, an dem Sonntagabend, als ich im Boot übernachtet hab. Da hab ich den Bootsverleiher mit jemand gesehen.«

Die Härchen auf Groths Unterarmen stellen sich auf.

»Kannst du mir diese andere Person beschreiben?«

»Das kann ich«, sagt Martina. »Aber wäre es nicht viel einfacher, wenn ich Ihnen gleich den Namen sage?«

Wieder muss Groth sich kurz sammeln. Er will das hören, natürlich, aber plötzlich erfasst ihn die Angst, dass jetzt doch noch der Name von Regine Schadow fällt. Er fürchtet es für Regine, aber noch viel mehr fürchtet er es für sich selbst. Wenn er sich in Regine Schadows Unschuld geirrt hat, dann wird Bekendorf ihm zum Hamburger Fehltritt auch diesen neuen, den Wechtershagener, anheften, und das bis in alle Ewigkeit. Also wappnet sich

Groth, er setzt sich zurecht und macht sich innerlich für alles bereit, was da kommen wird.

Zunächst verläuft es genau wie von ihm erwartet. Das Mädchen sagt: »Riedel heißt er. Ist mein Schwimmtrainer.« Doch dann macht sie eine Aussage, die Groth in dieser Genauigkeit nicht erwartet hat. Er ist so verdutzt, dass er erst einmal gar nichts aufschreibt.

Es stellt sich heraus, dass Martina nicht, wie Groth dachte, weit weg im hellblauen Tretboot mit dem eingerissenen Sonnendach übernachtet hat. Sie hat Riedel an dem Abend auch nicht beobachtet. Martina konnte Riedel und Eck nicht sehen, denn sie lag halbnackt in einem der für den Winter vertäuten Boote direkt unter dem Steg. Dort schlief sie unter der Winterplane gerade mit ihrem Freund, als sie über sich Schritte auf dem Holz und Stimmen hörte.

»Der eine war Eck. Der hat so eine leise Stimme. Ich konnte nicht alles verstehen, was er gesagt hat. Aber der andere, Riedel, der war von Anfang an ziemlich laut. Stinksauer war der.«

»Erinnerst du dich, worüber sie geredet haben?«

»Es ging um Geld. Riedel sagte: ›Wenn du mich erpressen willst, dann mach das doch einfach! Warum sollte ich vor so einem Dreck wie dir Angst haben?‹«

»Und dann?«

»Eck hat gesagt: ›Hör auf, mich zu schubsen.‹ Ich glaube, Eck hat von Gerechtigkeit gesprochen und dass die Wahrheit am Ende immer rauskommt. Dann haben sie nichts mehr gesagt. Das war komisch nach diesem Streit. Und plötzlich hat es über uns geschurrt. Ziemlich lange. Wie Möbelrücken klang das. Jemand hat einen Schrei losgelassen, und das Nächste, was wir hörten, war ein Schlag und ein lautes Klatschen. Mir war sofort klar, dass jemand ins Wasser gefallen ist. Von den Wellen fing unser Boot an zu schaukeln.«

»Was habt ihr dann gemacht?«

»Nichts. Wir lagen bestimmt minutenlang ganz still da. Wir

hatten eine Taschenlampe, aber nicht mal die haben wir angemacht. Mein Freund hat mir zugeflüstert: ›Der ist ertrunken. Der muss ertrunken sein, denn sonst hätte man den doch schwimmen gehört.‹ Das war mir gar nicht klar gewesen. Ich habe schon gespürt, dass gerade was Schlimmes passiert ist, aber ich hatte das nicht zu Ende gedacht.«

»Und dann?«

»Irgendwann hat mein Freund die Plane angehoben und mit der Taschenlampe das Wasser abgeleuchtet. Er hat gesagt: ›Da ist keiner mehr.‹ Ich hab mich dann angezogen, bin nach oben geklettert und wollte nur noch nach Hause.«

Groth fängt einen mahnenden Blick von Irina Diehl auf. Sie rückt ihren Stuhl näher an Martina heran und legt den Arm um das Mädchen. »Ich bin sicher, ihr konntet nichts mehr tun.«

»Dein Freund«, sagt Groth. »Mit dem werde ich auch sprechen müssen.«

Als Groth zurück aufs Revier kommt, herrscht gerade Hochbetrieb. Ein BMW hat auf der Demminer Straße einen Lieferwagen gerammt, es kam zu Handgreiflichkeiten zwischen den beiden Fahrern und einem Zeugen, drei Männern, die Bunterode und Schaller kurzerhand mit auf die Wache gebracht haben. Groth versucht, im allgemeinen Gezeter und Getöse Gerstacker und Bekendorf ausfindig zu machen.

Die Nachricht, die er mitbringt, schlägt ein wie eine Bombe.

Bekendorf beraumt sofort eine Dienstbesprechung an.

Natürlich geht es ihm in erster Linie um die Frage, ob Groth ein offizielles Protokoll von dem Gespräch hat und ob die Schülerin Martina Borowski bereit ist, ihre Anschuldigungen hier auf dem Revier zu wiederholen.

»Außerdem will ich mehr Informationen über diesen Riedel«, sagt Bekendorf. »Seit wann der Mann Schwimmtrainer ist, wie lange er auf welchem Revier war und warum er ausgeschieden ist.«

»Diese Informationen liegen vor.« Gerstacker hält seine Ermittlungsakte hoch und lässt sie auf den Tisch zurückklatschen.

»Wir haben eine Aussage, wonach Riedel einer der Hauptvernehmer von Eck im Fall Jutta Timm gewesen ist«, erläutert Groth. »Daran ist nicht zu rütteln.«

Bekendorf sitzt kopfschüttelnd da, mit den Ellenbogen auf den Oberschenkeln.

»Nicht zu fassen, dass der ausgerechnet bei der Kripo gewesen sein muss.«

Sie einigen sich darauf, am nächsten Vormittag mit dem Staatsanwalt zu sprechen und Riedel zur Vernehmung einzubestellen.

»Schreiben Sie einen ausführlichen Bericht«, sagt Bekendorf. »Den brauche ich morgen früh auf meinem Schreibtisch.«

»Wie viel Bericht kann man wollen?«, murrt Groth. Aber er fügt sich, und Gerstacker und er sind den restlichen Nachmittag beschäftigt.

»Komm«, sagt Groth, als es dunkel ist. »Ich brauche einen Tapetenwechsel.«

Eine Stunde später sitzen sie in Groths Wohnzimmer vor dem Tapeziertisch und starren auf die Wand, Groth im Sessel und Gerstacker auf einem Küchenstuhl, dessen Schaumstoffbepolsterung bei jeder Bewegung pufft.

Die Wand hat sich in eine Zettellandschaft verwandelt. Groth und Gerstacker haben ihre Erkenntnisse aus den Akten auf Notizzettel geschrieben und mit Reißzwecken festgepinnt. Zwischen den Zetteln befinden sich Pfeile, Fragezeichen, Skizzen.

Gerstacker hat an Groths letztem Urlaubstag noch einmal Lorenz und einen weiteren Kollegen befragt, seinen alten Lehrer von der Polizeischule namens Karst.

»Der kennt alle und jeden«, sagt Gerstacker.

Und so hängt an der Wand, in der Mitte all jener Pfeile und Verbindungslinien der letzten Wochen, nun auch eine Namensliste von Kollegen, die nach Gerstackers Recherchen vor zehn Jahren unter dem damaligen Kommissariatsleiter in Demmin am Fall Jutta Timm gearbeitet haben. Gerstacker bezeichnet die Liste als Filetstück.

Riedel, Wappner, Jahnke, Kopp.

Unter die Namen hat Gerstacker in Großbuchstaben JAGD geschrieben, denn Karst hat ihm erzählt, dass die Demminer Kollegen Jagdgenossen waren.

»Haben mit dem Luftgewehr die Wälder um Demmin unsicher gemacht und anschließend gemeinsam gepichelt«, sagte Karst. »Die Schnapssammlung war legendär.«

Gleich daneben hängt als weiteres Filetstück ihr einzig vollständiges Protokoll aus Fiedlers Akte, nämlich das vom 28. September, das Ecks Geständnis enthält. Das Geständnis ist mit *vollumfänglich* betitelt. Unterschrieben hat außer Eck selbst der Leiter des Kommissariats. Dazu die Uhrzeit.

Auch wenn nicht ein Wort davon in den Protokollen steht, meint Groth zu wissen, was in diesem Verhörraum geschehen sein muss. Er studiert die Namen der Polizisten, er stellt sich Eck im stundenlangen Verhör vor, schmal, mit schmerzverzerrtem Gesicht auf einem Holzstuhl sitzend, auf der anderen Seite die Befrager, und weiß es einfach.

Gleichzeitig kann Groth zwischen all diesen Zeilen und Skizzen lesen, dass sie hier mehr haben als den Fall eines durch Gewaltanwendung erzwungenen Geständnisses. Eck musste für etwas herhalten. Aber wofür?

»Ich sollte dann mal los«, sagt Gerstacker schließlich. Doch den Worten folgt nichts, er bleibt sitzen und starrt weiter auf die Pfeile an der Wand.

»Willst du ein Bier?«, fragt Groth.

»Nein, danke. Ich trinke keinen Alkohol«, sagt Gerstacker, als Groth ihn fragend anschaut. »Aus Prinzip. War schon immer so.«

Groth glaubt ihm kein Wort. Er muss an den Tag denken, als

ihre Zusammenarbeit begann. Da stand er am See und warf Gerstacker Heimlichtuerei vor.

»Also«, sagt Groth, »Karten auf den Tisch. Gibt es etwas, was ich über deine Zeit bei der Kripo in Rostock wissen sollte?«

»Dazu ist alles gesagt.«

»Na schön.« Groth rückt mit dem Fuß einen Tapeziereimer zurecht. »Dann mache ich eben den Anfang. Einer muss ja. Sonst kommen wir nie weiter. Ich bin aus Hamburg weggegangen, weil ich in einem wichtigen Fall komplett versagt habe. Ein Missbrauchsfall. Ich habe der Mutter des Opfers geglaubt, die Ermittlungen behindert und den Täter entkommen lassen. Dass ich trotzdem noch arbeite, verdanke ich meinem Hamburger Chef.«

Nun ist Gerstacker an der Reihe.

Die Kirchturmuhr schlägt zehn Mal.

»Die Kollegen in Rostock haben mich gemieden«, sagt Gerstacker. »Aus gutem Grund.« Hier macht Gerstacker eine Pause und wirft einen Blick zu Groth hinüber. »Ich war früher Alkoholiker. Ist auch der Grund, warum ich keinen Führerschein habe. Bin nicht stolz darauf.«

»Und wie lange ist das her?«

»Fast zehn Jahre. Seither keinen Tropfen mehr angerührt.«

Groth nickt. »Nicht einfach so was.« Er ist selbst nicht sicher, ob er Gerstackers Geschichte meint oder die Abstinenz.

»Warum hast du eigentlich entschieden, im Fall Eck mit mir zusammenzuarbeiten?«

»Pures Mitleid«, sagt Gerstacker. Dann rafft er sich auf, geht zum Fenster und öffnet es. Hält den Kopf raus und schaut nach oben, als wolle er kontrollieren, ob es regnet.

»Was mich interessiert«, sagt er und schließt das Fenster wieder, »das ist ausschließlich die Qualität der kriminalistischen Arbeit. Spuren, Beweise, logische Schlussfolgerungen. Ob man das in Hamburg gelernt hat oder in Rostock, das ist mir gleich. Also was soll's.«

Er geht in den Flur. Groth hört, wie er die Jacke vom Bügel nimmt.

»Ich verstehe das als Kompliment«, ruft Groth ihm hinterher.

»Tu, was du nicht lassen kannst.«

Groth hört das Ratschen eines Jackenreißverschlusses, dann taucht Gerstackers Kopf noch einmal im Türrahmen auf.

»Nur damit das klar ist«, sagt er, »du weißt jetzt zwar mehr über mich, aber längst noch nicht alles.«

24

Bekendorf sieht leidend aus. Er taucht gegen acht Uhr zur Morgenlage auf, eine Tasse Kaffee in der Hand, die so voll ist, dass einige Tropfen auf seine Hand schwappen, als er sich setzt. Bekendorf flucht und lässt Schaller von der gestrigen Bombendrohung gegen eine Landmaschinenfirma berichten, nicht die erste und erneut ein falscher Alarm, wie sich herausgestellt hat. Man sucht jetzt den Anrufer unter dreihundert entlassenen Mitarbeitern. Die Nadel im Heuhaufen. Erst am Ende der Besprechung, als die Kollegen schon aufstehen, gibt Bekendorf Groth und Gerstacker grünes Licht für die Vernehmung von Riedel. Fast mechanisch tut er das. Zahm, findet Gerstacker. Als habe er sich verausgabt und müsse nun seine Kräfte sparen für all die Dinge, die noch auf ihn zukommen.

Groth kann sich ausmalen, dass Bekendorf unter Druck steht. Aus einem Trunkenheitsunfall ist ein Mordfall geworden, aus einem Wrack ein Opfer, und zu allem Überfluss muss ein ehemaliger Volkspolizist als Hauptverdächtiger vernommen werden.

Um zehn Uhr dreißig sitzt ein ungehaltener Riedel im Verhörzimmer. Er hat eine Trainingshose an, unter deren Polyesterstoff sich kräftige Oberschenkelmuskeln abzeichnen. Das rechte Bein hat er abgespreizt und nur den Vorderfuß aufgesetzt. Die Ferse wippt in schnellem Takt und versetzt das ganze Bein in nervöses Stakkato. Gerstacker nimmt Riedels Personalien auf, diktiert Datum und Uhrzeit, und Groth merkt, wie Gerstacker versucht, bei allem so unbeteiligt und kühl wie möglich zu wirken. Doch da schwingt ein Hauch von Genuss in der Stimme mit, den Gerstacker nicht ganz wegdrücken kann, besonders bei den Worten, dass gegen den Beschuldigten Riedel ein Verdacht der vorsätzlichen Tötung bestehe. Gerade als Gerstacker eine Karteikarte aus seiner Hemdtasche zieht und die Belehrung abliest, betritt Bekendorf das Zimmer.

Er schließt leise die Tür und lehnt sich an die Wand.

Gerstacker erklärt, dass man nun mit der Vernehmung beginne. Riedels Antworten kommen wie von der Stange.

»Ich war an dem Abend überhaupt nicht am See.«

»Schon gar nicht mit Eck.«

»Mit dem habe ich nichts zu tun gehabt.«

»Ich gebe mich nicht mit Spinnern ab.«

»Wer behauptet, mich am See gesehen zu haben, muss mich verwechseln.«

»Im Übrigen kenne ich meine Rechte und werde nichts mehr zu dieser Lachnummer sagen.«

Groth fragt, ob er bei der Kripo Demmin am Fall Jutta Timm mitgearbeitet habe.

Er erhält keine Antwort.

Ob er sich an den Tatverdächtigen im Fall Timm erinnere?

Ob er diesem Tatverdächtigen seither wieder begegnet sei?

Riedel schweigt jetzt zu allen Fragen, und Groth merkt, dass dem Mann gerade klar wird, wie viel sie schon wissen. Riedels Gesicht bekommt einen stumpfen Ausdruck, das Bein wippt nicht mehr. Er starrt stur an Groths Gesicht vorbei.

In der nächsten Stunde bekommen sie noch genau vier Worte aus ihm heraus.

»Kann ich jetzt gehen?«

Um drei Uhr nachmittags hat Riedel einen Anwalt, verweigert die Aussage und ist auf freiem Fuß.

Groth fühlt sich ausgelaugt.

»Nehmen Sie sich mal den Rest des Nachmittags frei«, sagt Gerda Küttel. »Nach diesem Erfolg. Das ist doch das Mindeste.«

»Ich hatte gerade frei«, erwidert Groth. »Viel zu viel frei.«

»Wer nicht will, der hat schon«, sagt Gerda Küttel.

Sie klingt eingeschnappt.

Groth entschuldigt sich und erklärt, es sei wegen des Worts »Erfolg«, das wolle ihm einfach nicht über die Lippen.

Er geht zum Pausenraum, doch als er dort ist, kehrt er gleich wieder um und klopft an Gerstackers Bürotür.

»Ich muss mir die Beine vertreten. Am besten am See. Und am besten jetzt gleich.«

Es wird schon dunkel, als sie am Seeparkplatz eintreffen.

»Etwas stimmt nicht«, sagt Groth. »Wir übersehen etwas.«

Sie gehen ein Stück am Ufer entlang und schauen auf den See, dessen schwarze Oberfläche das letzte Licht des Tages aufzusaugen scheint.

Als es so dunkel ist, dass sie nur noch Umrisse erkennen, bleibt Groth stehen.

»In der Aufregung um Riedel haben wir eine andere Person völlig aus den Augen verloren. Regine Schadow.«

»Richtig«, sagt Gerstacker.

»Eines will mir nicht in den Kopf: Warum ist sie nach Wechtershagen zurückgekommen? Mir scheint, wir haben es hier mit dem Fall einer plötzlichen Verwandlung zu tun«, stellt Groth fest. »Gehen wir davon aus, dass sie jahrelang unter dem Tod ihrer Schwester gelitten hat. Ein kluges elfjähriges Mädchen, das mit dem Entsetzlichen dieser Tat und deren Folgen nicht zurechtkommt. Die Ehe der Eltern geht auseinander. Sie bricht irgendwann die Schule ab. Wird mit siebzehn schwanger und gibt das Kind zur Adoption frei.«

»Dazu gehört schon was«, wirft Gerstacker ein.

»Geht nach Berlin. Berappelt sich. Jobbt in einer Kneipe, heiratet, lässt sich wieder scheiden. Kriegt gleich nach der Wende eine Stelle in einer schicken Hotelbar. Wir dürfen davon ausgehen, dass die Trinkgelder dort nicht schlecht sind. Alles in allem geht es im Leben der jungen Dame also voran.«

»Tendenz nach oben«, stimmt Gerstacker zu. Am Bootssteg geht in diesem Moment die Beleuchtung an und taucht die Wasseroberfläche in ein schwaches Licht.

»Wenn wir dem Pfeil gedanklich folgen, dann wäre zu erwarten, dass sie sich eine größere Wohnung nimmt, mal in den Urlaub fährt, jemanden kennenlernt. Aber nichts davon passiert. Stattdessen zieht sie zurück in ihren Heimatort, den sie unter großen Anstrengungen erst wenige Jahre zuvor verlassen hat. Einfach so. Nimmt eine Stelle in einem zweitklassigen Ausflugslokal an, wo sie Glück hat, wenn das Trinkgeld bei fünfzig Pfennig liegt. Da drängt sich eine Frage auf«, sagt Groth.

»Die wäre?«

»Warum? Warum verkauft sie sich unter Wert? Was will sie um Himmels willen in Wechtershagen?«

Gerstacker nickt. Irgendwo schlägt eine Autotür zu.

»In ihrer Version der Geschichte muss sie die Wohnung ihrer Oma auflösen.«

»Klingt aber, als habe sie stattdessen ihr eigenes Leben aufgelöst.«

Groth geht mit tastenden Schritten über das Gras zurück zum Uferweg und wartet, bis Gerstacker ihn eingeholt hat.

»Gut«, sagt Gerstacker. »Irgendetwas muss passiert sein. Und zwar in Berlin. Etwas hat sie dazu bewogen, Siegen Eck in ihr Leben zurückzulassen. Wenn auch nur aus der Ferne.«

Groth hängt diesem Gedanken nach. Das Wort, das ihm in den Sinn kommt, ist »Trägheit«. Der Mensch ist bequem. Wenn es gut läuft, braucht es eine starke Motivation, um die Dinge zu ändern. Noch dazu zum Schlechteren. Ihre Schritte knirschen über den sandigen Plattenweg. Es ist jetzt so dunkel, dass Groth das Gefühl hat, ins Bodenlose zu treten.

»Wenn du mich fragst, muss das ein Paukenschlag gewesen sein«, überlegt er weiter.

»Das glaube ich auch«, stimmt Gerstacker zu.

»Stellen wir uns das doch mal vor. Sie lebt ihr Leben als Kellnerin im Kempinski, geht eines Abends zur Arbeit, und am nächsten Tag ist alles anders. So anders, dass sie an den verhassten Ort ihrer Kindheit zurückmuss.«

»Ein guter Ansatz«, sagt Gerstacker. »Sehr gut. Wenn wir diesen Gedanken zu Ende führen, dann würde ich sagen: Jemand ist in ihr Leben getreten, vor dem sie flieht. Oder zumindest große Angst hat.«

»Ein starkes Motiv«, findet Groth. »Aber es erklärt nicht, warum sie ausgerechnet in die Höhle des Löwen zurückkehrt.«

»Da hast du recht«, sagt Gerstacker. »Leider.«

Als der erleuchtete Seeparkplatz in Sichtweite kommt, bleiben sie einen Moment lang auf dem Uferweg stehen, als scheuten sie das Licht. Groth fällt sein Gespräch mit Allers ein. Die Gespenster der Vergangenheit.

»Ich habe das Gefühl, wir sollten mal im Kempinski nachhaken«, schlägt Groth vor. Dann holt er seine Autoschlüssel aus der Tasche. »Vielleicht gibt es dort jemanden, der Regine Schadow gut kennt.«

An diesem Abend sitzt Groth seit Langem mal wieder mit einem Buch in seinem Sessel. Die Stehlampe hat er zurückgebracht. Der Band mit Kafkas Erzählungen liegt noch an derselben Stelle, an der Groth ihn vor fast vier Wochen zugeklappt hat. Ist es wirklich schon so lange her? Ja, er kommt beim Lesen nur schleppend voran, denn er versteht, wenn er ehrlich ist, nichts. Und doch ist da etwas, das ihn mit der Figur des Hungerkünstlers verbindet. Einmal kommen ihm Siegen Ecks Liedtexte in den Sinn, ihre verzweifelte Naivität, und Groth glaubt, kurz vor der Entschlüsselung dieser Erzählung zu stehen, er kann es geradezu fühlen. Aber im nächsten Moment entgleitet ihm der Gedanke, der zu groß ist für seinen müden Kopf. Morgen findet die Aufführung im Schauspielhaus statt, zu der er Irina Diehl eingeladen hat. Sie ist Deutschlehrerin, und er hat nicht die Absicht, sich zu blamieren.

• • •

Am Abend der Aufführung steht Groth in seiner neuen Jacke vor dem Wechtershagener Schauspielhaus. Er ist an der eingerüsteten Längsseite des Gebäudes einige Male auf und ab gelaufen. Jetzt betrachtet er in einem Schaukasten die Requisiten vergangener Inszenierungen. Theaterkritiken aus dem *Vier-Tore-Kurier*, eine davon ein Gastbeitrag von Ernst Schumacher, dem, wie es auf einer Notiz heißt, Friedrich Luft des Ostens. Von »kultureller Bedeutung der Provinz« ist da die Rede. Von »Illusionstheater« und »Bildung fürs Volk«.

Irina Diehl kommt zu spät. Sie haben sich eine Viertelstunde vor Beginn der Vorstellung verabredet, aber sie trifft erst beim zweiten Gong ein, überquert die Wollweberstraße mit langen Schritten und einem strahlenden Gesicht, als sei es genau so geplant gewesen und als habe Groth nicht längst angefangen, alle zehn Sekunden auf die Uhr zu schauen. Aber da ist sie, fädelt ihren Arm in seinen und führt ihn dorthin, wo es sich reimt: dritte Reihe Mitte.

Er kann sie fast berühren, die Bühne, ein provisorisches Ding, das jemand für einen eiligen Auftritt zusammengezimmert haben muss, und zwar aus alten Sperrholzpaletten.

Als es dunkel wird, lehnt sich Irina Diehl, ohne den Blick von der Bühne zu nehmen, in seine Richtung. Ihr Haar streift Groths Ohr.

»Hier ist man schön nah dran.« Sie setzt sich wieder auf.

Groth findet keineswegs, dass es schön ist, nah am Geschehen zu sitzen.

Kurz darauf spürt er erneut ihr Haar an seinem Ohr.

»Wegen meiner Verspätung gebe ich nachher ein Glas Sekt aus.«

Ihm ist nicht nach Sekt. Groth will auch keine Pause, denn irgendwann hat ihn das Geschehen auf der Bühne in seinen Bann gezogen. Und als das Licht wieder angeht, ist er noch völlig gefangen in diesem fiktionalen Traum. Zu Beginn hatte er Mühe zu überhören, dass der Vorhang beim Öffnen quietschte. Es fiel ihm schwer, zu übersehen, dass die Magerkeit des Hungerkünstlers nur durch Farbeffekte auf einem hautengen Anzug vorgetäuscht wurde, dessen Reißverschluss noch dazu wellig vom Rückgrat des Schauspielers abstand. Die Wangen hatte man ihm hohl geschminkt, die Augen schwarz umrahmt. Von den Käfiggittern aus Pappe ganz zu schweigen. Aber dann traten zwei Erzählerinnen auf die Bühne, die die Ereignisse synchron kommentierten.

Dass dies Tag vierzig des Hungerns sei.

Dass sich in alten Zeiten die ganze Stadt eingefunden habe. Von überallher seien die Leute gekommen, um die Magerkeit des Hungerkünstlers zu bestaunen.

Beide Erzählerinnen lassen ihre Blicke über das Publikum wandern und treffen einen Moment lang auch den von Groth.

Der Impresario tritt auf die Bühne und verkündet, dass er nie länger als vierzig Tage hungern lasse, auch in den Weltstädten nicht, und dass heute also der Käfig geöffnet würde.

Und Groth glaubt es. Er hinterfragt nichts mehr.

Bis das Licht zur Pause angeht und Irina Diehl sich zu ihm beugt. »Und? Wie gefällt es dir?«

Da hört Groth sich sagen: »Sehr.«

Und zu seiner Überraschung stellt er fest, dass es stimmt. Das Stück hat zu ihm gesprochen. Jemand hat zu ihm gesprochen in einer Sprache, die er mag, obwohl er sie nicht versteht.

Er stößt mit Irina Diehl an. Illusion ist genau das, was er nach den Fragwürdigkeiten der vergangenen Tage braucht. Sein Verstand lechzt danach. Er müsste Erleichterung spüren, denn der Fall Eck steht kurz vor der vollständigen Aufklärung. Selbst Bekendorf ist dieser Meinung.

Also warum ist er nicht in Feierlaune?

»Zum Wohl«, sagt Irina Diehl.

Groth hebt sein Glas.

»Die Geschichte vom Hungerkünstler kenne ich von früher«, erzählt er. »Ich habe sie damals nicht verstanden und verstehe sie auch jetzt nicht. Aber es ist wie eine Sucht. Man wird in einen Zustand versetzt, der einen glauben lässt, man könne die tiefere Bedeutung eines Tages doch noch begreifen.«

Irina Diehl lacht auf, aber im nächsten Moment wird sie ernst und sieht ihn aufmerksam an.

»Vielleicht ist es so«, sagt sie. »Vielleicht versteht man Geschichten erst dann richtig, wenn man sie selbst erlebt hat.«

Als sie wieder vor der Bühne sitzen, fällt es Groth zunächst schwer, sich erneut auf die Handlung einzulassen.

Er spürt die Anstrengung der letzten Wochen. Seine Ankunft, seine Eindrücke, seine Isolation. Wenn er den letzten Monat Revue passieren lässt, dann sticht neben Irina Diehl als einziger Mensch Gerstacker heraus, ausgerechnet. Wie sperrig sie alle sind, denkt Groth. Gerstacker, aber auch Bekendorf, den Groth einfach nicht durchschaut.

Groth fällt auch die Rekrutin aus Güstrow ein.

Dann muss Groth daran denken, dass er vielleicht auch zu denen gehört, die sperrig sind.

»Das Interesse an Hungerkünstlern ist in den letzten Jahren sehr zurückgegangen«, verkünden die Erzählerinnen im Chor. »Es blieb dem Hungerkünstler nichts anderes übrig, als sich vom Impresario zu verabschieden und sich von einem großen Zirkus engagieren zu lassen.«

Die Wächter kommen auf die Bühne und schieben den Käfig mitsamt dem Hungerkünstler von der Bühnenmitte auf die Seite.

Und Groth schaut gebannt zu.

Anstelle des Käfigs sieht man nun einen Zirkusdirektor mit Frackschößen und Peitsche, der die Aufmerksamkeit auf diese und jene neue Sensation lenkt; auf die Tiere, die Glanznummern in der Manege, vor allem aber weg vom Käfig des Hungerkünstlers, der nichts mehr zählt und noch dazu viel zu schwach und ausgehungert ist, um sich zu wehren.

Die Erzählerinnen erscheinen mit einem silbernen Tablett, darauf ein rohes Stück Fleisch für die Tiere.

»Vielleicht«, sagt der Hungerkünstler, »würde doch alles ein wenig besser werden, wenn mein Standort nicht gar so nah bei den Ställen wäre.«

Doch seine Worte ändern nichts.

Inzwischen ist er bedeutungslos.

»Man rührte mit Stangen das Stroh auf und fand den Hungerkünstler darin.«

Gefühlte drei Stunden später steht Groth wieder auf dem Kopfsteinpflaster vor dem Schauspielhaus. Irina Diehl versucht, ihn in ein Gespräch zu verwickeln.

»Das hat mich beeindruckt«, sagt sie. »Diese Zerbrechlichkeit des Hungerkünstlers. Und als Kontrast die mächtige Figur des Zirkusdirektors und dieses anderen. Wie hieß der doch gleich?«

»Impresario.«

»Genau. Wie er bestimmt, wer sich für was zu interessieren hat. Vor allem, wofür man sich nicht zu interessieren hat.«

Groth schweigt. Er hat Irina Diehl nur am Rande zugehört, denn seine Gedanken sind bereits woanders. Er musste gerade an Bekendorfs Worte denken. »Der Mann war ein Wrack, Groth, das wissen Sie selbst.«

Das Interesse an Hungerkünstlern ist sehr stark zurückgegangen.

Während sie im Theater saßen, hat es geregnet, die Straße glänzt, und in den Pfützen spiegelt sich vielfach das Licht.

»Wollen wir noch eine Runde gehen?«, fragt Irina Diehl.

Groth antwortet nicht.

Ihm ist etwas aufgefallen. Etwas Wichtiges. Er muss diesem

Gedanken hinterherhechten, denn die Idee, die ihm kam, beginnt, sich im Strudel der Lichter, der Stimmen und der Nässe hier draußen bereits wieder aufzulösen. Sie hat mit dem Zirkusdirektor zu tun.

»Entschuldige«, sagt er, »mir ist gerade etwas eingefallen. Ich muss leider los.«

»Wie? Jetzt sofort?«

»Jetzt sofort«, sagt Groth und macht einen Schritt Richtung Straße. Dann dreht er sich noch einmal um, nimmt wahr, dass Irina Diehl wunderschön aussieht. Vor der Kulisse des Schauspielhauses steht sie da und schaut ihm nach, hebt dabei kurz die Hand. Es sieht aus, als wolle sie ihn aufhalten, aber es ist wohl als Winken gemeint. Groth will noch etwas sagen, doch es fällt ihm nichts Passendes ein. Er zögert eine Sekunde und geht.

»Es gibt jemanden, der nicht in der Akte steht.«

Groth hat Gerstacker von einer Telefonzelle aus angerufen und aufs Revier beordert. Sie sitzen in Gerstackers Büro, die Schreibtischlampe wirft einen Lichtkegel auf die geöffnete Ersatzakte Jutta Timm.

»Es geht um den Zirkusdirektor«, sagt Groth. »Um den Mann, der alles lenkt«, fügt er hinzu, als Gerstacker ihn verständnislos ansieht. »Bisher haben wir uns nur auf die Namen konzentriert, die in der Akte vermerkt sind: Jahnke, Wappner und natürlich Riedel. Aber was ist mit denjenigen, die nicht darin vorkommen? Findest du es nicht ungewöhnlich, dass sich der Vorgesetzte in einem solchen Fall aus den Ermittlungen fast vollständig heraushält?«

»Wer?«

»Berthold, der damalige Leiter der Kriminalpolizei in Demmin.«

Gerstacker kneift die Augen zusammen wie jemand, der ein winziges Insekt betrachtet.

»Hier«, sagt Groth. Er greift sich eine der Akten auf Gerstackers Schreibtisch und blättert darin. »Nehmen wir Bekendorf als Beispiel. Er hat in jeder Akte die ein oder andere Verfügung unterschrieben. Er kommt zu den wichtigen Verhören. Sein Name ist also präsent. Aber wenn man Fiedlers Abschriften glauben darf, war Berthold im Fall Timm bei keinem einzigen Verhör dabei.«

»Ungewöhnlich.«

»Das findest du also auch.«

»Ja, das würde ich so sagen. In Fällen wie diesem, mit solch hoher Aufmerksamkeit, intern und extern, da will der Vorgesetzte üblicherweise mitreden.«

Groth klappt die Akte zu und richtet den Blick auf Gerstacker.

»Kommen wir also jetzt auf Regine Schadow zu sprechen.« Groth klopft mit der Handkante einen leisen Takt auf den Tisch. »Nehmen wir mal an, ihr ist genau das auch aufgefallen. Nehmen wir an, sie war gar nicht hinter Eck her. Sondern hinter jemand anderem.«

»Dem Zirkusdirektor.«

Groth blinzelt im grellen Schein der Schreibtischlampe zu Gerstacker hinüber, der aufsteht, um sich auf die Heizung zu setzen.

»Ich vermute, dass sie Berthold kannte. Ihr Vater arbeitete auf dem Revier, Berthold war sein Vorgesetzter. Da ist es wahrscheinlich, dass man sich hier und da getroffen hat. Nehmen wir also an, Regine Timm arbeitet in Berlin in einer schicken Hotelbar. Bisher gingen wir davon aus, dass sie dort anfing, um sich zu verbessern. Wirtschaftlich, gesellschaftlich. Wie ist es nun aber, wenn sie in Wirklichkeit einen langgehegten Plan verfolgte. Sie denkt über ihr Leben nach. So ein Ereignis, der Tod der eigenen Schwester, das prägt. Das prägt auf Lebenszeit. Vielleicht kann sie sich nicht damit abfinden, dass der Mörder nie gefasst wurde. Und eines Tages kommt ihr die Erkenntnis, dass man vielleicht nicht gründlich genug gesucht hat. Mehr noch, vielleicht haben die Ermittler sogar gewusst, dass sie an der falschen Stelle ansetzen. Denn Regine ist aufgefallen, dass sich ausgerechnet Kommissar Berthold, der Leiter der Demminer Dienststelle, bei den Ermittlungen zurückgehalten hat. Sie fragt sich, warum. Um jemanden aus den eigenen Reihen zu decken? Oder vielleicht sogar sich selbst?«

»Hm«, sagt Gerstacker. »Nicht schlecht als Hypothese.«

»Hypothese?« Groth murrt, dass Gerstacker eben schwer zu überzeugen sei. »Ich gebe zu«, sagt er, »dass es nicht erklärt, warum sie genau zu diesem Zeitpunkt, in diesem Jahr, zurück nach Wechtershagen gekommen ist.«

»Das fehlende Puzzleteil«, sagt Gerstacker.

»Genau das.«

»Wenn wir dieser Spur folgen«, gibt Gerstacker zu bedenken, »legen wir uns mit ganz oben an. Ich hoffe, das ist dir klar.«

»Ganz oben?«, wiederholt Groth. Ihm ist nichts klar.

Also weiht Gerstacker ihn ein, dass Berthold inzwischen in die Politik gegangen ist. Das wisse er von Karst.

»Ist mächtig aufgestiegen«, erklärt Gerstacker. »Vor der Wende war er Funktionär des Rates des Bezirks Rostock. Und jetzt ist er Mitglied der CDU und sitzt in Schwerin im Innenministerium. Als Staatssekretär, zuständig für Jugendfragen, Körperkultur und Sport. Karst hat mir auch gesagt, Berthold sei so einer, den du nicht zum Feind haben willst.«

»Innenministerium«, Groth zieht das Wort beim Sprechen in die Länge. Damit hatte er nun wirklich nicht gerechnet.

25

Das vordere Bett im Zimmer 411 der Charité ist frisch bezogen und leer. Regine ist so perplex, dass sie die Hand auf die Bettdecke legt und einen Abdruck hinterlässt, um sich zu vergewissern. Offensichtlich hat man Ludi bereits verlegt, ohne sie zu informieren.

Der Mann am Fenster, der wie eine Kartoffel aussieht, schaut zu ihr hin. Ein durchsichtiger Schlauch hängt unter seiner Decke raus. Er nickt ihr zu.

»Der hat's nicht geschafft«, sagt irgendwo eine Stimme. Es dauert eine Sekunde, bis Regine begreift, dass die Kartoffel am Fenster mit ihr spricht.

»Wie bitte?«

»Is' verstorben. Gestern. Oder war det vorgestern?«

• • •

Sie wollte ihn vor Weihnachten nach Hause bringen. Das hatte sie ihm versprochen. Regine sitzt auf einer Bank am Landwehrkanal an einer Stelle, die das Wort »Hässlichkeit« in ein besonders grelles Licht taucht. Wer hier sitzen kann, hat dickes Fell, in etwa so dick wie das der Ratten, die hier herumschwimmen. Neben Regine steht eine Tüte mit Ludis Sachen aus dem Krankenhaus.

Auf genau dieser Bank saß sie früher oft und komponierte Ansprachen an Janina. Vielleicht waren es auch Briefe, das wusste sie selbst nicht so genau. Sie sprach sie sich in ihrem Kopf vor und versuchte, dabei so ehrlich wie möglich zu sein. Janina war eine Timm, sie musste die Dinge schließlich irgendwann erfahren. Und die Timms – das wusste Regine nun wirklich – konnten einiges aushalten.

»Janinchen«, sagte sie dann. »Heute erzähl ich dir mal von der Ostsee. Du weißt ja, dass ich irgendwann mit dir an die Ostsee ziehen werde. Nach Kühlungsborn, Janinchen. Dorthin, wo ich früher mit meiner Schwester Urlaub gemacht habe. Wir werden uns ein niedliches kleines Haus in einer Seitenstraße kaufen. Das streichen wir dann weiß an, pflanzen Blumen in die Fensterkästen und richten die Zimmer schön ein. Fünf Gästezimmer, was meinst du?« Regine sah das alles so deutlich vor sich, dass sie die Augen schließen musste, weil das Weiß der Hausfassade sie blendete. »Alles, was wir brauchen, ist Geld, Janinchen.« Ein Brackwassergeruch wehte sie an. »Startkapital nennt man das.«

Wenn sie Glück hat, wartet dieses Kapital jetzt in Andrés Schließfach auf sie. Nachdem sie es abgeholt hat, wird sie sich einige Tage in Ludis Wohnung verstecken und dann losfahren nach Kühlungsborn.

In Regines Gedanken taucht das Schulhaus in Hennigsdorf auf. Sie sieht Janina vor sich, wie sie dort in ihrer Klasse sitzt und Weihnachtssterne bastelt. Ihre Finger sind voller Klebstoff und bleiben am Tonpapier hängen. Manche Zacken hat Janina so großzügig aus dem Tonpapier geschnitten, dass die Ränder nur noch schmale Fädchen sind. Die Lehrerin wird kommen und Janina sagen, dass sie sauberer falten und gerader an den Linien entlangschneiden muss. Schön gerade, schön sauber, schön ordentlich.

Komisch, denkt Regine, warum alle glauben, dass »schön« am besten funktioniert. Bei ihr ist das anders. Sie konnte schon immer besonders gut nachdenken, wenn die Welt um sie herum hässlich war.

Wenn ein Mensch kurze Zeit lebt,
Sagt die Welt, dass er zu früh geht.
Weckt sie nicht, bis sie sich regt,
Ich hab mich in ihren Schatten gelegt.

Was Regine nicht aus dem Kopf geht, das ist Ludis letztes Wort.

»Er-le.«

Sie ist eine Perle.

Was für ein dummes, veraltetes Wort. Es passt zu einem Zimmermädchen im Hotel, aber nicht zu ihr. Trotzdem liebt sie Ludi für dieses Wort.

Als sie ihm sagte, wer ihre Schwester ermordet hat, zuckte Ludi nicht mal mit der Wimper. Fragte nicht: »Bist du sicher?« Oder: »Wieso glaubst du das?«

Alles, was Ludi dazu anmerkte, war: »Oha.« Und dass sie gut auf sich aufpassen müsse. »Wer es so weit nach oben geschafft hat, der räumt nicht so mir nichts dir nichts den Sessel. Wenn du verstehst, was ich meine.«

Das verstand Regine sehr gut.

»Wer da oben angekommen ist, der will bleiben oder noch höher. Im Zweifel noch höher.«

Natürlich hatte Ludi recht gehabt.

Sie saßen Anfang Mai, kurz nach Juttas elftem Todestag, nach Mitternacht in der leeren Linde am Katzentisch und redeten. Regine erklärte Ludi, dass sie endlich etwas unternehmen müsse.

»Es macht mich noch verrückt. Ich kann doch nicht tatenlos zusehen, wie da einer im Ministerium sitzt und auf unschuldig macht.«

»Ohne Beweise geht gar nichts«, entgegnete Ludi. »Selbst mit Beweisen geht nicht viel, aber ohne schon gar nicht.«

Plötzlich versteht Regine, warum sie Ludi den ganzen Sommer über nicht besucht hat. Klar, sie hatte zu tun. Klar, es ist kein Katzensprung nach Berlin. Nicht von Wechtershagen. Und nicht, wenn du sechs Tage die Woche auf den Beinen bist und für einen Hungerlohn arbeitest. All das stimmt, denkt Regine. Aber der wahre Grund ist ein anderer.

Sie hat sich geschämt. Sie hat sich vor Ludi geschämt. Der Plan, den sie mit Ludi zusammen geschmiedet hatte, bei dem ging es noch um Gerechtigkeit. Es war ein Plan, der direkt aus Ludis Gästebuch stammen könnte. Und kaum war sie in Wechtershagen angekommen, da wollte sie nur noch Geld.

Und jetzt, jetzt hat sie vielleicht sogar Eck auf dem Gewissen.

Regine betritt die Bar des Kempinski durch den Hintereingang. Der Lieferwagen einer Wäscherei steht rückwärts eingeparkt vor einer angelehnten Tür. Er puckert leise und bläst Auspuffgase in die Luft. Regine hält dem Fahrer die Tür auf, als der ein ratterndes Gestell mit zerknüllten Bettlaken an ihr vorbeirollt. Er hat so viel Schwung, dass er Regines Zehen nur knapp verfehlt.

Regine fragt nach André und geht in den Pausenraum. Es riecht nach aufgewärmtem Essen. Auf dem Tisch steht ein Adventskranz mit goldenen Styroporglocken, deren Glitzerflocken sich über die Tischplatte verteilt haben. Nach einigen Minuten kommt eine dick geschminkte Frau in einer schwarzen Bluse in den Raum, die Regine nicht kennt. Kurz darauf erscheint André in der Tür.

Sie kann ihm bereits an der Nasenspitze ansehen, dass nichts für sie abgegeben wurde.

• • •

Auf der Rückfahrt nach Wechtershagen schaut Regine aus dem Zugfenster auf abgeerntete Felder. Einmal sieht sie einen Graureiher in der Luft. Früher, als sie noch an Glück glaubte, hielt sie das für ein Zeichen. So, wie einen glänzenden Alupfennig auf der Straße finden. Regine hält die Stirn an die Scheibe, um die Flugbahn des Reihers zu verfolgen. Es ist schön da draußen.

Ist sie also mal wieder leer ausgegangen.

Aus Ludis Wohnung hat sie nicht viel mitgenommen. Einen Schnellhefter mit Briefen, die wichtig aussahen. Das Gästebuch. Ludis Zettelkasten mit den Rezepten. Sie hat der Nachbarin Bescheid gesagt und keine Adresse hinterlassen.

Als Regine in Wechtershagen in den Hof einbiegt, quetscht sich ein roter Fiat an ihr vorbei. Es ist dunkel in der Durchfahrt, aber Hennemann hat sie erkannt, er reckt den Hals und wirft ihr einen Blick durch den Rückspiegel zu, bevor er einparkt. Regine tut so, als bemerke sie ihn nicht, kramt ihre Schlüssel aus der Tasche und schließt auf.

Sie ist schon mit einem Schritt im Treppenhaus, als sie eine Autotür zufallen und Hennemann rufen hört: »Kempinski!«

Regine dreht sich um.

»Was willst du?«

»Die Polizei sucht dich«, sagt Hennemann. »Wir alle suchen dich. Wollte dir gerade was in den Briefkasten werfen. Wo warst du?«

»In Berlin.«

Hennemann greift in die Innentasche seiner Lederjacke und zieht etwas heraus.

»Hier.«

Es ist der Schnappschuss eines Mannes, der nicht weiß, dass er fotografiert wird. Er hat die Hand an der Tür, durch die er gerade ins Freie tritt, sein Blick ist nach vorne gerichtet. Man sieht, wie das Tageslicht ihn blendet. Regine kennt das Gebäude. Es ist die Schwimmhalle. Bei dem Mann muss es sich um Kraftprotz handeln, kein Zweifel.

»Hast ihn also gefunden«, sagt sie.

Hennemann nimmt ihr das Bild aus der Hand.

»War nicht schwierig. Georg Riedel, ehemaliger Oberleutnant der Kriminalpolizei, Dienststelle Demmin. Mitglied im Tauchsportverband der DDR und aktiv in der GST. Hat gleich nach der Wende den Dienst quittiert und arbeitet seither als Schwimmtrainer in Wechtershagen.«

»Und?«, fragt Regine. »Warum kommst du damit zu mir?«

»Kraftprotz hat einige sehr interessante Freunde. Man könnte auch sagen: einflussreiche Freunde. Ist dir das bekannt?«

»Leider nein.«

»Freizeitjäger.«

»Soll es geben.«

»Treffen sich regelmäßig in einer Hütte, die sie auch für Feste benutzen.«

Oben im Treppenhaus knallt im Windzug eine Tür zu.

»Kann ich kurz reinkommen?«, fragt Hennemann.

Er hat so eine Art, sich nah an ihr Ohr zu beugen. Regine weiß nicht, was sie antworten soll.

Hennemann senkt jetzt die Stimme und spricht weiter:

»Die Jagdhütte ist in der Nähe des Tannenkruger Forsts. Dachte, dass dich das interessieren würde.«

»Fünf Minuten«, sagt Regine.

Dann schiebt sie Hennemann vor sich her durch die Tür.

Neben den Briefkästen bleiben sie stehen.

Hennemann wirft einen Blick nach oben ins Treppenhaus. »Also gut. Riedel ist zwar nicht mehr bei der Kripo, aber er hat noch engen Kontakt zu mindestens vier seiner Kollegen. Einige von denen sind mittlerweile aufgestiegen. Treffen sich regelmäßig. Was die da so alles machen in ihrer Hütte, das willste nicht wissen. Ich sage nur so viel: Die Jagdwaffensammlung ist über die Jahre ordentlich gewachsen, die Schnapskollektion auch.«

»Hast dich ja mächtig ins Zeug gelegt, um das alles rauszufinden«, sagt Regine und versucht sich nicht anmerken zu lassen, dass sie beeindruckt ist.

»Und was hat sich bei dir getan? Du hattest mir versprochen, dass ich der Erste bin, der etwas erfährt.«

»Es gibt nichts Neues«, lügt Regine.

Hennemann schaut sie so lange an, bis es ihr unangenehm wird.

»Ich weiß ja nicht, was du noch vorhast«, sagt er. »Aber du solltest wissen, dass mit Riedel und Kumpanen nicht zu spaßen ist. Sei vorsichtig, Kempinski.«

Regine will erwidern, dass sie schon sehr gut auf sich selbst aufpassen kann, aber Hennemann hat es mit seiner Kümmerei geschafft: Die Tränen steigen ihr in die Augen. Damit er es nicht merkt, dreht sie sich zur Seite und tut so, als müsse sie dringend Omas Briefkasten aufschließen.

Hennemann geht die Stufe zur Haustür hinunter und drückt die Klinke.

»Dann hast du wohl jetzt deine große Geschichte«, sagt Regine.

»Vielleicht. Aber nicht alles, was ich weiß, kann ich drucken lassen.« Hennemann zwinkert ihr zu. »Noch nicht.«

In Omas Briefkasten findet sie die Post der letzten fünf Tage und darunter, kaum sichtbar, ein eckiges Ding, das sie in die Hand nimmt, befühlt und erstaunt als ihren abgebrochenen Absatz erkennt.

»Frau Schadow«, ruft ihr jemand durchs Treppenhaus zu. Es ist die Nachbarin aus dem zweiten Stock. »Wollte Ihnen nur gesagt haben, dass die Polizei da war. Die ham nach Ihnen gefragt. Zwei Mal. Geht mich ja nüscht an, aber ich dachte, das sollten Se doch wenigstens wissen.«

»Wann war das?«, fragt Regine.

»Na, letzte Woche und dann noch mal Montag oder so. Die ham bei mir geklingelt und gefragt.«

»Danke«, sagt Regine. »Ich glaube, ich weiß, worum es da geht. Die brauchen mich als Zeugin.«

Sie kann sehen, dass die Nachbarin ihr das nicht glaubt.

»Na, schon gut. Hauptsache, Se wissen Bescheid. Und wie geht's denn der Oma?«

»Gut«, sagt Regine. »Gut.«

• • •

Oma Lene hat eine schlimme Erkältung, aber sie will es nicht zugeben. Als Regine am nächsten Tag Zimmer 02–11 betritt, stopft Oma schnell das Taschentuch in den Strickjackenärmel.

»Häseken. Endlich. Hab mich schon gefragt, ob du unter die Räder gekommen bist.«

»Ich doch nicht, Oma.«

Da sind fiebrige rote Flecken auf Omas Wangen.

»Haste das hier gesehen?« Oma schiebt Regine eine Ausgabe des *Vier-Tore-Kuriers* hin. »Das ist die Zeitung von heute.«

Ertrunkener Bootsverleiher – Schlüssel zu altem Mordfall?

Nachdem die Polizei bislang von einem Trunkenheitsunfall ausging, verdichten sich die Anzeichen, dass der 32-jährige Bootsverleiher Siegmar E. einem Tötungsdelikt zum Opfer gefallen ist. Nach Angaben der Polizeidienststelle Wechtershagen konzentrieren sich die Ermittlungen inzwischen auf den ehemaligen Volkspolizisten Georg R. Er soll gegen E. ermittelt haben, als dieser vor zehn Jahren im Mordfall an der Schülerin Jutta Timm angeklagt, letztlich aber freigesprochen wurde. Dem Vier-Tore-Kurier *liegen Informationen vor, wonach R. das Verhör damals unter Einsatz brutaler Methoden geführt haben soll.*

Regine liest den Artikel zweimal. Was da steht, weiß sie schon, aber es jetzt schwarz auf weiß in der Zeitung zu finden, haut sie um.

Sie muss an Eck denken und was der wohl dazu gesagt hätte, dass seine Geschichte, die ganze Wahrheit, endlich für alle Welt sichtbar abgedruckt wird. Genau das wollte er erreichen, nicht mehr und nicht weniger.

»Ich muss dir was sagen, Oma.«

»Dacht ich mir schon«, sagt Oma. »Wo du so lange nicht hier warst.«

»Ich war bei Ludi in Berlin. Der hatte einen Schlaganfall.«

»Schlimm?«

»Ist vor drei Tagen gestorben.«

»Ach, Ginchen.« Oma nimmt Regines Hände in ihre. »Und nu?«

Regine löst eine Hand und wischt sich mit dem Ärmel die Tränen ab.

»Immerhin hab ich es geschafft, Janina zu sehen.«

Frau Stegmann schlurft ins Zimmer, zieht einen Stuhl heran und setzt sich neben Regine.

»Frau Stegmann«, sagt Oma. »Gehn Se doch mal eben nachschauen, ob unten noch Kamillentee steht.«

Frau Stegmann rührt sich nicht.

»Unten in der Küche«, sagt Oma. »Sind Se doch bitte so lieb.«

Regine wartet, bis Frau Stegmann wieder durch die Tür ist.

»Janina geht in eine Schule in Hennigsdorf. Die haben einen großen Schulhof mit Schaukeln und Wippen. In den Fenstern hängen Sterne aus Tonpapier. Und sie sieht fröhlich aus, wirklich.«

»Das ist schön«, sagt Oma.

Regine hat noch die Zeitung im Schoß und hält sie fest umklammert.

»Vielleicht wäre es das Beste, wenn ich Janina erst etwas später zu mir hole. Wenn sie mit der Grundschule fertig ist.«

Oma nickt.

»Dann kann ich jetzt erst mal mein Leben sortieren. Ich glaube, das braucht etwas Zeit.«

Regine presst den *Vier-Tore-Kurier* jetzt an ihren Bauch.

»Du hättest sie mal auf der Wippe sehen sollen, Oma.«

»Hast alles richtig gemacht, Ginchen.«

»Weißt du noch, wie ich früher immer dachte, dass Jutta in diesen schwarzen Kasten gestiegen ist? Ich hab geglaubt, dass der Eck ein Zauberer ist und dass er Jutta verschwinden ließ.«

»Stimmt, Ginchen. Das hast du gedacht. Wenn es mal bloß so gewesen wäre.«

»In Wirklichkeit war ich es, die in den Kasten gestiegen und verschwunden ist.«

Oma schaut sie verwundert an.

»Was meinst du denn bloß damit, Häseken?«

Regine steht an einer Straßenlaterne vor dem Käthe-Kollwitz-Heim und schließt ihr Fahrrad auf. Sie schaut an der Hauswand hinauf und sieht, wie sich die Gardine im Spalt von Omas Kippfenster aufplustert. Der Wind hat aufgefrischt. Trotzdem wird sie gleich jetzt zur Erholung rausfahren. Sie kann das nicht länger aufschieben, schließlich braucht sie Geld, und Eberhard schuldet ihr den ganzen letzten Monat.

Sie fühlt sich ausgelaugt. Immer die Demminer Straße entlang Richtung Bahnhof. Bloß nicht groß nachdenken. Ein Bus überholt sie, als sie gerade an einigen Stichstraßen vorbeifährt, die in die Vogelsiedlung führen. Amselweg, Schwalbenweg, Heile-Welt-Straße. Kurzerhand beschließt sie, die Hauptstraße zu verlassen und durch die Siedlung abzukürzen. Wahrscheinlich wird sie sich im Dickicht der Fuß- und Plattenwege verfahren, das kennt sie aus Berlin. Man biegt einfach ein auf einen solchen Weg, der nicht für Autos gemacht ist und einladend wirkt, denn er führt ja zu all diesen Häusern, zu Menschen, zu gedeckten Tischen, und dann stellt man plötzlich fest, dass man in einem Gewirr von Wegen zwischen Fassaden mit erleuchteten Fenstern steckt und nicht mehr weiß wohin, weil alles gleich aussieht.

Natürlich wird ihr das jetzt auch passieren. Sie wird sich auf dem Mönkeberg wiederfinden, dort, wo Maik, ihr Ex, aufgewachsen ist. Und in gewisser Weise stammt auch Janina von dort. Der

Mönkeberg ist ein Stempel, einer von denen, die dir das Leben aufdrückt.

Aber so ist sie eben. Sie macht das ständig. Sich in Situationen hineinmanövrieren, aus denen man nicht mehr so einfach herauskommt. Ihre Schwangerschaft mit siebzehn war so ein Beispiel. Dann die Gespräche mit Eck. Und jetzt hat sie sich an jemanden gewagt, der sie mit dem Daumen zerquetschen kann. Regine wollte es Oma Lene gegenüber nicht zugeben, aber sie hat sich da auf etwas eingelassen, das ihr zwei Nummern zu groß ist.

Kurz kommt Regine der Gedanke, dass sie doch einfach zu diesem Groth gehen könnte. Sie könnte ihm alles erzählen, und Groth würde es verstehen und sagen: »Halb so schlimm.« Aber diesen Gedanken tut sie sofort als kindischen Traum ab; sie hat jemanden erpresst, damit geht man nicht zur Polizei. Am Ende stünde Aussage gegen Aussage, und wem die Polizei dann Glauben schenken würde, das liegt ja auf der Hand.

Die Strecke zum See zieht sich. Regine stemmt sich in den Wind. Zumindest wird sie ihn nachher im Rücken haben. Ein Auto überholt sie, dann noch eins. Sie sieht Scheinwerfer und rote Rücklichter und merkt, dass es später sein muss, als sie dachte. Wahrscheinlich fast vier, denn wenn sie richtig hört, nähert sich gerade von hinten der Bus.

26

Als das Telefon gegen neun Uhr klingelt, erwartet Groth die Stimme von Bekendorf, vielleicht von Gerstacker, aber bestimmt nicht das Krankenhaus. Das Krankenhaus von Wechtershagen ist ihm gänzlich unbekannt. Ein weißer Fleck gewissermaßen, denn er kann es sich nicht mal bildlich in Form eines Gebäudes vorstellen. Früher, in seiner Kindheit, gab es hier Doktor Wesseling, der in einer Villa residierte, o Gott, wie soll man den vergessen, er war allgegenwärtig und der Schrecken seiner Kindheit. Trotzdem erstarrt Groth. Er hat damals, nach Saskias Unfall, so viele Anrufe aus dem Krankenhaus erhalten, dass er gelernt hat, einfach regungslos zu verharren. Er kennt das, es ist ein Zustand maximaler Muskelanspannung, damit an ihm abprallt, was immer jetzt kommt.

»Spreche ich mit Herrn Groth?« Die Stimme klingt ungeduldig, sie ist dazu noch reichlich jung, diese Stimme, die sich als Doktor Unverständlich, Assistenzarzt, vorgestellt hat.

»Wir haben hier eine Patientin«, sagt der Arzt.

Groth kann sich beim besten Willen nicht vorstellen, von wem die Rede ist.

»Sie bat mich, Ihnen Bescheid zu sagen, dass sie hier ist.«

»Wer?«

»Regine Schadow. Sie hatte einen Fahrradunfall. Glück im Unglück. Distale Radiusfraktur, Gehirnerschütterung, diverse Prellungen, eine Platzwunde am Kinn. Trotzdem denke ich, dass man das melden muss«, sagt der Arzt.

»Melden?«, fragt Groth.

»Sie wurde von der Straße abgedrängt. Und zwar, wenn ich das richtig verstanden habe, von einem Bus.«

Groth erkundigt sich beim Diensthabenden, ob ein Unfall mit einer Fahrradfahrerin aufgenommen wurde, und in der Tat, der Bericht liegt vor, die Beamten vor Ort waren Bunterode und Krüger. Groth überfliegt das kurze Protokoll. Einsatz vor zwei Tagen um sechzehn zwei zwei, Wechtershagener Landstraße, ein Autofahrer hat die bewusstlose Frau und ihr Fahrrad am Rand eines Birkenwäldchens liegen sehen. Keine Zeugen, der Autofahrer kam erst nach dem Geschehen am Unfallort vorbei. Von einem Bus ist nicht die Rede.

Bunterode hat Namen und Ausweisnummer der verletzten Radfahrerin aufgeschrieben, aber nicht gemerkt, dass es sich um die Gesuchte Regine Schadow handelt. Das wird er ihm noch aufs Brot schmieren, darauf kann Bunterode sich aber verlassen. Sein Glück, dass er heute frei hat.

Wenige Minuten später kommt noch ein Anruf. Er ist kurz, und am Apparat ist Regine Schadow selbst. Sie möchte eine Aussage machen. Groth schlägt vor, Krüger zu schicken, der am Unfallort anwesend war. Doch Regine Schadow unterbricht ihn. Es gehe nicht um den Unfall. Es gehe um ihre Schwester. Dann stellt sie unmissverständlich klar, dass sie mit ihm, Groth, sprechen will. Er oder Schweigerecht plus Anwalt.

Also schickt Groth Krüger zum Busbahnhof, um mit dem Diensteinteiler zu sprechen und herauszufinden, wer vor zwei Tagen den Bus Richtung See gefahren hat. Groth hat bereits einen Arm in der Jacke, als er Gerstackers Büro betritt.

»Regine Schadow«, sagt Groth. »Sie liegt im Krankenhaus und will mit uns reden.«

Gerstacker rührt sich nicht.

»Über ihre Schwester«, fügt Groth hinzu. »Also, worauf wartest du?«

»Ich kann hier gerade nicht weg«, sagt Gerstacker.

»Wieso kannst du nicht weg?«

»Dringende Besprechung.«

Groth will etwas erwidern, aber da ist eine Kälte in Gerstackers Blick, die ihn verstummen lässt. Er denkt an Gerstackers akribische Ermittlungen im Fall Eck, an den Tag, an dem er endlich zugab, vor zehn Jahren vom Fall Jutta Timm abgezogen worden zu sein. Und nun kommt er nicht mit? Es passt nicht ins Bild, ganz und gar nicht, denkt Groth, doch bevor er nachhaken kann, drängt sich Gerstacker an ihm vorbei und verlässt das Zimmer.

»Keine Lügen mehr«, sagt Groth zu Regine, als er mit dem Aufnahmegerät vor ihrem Krankenhausbett steht. Regine Schadow sitzt auf der Bettkante. Ein Infusionsbeutel hängt neben ihr von einem dürren Gestell.

»Nicht, wenn man so knapp davongekommen ist.«

Er deutet auf Regines eingegipstes Handgelenk.

»Ist natürlich das rechte«, sagt Regine.

»Natürlich«, antwortet Groth.

Regine sieht verändert aus, nicht nur wegen der Schürfwunden im Gesicht, nein, diese stumme Härte ist aus ihrem Blick gewichen.

Als Bekendorf hörte, dass Regine Schadow wieder aufgetaucht sei, mahnte er Groth, sich nicht von ihr einwickeln zu lassen. »Sie hat uns nach Strich und Faden belogen, Groth! Vergessen Sie das nicht.«

Groth rückt einen Stuhl ans Fußende des Bettes und setzt sich. Er erklärt Regine, dass sie nicht mehr als Beschuldigte geführt werde. Die Lage habe sich geändert seit ihrer letzten Vernehmung.

»Haben Sie dazu Fragen?«

Regine hat keine.

»Also«, sagt Groth. Er zieht seinen Notizblock aus der Tasche und beginnt, beim Blättern seine Gedanken zu sortieren. »Zuerst waren Sie von einem Tag auf den nächsten verschwunden, und dann findet mein Kollege Sie bewusstlos im Straßengraben. Was ist passiert?«

»Das wird mir sowieso niemand glauben«, sagt Regine.

»Versuchen Sie's doch mal.«

Regines Blick ist auf die Wand hinter Groth geheftet.

Sie führe Gespräche mit ihrer toten Schwester, beginnt sie. Schon lange mache sie das. Keine netten Gespräche, nicht so, wie man sich das vielleicht vorstelle – Herz ausschütten und so. Gar nicht. Sie habe ihre Schwester dafür gehasst, dass sie tot war.

»Ich war damals elf Jahre alt. In der Schule kannte man mich als die, deren Schwester ermordet worden war. Ich hab mir gewünscht, eines von diesen Scheidungskindern zu sein. Das wäre so einfach gewesen. Jeder verstand das. Eltern geschieden, na und? Aber 'ne tote Schwester, die es noch dazu darauf angelegt hatte? Zog nachts um die Häuser, haben die Leute gesagt.« Sie sieht Groth an. »Dabei stimmte das gar nicht. Was stimmt, ist, dass Jutta am Wochenende tanzen ging. Wenn irgendwo Disco war, dann war sie dabei. Ich hab meistens gehört, wenn Jutta nachts nach Hause kam. Ich hab die Autos gehört, die Stimmen. Oft kam dieser Trabi mit Anhänger. Ich stand am Fenster, hinter der Gardine, und hab gewartet, bis Jutta ausstieg. Da war so ein Kasten auf dem Anhänger. Ein schwarzes Ding. Ich hatte keine Ahnung, was das sein könnte. Mit elf reimt man sich so einiges zusammen ... Na ja, kurz und gut, der Typ mit dem Trabi-Anhänger, das war Siegen Eck. Der tingelte damals mit seiner Bassreflexbox als Einmann-Band von Dorf zu Dorf. Jutta kannte ihn gut. Sie hat ihn oft gelöchert und gefragt, ob er sie mitnehmen kann. Das hat er auch gemacht. Nicht immer. Aber ab und zu. Als Kind war für mich klar, dass der Mann, der Jutta im Trabi nach Hause bringt, ein böser Zauberer sein muss. Eines Abends ist Jutta tatsächlich in die schwarze Box gestiegen – und er ließ sie verschwinden.

Aber dann wurde dieser Eck freigesprochen. Unsere Familie zerfiel. Wir zogen aus Altentreptow weg. Mein Vater ist früh gestorben. Er war überzeugt, dass Eck schuldig ist und im Gefängnis sitzen sollte. Aber so einfach ist das nicht. Ich weiß inzwischen, dass Eck kein Täter ist. Er ist das Gegenteil davon.«

»Woher wissen Sie das?«

»Eck hat mir im Sommer so einiges erzählt. Ich weiß, dass er von einem Polizisten misshandelt wurde. Der hat Eck die Brusthaare rausgerissen, büschelweise, nur damit er gesteht.«

»Das hat Eck Ihnen gesagt?«

»Ja.«

Groth notiert es sich.

»Kennen Sie den Namen des Polizisten?«

»Nur aus der Zeitung. Eck hatte einen Spitznamen für ihn.«

»Welchen?«

»Kraftprotz.«

Groth schreibt auch das auf.

»Warum sind Sie im Sommer plötzlich von Berlin nach Wechtershagen zurückgekommen, Frau Schadow? Ich glaube, das hatte weder mit Ihrer Großmutter zu tun noch mit Eck. Habe ich recht?«

Regine fühlt mit der Hand über ihren Gips.

»Es ist eine lange Geschichte«, sagt sie. »Sie fängt damit an, dass mir plötzlich klarwurde, wer meine Schwester umgebracht hat.«

• • •

Die Erkenntnis kam ihr an einem Freitagnachmittag im April in Berlin im Hotel Kempinski. Regine sah den Mann, als sie mit dem silbernen Serviertablett in der Hand am Tresen auf zwei Cocktails wartete. Sein glattrasiertes Gesicht stand plötzlich im erleuchteten Spiegel hinter der Bar, einfach so, wie ein Vollmond am Himmel, ausgestellt zwischen zwei Flaschen Bourbon.

Jim Beam. Gesicht. Jack Daniel's.

André summte hinter der Bar vor sich hin. Er schnitt Limetten in Scheiben, füllte Eiswürfel nach, sortierte seine Garnituren für den Abend, »rüsten« nannte er das. Zwischen all diesen Handgriffen widmete er sich Regines Bestellung. Es war später Nachmittag, die ersten Gäste tröpfelten in die Bar. Die Mischung aus ausgehfertigen jungen Frauen, Tagungsgästen und versprengten Geschäftsreisenden mit gelöstem Schlips bedeutete ziemlich genau halb sechs. Regine arbeitete seit einem halben Jahr hier im Kempinski und hatte gelernt, die Uhrzeit an der Stimmung der Gäste abzulesen.

Die Cocktails, die André mixte, gingen an zwei junge Frauen, die etwas feiern wollten. Hatten eine Ewigkeit gebraucht, um die Karte zu studieren. Schließlich half Regine ihnen etwas auf die Sprünge, sie wollte ja schließlich nicht Wurzeln schlagen, und wer sich nicht entscheiden konnte, kriegte von ihr einen Mai Tai Spezial. Während sie an der Bar auf die Drinks wartete, beobachtete sie im Spiegel die Gäste. Das machte sie immer so.

Und da sah sie dieses Gesicht, das sie von früher kannte. Regine glaubte zuerst an einen makabren Witz und wollte das Bild wegblinzeln. Aber das funktionierte nicht. Sie hatte den Mann seit zehn Jahren nicht gesehen. Sie hatte überhaupt vergessen, dass er existierte. Er gehörte in eine Zeit ihres Lebens, die sie ausradiert hatte, und nun saß er hier im Kempinski, und Regine sollte ihn bedienen.

Regine beobachtete die Gruppe, mit der er in die Bar gekommen war. Anzugträger mit billigen Krawatten. Und eine Frau, die Regine wegen ihrer Kurven und der sehr hohen Stimme gleich aufgefallen war. Im Spiegel sah Regine zu, wie die Gruppe drei Tische zusammenschob, Aktentaschen abstellte, Mäntel aufknöpfte. Sie rochen nach Behörde. Ministerium. Jemand sagte: »Scheißwetter.«

»Zweimal Spezial für Tisch vier, bitte sehr«, sagte André mit seiner Varietéstimme und stellte ihr zwei gefüllte Gläser aufs Serviertablett.

Regine nahm es kaum wahr. Sie konnte nicht anders, als das Gesicht im Spiegel weiter anzustarren. Wahrscheinlich täuschte sie sich. Es gab viele Männer um die fünfzig, die auftraten, als gehöre ihnen ganz Berlin. Sah er sie gerade an? Warum sie das so nervös machte, konnte sich Regine nicht erklären. André, dessen Augen nichts entging, hätte ihr die Nervosität normalerweise gleich angemerkt, aber er bückte sich hinter dem Tresen nach etwas, tauchte wieder auf mit einem Zweig Minze in der Hand. Das gab ihr einen Moment, um sich zu sammeln. Sie drückte die Schultern nach hinten, hob das Kinn. Locker, Kindchen, sagte sie zu sich selbst und hatte dabei Ludis Stimme im Ohr. Immer schön locker bleiben. Es ist nur ein Gesicht. Unmöglich, dass er dich wiedererkannt hat. Noch dazu von hinten. Und selbst wenn? Was ist denn dabei? Ist doch klar, dass ich irgendwo auf diesem Planeten rumspaziere. Kann mich ja nicht in Luft aufgelöst haben. Sie hob das Tablett an, ein Schluck Mai Tai schwappte über den Rand eines Glases, rann auf die silberne Oberfläche und bildete dort einen Ring um den Glasfuß. Klebriges Zeug, dachte Regine. Widerlich. Sie würde sich entschuldigen müssen, Servietten reichen. Die beiden jungen Frauen, Touristinnen aus dem Westen, waren vermutlich kaum älter als sie selbst. Regine hatte Glück. Die beiden waren so froh, sich endlich mal ausquatschen zu können, dass sie die klebrigen Gläser nicht bemerkten.

»Sag mal«, fragte Regine André, als sie wieder am Tresen stand. »Kennste die Typen dahinten zufällig?«

»Die Bonzen an Tisch vier? Nur zwei von denen. Einer ist der Innensenator.«

»Wie«, staunte Regine. »Von Berlin?«

»Wovon denn sonst?« André grinste.

»Und der Glattrasierte?«

»Den kenn ich nicht. War erst einmal hier. Ich tippe auf Landespolitik. Aber frag mich nicht, von wo und für was.«

André wischte den Tresen ab und schaute für eine halbe Sekunde zu dem Mann. Der hatte sich zu einer der beiden Touristinnen am Nebentisch gelehnt und unterhielt sich mit ihr.

»Kotzbrocken, wenn du mich fragst«, sagte André. »Wieso?«

»Ach nichts«, erwiderte Regine. »Hab ihn wohl verwechselt.«

André nahm es hin. Stellte Regine zwei Pils aufs Tablett.

Regine verwechselte nie jemanden. Früher vielleicht. Aber garantiert nicht, seit sie in Berlin war und kellnerte.

Es war erstaunlich, welche Wirkung die Bar des Kempinski auf sie hatte. Sie ging über den weichen Teppich wie über eine Bühne. Am Nachmittag hatte der Teppich Schraffierungen vom Staubsaugen, samtene Streifen, matt, hell, matt, hell. Für Regine waren es Markierungen, die nur für ihren Auftritt existierten. Später am Abend, wenn die Bahnen zertreten waren, brauchte Regine sie nicht mehr. Dann wusste sie alles, kannte die Vorlieben der Gäste. Sie konnte in alle Köpfe schauen und führte Regie. Regine war längst nicht mehr das dumme Gör aus Altentreptow, das sich mit siebzehn hatte schwängern lassen. Hier war Regine eine junge Frau ohne Vergangenheit und mit ungeahnter Macht.

Regine verteilte Bierdeckel und stellte den Anzugträgern Pilsgläser hin. Bald ging es laut zu. Sie nahm Bestellungen auf, roch den Schweiß der Gruppe und hörte, dass der Mann, den sie kannte, der jungen Touristin am Nebentisch einen Martini anbot. Einer der Männer grölte: »Noch ein Helles!«

Regine beugte sich vor, um die leeren Gläser abzuräumen. Der Mann, der ein Helles bestellt hatte, starrte ihr in die Bluse, dann auf das Namensschild. »Frau Schadow«, setzte er hinzu. Er sprach es aus wie Schadoff.

»Schado«, korrigierte Regine. Dabei schaute sie zur Seite und dem Glattrasierten direkt ins Gesicht. »Das ist stumm, das W.«

Er hatte sie nicht erkannt. Regine war sich jetzt sicher. Kein Wunder, denn er hatte ja Jutta, Regines tote Schwester, gekannt und nicht sie. Sie war damals ein Mädchen von gerade mal elf Jahren gewesen. Während sie abräumte, hörte sie, dass der Mann die Gruppe mit Witzen unterhielt.

»Die DDR war immer führend in der Mikroelektronik. Wir bauten die größten Mikrochips!« Dem folgte ein Schwall von Gelächter.

Seine Stimme hatte sich nicht verändert. Nicht einen Deut. Wenn sie das Gesicht nicht erkannt hätte, dann auf jeden Fall diese Stimme. Du meine Güte, wie präsent ihr alles war. Sie erinnerte sich an die Abende, als er bei den Eltern am Küchentisch gesessen hatte. Da war Jutta schon tot.

»Du bist eine solche Stütze, Raimund«, hatte Regines Mutter gesagt. »Ich danke dir.«

Regine erinnerte sich auch, dass der Mann in seiner Freizeit Jäger war. Einmal hatte er ihnen Kaninchen mitgebracht, von ihm selbst gehäutet, und lachend erzählt, dass er sie mit einem umgebauten Luftdruckgewehr geschossen hatte. Regine erinnerte sich an den bewundernden Blick ihres Vaters, als er die toten Leiber entgegennahm.

Am Ende ihrer Schicht, Regine hatte schon die Jacke an und die Tasche aus dem Spind geholt, ging sie noch schnell die Treppe rauf zur Toilette. Konnte nicht schaden. Es war kurz nach eins, sie hatte unfreundlich werden müssen, damit die verbliebenen Gäste die Bar verließen. Der Mann, den sie kannte, war einer der letzten gewesen.

Um diese Zeit ging Regine gerne auf eine der schicken Gästetoiletten im ersten Stock, ganz hinten neben dem Kraftraum. Der Flur war fensterlos und in das blaue Licht der Nachtbeleuchtung getaucht. Aus einem unsichtbaren Lautsprecher plätscherten belanglose Akkordfolgen. Regine drückte schon die Klinke zur Damentoilette herunter, als sie hinter sich Schritte wahrnahm. Sie war sofort alarmiert. Die Schritte waren fast lautlos, nicht schwer wie die eines Betrunkenen, sie hatte sie von ihren eigenen kaum unterscheiden können, und es war mehr ein ungutes Gefühl gewesen, das ihr verriet, dass ihr jemand gefolgt war.

Regine ließ die Klinke fahren, huschte über den Flur in den

dunklen Kraftraum und hockte sich mit angezogenen Knien zwischen ein paar verstreute Hanteln. Sie fühlte sich wie ein Hase auf offenem Feld. Wieder waren Schritte zu erahnen. Fast hätte man glauben können, es wäre niemand auf dem Gang. Aber Regine hatte ein feines Gehör, sie nahm wahr, wie die Tür zum Toilettenraum sehr behutsam aufgedrückt wurde. Kurz danach fiel sie wieder zu. *Klack*. Dann blieb es ruhig. Regine horchte in die Stille. Sie konnte fühlen, dass dort draußen noch jemand wartete. Er stand vor dem Eingang zur Toilette und atmete. Irgendwann hatte er kapiert, dass er vergeblich dort stand. Die Toiletten waren leer.

Das Gestell mit Gewichten, hinter das sich Regine jetzt duckte, hatte keine Rückwand. Das ist passend, dachte Regine. Wie im echten Leben. Wenn er das Licht anmacht, wird er dich sofort sehen.

Doch statt flammender Helligkeit blieb es dunkel. Von der Treppe näherten sich Stöckelschuhe, sie hörte eine junge Frauenstimme, die jetzt sprach und albern lachte. Es war die Stimme der jungen Touristin aus dem Westen. Kurz darauf ging die Toilettentür. Regine hörte Stöckelschuhe auf Fliesen.

Eine Minute verstrich, zwei. Regine konnte den Verfolger nicht mehr orten, sie war sich nicht sicher, ob er überhaupt noch da war. Ob er auf die junge Frau wartete oder, schlimmer, auf sie.

Regines Sinne waren aufs Höchste geschärft. Sie hockte und horchte und witterte. Sie hoffte, dass sie unsichtbar war, hier, kaum verdeckt hinter fingerdicken Stangen.

Und in diesem Moment hörte sie wieder etwas.

Jemand flüsterte in den Raum: »Kleine freche Mädchen.«

Hatte sie sich das eingebildet?

Ihr Herz schlug so schnell, dass sie laut Luft holen musste.

Niemand kam. Alles blieb ruhig. Sie war sich nicht einmal mehr sicher, ob sie diesen Satz wirklich gehört hatte.

Vielleicht hätte sie geglaubt, sich die Worte nur eingebildet zu haben, wenn ihr nicht in diesem Moment eingefallen wäre, wie Jutta und sie damals die Hände des Mannes getauft hatten.

Kaninchenhände.

Ein Wissen durchschwemmte sie. Blutwissen.

Das fehlende Stück zwischen dem Moment, als Jutta in die Kiste stieg, und jenem, als sie erst im Tannenkruger Forst wieder auftauchte. Wie hatte sie nur so blind sein können? Regine biss sich in den Handballen, um nicht laut aufzuschreien. Sie erinnerte sich in diesem Moment auf einmal sehr deutlich an Gartenfeste mit Jutta auf Bertholds Schoß. Hatte Jutta nicht sogar mal zu ihr gesagt, dass ihr Onkel Raimund auf die Nerven gehe? Bestimmt hatte Jutta darüber etwas in ihre Tagebücher geschrieben. Aber die hatte die Polizei abgeholt.

Mensch, Gine, flüsterte in diesem Moment Juttas Stimme in ihrem Ohr. Danke. Endlich kapiert es mal jemand.

Der Gang war leer, bis auf Blitze der Erinnerung, ein Wetterleuchten, das nur für Regine sichtbar war.

Als sie Minuten später auf dem Ku'damm stand, wurde ihr schlecht, und zwar so heftig, dass sie sich an einer Straßenlaterne festklammern und übergeben musste.

»Blutwissen«, wiederholt Groth.

»Genau.«

Regine weiß selbst nicht, warum sie dieses Wort benutzt hat. Der Polizist wird es im besten Fall ignorieren und im schlechtesten denken, dass sie nicht ganz richtig im Kopf ist.

Aber er sagt nichts dergleichen.

Er schaut sie seltsam sanft an, dieser Groth. »Blutwissen«, wiederholt er noch einmal.

Und dann schreibt er das Wort ins Protokoll.

27

Es ist einer dieser Tage, an denen sich die Ereignisse überschlagen. Als Groth nach der Befragung von Regine Timm aufs Revier zurückkommt, erwartet er, dass Gerstacker bereits auf dem Gang lauert, um der Erste zu sein, der erfährt, was sie ausgesagt hat.

Doch der Flur liegt verwaist, von Gerstacker keine Spur.

Groth versucht es in dessen Büro. Die Tür steht auf, Gerstackers Jacke hängt auf dem Bügel an der Garderobe, die Mütze über dem Garderobenhaken. Auf dem Schreibtisch liegt eine aufgeschlagene Akte, ein dickes Eisenlineal rechtwinklig über dem Falz, damit sie nicht zuklappt. Das Licht brennt.

Groth setzt sich hin und lässt einige Minuten verstreichen. Meine Güte, denkt er. Dieses Bild von Ecks Brust, von Riedels Brutalität, das wird ihn so schnell nicht loslassen. Er muss daran denken, dass Regine Timm jetzt älter ist, als ihre Schwester war, als sie starb.

Wie lebt man mit so einer Last?

Zudem ist Bekendorf nur noch damit beschäftigt, wie die Dienststelle nach außen hin dasteht. Groth mag sich kaum ausmalen, wie Bekendorf reagieren wird, wenn er erfährt, dass sie außer einem ehemaligen Volkspolizisten nun auch noch einen Staatssekretär im Innenministerium unter Verdacht haben, und zwar wegen eines Mordes, den er sorgsam vertuscht hat.

Irgendwo knallt eine Tür. Doch auf dem Gang vor Gerstackers Büro bleibt es still. Groth beschließt, dass das Warten keinen Zweck hat.

Gerstacker gehört zu der Sorte, die immer ganz vorne stehen, wenn es etwas zu sehen gibt. Der wird schon irgendwann von ganz allein bei ihm auftauchen.

Also geht Groth zu Bekendorf. Er klopft und öffnet die Tür, während er einen Blick auf das Verhörprotokoll wirft, das er mitgenommen hat. Ganz am Ende steht der Name Raimund Berthold. Groth ist gespannt, wie Bekendorf darauf reagiert.

Doch als er in den Raum tritt, merkt er sofort, dass er stört. Bekendorf sitzt am Schreibtisch, davor, das Gesicht zu Groth wendend, Gerstacker. Gerstacker sieht nicht gut aus.

»Jetzt nicht, Groth«, sagt Bekendorf.

Zurück in seinem Büro setzt sich Groth, wie es sonst Gerstackers Art ist, auf den Heizkörper und lässt einige Minuten verstreichen. Dann hält er es nicht mehr aus und geht zu Gerda Küttel.

»Warum ist Gerstacker bei Bekendorf?«

»Ach je, Herr Groth«, sagt sie und winkt ab. »Da braut sich was zusammen. Der Chef hat ihn einbestellt. Ich glaube, die haben jetzt den Bescheid wegen der Liste.«

»Welche Liste?«

»Na, die Abschussliste. Vielleicht können Sie ja ein gutes Wort für Herrn Gerstacker einlegen. Das geht doch alles nicht mit gerechten Dingen zu, Herr Groth.«

Die Neuigkeit verbreitet sich bereits auf dem Revier, während Gerstacker noch bei Bekendorf sitzt. In der Pausenküche erfährt Groth, dass die Begutachtungskommission vor drei Wochen in Rostock getagt habe. Sie sei paritätisch aus Mitgliedern der Polizei, West und Ost, und Vertretern der Kirche zusammengesetzt gewesen. Gerstacker sei vor die Kommission gerufen worden und habe ausgesagt. Nichts davon hat er Groth je erzählt.

Jemand meint zu wissen, dass Gerstacker nur deswegen aufgeflogen sei, weil er im Antrag gelogen habe.

»Stasi-Verbindung allein ist kein Grund für einen Rauswurf«, sagt Krüger. »Aber wenn du sie nicht offenlegst, dann fliegste.«

Die Behauptung löst einigen Protest aus, besonders bei Schaller und Gerda Küttel, die Gerstacker für unschuldig halten und das Wort »Sündenbock« in die Runde werfen.

Niemand schnappt danach.

Als Gerstacker endlich auf der Treppe erscheint, herrscht betretenes Schweigen.

»Was ist denn hier los?«, fragt Gerstacker und bahnt sich einen Weg durch die Versammlung. Er sieht müde aus.

Jemand fragt: »Und?«

»Schichtende«, sagt Gerstacker im Vorbeigehen. »War ja zu erwarten.«

Gerda Küttel schluchzt einmal auf. Schaller klopft Gerstacker von hinten auf die Schulter.

Und Groth kann nicht fassen, was er da hört. Zudem beschleicht ihn ein ungutes Gefühl. War Jo Allers nicht vor ungefähr drei Wochen in Rostock? Sie saßen doch noch zusammen an Groths Küchentisch. Allers interessierte sich für den Fall Eck.

Groth versucht sich zu erinnern, worüber er mit Allers gesprochen hat.

Ein Schreck durchfährt ihn, als er die Worte rekapituliert.

Groth hatte Allers' Interesse auf sich selbst bezogen. O Gott, denkt Groth. Er selbst hat Allers damals erzählt, dass Gerstacker sich von niemandem mentorieren lässt.

Es ist bereits dunkel, die Kollegen sind nach Hause gegangen, als Gerstacker in Groths Büro erscheint.

Als wäre nichts geschehen, setzt er sich auf den Heizkörper.

»Bevor ich gehe«, sagt Gerstacker. »Wie lief es denn mit der Kellnerin?«

Plötzlich weiß Groth gar nicht, wo er anfangen soll.

»Du ahnst nicht, wie nah wir an der Wahrheit dran waren. Berthold. Raimund Berthold.«

Gerstacker haut sich auf den Oberschenkel.

»Na, wer sagt's denn!«

»Regine Schadow ist ihm im April eines Abends in der Hotelbar begegnet und hat ihn wiedererkannt. Sie sagt, ihr sei an dem Abend klargeworden, dass er der Mörder ihrer Schwester ist. Wusstest du, dass Berthold Jagdleiter im Gebiet von Demmin war? Ihm stand dort eine Jagdhütte zur Verfügung. Hatte eine Vorliebe für Kaninchenjagd mit dem Luftgewehr und anschließendem Doppelkorn auf der Hütte. Regine Schadow hat ausgesagt, wie nah er der Familie stand.«

Gerstacker nickt.

»Und woher weiß sie, dass er der Mörder ist?«

»Tja«, sagt Groth. »Jetzt kommen wir zum schwierigen Teil. Alles basiert auf einer Vermutung, sie hat keine Beweise, keine Zeugen. Sie weiß das alles nur, weil sie zwei und zwei zusammengezählt hat. ›Blutwissen‹ nennt sie das.«

Gerstacker scheint über das Wort nachzudenken.

»Damit können wir wohl erst mal nichts anfangen.«

»Und da ist noch was. Regine Schadow hat sich von Eck inspirieren lassen. Ich glaube, sie hat versucht, Berthold zu erpressen.«

»Mit Erfolg?«

»Hat nicht funktioniert. Aber ich vermute, dass es unseren Herrn Staatssekretär ganz schön nervös gemacht hat. Vielleicht so nervös, dass die junge Dame mit dem Kopf voran im Straßengraben gelandet ist.«

Gerstacker entfernt ein Stäubchen von seinem Pullunder, und Groth muss an seine erste Woche in Wechtershagen denken, als Gerstacker zu ihm hereinkam und alles inspizierte. Wie lange das jetzt zurückzuliegen scheint. Er hat Gerstacker noch nicht mal von Saskia erzählt.

»Ist gar nicht in meinem Sinne«, sagt Groth. »Dass du jetzt raus bist.« Er kann Gerstacker bei diesen Worten nicht anschauen. »Ich fühle mich schuldig. Naiv. Ich hätte dich besser verteidigen sollen.«

»Das hätte nichts geändert«, erwidert Gerstacker. »Ich war ehrgeizig damals, als ich in Rostock anfing. Da ist mir einiges entglitten.«

»Und jetzt?«, fragt Groth.

»Jetzt nehmen wir uns Berthold vor. Das wird meine letzte Amtshandlung.«

28

Gerstackers letzter Tag im Dienst ist angebrochen, als sie sich zusammensetzen, um das weitere Vorgehen zu besprechen.

»Lass uns zusammenfassen«, sagt Gerstacker. »Wir haben Regine Schadows Aussage, wonach sie Berthold im April in Berlin wiedererkannt hat. Sie beschuldigt ihn aufgrund einer, wie soll ich es nennen ... verschütteten Erinnerung.«

»Sprich es ruhig aus. Regine Schadow hat letztlich nur so ein Gefühl. Aber ein Gefühl, das sie mit ziemlich überzeugenden Fakten untermauert«, findet Groth.

Die Jagdhütte, Bertholds Nähe zur Familie Timm, die Tatsache, dass Jutta ganz bestimmt arglos in sein Auto eingestiegen wäre, wenn er tatsächlich an jenem Abend in der Nähe von Demmin unterwegs gewesen sein sollte. Immer wenn Groth die Indizien an sich vorbeiziehen lässt, entsteht in seinem Kopf ein präzises Bild von der Tatnacht.

»Keine Frage«, sagt Gerstacker.

»Wenn wir ihrer Version folgen, dann hat Jutta Timm am Abend des 1. Mai getanzt, Sahnequarktorte gegessen und um etwa zweiundzwanzig Uhr die Tanzveranstaltung verlassen. Sie ging allein hinauf zur Fernstraße, in der Hoffnung, per Anhalter zurück nach Altentreptow zu kommen. Gehen wir weiter davon aus, dass sie an der Straße stand, als jemand vorbeifährt, der sie erkennt.«

»In diesem Fall wohl eine zufällige Begegnung«, wirft Gerstacker ein.

»Das wäre plausibel. Wir wissen, dass Berthold in diesem Gebiet

Jagdleiter war. Regine Schadow berichtete von seinen diversen Vorlieben. Kaninchenjagd mit dem Luftgewehr, gesellige Runden in seiner Jagdhütte, die er nach Regine Schadows Erinnerung fast wie ein zweites Wohnzimmer eingerichtet hatte, Sofa, Nierentisch, Hausbar, alles da. Er muss dort viel Zeit verbracht haben. Warum sollte er also nicht auch am 1. Mai zufällig dort entlanggefahren sein?« Groth lässt seine Handkante im Takt auf die Tischplatte schlagen, während er alles aufzählt und sich die Bilder jenes Abends immer genauer formen.

»Er fährt, und da sieht er an einer Bushaltestelle am Straßenrand Jutta Timm. Er erkennt sie. Hält an. Jutta ist überrascht und wahrscheinlich erfreut, ihn zu sehen. Fragt, was machst du denn hier?« Groths Handkante schwebt einen Augenblick über dem Tisch. »Und dann steigt sie ein. Er bietet sofort an, sie nach Hause zu bringen. Doch etwas läuft an diesem Abend aus dem Ruder.«

»Vielleicht behauptet Berthold, er müsse noch etwas bei der Hütte abliefern, dann werde er sie nach Hause bringen«, schlägt Gerstacker vor.

»Sehr gut möglich. Jutta Timm sitzt bereits im Wagen, als Berthold das sagt. Warum soll sie wieder aussteigen? Es ist doch nur ein kleiner Umweg zur Hütte.«

»Wir können annehmen, dass sie den lieber nicht machen würde.«

»Richtig. Wahrscheinlich ist es ihr unangenehm, mit Raimund Berthold in der Dunkelheit auf dem Waldweg zu fahren. Wahrscheinlich merkt sie, dass er getrunken hat. Aber sie reden über dies und das, es wird nicht lange dauern, alles ist gut.«

»Bis es nicht mehr gut ist und Berthold gewalttätig wird.« Gerstacker atmet laut ein. »Er verliert die Kontrolle, vergewaltigt sie, gerät in Panik und erdrosselt sie mit der Kordel ihres Parkas.«

Es ist so still im Zimmer, dass sie den Wasserhahn tropfen hören.

»Jetzt ist er erst recht in Panik.« Gerstacker ist vom Heizkörper aufgestanden und dreht den Hahn fest zu. »Um die Leiche loszuwerden, fährt Berthold noch in der Nacht zum Tannenkruger Forst, wo er Jutta Timm unter Gehölz und Blättern verscharrt.«

»Um bereits am nächsten Tag die Vermisstenmeldung auf seinem eigenen Schreibtisch vorzufinden ... Das stelle man sich mal vor!« Groth hebt die Nase. Von irgendwoher dringt der stechende Geruch von Sprühfarbe durch sein Kippfenster.

»Was macht man in einer solchen Situation?«, fragt Groth.

Gerstacker zuckt mit den Schultern. »Zuerst setzt man alles daran, sich nicht verdächtig zu verhalten.«

»Richtig. Du spielst herunter, du kümmerst dich um den Kollegen, dessen Tochter vermisst wird. Du beruhigst, du betonst, dass man alles unternehmen werde, um das Mädchen zu finden. Du sagst den Eltern, dass sie wahrscheinlich bei jemandem übernachtet habe. Alles wird sich aufklären. So sind die Mädchen in diesem Alter. Sie werden flügge.« Groth muss einen kurzen Gedanken an Saskia fortwischen. »Die Tage vergehen. Du hast die aktive Suche so lange wie möglich hinausgezögert. Jetzt verteilst du die Aufgaben. Als die Leiche gefunden wird, trifft die Morduntersuchungskommission aus Rostock ein. Das Revier verwandelt sich in einen Bienenstock. Jeder Stein wird umgedreht. Was würde jemand tun, der in dieser Situation steckt?«

»Alles, um nicht aufzufallen«, sagt Gerstacker.

Um zehn Uhr zwanzig ruft Groth im Ministerium des Innern an und bittet darum, zu Bertholds Sekretariat durchgestellt zu werden. Um zehn Uhr vierzig ruft die Sekretärin zurück, nachdem sie Berthold über Groths Anliegen informiert hat. Herr Berthold könne ein kurzes Gespräch morgen Nachmittag einrichten. Im Ministerium in Schwerin. Um sechzehn Uhr. Ob der Termin passe?

Groth hat sich in den Jahren seiner kriminalistischen Arbeit auf die wichtigen Vernehmungen sehr genau vorbereitet. In Hamburg hat er sich mit Lüppert und Allers beraten, die beste Strategie ausgearbeitet und vor allem immer ein Ass im Ärmel gehabt, wenn er in die Vernehmung ging. Dieses Ass musste er häufig nicht mal auspacken. Erstaunlicherweise reichte es bei vielen Beschuldigten schon, dass er ihnen zuhörte.

»Es ist allein Ihre Entscheidung, ob Sie mir sagen, was genau passiert ist.« Das war Groths einleitende Formel. »Wenn Sie mir nichts sagen wollen, ist das in Ordnung. Es ist Ihr gutes Recht.«

Das ließ er erst mal so stehen. Meist schwieg er dann eine Weile. Für die meisten Menschen ist langes Schweigen nervenaufreibend, das wusste Groth. Er kam aus Wechtershagen, da war Schweigen normal. Es war ihm in die Wiege gelegt.

Im nächsten Schritt fing er dann an zu spekulieren. Er verstieg sich in absurde Szenarien, warf sie wie eine Angelschnur hinaus ins Unbekannte und wartete auf Protest.

Das war der Moment, wo sich die Spreu vom Weizen trennte. Die Abgebrühten schwiegen weiter. Aber die Zufallstäter, die Mitläufer, die kleinen Fische – sie fingen nun an zu reden. Groth schenkte ihnen seine ungeteilte Aufmerksamkeit. Nichts tat so gut, wie sich die Mitschuld von der Seele zu reden.

Bei Berthold, das ist Groth klar, muss er sich auf einen der schwierigsten Gegner seiner bisherigen Laufbahn einstellen. Der Mann sitzt im Ministerium, man hat ihm nach der Wende eine weiße Weste bescheinigt. Und die gilt es zu verteidigen.

Am Tag des Gesprächs will Bekendorf in der Morgenlage genau über Groths Strategie informiert werden. »Es ist ein sehr schmaler Grat, auf dem Sie sich bewegen, Groth. Das wissen Sie selbst. Wir haben nichts gegen Berthold in der Hand.«

»Außer einem starken Verdacht.«

»Nein, Groth, da muss ich entschieden widersprechen. Sie gehen einzig und allein deshalb hin, um sich ein Bild zu machen.

Berthold sitzt am längeren Hebel, wir können ihm gar nichts. Ich verlange äußerste Zurückhaltung, haben wir uns verstanden?«

»Keine Sorge«, sagt Groth. »Ich werde mir ein Bild machen, mehr nicht.«

Bekendorf sieht aus, als wolle er noch etwas erwidern, aber dann nickt er, klopft mit den Fingerknöcheln zweimal auf die Tischplatte und beendet die Besprechung.

»Du hast trotzdem einen Vorteil«, gibt Gerstacker ihm mit auf den Weg. »Berthold muss sich kooperativ zeigen. Alles andere wäre verdächtig.«

Also schmieden sie den Plan, dass Groth Fragen stellen, aber sonst möglichst wenig preisgeben soll. Wenn das nicht funktioniert, dann wird Groth zu Stufe zwei des Plans übergehen.

Spekulation.

Groth muss einige Minuten im Gang warten, bevor Berthold persönlich erscheint und ihn per Handschlag begrüßt.

»Sie sind also der Kollege aus Hamburg«, sagt er.

»Früher Hamburg, jetzt Wechtershagen.«

»Richtig. Wie kann ich Ihnen helfen?«

Groth wartet, bis sie in Bertholds Büro angekommen sind und sich an einem massiven Schreibtisch gegenübersitzen. Groth schaut sich um. Das Büro ist wohnlich eingerichtet, ein Läufer liegt auf dem Boden, selbst einen Vitrinenschrank entdeckt Groth zwischen Regalen. Sein Blick fällt auf die Auswahl darin, Cognac, Wermut, Becherovka. Über allem schwebt ein Geruch nach Rasierwasser.

»Ein Altfall beschäftigt mich«, sagt Groth.

»Amtshilfe also, nun denn.«

»Ein Mordfall aus dem Jahr 1980. Erinnern Sie sich an den Fall Jutta Timm?«

»Sicher. Ein Mordfall. So was vergisst man nicht.«

Groth sagt nichts.

»Besonders wenn der Täter frei herumläuft, weil die Justiz versagt.«

»Ach«, sagt Groth. »War das so?«

»Wir hatten den Täter damals ermittelt. Wenn ich mich richtig erinnere, war der Mann geständig.«

»Erinnern Sie sich auch noch an den Namen des Mannes?«

»Nein. Beim besten Willen.«

»Eck. Siegmar Eck. Gerade mal zwanzig Jahre damals.«

»Richtig. Jetzt fällt es mir wieder ein.«

»Es ist uns gelungen, die alten Vernehmungsprotokolle zu rekonstruieren.« Groth beobachtet Bertholds Miene sehr genau. Er muss zugeben, dass sich der Mann unter Kontrolle hat. Da geht kein Zucken, kein unterdrückter Schreck, kein Anzeichen von Überraschung über dieses Gesicht. Nichts als stoische Ruhe. Allenfalls sieht Groth ein kurzes Blinzeln. Doch er spürt, dass es arbeitet hinter Bertholds Stirn.

»Wie kann ich Ihnen damit noch helfen, Herr Groth?«

Na bitte, denkt Groth. Denn nun liegt ein Halbton von Ungeduld in Bertholds Stimme.

»Der Beschuldigte Eck wurde damals häufig vernommen. Zu verschiedenen Tageszeiten. Manchmal über Stunden. Von wechselndem Personal. Ein Name, der dabei auch auftaucht, ist Ihrer.«

»Das mag sein.«

»Können Sie das bestätigen?«

»Eine Erinnerung habe ich daran nicht, aber wenn es so in den Protokollen steht, wird es wohl stimmen.«

»Was mich umtreibt«, sagt Groth, »ist nicht die Tatsache, dass Ihr Name im Protokoll auftaucht.«

»Sondern?«

»Dass Ihr Name nur einmal auftaucht. Das will mir nicht einleuchten.« Groth lässt den Blick zur Zimmerdecke wandern, als müsse er jetzt in diesem Moment darüber nachdenken. »Ich frage deshalb nach«, fährt er fort, »weil man Sie aus dem Fall weitgehend herausgehalten hat. Und das, obwohl Sie als Leiter des Dezernats zu der Zeit in allen Mordfällen die Ermittlungen geführt haben. Gab es dafür einen Grund?«

Berthold antwortet auch jetzt ohne jedes Zögern. »Wie gesagt, ich erinnere mich an diese Einzelheiten nicht. Aber wir hatten einen ganzen Stab fähiger Kollegen, da waren viele, die schwierige Ermittlungen leiten konnten. Vielleicht hatte ich damals einen anderen wichtigen Fall, das weiß ich heute nicht mehr. Warum ist das eigentlich wichtig, Herr Groth? Sie werden verstehen, dass mir bei Ihren Fragen der Zusammenhang mit der Lösung des Altfalls entgeht.«

»Sagt Ihnen der Name Friedhelm Timm etwas?« Groth sieht Berthold direkt an.

»Richtig, Friedhelm Timm. Das hatte ich schon vergessen. Der Vater der ermordeten Schülerin. Er war Kollege.«

»Waren Sie befreundet?«

»Wir waren Kollegen. Ich denke, wir respektierten uns.«

»Hatten Sie privat miteinander zu tun?«

»Herr Groth, vielleicht möchten Sie mir den Gefallen tun und den Zusammenhang all dessen mit Ihren Ermittlungen erläutern.«

Dieses Mal kann Berthold die Spur von Ärger in seiner Stimme nicht verstecken.

So, denkt Groth. Jetzt liegen die Nerven schön blank.

»Selbstverständlich«, sagt Groth. »Es geht um Befangenheit. Ich frage mich natürlich, warum Sie damals aus den Ermittlungen herausgehalten wurden, und mir ist eine sehr einleuchtende Antwort gekommen: Sie kannten die Familie Timm zu gut. Sie haben entschieden, sich aus den Ermittlungen zurückzuziehen, da Sie Ihre Neutralität nicht wahren konnten. Was halten Sie von dieser Überlegung?«

»Das klingt plausibel. Ich würde mich so verhalten. Leider kann ich es heute nicht mehr mit Sicherheit bestätigen.«

»Ich verstehe. Trotzdem hilft mir Ihre Einschätzung weiter. Dann will ich Sie nicht weiter von der Arbeit abhalten.«

Groth erhebt sich und gibt vor, Berthold die Hand hinstrecken zu wollen, als er sich nochmals in den Stuhl zurückfallen lässt.

»Eine Ungereimtheit bleibt da allerdings noch«, sagt Groth. »Wenn das so wäre, also nur mal angenommen, meine ich, dass Sie mit den Timms gut befreundet waren, dann würden Sie sich daran doch erinnern. Finden Sie nicht auch?«

»Würde, hätte, könnte«, sagt Berthold. »Ich fürchte, dass ich Sie mit dieser Ungereimtheit verabschieden muss, Herr Groth. Das Ganze ist wirklich lange her.« Berthold hat schon die Hände auf die Armlehnen gestützt und will aufstehen.

»In der Tat«, sagt Groth. »Das Problem ist, dass ich Ungereimtheiten gar nicht gut vertrage. Ich wälze sie im Kopf hin und her, schlafe schlecht. Wenn Sie mir also erlauben«, Groth holt seinen Notizblock aus der Sakkotasche und beginnt zu blättern, »würde ich gerne die Aussagen der Familie Timm ins Spiel bringen.«

Berthold fällt in den Sessel zurück und wirft einen Blick auf seine Armbanduhr.

»Er war uns damals eine große Stütze«, liest Groth. *»Hat sich um alles gekümmert. Den Anwalt besorgt.* Und so weiter und so weiter.« Groth legt den Block auf den Tisch und schaut Berthold an, die weißen Manschetten, die zur Pyramide geformten Finger über der Schreibtischplatte schwebend.

Schließlich sagt Berthold: »Ist das eine Frage?«

Groth überlegt, wie er fortfahren soll. Berthold muss spätestens jetzt verstanden haben, dass Groth im Fall Timm Ermittlungen zu seiner Person angestellt hat, Befragungen durchgeführt, im Stroh gerührt hat. Spätestens jetzt wäre der Moment gekommen, in die Defensive zu gehen. Doch der Mann hat sich sehr gut im Griff, das muss Groth zugeben, er zeigt keinerlei Nervosität, ganz im Gegenteil, wenn Groth sich nicht täuscht, wirkt Berthold sogar leicht amüsiert.

»Ist das eine Frage?«, sinniert Groth. »Ich meine, da haben Sie den Nagel auf den Kopf getroffen, Herr Minister. Auch wenn es mir selbst bis soeben nicht bewusst war, glaube ich nämlich auch, dass sich in diesen Aussagen eine gewaltige Frage verbirgt. Aber ich stelle keine solchen Fragen, das ist nicht der Anlass meines Besuchs.« Groth lehnt sich zurück und schlägt die Beine übereinander. »Ich habe nur eine Anmerkung. Da hat sich ein Vorgesetzter in einer vorbildlichen Weise um einen Kollegen in Not gekümmert. Und das ganz ohne ... ohne, wie soll ich sagen ... Zweck.«

»Das Wort ›Zweck‹ passt hier nicht, Herr Groth. Kollegiale Fürsorge, das machte man bei uns so. Ich hätte mich um jeden Kollegen, der einen Schicksalsschlag erleidet, in gleicher Weise gekümmert. Und umgekehrt hätten meine Kollegen das auch für mich getan, das kann ich Ihnen versichern. Wie ist das bei der Hamburger Polizei? Steht man dort nicht für die Hinterbliebenen ein?«

Groth ist von diesem Wort verunsichert. Warum spricht Berthold von Hinterbliebenen? Weiß er von Saskia? Er muss Erkundigungen über ihn eingezogen haben. Natürlich. Es ist ein Machtspiel, und Berthold ist bestens vorbereitet.

Groth wechselt das Thema. »Sie waren beide Jäger, Friedhelm Timm und Sie.«

»Das ist richtig. Mit meiner Anteilnahme hat das aber nichts zu tun.«

»Waren Sie befreundet?«

»Das fragten Sie bereits. Und nein, das würde ich nicht sagen.«

»Er hat damals den Fuhrpark geleitet.«

»Ja, ich glaube, das stimmt.«

»Und Sie waren der Leiter der Kriminalpolizei.«

»Korrekt.« Bertholds Ton ist der eines Mannes, der die gleiche Frage zum dritten Mal beantworten muss.

»Das würde bedeuten, dass Friedhelm Timm nicht direkt unter Ihnen arbeitete.«

Berthold lässt zwei Sekunden verstreichen, bevor er antwortet. »Trotzdem war er ein Kollege.«

Groth schaut von seinem Notizblock auf. Auch wenn Bertholds Stimme nichts verrät, kann Groth erkennen, dass in den Gesichtszügen seines Gegenübers Feindseligkeit angekommen ist.

Er malt sich aus, wie Berthold Bekendorf anruft, um sich über den übereifrigen Ermittler zu beschweren, und hört schon Bekendorfs Tirade: »Um Himmels willen, Groth, was haben Sie sich dabei gedacht! Wir hatten uns doch auf äußerste Zurückhaltung geeinigt!«

Er, Groth, bewegt sich auf dünnem Eis.

»Zurück zu dem Altfall«, sagt Groth. »Wenn Sie mir noch eine abschließende Bemerkung erlauben.«

»Betonung auf *abschließend*«, entgegnet Berthold. »Leider bin ich zeitlich inzwischen in Verzug.« Er schaut erneut auf seine Armbanduhr.

»Ich verstehe. Ich verstehe vollkommen. Nur eine Einschätzung, Herr Minister.«

»Ich bin Staatssekretär, Herr Groth, nicht Minister.«

»Pardon, natürlich. Wie Sie wissen, wurde der Beschuldigte im Verfahren Jutta Timm freigesprochen. Doch statt den Fall wieder aufzunehmen, hat man ihn damals im wahrsten Sinne des Wortes ad acta gelegt. Ich weiß nicht, wie es Ihnen geht, aber für mich stellt sich die Frage, warum man nicht weiterermittelt hat? Man musste doch davon ausgehen, dass der Mörder noch nicht gefunden wurde und frei herumläuft.«

»Wir alle gingen damals davon aus, dass es sich um einen Freispruch aus rein verfahrenstechnischen Gründen handelte. Ein unverwertbares Geständnis. Daran, dass dieser Eck der Mörder von Jutta Timm war, hat niemand gezweifelt.«

»Ach«, sagt Groth. »Niemand.«

»Niemand.« Berthold steht auf, das Gespräch ist für ihn beendet.

Groth lässt sich Zeit, er glättet die aufgefächerten Seiten, rollt sie ein und klappt den Notizblock zusammen, bevor er ihn einsteckt. Dann erhebt er sich.

»Vielen Dank«, sagt Groth. »Wenn mir noch etwas einfällt, melde ich mich.«

»Ich sehe wirklich nicht, wie ich Ihnen noch weiterhelfen könnte.«

»Besitzen Sie eigentlich diese Jagdhütte noch?«, fragt Groth im Gehen.

»Auf Wiedersehen, Herr Kollege.«

Groth steigt die Bogentreppe hinab und bleibt im Foyer des Landesministeriums einen Moment stehen, um noch einmal nach oben, in die makellose Symmetrie des Treppenhauses, zu schauen. Er hat die Dimension des Gebäudes verdrängt, als er mit Berthold sprach. Jetzt spürt er das Gewicht der Architektur. Hat er seine Sache gut gemacht? Er ist sich nicht sicher. Ja, er hat im Stroh gestochert, er hat Staub aufgewirbelt, aber was hat er damit erreicht? Ob Berthold sich in einen Widerspruch verstrickt hat, muss sich noch zeigen.

Auf der Rückfahrt nach Wechtershagen läuft das Autoradio, aber Groth hört nicht zu. In seinem Kopf komponiert er bereits den Ermittlungsbericht, den er trotz später Stunde noch heute fertigstellen will. Er hat alles gegeben. Hat den Mann, so gut es ging, in Bedrängnis gebracht. Sogar die Jagdhütte, seinen letzten Stich, hat er noch ausgespielt. Am Ende war Bertholds unterschwellige Nervosität nicht zu übersehen gewesen.

Soll also Bekendorf übernehmen und die Akte an die Staatsanwaltschaft weiterreichen.

Je weiter er sich von Schwerin entfernt, desto stärker werden Groths Zweifel. Hat er Berthold wirklich genug unter Druck gesetzt? Hat er sich zu sehr von seinem Respekt vor dem Amt leiten lassen?

Am Vortag hat Schaller im Pausenraum erzählt, dass *die da oben* beschlossen hätten, im Frühjahr ein neues Landeskriminalamt in Rampe bei Schwerin zu gründen.

»Da wird das Geschacher um die Posten bald losgehen«, sagte Schaller. »Wahrscheinlich hat Bekendorf seinen Namen schon in die Lostrommel geworfen.« Zur Untermalung warf Schaller eine zerknüllte Serviette in den Mülleimer.

Die anwesenden Kollegen lachten. Dann schaute Schaller zu Groth.

»Und du?«, wollte er wissen. »Interessiert?«

Groth ist nicht interessiert. Aber er fragt sich, ob dies die Erklärung für Allers' häufige Besuche im Osten gewesen sein mag.

Bevor er nach Hause geht, legt Groth den fertigen Bericht in der Ermittlungssache Siegmar Eck auf Bekendorfs Schreibtisch. Er nimmt ein Papier aus Bekendorfs Zettelkasten und schreibt: *Mit der Bitte um weitere Veranlassung.*

• • •

Es kommt Groth vor, als spräche Bekendorf am Donnerstagmorgen eine Ewigkeit mit dem Staatsanwalt. Er überlegt, eine Besorgung zu machen, aber der Gedanke, nicht vor Ort zu sein, wenn Bekendorf ihn sucht, hält ihn zurück. Groth schätzt, dass eine Stunde vergangen sein muss, als der Chef ihn endlich anruft und zu sich nach oben bittet.

»Es reicht nicht«, sagt Bekendorf, kaum dass Groth in seinem Zimmer Platz genommen hat.

Groth hört die Worte und weiß im selben Moment, dass es naiv war, ein anderes Ergebnis zu erwarten. Wie hat er nur glauben können, Berthold mehr als nur ein wenig Lack abgekratzt zu haben?

Die Enttäuschung muss Groth ins Gesicht geschrieben stehen, denn Bekendorf setzt sich im Schreibtischsessel zurecht und scheint bereit, eine wütende Gegenrede einzustecken.

»Reicht es nicht, weil Berthold zufällig im Ministerium sitzt?«

»Seien wir ehrlich, Groth, wir haben nichts Konkretes in der Hand. Wir haben eine Kellnerin mit einem diffusen Bauchgefühl, wir haben einen ehemaligen Kommissariatsleiter, der seinen Kollegen die Ermittlungen überlassen hat, weil er der Familie des Opfers nahestand. Noch dazu haben wir ein politisch aufgeheiztes Klima, in dem allen ehemaligen Staatsdienern Dreck hinterhergeschleudert wird. Anders formuliert: Wir wissen nicht, ob Berthold zum Tatzeitpunkt überhaupt in der Nähe war. Eine Jagdhütte zu besitzen, macht niemanden zum Verbrecher.«

»Der Mann verschweigt uns etwas«, sagt Groth. »Wir haben noch lange nicht ausermittelt. Als Nächstes will ich mir die früheren Kollegen vornehmen, Wappner und Jahnke. Auch wenn die nicht mehr im Dienst sind, kann ich riechen, dass sie Berthold noch immer decken.«

»Spekulation, Groth. Das wissen Sie selbst. Wir haben außer diffusen Aussagen nichts in der Hand. Nicht mal eine Akte haben wir. Und ein Motiv? Darüber haben wir noch gar nicht gesprochen.«

Groth wird laut. »Wie viel Motiv brauchen Sie bei einem Mann, der hinter viel zu jungen Mädchen her ist!«

Er ist erschöpft. Als übernehme er Gerstackers Rolle, ist er es jetzt, der zum Fenster geht, die Hände hinter dem Rücken verschränkt und beim Denken nach draußen schaut. In Hamburg, da hatte er auch so einen Blick, wie Bekendorf ihn hier hat, aus einer Dachgaube heraus direkt auf das Dach gegenüber. Was dazwischen ist, sieht man nicht. Es ist nichts zu sehen, und doch ist da unten so viel, man müsste nur das Fenster öffnen und nach unten schauen; ein ganzer Innenhof, Wäscheleinen sind gespannt, Gemüsebeete angelegt, eine Glaserei in Betrieb, Autos geparkt. Nein, denkt Groth, er ist gut dran im Erdgeschoss. Der Dach-zu-Dach-Blick ist doch nichts als eine optische Täuschung. Ein Augenverschließen vor dem, was ist.

»Außerdem haben Sie ja schon einiges erreicht, Groth«, hört er

Bekendorf hinter sich sagen. »Gehen Sie, verfolgen Sie diesen Riedel. Ein Unschuldslamm ist der nicht, so viel steht fest. Und ja, auch die anderen Kollegen, die Eck damals misshandelt haben. Schwere Körperverletzung im Amt ist keine Kleinigkeit. Aber weitere Kreise sollte die Sache nicht ziehen. Sie können nicht einfach einen hohen Beamten im Innenministerium in die Geschichte hineinziehen. Jedenfalls nicht, wenn die Beweislage derart dünn ist.« Und als Groth sich vom Fenster wegdreht, ergänzt Bekendorf: »Das war übrigens das Wort des Staatsanwalts, ›dünn‹.«

Am Nachmittag lässt Groth seine Rekruten die Abschlussprüfung im Modul Vernehmungslehre schreiben. Er weiß jetzt, dass die Anwärterin, die er Güstrow getauft hat, Marlene Thiese heißt und Bunterode mit Vornamen Gregor. Er sieht sie alle dasitzen, eine Ausgabe der Strafprozessordnung neben sich auf dem Tisch, und muss an Gerstacker denken.

»Über mich weißt du längst noch nicht alles«, hatte Gerstacker gesagt.

Dennoch. Er weiß genug über Gerstacker, um sicher zu sein, dass man ihm unrecht tut.

Die kleinen Fische werden gefressen, doch der große Fisch entkommt.

Als Groth den Stapel Klausuren in seinem Büro ablegt, ist es längst dunkel. Er hört ein Gespräch auf dem Gang, hört, wie Frau Schubert den Bodenpolierer abschaltet und Gerstackers Namen erwähnt.

»Schlimm, so etwas vor Weihnachten zu erfahren.« Es ist Gerda Küttels Stimme.

»Nicht auszudenken.«

»Gleich nach der Wende hab ich das auch erlebt«, sagt Gerda. »Habe damals bei einer LPG im Büro gearbeitet. Die Stelle war weg, das konnte ich mir an fünf Fingern abzählen. Vorletztes Weihnachten war das. Arbeitslos mit dreiundfünfzig. Na denn, frohes Fest.«

»Allerdings.«

»Die haben mir eine Stelle in der Schwimmhalle angeboten. An der Kasse. Die hätte ich auch beinahe genommen, wenn ich nicht zufällig gehört hätte, dass sie hier auf dem Revier eine Schreibkraft suchen. Darauf hab ich mich gleich beworben«, erzählt Gerda. »Schließlich kann ich Schreibmaschine. Schwimmen kann ich auch, aber nicht so gut wie Schreibmaschine.« Gerdas Stimme wird jetzt leiser. »Warum der neue Kommissar ausgerechnet mich genommen hat, ist mir, ehrlich gesagt, ein Rätsel. Bin nicht mehr die Jüngste und von Paragrafen weiß ich überhaupt nichts. Das hab ich Herrn Groth damals auch gleich gesagt, damit der sich keine falschen Vorstellungen macht. ›Aber Sie haben Bodenhaftung‹, hat Herr Groth gesagt. ›Das braucht man in diesem Beruf.‹«

»Bodenhaftung«, wiederholt Frau Schubert.

»Genau. Was immer er damit gemeint hat.«

»Tja.«

»Das werd ich jedenfalls nie vergessen«, sagt Gerda Küttel, »dass ich die Stelle wegen Bodenhaftung gekriegt habe, obwohl ich nicht mal genau weiß, was das ist. Ist ja letztlich auch egal, Hauptsache, in Lohn und Brot.«

Ja, das sei die Hauptsache, stimmt Frau Schubert ihr zu.

»Das und die Rente.«

»Kann man wohl sagen.«

Groth muss lächeln, als er das Wort ›Bodenhaftung‹ hört. Er kann sich nicht daran erinnern, davon gesprochen zu haben, aber, ja, es passt zu ihm. Der Boden ist ihm nah seit Saskias Tod. Die Hintertür fällt zu, und kurz darauf überquert Gerda Küttel mit eiligen Schritten den Hof.

Groth ist aufgestanden, um seine Jacke zu holen, als es bei ihm klopft. Es ist Krüger. Er sieht abgehetzt aus, marschiert an Groth vorbei und lässt sich auf den Holzstuhl fallen.

»Neuigkeiten«, sagt Krüger. Er hält einen Notizblock in die Höhe. »Von den Verkehrsbetrieben.«

»Lass mich raten«, sagt Groth. »Der Name des Busfahrers lautet Heiko Schlick, genannt Schlakse. Habe ich recht?«

Krüger schaut ihn entgeistert an. »Treffer. Nicht schlecht, Kollege. Heiko Schlick war in der Tat an jenem Nachmittag für die Altfehrdorfer Route eingeteilt.« Krüger blättert den Notizblock um. »Er hatte Spätschicht und kam um sechzehn Uhr auf der Wechtershagener Landstraße genau dort vorbei, wo Regine Schadow verunglückt ist.«

»Hast du mit dem Mann gesprochen?«

»Das habe ich. War ziemlich gesprächig. Fährt seit fünf Jahren Bus, sagt er. Zuerst in Demmin und jetzt hier. Dass er eine Radfahrerin abgedrängt hat, kann er sich nicht vorstellen. Hat nichts dergleichen gemerkt. Im Fahrplan sei er an dem Tag eher früh dran gewesen. Wenig Verkehr, kaum Fahrgäste. Außerdem sei er komplett unfallfrei. Beruflich und privat.«

»Glaubwürdig?«

»Eher ja. Bisschen schwer von Begriff, wenn du mich fragst. Aber der Dispatcher sagt, er sei einer seiner zuverlässigsten Fahrer.«

Groth erinnert sich dunkel an ihn. »Und der Dispatcher selbst? Irgendetwas beobachtet?«

»Nichts«, Krüger schüttelt den Kopf. »Sagt, es war alles wie immer. Komischer Typ übrigens. Schlägervisage und mächtige Glupschaugen. Dem willste nicht allein im Dunkeln begegnen.«

»Spuren am Bus?«

»Keine.«

»Danke«, sagt Groth und greift nach seiner Jacke. »Da kann man nichts machen.« Groth fühlt sich zutiefst erschöpft.

Kurze Zeit später steht er auf dem Hof und schließt den Passat auf, als ihm, kaum wahrnehmbar, ein Lackgeruch in die Nase steigt. Groth sieht sich um. Unter einem Wellblechdach hinten im

Hof werden manchmal Autos repariert, doch außer einer leeren Stoffabdeckung ist dort nichts zu sehen. Groth öffnet die Wagentür und will einsteigen, als es ihm auffällt. Der Kratzer im Lack. Er ist weg. Groth muss blinzeln. Er streicht mit der Handfläche über die frische Lackierung. Nicht zu fassen. Hinter ihm ruft Frau Schubert über den Hof: »Schönen Feierabend.«

29

Eine Woche vor Weihnachten steht Groth vor der EOS Friedrich Engels und wartet auf Irina Diehl. Es ist früher Nachmittag, die Schüler drängen an ihm vorbei in einem Gewoge aus Stimmen, die in seiner Nähe verstummen. In den Blicken steht die Frage, was er hier will. Der Lehrer in Beige, den Groth von seinem Besuch im Lehrerzimmer kennt, taucht in der Menge auf und steigt in einen am Straßenrand geparkten Polo, noch bevor Groth ihn nach Irina Diehl fragen kann. Also wartet er.

Warten hat auch sein Gutes. Er beginnt zu hoffen, dass Irina Diehl gar nicht da ist. Dass sie bereits vor einer Stunde das Schulhaus verlassen und er sie verpasst hat. Inzwischen tröpfeln Nachzügler aus dem Tor, die Stille kehrt zurück. Irgendwann kommt Groth das Zeitgefühl abhanden. Er steht alterslos auf dem Asphalt eines Gehwegs, den er in einem anderen Leben Tag für Tag überquert hat. Er betrachtet eine Pfütze, in der Eisscherben schwimmen, und sieht vor sich, wie Schuhsohlen am frühen Morgen die frische Eishaut zertreten haben.

Seit er sie vor dem Schauspielhaus stehenließ, hat er sich nicht mehr bei Irina Diehl gemeldet. Wenn er ehrlich ist, hat er sich sogar gefragt, ob er es hierbei belassen soll. In Hamburg, da konnte er abtauchen und sich einfach nicht mehr melden. Aber hier in Wechtershagen muss er damit rechnen, Irina Diehl plötzlich auf der Straße zu begegnen. Groth denkt an das Wort ›Ordnung‹ und an Gerstackers verlassenen Schreibtisch, an die exakte Ausrichtung der wenigen Gegenstände. Auch ihm, Groth, geht es darum, Irina

Diehl seinen überstürzten Aufbruch zu erklären und so etwas wie Ordnung zu hinterlassen.

Als das Schultor aufschwingt und hinter einem Schüler mit schlenkerndem Turnbeutel Irina Diehl ins Freie tritt, fällt Groths Abschiedsplan in sich zusammen. Sie ist eine Erscheinung, dort oben auf dem Treppenabsatz, selbst das bisschen Licht, das heute durch die Wolkendecke dringt, hat sich gebündelt, um Irina Diehl anzuleuchten.

Sie schiebt den Schulterriemen ihrer Tasche zurecht, als sie Groth bemerkt. Ihre Überraschung versteckt sie in einem Blick zu Boden, der auch der Treppe gelten kann, doch er gilt Groth, denn mit dem Blick schwenkt sie hin zu ihm, dem unerwarteten Besucher, der die Hände in den Jackentaschen vergraben hat und ihr entgegenschaut.

»So was«, sagt Irina Diehl. Sie hat sich ihm bis auf drei Meter genähert. »Mit dir hab ich nicht gerechnet.«

»Wegen neulich, nach dem Theater«, sagt er. »Das ist nicht meine Art. Einfach zu verschwinden, meine ich.«

»Schon gut. Hatte das mit dem Fall zu tun, der in der Zeitung stand?«

Ein Schüler rennt durch die Gasse zwischen ihnen.

»Der Fall ist jetzt gelöst«, sagt Groth. »Die Wahrscheinlichkeit, dass ich heute mitten im Satz davonlaufe, ist ziemlich gering.« Groth versucht zu erkennen, ob Irina Diehl es als Witz verstanden hat, doch sie hat das Kinn bis über den Mund im Schal vergraben.

Sie stehen einen Moment lang schweigend da.

»Was sagt man eigentlich einem Kommissar, wenn er einen Fall gelöst hat? Glückwunsch?«

»Ich bin nicht sicher, ob das passt. In den meisten Fällen gibt es ja am Ende nur Verlierer.«

»Dann vielleicht: Gute Arbeit?«, fragt Irina Diehl.

»Ja, das geht.« Dann sagt er: »Danke. Gleichfalls.«

»Wofür?«

Groth weiß nicht, was er darauf antworten soll. Er denkt in diesem Moment an den Tisch in Irina Diehls Kunstraum, an Klebstoffreste, Farbspritzer und Linoleumgeruch, an die Vertrautheit, die er inmitten all dessen an jenem Abend spürte. Er versteht, warum Martina Borowski ihre Skulptur »Rückzugsort« genannt hat.

»Du bist bestimmt eine gute Lehrerin.«

»Eine, die Wodka im Schrank hat.« Irina Diehl deutet zu den Fenstern im Seitentrakt. »Übrigens«, sagt sie, »du schuldest mir ein Getränk, Kaffee, Sekt, irgendwas. Das ist das Mindeste.«

Sie fahren in Groths Auto über den Ring Richtung Stadt und parken in der Beguinenstraße. Groth hat vorgeschlagen, über den Marktplatz zu bummeln und dort einen Glühwein zu trinken.

»Wo verbringst du in diesem Jahr das Fest?«

Groth sagt, er wisse es noch nicht. Die Gegenfrage stellt er nicht.

Er sieht zu, wie Irina Diehl ihre Tasse mit dampfendem Glühwein entgegennimmt und sie mit beiden Händen umschließt.

»Kennst du eigentlich die Geschichte des Webers aus Wechtershagen?«

»Mit Stadtgeschichte kenne ich mich schlecht aus«, sagt Groth.

Irina Diehl stellt die Tasse ab.

»Ich glaube, die Geschichte ist nur erfunden. Aber das macht nichts. Sie handelt von einem Weber, der sich in der Weihnachtsnacht auf dem Rückweg von Malchin im Schneegestöber verirrt. Es schneit so stark, dass er seine eigenen Spuren schon nach kurzer Zeit nicht mehr erkennt.«

Groth betrachtet die Gesichter in der Menge, die vor seinen Augen verschwimmen. Irgendwann fällt ihm auf, dass Irina Diehl nicht weiterspricht.

»Du bist sehr still«, sagt sie.

»Entschuldige. Das liegt an all dem Trubel.« In Wirklichkeit hat Groth im Gedränge soeben Bunterode Arm in Arm mit Güstrow gesehen. »Wie geht es weiter mit dem Weber?«

»Willst du das wirklich wissen?«

»Nein«, sagt Groth.

»Das solltest du aber, schließlich lebst du jetzt wieder hier. Also, ob du willst oder nicht: Nach einer Weile ist der arme Mann stark unterkühlt und entkräftet und will aufgeben. Er ist wirklich sehr, sehr kurz davor, sich einfach in den Schnee fallen zu lassen. Aber da hört er die Glocken der Wechtershagener Marienkirche. Das Geläut weht zu ihm heran, es weist ihm den Weg. Er schafft es nach Hause und kann den Weihnachtsabend im Kreis seiner Familie verbringen. Wie du merkst, ist die Geschichte sehr schön unreligiös gehalten. Ideal für Menschen, die es nicht weihnachtlich mögen.«

Groth lächelt.

Statt eines Glühweins trinken sie zwei. Wo Irina Diehl Weihnachten verbringt, muss er gar nicht fragen, denn sie erzählt ihm, dass sie an den Feiertagen ihre Schwester besuchen wird. Die wohne in Anklam. Habe da ein kleines Haus. Einen Mann und zwei Kinder habe die auch.

Als Irina Diehl das sagt, hört Groth sehr genau den verletzten Unterton heraus. Er muss an das Foto der beiden denken, das in Irinas Küche steht. Die Schwestern auf der Schaukel, eine vorne im Bild, die andere hinten.

»Im nächsten Frühjahr«, sagt Irina Diehl, »da will ich endlich mal eine schöne Reise machen. Über Ostern. Amsterdam vielleicht. Oder Florenz.« Sie leert ihren Becher.

»Komm doch mit«, sagt sie, ohne ihn anzuschauen.

»Zuerst muss ich ankommen«, sagt Groth.

Es ist fast drei, und Groth sollte dringend zurück aufs Revier. Er schlendert die Stargarder Straße entlang und bleibt vor dem Schaufenster der ehemaligen Volksbuchhandlung stehen.

Als junger Mann kam er fast täglich hierher. Im Schaufenster sind die Bücher noch immer soldatisch aufrecht in Sichtkästen ausgestellt. Er sieht den neuen Nooteboom, neben einem Reiseführer für New York und einer Biografie über Boris Jelzin in merkwürdiger Eintracht gereiht. Früher, erinnert sich Groth, lagen in genau diesem Schaufenster gleich vorne vor den Büchern bunte Briefmarkenbogen aus. Bilder einer unerreichbaren Welt.

Groth geht ins Geschäft und kauft kurzerhand das Buch von Nooteboom. Eine junge Verkäuferin fragt ihn, ob sie es für ihn in Weihnachtspapier verpacken soll, und Groth sagt Ja.

Vielleicht wird er tatsächlich im Frühjahr mit Irina Diehl verreisen.

Als er im Hof des Polizeireviers eintrifft, bemerkt er die Leerstelle neben der Treppe, an der üblicherweise Gerstackers Fahrrad mit der umgestülpten KaDeWe-Tüte auf dem Sattel steht.

An seinem Schreibtisch kann Groth sich nicht konzentrieren. Er schiebt es auf den Glühwein.

Es klopft, Gerda Küttel schaut zur Tür herein und sagt, sie gehe heute früher.

»Weihnachtseinkäufe«, erklärt sie. »Früher wusste man nicht, was man kaufen soll, weil die Regale leer waren, und heute weiß man es auch nicht, weil alles zu teuer ist.«

Groth stimmt ihr zu.

»Bis morgen«, sagt Gerda, doch statt zu gehen, wirft sie ihren Prüfblick auf ihn. »Es ist doch alles in Ordnung, Herr Groth?«

»Alles bestens«, versichert Groth. Er sei nur mit den Gedanken woanders. Gerda Küttel seufzt und schließt die Tür. Seine Gedanken sind in der Tat gerade woanders, denn in dem Moment, als Gerda bei ihm klopfte, ist Groth eingefallen, dass er seinen Besuch bei Eck senior schon viel zu lange hinausgeschoben hat. Er hat ihn noch nicht mal von den neuen Entwicklungen im Fall in Kenntnis gesetzt.

• • •

Noch bevor Groth an Eck seniors Tür klopft, befällt ihn eine Vorahnung. Er glaubt plötzlich zu wissen, dass Eck senior etwas zugestoßen ist. Tatsächlich bleibt es auf sein Klopfen hin still.

Ein Auto mit Zweitaktmotor fährt hinter ihm vorbei. Kurz darauf hört Groth das Gezanke von Krähen. Er tritt einen Schritt zurück und betrachtet die Fenster. Natürlich sind sie alle dunkel. Groth wischt seine Befürchtung beiseite. Eck senior wird sich in die Kommandozentrale seines Hauses zurückgezogen haben. Wahrscheinlich hört er dort nichts. Die anderen Räume dienen als Puffer, schaffen Volumen – er braucht sie nur zur Abschottung von der Welt. Groth klopft noch einmal, lauter, länger. Er geht zum kleinen Fenster neben der Haustür, greift durch die Gitterstäbe und klopft an die Scheibe, die unter seinem Knöchel nachgibt und aufschwingt. Nichts.

Das seltsame Gefühl von vorhin macht einer greifbaren Sorge Platz. Er weiß doch, wozu ein leidender Vater in der Lage ist. Er weiß es nur zu gut. Über diesem Haus liegt eine Wolke stummer Verzweiflung, und er, Groth, hätte es schon vor Wochen sehen müssen.

Er allein nämlich wusste, auch kein Eingeweihter sonst wusste das, wie leicht das Hungern war.

Groth beeilt sich, auf die Längsseite des Hauses zu kommen, wo er das Küchenfenster vermutet. Auch hier sind die Fenster im Erdgeschoss vergittert, dahinter ist es dunkel. Zwei Stufen führen zu einer Seitentür, an die Groth jetzt herantritt und klopft, ach was, er hämmert.

»Herr Eck?«, ruft er.

Dann hämmert er weiter. Lehnt sich vom Sockel, auf dem er steht, zum Fenstergitter hinüber und schiebt eine Hand hindurch, bis er mit den Knöcheln die Scheibe erreicht, gerade so, denn er muss den Arm strecken, bis der Eisenstab ihm ins Fleisch drückt. Irgendwann sieht Groth ein, dass niemand zu Hause ist. Er berichtigt sich: niemand öffnen wird. Er geht zum Auto und greift nach dem Funkgerät. Aber dann sieht er im Haus gegenüber Licht und beschließt, mit der Meldung zu warten.

»Ich bin auf der Suche nach Herrn Eck«, sagt Groth zu der korpulenten Frau mit Kittelschürze, die ihm öffnet. Auf dem Klingelschild steht *Budde*.

»Wissen Sie vielleicht, wo er ist?«

Groth kann an der Miene der Frau ablesen, dass er hier nicht weit kommen wird. Ihr Blick hat etwas Schmales an sich. Sie lebt ihr Leben hinter Gardinen, hinter vorgehaltener Hand.

»Den hab ich schon seit 'ner Weile nicht mehr gesehen«, sagt sie.

»Kann es sein, dass er verreist ist?«

»Bei mir hat er jedenfalls nicht gebucht, da müssen Sie ihn schon selbst fragen.«

Groth holt seinen Polizeiausweis heraus und klappt ihn der Frau ins Gesicht, kurz bevor sie die Tür schließen kann.

»Ich will nur wissen, dass da drüben nichts passiert ist«, erklärt Groth. »Das ist alles. Herr Eck macht nicht auf. Könnte ja sein, dass er im Haus ...« Den Satz beendet Groth nicht. Muss er auch nicht. Die Frau ist nicht dumm. Sie weiß genau, was Groth denkt. Wahrscheinlich denkt sie dasselbe.

»Na schön. Ich zeige Ihnen, wo der Zweitschlüssel liegt«, sagt sie.

Es wird gerade dunkel, als sie über die Steinplatten zu Ecks Haus marschieren. Die Nachbarin geht voraus. Sie hat ihre Kittelschürze gegen eine gefütterte Jacke getauscht. Die Füße stecken in Gummistiefeln. Groth muss zugeben, dass sie jetzt agiler aussieht. Jünger. Ohne den Türrahmen und das alte Haus um sich herum wirkt sie beinahe zupackend. Groth fällt auf, wie breitschultrig sie ist. Ruderin vielleicht, denkt er. Oder Kugelstoßerin? Bei der Vorstellung, wie sich die Frau im Stoßring dreht, macht sich ein albernes Lachen in Groths Kehle breit. Er muss husten, um es zu unterdrücken.

Sie gehen dorthin, wo Groth und jeder andere sofort ein Schlüsselversteck vermuten würde. Blumentopf rechts neben der Haustür. Klassisch. Die Nachbarin wühlt mit der Hand durch das verwelkte Gestrüpp im Topf, Groth tippt auf Überreste von Rosmarin, bis sie den Schlüssel zu fassen bekommt.

»Hier«, sagt sie. »Den Rest überlasse ich Ihnen.«

Entgegen ihren Worten bleibt sie hinter Groth stehen, als er aufschließt.

Die Tür hakt ein wenig, Groth muss ruckeln, dann fest dagegendrücken. Innerlich macht er sich für den Geruch von Verwesung bereit, er kann nicht anders. Die Vorahnung ist wieder zurück. Einmal tief einatmen, solange man draußen steht, dann Luft anhalten und rein. Es ist einfacher, wenn man den Geruch beim Ausatmen bemerkt. Groth tastet nach einem Lichtschalter, dann geht er einen Schritt ins Haus. Atmet aus. Riecht saure Milch, aber sonst nichts.

Das ist gut, denkt er. Das ist schon mal sehr gut.

»Herr Eck?«, ruft Groth über den Flur.

Die Stille im Haus ist fast greifbar.

»Ich bin es. Groth.«

Nichts.

»Wohl doch in Urlaub«, sagt Groth zu der Frau, die wahrscheinlich Budde heißt und ihm gefolgt ist.

»Der reist nicht«, sagt sie.

»Nie?«

»Nie.«

Sie gehen zur Kommandozentrale. Groth drückt die Tür auf. Es ist kalt im Haus, denkt er. Tatsächlich steht in der Küche ein Fenster auf kipp.

Groth geht zwei Schritte ins Zimmer. Keine Spur von Eck.

Man rührte mit Stangen das Stroh auf und fand den Hungerkünstler darin.

Beim Rundgang durchs Haus folgt die Frau ihm wie ein Hündchen. Groth öffnet jede Tür, marschiert alles ab, er öffnet die Schränke, die groß genug sind, um jemanden wie Eck zu halten. Er leiert die Klapptreppe zum Speicher herunter und klettert hinauf, findet ein funzliges Licht und staubige Dachbalken. Er geht in den Keller hinunter, auch hier schaut er in jede Ecke. Er hebt eine schmutzige Decke an und macht sich auf das Schlimmste gefasst. Doch darunter lagern nur Briketts. Mehr nicht. Eine Maus eilt ertappt davon. Dann sind sie durch mit dem Rundgang.

Auf dem Küchentisch liegen Alben und Schreibhefte zu unordentlichen Haufen zusammengeschoben, eine zerknüllte Plastiktüte auf dem Boden. Eck neigt dazu, Dinge zu vernachlässigen, das kann man sehen, das ist die Handschrift dieses Hauses. Aber hier in der Küche herrscht eine eigenwillige, kauzige Ordnung. Selbst die Wäsche im Korb ist sauber gefaltet. Eck würde diese Alben nicht neben offenen Marmeladengläsern und Milchtüten ausbreiten. Er würde auch die Milchtüte nicht auf dem Tisch stehen lassen. Könnte ja sauer werden, die Milch. Die geht in den Kühlschrank, bevor man das Haus verlässt.

Groth schüttet ein wenig Milch in den Ausguss. Dickflockig, aber nicht schnittfest. Das Haltbarkeitsdatum ist abgelaufen. Schwer zu sagen, wann die Kühlkette unterbrochen wurde. Er tippt auf drei oder vier Tage. Vielleicht etwas länger, denn es ist kühl im Haus.

»Frau Budde«, sagt Groth schließlich. »Würden Sie mir den Gefallen tun und sich bei mir melden, sobald Herr Eck wieder auftaucht?« Groth reicht ihr seine Visitenkarte.

Die Frau nimmt sie entgegen, ohne einen Blick darauf zu werfen.

»Jetzt mach ich mir doch tatsächlich noch Sorgen«, brummt sie. »Also schön. Versprechen kann ich aber nichts.«

»In Ordnung«, sagt Groth.

»Der taucht schon wieder auf«, sagt die Frau. »Unkraut vergeht nicht.«

Es ist ein Spruch, den Groth seit sehr langer Zeit nicht mehr gehört hat. Unkraut vergeht nicht. Die Worte haben in diesem Moment etwas seltsam Tröstliches, er kann sich nicht erklären warum, aber sie erinnern ihn an die nackte Glühbirne, die oben im Speicher von der Decke baumelt.

Als die Frau weg ist, schließt Groth das Küchenfenster und setzt sich an den Tisch. Die Alben enthalten alte Kinderfotos. Sorgfältig aufgeklebt auf Fotopappe. Dazwischen mattes Seidenpapier, das beim Umblättern erschreckt aufflattert. Im Album, das obenauf liegt, entdeckt Groth eine Zeitungsnotiz über die Festnahme eines Verdächtigen im Mordfall der Schülerin Jutta Timm. *Straftat aufgeklärt*, lautet die Überschrift. Groth liest die alte Meldung im DDR-Jargon. Wie gestrig das alles wirkt. Als Groth durch ein Schreibheft blättert, findet er Siegen Ecks frühe Liedtexte und hier und da eine alte Notiz. Er nimmt die Tüte vom Boden und schaut hinein. Lose Socken, ein durchweichter Schiffsfahrplan, eine leere Schatulle, ein Kamm. Reste eines Lebens.

Dann hat Eck senior sich also in die Vergangenheit begeben und nach einer Erklärung gesucht. Hat er aufgegeben? Aber warum hat er dann alles stehen und liegen lassen? Groth sträubt sich dagegen, aber das wahrscheinlichste Szenario klingt so: Eck hat etwas entdeckt. Er hat es in der Plastiktüte entdeckt, die auf dem Boden liegt. Oder auf den Seiten, die sein Sohn vollgeschrieben hat. Dann ist er mit dieser Entdeckung Hals über Kopf losgerannt. Warum? Wohin? Warum hat er ihn, Groth, nicht informiert? Das hat er doch auch vorher getan. Sie hatten doch ein gutes Verhältnis, Eck senior und er.

Und dann wird Groth klar, was geschehen sein muss. Eck senior wollte ihn informieren. Vielleicht hat er ihn sogar gesucht. Aber Groth war beurlaubt. Er, Groth, war nicht da.

»Üblicherweise ein schlechtes Zeichen«, sagt Gerstacker.

Groth hat unterwegs an einer Telefonzelle gehalten, Gerstacker zu Hause angerufen und ihm erzählt, was er in Eck seniors Küche vorgefunden hat.

»Aus dem Zustand der Milch kann man schließen, dass Eck seit Tagen nicht zu Hause gewesen ist.«

»Hm«, sagt Gerstacker. »Was glaubst du, wo er ist?«

»Vielleicht wollte er uns etwas zeigen. Die Frage ist nur, ob er je im Polizeirevier angekommen ist.«

»Wann soll das gewesen sein?«, fragt Gerstacker.

»Ich kann nur schätzen«, antwortet Groth. »Vor zwei Wochen vielleicht.«

»Wenn er auf dem Revier war, dann hat ihn auch jemand gesehen.«

»Was könnte er denn bloß gefunden haben?« Groths Frage verhallt, denn in diesem Moment sind die Münzen aufgebraucht, die Leitung ist tot.

30

Am nächsten Morgen bekommt Groth endlich seinen Telefonanschluss. Als die Arbeiter weg sind, nimmt er den Hörer auf und horcht eine Weile sehr genau hinein, wie ein Arzt beim Pulsmessen, als sei die Welt seine Patientin. Dann bringt er das Telefon samt Telefonbuch in die Küche und stellt es neben das Glas Quittengelee und seine Tasse Kaffee.

Er hat die Idee, Fiedler anzurufen, denn Fiedler scheint ihm plötzlich eine plausible Verbindung zu Eck senior zu sein. Wenn Gernot Eck heute nicht auftaucht, wird Groth nach ihm suchen lassen.

Groth blättert sich durch die Ortschaften und Namen, findet Altentreptow, Pasewalk, Rostock. Fiedler steht an wenig prominenter Stelle bei den kleingedruckten Einträgen. Sein Name verschwindet fast zwischen Fichte und Fielmann.

Fiedler, Götz. Rechtsanwalt.

Er ist sofort am Apparat. »Gernot Eck«, wiederholt Fiedler auf Groths Frage. »Ja, der war hier. Wollte wissen, ob sein Sohn bei mir eine Wohnanschrift hinterlassen hat.«

»Hat er?«

»Leider nein.«

Groth will sich gerade verabschieden, als Fiedler noch anfügt: »Der Mann hat übrigens stark gehustet. Hab ihm gesagt, er solle damit mal zum Arzt.«

Groth überlegt, wie er weiter vorgehen soll. Er sucht im Telefonbuch nach praktischen Ärzten in Pasewalk, es gibt fünf, also ruft er den ersten an, um zu erfahren, dass man solche Auskünfte am Telefon nicht erteile.

Groth beschließt, ins Büro zu fahren und die Arztbesuche an Bunterode zu delegieren.

Dort angekommen, findet Groth auf seinem Schreibtisch eine Papiertüte vor.

»Die hat die junge Frau für Sie abgegeben, Herr Groth«, sagt Gerda Küttel. »Heute Morgen. Regine Schadow. Sie meinte, Sie wüssten dann schon.«

In der Tüte entdeckt Groth eine Geldbörse, ein abgenutztes Ding. Als er sie öffnet, klappt ihm das Foto eines ordentlich gekämmten kleinen Jungen entgegen.

An den hat er gar nicht mehr gedacht.

Im Fach für Kleingeld liegt ein loser Schlüssel.

Groth bekommt die Adresse der Frau, die er sucht, vom Wirt im Landgasthof Lehmann in Teschendorf. Er hat die Frau nur einmal gesehen, das war bei Ecks Beerdigung, als er sich durchs Autofenster mit dem Musiker unterhielt. Warum hat er nicht schon längst mit ihr gesprochen? Kerstin Pohl wohnt mit ihrem Sohn in einer Wohnung direkt an der Hauptstraße zur Untermiete bei ihrer Mutter. Nicht mal ein Gehweg hat Platz zwischen Straße und Haus, wer hier langläuft, muss die Schultern einziehen. Als sie ihm öffnet, spiegelt ihre Miene genau das wider, die Enge, die Last. Sie führt Groth in ein Wohnzimmer, in dem drei Sessel um einen niedrigen Esstisch stehen. Über Eck senior hat sie nur Gutes zu sagen.

»Er kümmert sich.«

Der Sohn kommt und drängt sich auf ihren Schoß, aber Kerstin Pohl schiebt ihn weg.

»Geh zu Oma in die Küche.«

Groth hat Eck senior nur als Vater eines erwachsenen Sohnes wahrgenommen. Er hat übersehen, dass der Mann auch Großvater eines Schulkinds ist.

»Ich habe keine Ahnung, wo Siegen zuletzt gewohnt hat. Hat mich auch nicht interessiert. Aber Opa Gernot kam vor einigen Tagen vorbei und hat mich nach dem Schiff gefragt.«

»Welchem Schiff?«

»Als wir noch zusammen waren, Siegen und ich, da hatte er diese fixe Idee, er könnte das alte Fahrgastschiff auf dem Wechtsee wieder flottmachen. Die *Fritz Reuter.* Seerundfahrten anbieten.« Ihr Blick geht Richtung Küche zur Durchreiche. »Als hätte Siegen je irgendwas wieder flottgekriegt.«

Groth sieht in diesem Moment das Gesicht des Jungen hinter der Durchreiche auftauchen. Er will ihm zulächeln, aber da ist das Gesicht schon fort. »Wo finde ich denn dieses Schiff?«

Eine Stunde später ist er am Wechtsee.

Die *Fritz Reuter* überwintert im Seitenkanal, einige Meter vom Ufer entfernt. Sie sieht aus, als habe sie immer hier gelegen und wolle auch gerne hier bleiben. Da ist kein Steg, kein Damm, der ihn trockenen Fußes an Bord gebracht hätte, nur ein Holzbrett, das nachgibt und unter Groths Schritten geflutet wird.

An der Tür zur Kajüte baumelt ein offenes Vorhängeschloss. Groth hängt es ab und steckt zur Probe den Schlüssel aus Ecks Portemonnaie hinein. Da hat er seine Antwort, Eck lebte hier auf dem Schiff. Bereits auf den Stufen, die unter Deck führen, riecht es so stark nach Urin, dass Groth den Jackenkragen über die Nase zieht.

Durch die Fenster dringt nur wenig Licht ins Innere.

Zuerst erkennt Groth Tische und dahinter einen Ausschank. In einer Plastikwanne stehen aufgestapelte Teller, zwei Tassen und Besteck. Ecks Rucksack auf einem Stuhl.

Dahinter, auf einer schmalen Matratze liegend, findet Groth den fiebernden Gernot Eck. Er fühlt ihm die Stirn.

»Was machen Sie denn bloß hier?«, fragt er.

»Ich hab den Schlüssel gefunden.« Eck seniors Stimme ist schwach. »Wollte nur nach dem Rechten sehen.«

»Wie lange sind Sie schon hier?«, fragt Groth.

Eine Antwort bekommt er nicht. Als er Eck senior husten hört, geht Groth zum Auto und ruft per Funk einen Krankenwagen.

Der alte Mann muss tagelang in dieser feuchten Kälte zugebracht haben. Groth lässt seinen Blick über die Dinge schweifen, die der Sohn hiergelassen hat und in denen Eck senior Antworten suchte. Auf dem Tisch liegt ein Brief. Groth faltet das Blatt auf und erkennt Siegen Ecks schöne Handschrift.

Also gut. Ich hab dem Protz geschrieben. Letzte Nacht. Und dann heute Morgen noch vor dem ersten Schnaps ab in den Briefkasten. Wahrscheinlich hätte ich das nicht tun sollen, aber da ist eben die Stimme des Wassers. Die sagt dir Sachen. Wenn du die hörst, die Stimme, dann kriegst du so ein Gefühl, dass alles, was du machst, Bedeutung hat. Alles sortiert sich im Kopf. Nur die Wahrheit zählt.

Das Problem ist, dass ich jetzt nicht mehr so klarsehe. Der See sagt nichts mehr. Stattdessen glotzt er mich an. Ist gar nicht mehr poliert wie am Morgen, sondern dunkelgrau gerippt. Die Boote schlagen mit ihren Metallbäuchen aneinander. Klonk. Klonk. Der Wind macht das, er treibt die Boote gegen den Steg, bis sie nicht mehr wissen, wohin.

Ich hab den Protz letztes Jahr durch einen blöden Zufall wiedergesehen. Stand plötzlich ganz feingemacht mit Frau und zwei hübschen Kindern in der Schlange am Bootsverleih. Ich räume gerade die Geldstücke vom Kunden davor in die Schatulle, schaue wieder hoch, und da seh' ich die Visage vom Protz, direkt vor mir im Sonnenlicht. Auge in Auge, als wär kein Tag vergangen seit damals unter der Leuchtröhre im Verhörzimmer. Der ist genauso erschrocken wie ich, das konnte ich merken. Hat gerade noch gestammelt, dass er ein Tretboot will. Die Frau hat dann bezahlt. Und als ich die Familie im Boot hatte und mit der Hakenstange losschubsen wollte, er mit dem Rücken zu mir, da hab ich tatsächlich eine Sekunde überlegt, was ich mit dieser schweren Stange noch so alles machen könnte. Das ist die Wahrheit.

Die Stange schwebte noch in der Luft, als das Tretboot anzog. Metallha-

ken, Stoßrichtung, Reichweite und so. Über all das hab ich nachgedacht. Aber ich bin nun mal nicht der Typ für Rache. Genau das hab ich auch der Kellnerin erzählt.
Wofür bist du denn der Typ?, hat sie mich gefragt.
Erst wusste ich nicht, was ich darauf antworten soll. Aber am nächsten Tag fiel's mir ein. Ich bin der Typ für Wahrheit.
Wenn es das ist, was du brauchst, hat sie gesagt, dann solltest du dir das holen.
So kommt es, dass ich dem Protz diesen Brief geschrieben und ihn gebeten habe, die Wahrheit zu sagen. Öffentlich. Wenn er's nicht macht, dann ich.
Die Kellnerin findet, das geht schon in Ordnung, ich wäre schließlich im Leben genug herumgeschubst worden. Wird sich zeigen, was als Nächstes passiert. Der Brief liegt jedenfalls im Kasten. Tief unten drin liegt der, so wie auf dem Grund des Sees. Krieg ich nicht mehr raus, den Brief. Ich hab den ersten Zug gemacht. Jetzt ist er dran. Mein Plan ist nicht schlecht. Wird man dann sehen, wer gewinnt. Wenn was schiefgeht, dann kann man dieses Geschreibsel hier ja als Lebensversicherung benutzen. Oder als Grabrede. Würde sich gar nicht schlecht machen. MUTIG UND KÄMPFERISCH GING ER SEINEN LETZTEN WEG.
Nee.

PS Die Leute sagen, dass der Alkohol dein Leben zerstört. Aber das stimmt nicht. Der Alkohol ist nur eine Ausrede, eine ziemlich schlechte, die dir das Leben an die Hand gibt. Schnaps ist bloß Schnaps. Was dein Leben zerstört, das sind die falschen Versprechungen. Die Leute, die dich so an der Schulter anhauen und sagen: He, weißte was? Ich hab da was für dich. Oder du sitzt tief in der Patsche, und jemand kommt und sagt: Keine Sorge, ich helf dir da raus. Einfach so. Als wär der dein Freund. Isser aber nicht. Nee. Der nimmt deine Hand und zieht erst mal. Aber dann, wenn du schon halb oben bist, lässt er wieder los.

• • •

Groth packt an diesem Abend Umzugskartons aus. Er stellt Geschirr in den Küchenschrank, Bücher ins Regal. Selbst den Koffer mit seinen Anzügen und Hemden macht er leer. Es ist fast Mitternacht, als Groth in den Keller geht, um den Koffer und die gefalteten Kartons wegzustellen. Er lehnt sie an die Bretterwand vor seinem Abteil, läuft wieder nach oben und holt den Rest. Auf der Treppe zum Keller geht das Licht aus, und im selben Moment schlägt eine Tür zu. Groth erschrickt und horcht. Als es still bleibt, geht er vorsichtig weiter, steckt die Hand durch die Ritze zwischen zwei splittrigen Brettern seines Verschlags und tastet nach dem Lichtschalter.

Als er in dem schmalen Kellerabteil steht, bemerkt er Reste von trockenem Laub auf dem Boden und hinten in einer Ecke eine Plastiktüte, die ihm nicht gehört.

In der Tüte befinden sich abgewetzte Wildlederschuhe ohne Schnürsenkel, die von irgendwem stammen könnten. Von anderen Bewohnern des Hauses, von den Vormietern seiner Wohnung, die alles geräumt, das Kellerabteil gefegt, aber ausgerechnet die Tüte übersehen haben. Nein. Groth ist sich sofort sicher. Die Schuhe stammen von Eck.

Eck muss ihn beobachtet haben. Vielleicht nicht nur das. Groth sieht es wieder vor sich. Eck, wie er mit dem Rucksack über der Schulter an seinem Passat lehnt, im Hof des Reviers. Die tastenden Schritte, mit denen er auf ihn zukommt, fast bis ans Fenster. Fast. Eck hat ihn nicht nur beobachtet, sondern ausgesucht. Weil er ein Hamburger Kennzeichen hat, weil er aus dem Westen kommt und nicht zum alten Kader gehört.

Wäre alles nach Plan gegangen, dann hätte Eck ihm tatsächlich einen Beweis gebracht, so wie er das versprochen hatte. Und dieser Beweis, so weiß Groth jetzt, wäre Riedels Geständnis gewesen.

»Nur ist es dazu leider nicht mehr gekommen«, sagt Groth am darauffolgenden Tag zu Gerstacker. Sie haben sich am See verabredet, um eine Runde zu laufen. Unter ihren Schuhen knirscht der gefrorene Boden, und auf dem Uferweg bläst ihnen der Wind Sprühregen wie Nadeln Gesicht.

»Was kommt als Nächstes?«, fragt Gerstacker.

»Wenn es nach Bekendorf geht, dann sind ... dann bin ich im Fall Eck am Ziel.« Groth merkt, wie schwer ihm das *ich* über die Lippen geht. »Und im Fall Jutta Timm sowieso.«

»Wenn es nur so einfach wäre.«

»Was denkst du?«, schnauft Groth. »Schluss?«

»Schluss?« Gerstacker bleibt abrupt stehen. »Im Gegenteil. Ich denke, du stehst gerade am Anfang. Überleg doch mal: Wenn Berthold den Mord wirklich vertuscht hat, dann brauchte er eine Menge Hilfe. Nicht nur während der Ermittlungen, sondern auch später. Jemand muss ihm einen großen Gefallen getan haben, indem er die Akten im Fall Timm verschwinden ließ. Und dieser Jemand stammt ganz ohne Frage aus dem innersten Kreis.«

»Wer?«, fragt Groth.

»Riedel, Wappner, Jahnke.« Gerstacker trabt auf der Stelle, um sich warm zu halten. »Such dir einen aus. Die stecken alle mit Berthold unter einer Decke, sage ich dir. Einer für alle, alle für einen. Würde mich nicht wundern, wenn die auch für Regine Schadows kleinen Unfall zuständig waren.«

Der Uferweg verengt sich, und Groth fädelt sich hinter Gerstacker ein. Sein Gesicht schmerzt vor Kälte.

»Ich wünschte, ich könnte einen Durchsuchungsbeschluss für die Jagdhütte erwirken.« Groth muss fast schreien, damit seine Stimme Gerstacker durch den Gegenwind erreicht. »Aber damit komme ich bei dieser Beweislage nicht durch.«

»Noch nicht«, ruft Gerstacker zurück. »Noch nicht!«

Wie ein Hündchen, das sich im Hosenbein festgebissen hat, denkt Groth. Er erinnert sich an den Tag, als Gerstacker plötzlich vor seiner Haustür stand, und kann sich nicht vorstellen, wie er ohne ihn weitermachen soll.

Kurz vor Weihnachten ruft Allers an. Er erzählt Groth, dass Bekendorf im neuen Jahr nach Schwerin ans Landeskriminalamt berufen wird. Und dass in Wechtershagen dann ja eine Stelle frei werde.

»Ich dachte, das solltest du wissen.«

Groth sagt, er werde es sich überlegen.

»Ach, übrigens«, sagt Allers. »Da du ja nicht nach Hamburg kommst über Weihnachten. Falls ich ... also, ich meine, ich könnte Saskia etwas von dir aufs Grab legen. Wenn du das wünschst.«

Groth weicht das Blut aus dem Kopf. Er bleibt ruhig, sehr ruhig. Sitzt aufrecht.

»Nein danke«, sagt er. »Das ist nicht nötig. Aber danke.«

Allers wünscht ihm einen guten Rutsch. »Melde dich, wenn du willst. Wir sind ja nicht aus der Welt«, sagt er, bevor er auflegt.

Groth muss erst einmal durchatmen und sich neu verankern. Seine Fingerspitzen heften sich an die Tischplatte vor ihm, als gälte es, nicht in einen Abgrund zu stürzen. Die Gegenwart, denkt Groth, ist wie eine Haltestange im Zug. Er muss sich mit beiden Händen daran festklammern, damit er nicht wild umhertaumelt. Das erfordert Konzentration und Entschlossenheit. Und durch Allers' Frage hätte er eben beinahe losgelassen.

Dass Saskia tot ist, trifft ihn jedes Mal aufs Neue genau so, als hätte er diese Nachricht noch nie zuvor gehört. Selbst Groth staunt, welch vernichtende Kraft diese Worte wieder und wieder entfalten. Er kann es niemandem begreiflich machen. Am Ende ist er mit seiner Trauer noch selbst der Hungerkünstler, den keiner mehr sehen will.

Ausgerechnet Regine Timm, die er damals nur als Regine Schadow kannte, ist die Einzige in Wechtershagen, der er davon erzählt hat. Groth erinnert sich sehr gut an den Abend, als er auf einem Barhocker neben ihr saß in dieser Kellerkneipe, die man über fünf Stufen nach unten betritt. Er muss an das Wort »Rückzugsort« denken. Sie saßen da und redeten. Nein, denkt Groth, das stimmt nicht, Regine Schadow hat gar nicht geredet, sondern er. Er hatte zu lange gehungert, und sie hat diese Art, einfach zuzuhören. Er weiß noch, wie er die Worte »Saskia« und »Tod«, die er sonst nie im gleichen Atemzug verwendete, plötzlich aussprach, erst das eine, dann das andere. Regine Schadow wandte den Kopf ein Mal in seine Richtung, ein kurzer Blick, das war alles. Sie hatte verstanden. Ja, wirklich, die Frau hatte ihn in jenem Moment sofort verstanden.

»Ein Unfall«, sagte Groth. »Beim Segeln mit ihrem Freund.«

Der Name Uwe ging ihm nicht über die Lippen.

Auch nicht, dass Uwe überlebt hat.

Stattdessen sagte er: »Es lässt mich einfach nicht los.«

»Wie auch«, erwiderte Regine Schadow. Sie schaute noch einmal zu ihm. Wie sollte es auch?

Groth nimmt die Jacke vom Haken. Er denkt dieser Tage zunehmend über Begegnungen nach. Begegnungen der zufälligen Art. Warum war Jutta Timm an jenem Abend Berthold begegnet? Warum zehn Jahre später Regine Timm demselben Mann in der Hotelbar des Kempinski? Und Siegen Eck diesem Protz. Und warum war Saskia Uwe begegnet und mit ihm verunglückt? Es ist weder zu verstehen noch zu fassen.

Auf Groths Schreibtisch liegen noch einige Zettel, Bonbonpapier und Holzflocken aus dem Bleistiftanspitzer. Als er sie zusammenschiebt und in den Papierkorb wirft, fällt sein Blick auf die längliche Karte am Boden des Korbes. Dritte Reihe, Mitte. Groth steckt die Karte in den Rand seines Spiegels über dem Waschbecken, löscht das Licht der Schreibtischlampe, freut sich auf seinen Sessel und geht nach Hause.

Epilog

Es ist August 1994, als Groth einen Anruf von Gerstacker bekommt.

Ob er schon die Zeitung gelesen habe?

Auf der Titelseite findet Groth den Artikel eines Reporters namens Hennemann. Es geht um den Kandidaten in spe der CDU für das Amt des Innenministers.

Als der Artikel erscheint, klebt das Konterfei dieses Kandidaten als Wahlplakat im ganzen Bundesland. Es handelt sich um den Staatssekretär im Innenministerium Raimund Berthold, einen der aufstrebenden politischen Talente des jungen Landes.

In dem Artikel wird der Fall Jutta Timm mit keinem Wort erwähnt. Aber es ist von Unregelmäßigkeiten die Rede, von verschwundenen Akten und Beweismitteln, von einem Ring ehemaliger Volkspolizisten, deren Verhalten nach der Wende im besten Fall als undemokratisch bezeichnet werden kann.

Rostock: CDU-Kandidat Raimund Berthold räumt Verbindung zu undurchsichtiger Gruppierung »Jagdring« ein

Die Kandidatur von Raimund Berthold für das Amt des Innenministers scheint das Ergebnis eines geradlinigen Aufstiegs innerhalb der CDU. Doch es mehren sich Fragen und unausgeleuchtete Stellen in der Vergangenheit des Staatssekretärs. Berthold, ein ehemaliger Oberst der Kriminalpolizei, war in der DDR zuletzt als Funktionär des Rates des Bezirks Rostock tätig, zuständig für Jugendfragen und Sport. Seit

März 1990 gehörte er für einige Monate der ersten frei gewählten Volkskammer an, bevor er in die Landespolitik wechselte.
Aber sein Name wurde bereits vor der Wende mit einer Gruppierung innerhalb der ehemaligen Volkspolizei in Verbindung gebracht, die sich »Jagdring« nannte. Was sie bis heute zusammenhält, scheint mehr zu sein als die Jagd. Nach Recherchen des Vier-Tore-Kuriers *unterhielt die Gruppe noch im März dieses Jahres eine Jagdhütte im Demminer Forst. Anwohner berichten von »Gelagen« und regelmäßigen Schießübungen, die bis in die Ortschaft zu hören waren. Ein langjähriges Mitglied der Gruppierung wurde im Jahr 1992 wegen Totschlags und schwerer Körperverletzung im Amt zu einer mehrjährigen Haftstrafe verurteilt. Es handelt sich um Georg R., einen ehemaligen Oberleutnant der Kriminalpolizei, nach der Wende Schwimmtrainer in Wechtershagen. Der* Vier-Tore-Kurier *berichtete bereits 1991 über den Fall, der mit dem getöteten Bootsverleiher Siegmar E. in Zusammenhang steht. Im Besitz von Georg R. befanden sich zwei Kurzwaffen, die er von Jagdring-Mitglied Ronny W. gekauft haben soll, Letzterer nach jüngsten Erkenntnissen Mitglied einer rechtsextremen Gruppe.*

Die Enthüllungen schlagen hohe Wellen und führen zwei Wochen später zum Rückzug von Bertholds Kandidatur. Trotzdem gewinnt die CDU die Wahl mit 37,7 Prozent der Stimmen. Neuer Innenminister wird Karsten Henneke.

Ungefähr zur gleichen Zeit, es mag Zufall sein, erreicht Groth eine Postkarte aus Ralswiek. Groth erkennt weder die Handschrift, noch kennt er jemanden, der zurzeit Urlaub auf Rügen macht, also wendet er die Karte mehrmals hin und her, bevor er sie liest.

Sie ist von Regine Timm. Auch wenn die Nachricht nur mit zwei Buchstaben unterschrieben ist, hat Groth keinen Zweifel.

Sie habe eine unerwartete Erbschaft eines engen Freundes genutzt, um eine Frühstückspension zu eröffnen, und wolle ihm mitteilen, dass bei ihr so etwas wie Frieden eingekehrt sei. Das

Gleiche wünsche sie ihm, Groth, ebenfalls. Ganz am Ende steht: *Danke, RT.*

Groth lehnt die Postkarte an seinen Stifteköcher. Vielleicht ist es jetzt endlich an der Zeit, nach der Akte und den Asservaten im Fall Jutta Timm zu suchen. Möglicherweise hat sich der Staub, den Gerstacker und er damals aufgewirbelt haben, inzwischen gelegt. Könnte ja sein, dass die Akte im Fall Timm aus einem tiefen Regal gezogen und irgendwo am Rand abgestellt wurde, ohne dass sich der Finder etwas dabei dachte. Und vielleicht steht sie da nun und wartet auf jemanden wie ihn, der ein wenig im Stroh wühlt. Der große Fisch, denkt Groth. Mit dem ist er noch nicht fertig.

Danksagung

Folgenden Personen und Stellen bin ich zu großem Dank verpflichtet:

Der Fachstelle Kultur des Kantons Zürich, die dem Manuskript 2022 einen Werkbeitrag zugesprochen und damit die Fertigstellung des Romans entscheidend gefördert hat.

Der Journalistin Renate Meinhof, die 2002 ein Reportage-Juwel in der *Süddeutschen Zeitung* veröffentlichte. Die Reportage lieferte die Idee zu diesem Roman und setzte von Anfang an den Grundton für das Buch, sprachlich, atmosphärisch, menschlich.

Dr. Rolf Voß, dem Leiter des Regionalmuseums Neubrandenburg; Herrn Kriminaldirektor Hanno Lüders, Leiter der Kriminalpolizeiinspektion Neubrandenburg, nebst Kollegen. Sie sind mir mit Offenheit und Neugier auf eine Zeitreise ins Jahr 1991 gefolgt. Frau Ariane Ritter für ihre Führung durch ein altgedientes Polizeigebäude mit wechselvoller Geschichte. Ebenfalls danke ich den Mitarbeitern und Mitarbeiterinnen des Stadtarchivs Neubrandenburg.

Last but not least meinem Mann, meinen Kindern, die mein ewiges Ringen um das exakt passende Wort mit enormer Geduld ertragen haben.

Gewidmet ist das Buch meinen Eltern. Beide stammen aus Neubrandenburg, dem geographischen Vorbild für das fiktive Wechtershagen. Mit den Geschichten aus ihrer alten Heimat, aber auch ihrer Flucht aus der DDR, bin ich aufgewachsen. Sie sind Teil meiner DNA. Ohne sie wäre nichts.